KB044077

DOCTOR SLEEP

닥터 슬립

STEPHEN KING

DOCTOR SLEEP

닥터 슬립

I

스티븐 킹 장편소설

이은선 옮김

황금가지

DOCTOR SLEEP

by Stephen King

차례

내가 록 바텀 리메인더스라는 그룹에서 원시적인 수준으로 리듬 기타를 쳤을 때 워런 지본이 종종 우리와 함께 공연하곤 했었다. 워런은 회색 티셔츠와 「거미 왕국」같은 영화를 좋아했다. 공연 말미에 앙코르 요청이 들어오면 자신의 대표곡인 「런던의 늑대인간」을 나더러 선창하게 했다. 내가 그럴 만한 실력이 못 된다고 하면 그는 된다고 우겼다. "솔 음으로 있는 힘껏 악을 써." 그가 말했다. "그리고 *키스처럼* 연주하기만 하면 돼."

나는 죽을 때까지 키스 리처즈처럼 연주하지 못할 테지만 늘 최선을 다했고, 한 음씩 나를 따라하며 배꼽이 빠지도록 웃어댄 워런이 옆에 있었기에 늘 신나는 시간을 보낼 수 있었다.

워런, 어디 있는지 모르겠지만 자네를 위해 준비한 외침이야. 보고 싶다, 친구.

우리는 전환점에 서 있었다. 임시방편은 아무 소용이 없었다.

— 알코올 중독자 협회 빅 북

살고 싶으면 분노에서 벗어나야 했다.
'이것은' 평범한 남녀에게 주어지는 알쏭달쏭한 호사다.

— 알코올 중독자 협회 빅 북

들어가면서

FEAR는 '모두 다 집어치우고 도망칠 것'*의 줄임말이다.

─── 알코올 중독자들 사이에서 전해 내려오는 명언

---

* Fuck everything and run.

자물쇠 상자

1

조지아에서 땅콩을 기르던 농부(1977년부터 1981년까지 재임한 미국의 39대 대통령 지미 카터가 땅콩 농장주였다 — 옮긴이)가 백악관에서 집무하던 어느 해 12월의 둘째 날, 콜로라도에서 손꼽히는 리조트 호텔 하나가 잿더미로 변했다. 이름이 오버룩이었던 그 호텔은 전소 판정을 받았다. 지카릴라 군 소방국장은 조사 끝에 보일러 결함이 원인이었다는 판결을 내렸다. 사건 당시 그 호텔은 겨울 동안 문을 닫았기 때문에 직원이 네 명밖에 없었다. 그중에서 세 명이 목숨을 건졌다. 비수기 관리인 존 토런스는 고장 난 안전밸브 때문에 증기압이 위험 수위로 치솟은 보일러를 잡으러 (용감하게) 나섰다가 실패하고 목숨을 잃었다.

생존자 중 두 사람은 관리인의 아내와 어린 아들이었다. 제3의 생존자인 오버룩의 주방장 리처드 딕 할로런은 플로리다에서 겨울 동안 파트타임으로 일을 하다 이 가족에게 문제가 생길 듯한 '강렬한 예감'이 들어서 살피러 온 길이었다. 생존한 성인은 두 사람 모두 폭발 사고로 상당히 심각한 부상을 입었다. 아이만 다친 데가 없었다.

적어도 육체적으로는 그랬다.

2

웬디 토런스 모자는 오버룩의 모회사로부터 보상금을 받았다. 엄청난 액수는 아니었지만, 그녀가 다친 허리 때문에 아무 일도 하지 못한 3년 동안 둘이서 근근이 먹고 살기에는 충분했다. 그녀가 상담한 변호사 말로는 회사 측에서 소송을 피하려는 마음이 크기 때문에 질질 끌면서 강하게 나가면 훨씬 더 많이 받을 수 있다고 했다. 하지만 그녀는 회사와 마찬가지로, 콜로라도에서 겪은 그 끔찍했던 겨울을 한시라도 빨리 잊고 싶을 따름이었다. 그녀는 서서히 회복되지 않겠느냐고 했고 실제로 그랬지만, 다친 허리가 죽을 때까지 그녀를 괴롭혔다. 산산조각이 났던 척추와 부러졌던 갈비뼈가 나아도 끝까지 삐거덕거렸다.

위니프리드(웬디 토런스)와 대니얼(대니) 토런스는 중남부에서 잠깐 지내다 탬파로 거처를 옮겼다. (강렬한 예감의 소유자) 딕 할로런이 키웨스트에서 가끔 그들의 집으로 놀러 오곤 했다. 대니를 만나기 위해서였다. 두 사람 사이에는 끈끈한 정이 있었다.

1981년 3월의 어느 이른 아침, 웬디가 딕에게 전화를 걸어서 집으로 와줄 수 있느냐고 물었다. 대니가 한밤중에 그녀를 깨우더니 화장실에 가지 말라고 했다는 것이었다.

그 뒤로 아이는 일절 말을 하지 않았다.

3

대니는 오줌이 마려워서 깼다. 밖에서 세찬 바람이 불고 있었다. 따뜻한 바람이었지만(플로리다에서는 거의 항상 따뜻한 바람이 불었다.) 그는 그 소리가 싫었고, 죽을 때까지 절대 좋아할 수 없을 것 같았다. 그 소리가 들리면 결함 있는 보일러가 가장 신경 쓸 필요 없는 위험요소로 꼽혔던 오버룩이 생각났다.

그와 어머니가 살던 곳은 비좁은 아파트 2층이었다. 그는 어머니의 방과 맞붙은 자기 방을 나와서 복도를 가로질렀다. 바람이 휙 불자 건물 옆에서 죽어 가던 야자수 나무 이파리가 버스럭거렸다. 해골이 움직이는 소리 같았다. 잠금장치가 고장 났기 때문에 그들은 샤워를 하거나 볼일을 보는 사람이 없으면 화장실 문을 항상 열어놓았다. 그런데 오늘 밤에는 문이 닫혀 있었다. 어머니가 화장실을 쓰느라 그런 게 아니었다. 어머니는 오버룩에서 얼굴을 다치는 바람에 코를 골게 되었는데(부드럽게 키-키 소리를 냈다.) 어머니의 방에서 그 소리가 들렸다.

어머니가 실수로 문을 닫으신 모양이지.

그는 그 나이 때부터 눈치가 빨랐지만(그 역시 강렬한 예감과 직감의 소유자였다.) 가끔은 직접 알아봐야 할 때도 있는 법이었다. 두 눈으로 확인해야 할 때도 있는 법이었다. 그가 오버룩의 2층 객실에서 터득한 바에 따르면 그랬다.

그는 너무 길고 너무 잘 늘어나고 너무 물렁물렁해 보이는 팔을 뻗어 손잡이를 돌리고 문을 열었다.

예상했던 대로 217호실 여자가 있었다. 핏기 없는 허벅지가 불룩 튀어나온 다리를 벌리고 알몸으로 변기에 앉아 있었다. 푸르스름한 젖가슴은 바람이 빠진 풍선처럼 축 늘어졌다. 배 밑으로 난 한 움큼의 털은 회색이었다. 눈동자도 회색이라 강철로 만든 거울 같았다. 그녀는 그를 보더니 입가를 양쪽으로 늘리며 씩 웃었다.

눈을 감아. 딕 할로런은 예전에 그렇게 말했다. *끔찍한 광경이 보이면 눈을 감고 거기 없다고, 다시 눈을 뜨면 사라지고 없을 거라고 속으로 중얼거려.*

하지만 다섯 살 때 217호실에서 그 방법을 썼을 때도 효과가 없더니 지금도 마찬가지였다. 그는 알 수 있었다. 그녀의 냄새를 느낄 수 있었다. 그녀는 썩어 가고 있었다.

여자는(그는 그녀의 이름을 알았다. 메이시 부인이었다.) 자주색 발을 딛고 그를 향해 두 손을 내밀었다. 팔뚝 살이 축 늘어져서 뚝뚝 떨어질 지경이었다. 그녀는 십년지기를 만난 사람처럼 웃고 있었다. 그게 아니면 맛있는 먹잇감을 만난 사람처럼 웃고 있었다고 해야 할까?

대니는 침착하게 보일 수도 있는 표정을 지으며 가만히 문을 닫고 뒤로 물러섰다. 그러고는 문손잡이가 오른쪽으로…… 왼쪽으로……
다시 오른쪽으로 돌아가다 멈추는 것을 지켜보았다.

그는 이제 여덟 살이라 겁에 질렸어도 어느 정도 이성적인 판단을
내릴 수 있었다. 어쩌면 머릿속 깊은 곳에서 예상했던 일이었기 때
문에 그런 것일 수도 있었다. 원래는 호리스 드원트(오버룩 호텔을 소
유했던 백만장자. 『샤이닝』에서 유령으로 등장한다 — 옮긴이)가 등장할 줄
알았다. 아니면 아버지가 로이드(오버룩 호텔의 유령 중 하나 — 옮긴이)
라고 불렀던 바텐더이거나. 하지만 진작부터 메이시 부인을 예상했
어야 하는 거였다. 오버룩을 떠도는 유령들 중에서 그녀가 최악이
었다.

그의 머리에서 이성을 담당하는 부분은 그녀가 기억나지 않는 악
몽의 일부분일 따름이라고, 그 악몽의 일부분이 잠에서 깬 그를 화
장실까지 쫓아온 거라고 했다. 문을 다시 열어 보면 아무도 없을 거
라고 했다. 이제 그가 잠에서 깼으니까 당연히 그럴 거라고. 하지만
또 다른 부분은, *반짝이*는 그 부분은 그렇게 어리석지 않았다. 오버
룩과 그의 인연은 끝나지 않았다. 앙심을 품은 유령이 플로리다까지
그를 따라왔다. 한번은 그 여자가 욕조에 대자로 누워 있은 적도 있
었다. 그녀는 욕조에서 빠져나와 썩은 내가 나는 (하지만 어마어마하
게 힘이 센) 손으로 그의 목을 조르려고 했었다. 지금 그가 화장실 문
을 열면 그녀가 목적을 완수하게 될 것이다.

그는 문에 귀를 대는 선으로 타협을 보았다. 처음에는 아무것도
들리지 않았다. 그러다 희미한 소리가 들렸다.

죽은 손톱으로 나무를 긁는 소리였다.

대니는 흐물거리는 다리를 끌고 부엌으로 걸어가서 의자를 딛고 싱크대에 볼일을 보았다. 그런 다음 어머니를 깨워서 끔찍한 게 있으니 화장실에 들어가지 말라고 일렀다. 여기까지 끝마치고 난 다음에 다시 침대로 돌아가서 이불 속 깊이 몸을 묻었다. 영원히 거기 누워 있다 싱크대에 볼일을 볼 때만 일어나고 싶었다. 경고를 했으니 어머니에게 더 이상 아무 말도 하고 싶지 않았다.

침묵 반응이라면 그의 어머니도 아는 현상이었다. 대니는 오버룩의 217호실을 다녀온 뒤에도 그런 모습을 보인 적이 있었다.

"딕한테는 얘기할 거니?"

그는 침대에 누워서 그녀를 올려다보며 고개를 끄덕였다. 새벽 4시인데도 불구하고 그의 어머니는 전화를 걸었다.

다음 날 느지막이 딕이 도착했다. 그는 뭔가를 들고 왔다. 선물이었다.

4

웬디와 딕의 전화가 끝났을 때(통화하는 소리를 대니도 들을 수 있게 했다.) 대니는 다시 잠이 들었다. 이제 여덟 살이고 3학년인데도 엄지손가락을 빨았다. 그런 아이를 보면 그녀의 가슴이 미어졌다. 그녀는 화장실 문 앞으로 다가가서 쳐다보았다. 겁이 났지만(대니 때문이었다.) 들어가 보아야 했다. 그녀는 대니처럼 싱크대를 쓸 생각이 없었다. 엉덩이 밑에 요강을 대고 싱크대 가장자리에 아슬아슬하게 걸터앉은 모습을 상상만 해도 (보는 사람은 아무도 없겠지만) 콧잔등이 찡그려졌다.

그녀는 조그만 공구상자에서 꺼낸 망치를 한 손에 들었다. 손잡이를 돌려서 화장실 문을 여는 동시에 망치를 치켜들었다. 화장실 안에는 당연히 아무도 없었지만, 변기 커버가 내려져 있었다. 그녀는 잠자리에 들기 전에 반드시 변기 커버를 올려놓았다. 대니가 비몽사몽으로 화장실에 들어가면 커버 올리는 것을 깜빡하고 그 위에다 오줌을 싼다는 것을 알기 때문이었다. 게다가 무슨 냄새도 났다. 쥐 한 마리가 벽 속으로 들어가서 죽기라도 한 것처럼 지독한 냄새였다.

그녀는 한 걸음, 두 걸음 안으로 들어갔다. 그러다 무슨 움직임이 느껴지자 망치를 치켜들고 뒤로 홱 돌았다. 문 뒤에 숨어 있는 누군가를

(혹은 무언가를)

내리치기 위해서였다. 하지만 그녀의 그림자밖에 없었다. 자기 그림자를 보고 겁을 먹느냐며 비웃는 사람들도 있지만 웬디 토런스가 아니면 어느 누구에게 그럴 권리가 있겠는가? 그녀는 목격하고 경험한 것들이 있었기에 그림자도 위험할 수 있다는 것을 알았다. 그림자에 이빨이 달렸을 수도 있다는 것을 알았다.

화장실 안에는 아무도 없었지만 칙칙한 얼룩이 변기 커버에도 있고 샤워 커튼에도 있었다. 처음에는 대변인가 싶었는데 똥이 누르스름한 자주색일 리 없었다. 좀 더 자세히 들여다보았더니 살점과 썩은 살가죽이 시야에 들어왔다. 매트에도 발자국 모양으로 그런 얼룩이 남아 있었다. 남자의 발자국이라고 하기에는 너무 작고 너무 앙

증맞았다.

"맙소사." 그녀는 속삭였다.

그녀도 '결국에는 싱크대를 쓰는 수밖에 없었다.

5

웬디는 아이를 들들 볶아서 정오 무렵에 침대 밖으로 끌어냈다.
수프 몇 숟가락과 땅콩버터 샌드위치 반쪽을 먹이는 데 성공했지만
아이는 다시 침대 속으로 들어가 버렸다. 아직도 말은 하지 않았다.
오후 5시가 막 지났을 때 할로런이 이제는 골동품이 된 (하지만 완벽
하게 관리하고 눈이 부시도록 광택을 낸) 빨간색 캐딜락을 몰고 도착했
다. 웬디는 창가에 서서 창밖을 내다보며 기다리고 있었다. 예전에
남편 잭이 기분 좋은 얼굴로 혹은 멀쩡한 정신으로 돌아오길 기다렸
을 때 그랬던 것처럼.

그녀는 계단을 달려 내려갔고, 딕이 '토런스 2A'라고 적힌 초인종
을 누르려는 찰나에 문을 열었다. 그가 두 팔을 벌리자 그녀는 적어
도 한 시간 아니면 두 시간 동안 안겨 있었으면 좋겠다는 생각을 하
며 그 안으로 당장 뛰어 들었다.

포옹을 푼 할로런이 그녀의 어깨를 붙잡고 팔 길이만큼 떨어뜨렸다.

"얼굴 좋아 보이네요, 웬디. 꼬맹이는 어때요? 이제 말은 해요?"

"아뇨, 하지만 당신한테는 할 거예요. 아이가 처음에 입을 열지 않
더라도 당신이……"

그녀는 말끝을 흐리며 손가락으로 총 모양을 만들어 그의 이마를 겨누었다.

"그럴 필요 없을 수도 있어요." 그가 미소를 짓자 새로 해 넣은 의치가 반짝였다. 예전에 쓰던 의치는 오버룩에서 보일러가 터지던 날 거의 다 망가져 버렸다. 잭 토런스가 휘두른 나무망치에 딕의 틀니가 날아갔고 웬디는 다리를 절뚝거리며 걷게 되었지만, 두 사람 다 알다시피 실제 원흉은 오버룩이었다. "아주 강한 아이예요, 웬디. 나를 차단하려 들면 얼마든지 차단할 수 있을 만큼. 내가 겪어 봐서 알아요. 그리고 말로 하는 게 나아요. 그 아이를 위해서. 이제 무슨 일인지 낱낱이 들어 봅시다."

웬디는 설명을 하고 화장실로 그를 데려갔다. 순경이 감식반을 위해 범죄 현장을 보존하듯 그를 위해 얼룩들을 그대로 두었던 것이다. *실제로 범죄가 벌어진 거나 다름없기도 했다. 그녀의 아들을 노린 범죄가.*

딕은 건드리지 않고 한참 동안 쳐다보기만 하다 고개를 끄덕였다.

"대니가 일어나서 꼼지락거리고 있는지 가서 봅시다."

대니는 아직 누워 있었다. 하지만 침대 가에 앉아서 어깨를 흔든 사람의 정체를 확인하고 아이가 반가워하는 기색을 보이자 무거웠던 웬디의 가슴이 가벼워졌다.

(안녕 대니 선물 가져왔어.)

(제 생일도 아닌데요.)

웬디는 두 사람을 지켜보았다. 그녀는 두 사람이 대화를 나누고 있다는 건 알았지만, 어떤 내용인지는 알지 못했다.

"일어나. 바닷가로 산책 나가자." 딕이 말했다.

(딕 아저씨, 그 여자가 다시 왔어요. 217호실의 메이시 부인이 다시 왔어요.)

딕은 그의 어깨를 다시 한 번 흔들었다.

"큰 소리로 얘기해야지, 댄. 너 때문에 엄마가 불안해하시잖아."

대니가 말했다. "선물은 뭐예요?"

딕은 미소를 지었다.

"훨씬 낫네. 네 목소리 들으니까 좋구나. 너희 엄마도 그럴 거야."

"맞아요."

그녀가 할 수 있는 말이라고는 이게 전부였다. 더 길게 했다가는 그들이 떨리는 그녀의 목소리를 알아차리고 걱정할 것이다. 그건 싫었다.

"우리가 나가 있는 동안 화장실 청소하면 어때요?" 딕이 그녀에게 말했다. "일회용 장갑 있죠?"

그녀는 고개를 끄덕였다.

"다행이네. 그걸 끼고 해요."

6

바닷가까지는 3.2킬로미터였다. 요란한 해변의 상점들(퍼널 케이크 매점, 핫도그 가판대, 기념품점)이 주차장을 에워싸고 있었지만 휴가철 막바지라 다들 한산했다. 두 사람이 바닷가를 독차지한 것이나 다름없었다. 대니는 아파트에서 차를 타고 가는 내내 무릎 위에 올려놓은 선물(은색 포장지로 싼 직사각형인데 제법 묵직했다.)을 꼭 붙잡고 있었다.

"선물은 아저씨랑 이야기 좀 나눈 다음에 풀어 봐라." 딕이 말했다.

그들은 파도가 밀려오는 경계선 부근을 걸었다. 그 부분은 모래가 단단하고 반짝거렸다. 딕의 나이가 제법 많았기 때문에 대니는 천천히 걸었다. 그는 언젠가 세상을 떠날 것이다. 어쩌면 조만간 떠날 수도 있었다.

"이래 봬도 건강해서 앞으로 몇 년은 버틸 수 있어." 딕이 말했다. "그 부분에 대해서는 걱정 마라. 이제 간밤의 이야기를 들어 보자. 하나도 빠짐없이 이야기해 보렴."

이야기는 금세 끝났다. 그가 지금 어떤 공포를 느끼는지, 그 공포가 숨 막히는 확신과 어떤 식으로 뒤엉켜 있는지 표현하기에 알맞은 단어를 찾으려면 힘이 들었을 것이다. 그녀는 이제 그를 찾았으니 절대 떠나지 않을 것이다. 하지만 상대가 딕이었기에 알맞은 단어를 찾았더라도 굳이 말로 설명할 필요가 없었다.

"그 여자는 다시 올 거예요. 분명 그럴 거예요. 나를 해치울 수 있을 때까지 찾아오고 또 찾아올 거예요."

"우리가 만났던 때를 기억하니?"

대니는 화제의 전환에 어리둥절해하며 고개를 끄덕였다. 오버룩에 도착한 첫날, 그와 그의 부모님을 데리고 곳곳을 안내한 사람이 할로런이었다. 그때가 아득한 옛날처럼 느껴졌다.

"네 머릿속에서 맨 처음 내 목소리가 들렸던 때도 기억하니?"

"그럼요."

"내가 뭐라고 했는데?"

"아저씨랑 같이 플로리다 가겠느냐고 물었잖아요."

"맞아. 네가 이제 혼자가 아니라는 걸 알고 나니까 기분이 어떻던? 너 혼자만 그런 게 아니라는 걸 알고 나니까."

"좋았어요." 대니가 말했다. "아주 좋았어요."

"그래." 할로런이 말했다. "그래, 그랬겠지."

그들은 잠깐 아무 말 없이 걸었다. 조그만 새들이(대니의 어머니는 '삐약이'라고 불렀다.) 파도 사이로 들락거리며 달렸다.

"필요하다 싶을 때 내가 그런 식으로 등장하다니 신기하다는 생각 안 해봤니?" 그는 대니를 내려다보며 미소를 지었다. "그래. 안 해봤겠지. 왜 그랬을까? 그때 너는 어린아이였으니까. 하지만 지금은 조금 나이를 먹었지. 어떤 면에서는 아주 많이 나이를 먹었다고 할 수도 있고. 내 말 잘 들어라, 대니. 이 세상은 균형을 유지하는 나름의 방법이 있어. 나는 그렇다고 믿는다. 이런 옛말이 있지. 학생이 준비되어 있으면 선생님이 등장하는 법이라고. 내가 네 선생님이었어."

"그 이상이었죠." 대니가 말했다. 그는 딕의 손을 잡았다. "아저씨는 내 친구였어요. 아저씨가 우리를 살렸고요."

딕은 이 말을 못 들은 척했다. 적어도 겉보기에는 그랬다.

"우리 할머니도 샤이닝이 있었어. 내가 그렇게 말했던 거 기억나니?"

"네. 아저씨랑 둘이서 입 한 번 벙긋 않고 오랫동안 대화를 나눌 수 있었다고 했잖아요."

"맞아. 할머니가 나한테 가르쳐 주셨지. 할머니는 그 옛날 노예 시절에 할머니의 증조할머니한테 배웠고. 대니, 언젠가는 네가 선생님이 될 차례가 찾아올 거다. 학생이 나타날 거야."

"그전에 메이시 부인한테 잡혀가지 않으면요."

대니는 시무룩하게 말했다.

그들은 벤치에 다다랐다. 딕이 벤치에 앉았다.

"더 이상은 못 가겠다. 되돌아오지 못할 수도 있겠다 싶어서. 내 옆에 앉아라. 들려주고 싶은 이야기가 있으니까."

"이야기는 듣고 싶지 않아요." 대니가 말했다. "그 여자가 다시 찾아올 거예요, 모르시겠어요? *또다시, 또다시, 또다시* 찾아올 거라고요."

"입 다물고 귀를 열어. 가르침을 줄 테니까." 이렇게 말하고 딕이 씩 웃자 새로 해 넣은 의치가 반짝였다. "알아들을 수 있을 거다. 너는 절대 멍청하지 않으니까."

7

딕의 외할머니는(샤이닝이 있었던 그 분) 클리어워터에서 살았다. 별명은 하얀 할머니였다. 두말하면 잔소리지만 백인이라서 그런 게 아니라 *착해서 그런* 거였다. 그의 친할아버지는 미시시피 주 던브리에서 살았다. 옥스퍼드와 가까운 시골 마을이었다. 친할머니는 딕이 태어나기 한참 전에 세상을 떠났다. 친할아버지는 그 시대, 그 마을에서 살았던 흑인치고 돈이 많았다. 장례식장 사장이었다. 딕과 그의 부모님은 1년에 네 번 할아버지를 찾아갔는데, 딕은 어렸을 때 그 시간을 싫어했다. 그는 앤디 할로런 할아버지가 무서워서 그를 까만 할아버지라고 불렀다. 실제로 그랬다가는 따귀를 맞을 테니 속으로만 그렇게 불렀다.

"소아성애자가 뭔지 아니?" 딕이 대니에게 물었다. "어린아이들에게 성욕을 느끼는 사람."

"대충요." 대니는 조심스럽게 대답했다.

물론 낯선 사람과 대화를 나누거나 함께 차를 타면 안 된다는 거야 알고 있었다. 그러면 나쁜 짓을 당할 수도 있다고 했다.

"앤디 할아버지는 단순한 소아성애자가 아니었단다. 빌어먹을 사디스트이기도 했지."

"그게 뭔데요?"

"남을 괴롭히면서 좋아하는 사람."

대니는 당장 알겠다는 듯이 고개를 끄덕였다.

"우리 학교의 프랭키 리스트론 같은 사람 말이죠? 걔는 친구들 팔을 비틀고 꿀밤을 때려요. 끝까지 울지 않으면 그만해요. 울면 계속하고요."

"못된 녀석이로구나. 하지만 그보다 더 심했어."

지나가는 사람들 눈에는 딕이 아무 말도 하지 않는 것처럼 보였겠지만 일련의 장면과 연속되는 문장들을 통해 이야기가 계속됐다. 대니의 눈에 까만 할아버지가 보였다. 키가 크고 자기처럼 새까만 양복을 입었고 머리에 특이한

(페도라)

모자를 쓰고 있었다. 양쪽 입가로 계속 침을 튀기고, 피곤하거나

26

방금 전까지 울었던 사람처럼 눈가가 빨갛게 충혈된 것도 보였다. 그 할아버지가 딕을(지금의 대니보다 어린 것이, 오버룩에서 겨울을 보냈던 그때 나이 정도인 듯했다.) 자꾸 자기 무릎에 앉히는 광경도 보였다. 옆에 다른 사람이 있으면 간지럼을 태우기만 했다. 하지만 단둘이 있으면 딕의 가랑이 사이로 손을 집어넣어 딕이 너무 아파서 기절하겠다 싶은 생각이 들 때까지 불알을 움켜쥐곤 했다.

"*기분 좋니?*"앤디 할아버지는 그의 귀에 대고 숨을 헐떡이며 물었다. 담배와 화이트호스 스카치위스키 냄새가 났다. "*당연히 좋겠지. 남자애들은 다 좋아하니까. 그런데 기분이 안 좋더라도 아무한테도 말하지 마라. 말하면 내가 널 망가뜨릴 거야. 널 태워 버릴 거야.*"

"맙소사." 대니가 말했다. "구역질나네요."

"그게 다가 아니란다." 딕이 말했다. "하지만 그중에서 한 가지만 들려줄게. 할머니가 돌아가시자 할아버지는 어떤 아주머니를 고용해서 집안일을 맡겼어. 그 아주머니가 청소도 하고 요리도 했지. 저녁 시간이 되면 그 아주머니는 샐러드에서부터 디저트에 이르기까지 모든 음식을 한꺼번에 차렸단다. 그래야 까만 할아버지가 좋아했거든. 디저트는 늘 케이크 아니면 푸딩이었어. 다른 꿀꿀이죽을 헤집는 내내 쳐다보면서 군침을 흘리도록 그걸 늘 조그만 접시에 얹어서 저녁이 담긴 접시 옆에 두었지. 디저트를 쳐다볼 수는 있지만 튀긴 고기와 데친 야채와 으깬 감자를 한 톨도 남김없이 다 해치워야 디저트를 먹을 수 있다는 게 할아버지가 세운 불변의 법칙이었단다. 심지어 덩어리가 씹히고 별 맛도 없는 그레이비소스까지 깨끗하게 먹어야 했지. 소스가 남으면 까만 할아버지는 빵 한 조각을 주면서 이렇게 말했어. '이걸로 닦아 먹어라, 디키 버드. 개가 핥은 것처럼 접시가 반질반질해지도록.' 할아버지가 나를 부르는 별명이 디키 버드였거든.

　가끔 저녁을 남길 때도 있었는데 그러면 케이크나 푸딩을 먹을 수 없었어. 할아버지가 가져가서 먹어 버렸지. 또 가끔은 저녁을 다 먹을 수 있었는데 할아버지가 내 케이크나 바닐라 푸딩에 담배꽁초를 박아 놓은 적도 있었어. 할아버지가 늘 내 옆에 앉았기 때문에 가능한 일이었지. 그래 놓고 엄청 재미있는 장난인 척했단다. '아이고, 재떨이에 넣는다는 걸 그만.' 이러면서. 우리 엄마, 아빠는 말리지 못했단다. 장난삼아 그런 거였다고 해도 어린애한테 해서는 안 될 장난이라는 걸 알면서도 두 분 역시 재미있는 장난 대하듯 했지."

　"진짜 너무하네요." 대니가 말했다. "두 분이 아저씨를 지켜 주었어야 하는 거 아니에요? 우리 엄마는 그러는데. 아빠도 그랬을 테고요."

　"두 분 다 할아버지를 무서워했거든. 무서워할 만도 했지. 앤디 할로런으로 말할 것 같으면 엄청난 악질이었으니까. 이런 식이었거든. '얼른 먹어라, 대니. 그 부분만 남기면 되잖니. 먹는다고 죽지 않아.' 내가 한 입 먹으면 노니한테(그 집 가정부 이름이 노니였단다.) 디저트를 새로 갖다 주라고 했어. 내가 안 먹으면 계속 그렇게 내버려 두는 거야. 그러면 나는 저녁을 다 먹을 수가 없었단다, 속이 뒤집혀서."

　"케이크나 푸딩을 반대편으로 옮기지 그랬어요." 대니가 말했다.

　"그 방법도 당연히 써봤지. 내가 바보인 줄 아니? 그러면 할아버지가 다시 제자리에 갖다 놓았어. 디저트는 오른쪽에 놓는 거라면서." 딕은 말을 멈추고 바다를 내다보았다. 길쭉하고 하얀 보트가 하늘과 멕시코 만을 나누는 경계선을 느릿느릿 가로지르고 있었다.

"가끔 내가 혼자 있는 순간을 포착하면 나를 물었단다. 한번은 나를 자꾸 건드리면 아빠한테 이르겠다고 했더니 할아버지가 내 맨발에 대고 담배를 비벼 껐지. 그러고는 이렇게 말했단다. '그것도 일러라. 이르면 어떤 효과가 있을지 어디 한번 보자. 네 아빠는 내 수법을 이미 알고 있고, 절대 아무 소리도 안 할 거다. 왜냐하면 네 아빠는 겁쟁이고, 내가 죽으면 내가 은행에 넣어 둔 돈을 꿀꺽하려고 노리고 있거든. 나는 당분간 그럴 생각이 없는데.'"

대니는 눈을 휘둥그레 뜨고 넋을 잃은 채 귀를 기울였다. 예전에는 푸른 수염 이야기가 제일 무섭다고 생각했는데, 그보다 더 무서운 이야기는 있을 수 없다고 생각했는데, 이 이야기가 더 끔찍했다. 실화가 아닌가.

"가끔 할아버지가 이런 소리를 할 때도 있었단다. 찰리 맹크스라는 악당을 아는데 자기가 시키는 대로 하지 않으면 장거리 전화로 찰리 맹크스를 부를 거라고, 그러면 그가 멋진 차를 타고 찾아와서 나를 나쁜 애들 모아 놓는 곳으로 데리고 갈 거라고. 그러면서 할아버지는 내 가랑이 사이로 손을 집어넣고 불알을 쥐어짜기 시작했지. '그러니까 아무한테도 말하지 마라, 디키 버드. 그렇지 않으면 찰리가 너를 지금까지 유괴한 아이들을 모아놓은 곳으로 데리고 가서 죽을 때까지 거기 가두어 놓을 테니까. 그럼 너는 지옥으로 떨어질 테고, 네 몸은 영원히 불에 탈 거다. 네가 고자질을 했기 때문에. 네 말을 믿어 주는 사람이 있건 없건 상관없어. 고자질은 고자질이니까.'

나는 오랫동안 그 늙은 개자식의 말을 믿었지. 심지어 샤이닝 능력이 있는 하얀 할머니한테조차 아무 말하지 않았어. 할머니가 내 잘못이라고 생각할까 봐 겁이 나서. 좀 더 나이가 많았더라면 지각이 있었을 텐데 그땐 어린아이에 불과했거든." 그는 잠깐 말을 멈추었다. "그뿐만이 아니고 다른 이유도 있었지. 그게 뭐였는지 아니, 대니?"

대니는 딕의 얼굴을 한참 동안 들여다보며 그의 머릿속을 떠다니는 생각과 장면들을 살폈다. 마침내 그가 말했다.

"아버지가 그 돈을 받았으면 하셨군요. 그런데 못 받으셨네요."

"응. 까만 할아버지가 전 재산을 앨라배마에 있는 흑인 고아원에 넘겼거든. 왜 그랬는지 이유는 나도 알겠고. 하지만 그게 중요한 게 아니란다."

"그리고 좋은 할머니는 끝까지 모르셨고요? 끝까지 눈치도 못 채셨고요?"

"뭔가가 있다는 건 아셨지만 내가 계속 블로킹을 했으니 그냥 내 버려 두셨지. 내가 언제든지 얘기를 꺼내면 들어 주겠다고 하시면서. 대니야, 앤디 할로런이 죽었을 때(뇌졸중이었어.) 나는 그렇게 행복할 수가 없었단다. 엄마는 장례식장에 가지 않아도 된다고, 로즈 할머니(하얀 할머니 말이다.)네 집에 있어도 된다고 했지만 내가 가고 싶다고 했어. 당연히 그렇지 않겠니? 까만 할아버지가 정말로 죽었는지 직접 확인하고 싶었거든.

그날은 비가 내렸어. 모두들 까만 우산을 쓰고 무덤가에 서 있었지. 나는 할아버지의 관이 땅속에 묻히는 광경을 바라보면서 할아버지가 내 불알을 비틀었던 것과, 케이크에 담배꽁초를 쑤셔 넣었던 것과, 내 발에 담배를 비벼 껐던 것과, 셰익스피어의 연극에 나오는 정신 나간 왕처럼 저녁 식탁에서 어떤 식으로 군림했는지 떠올렸단다. 하지만 그 무엇보다도 찰리 맹크스(할아버지가 엉터리로 만들어 낸 게 분명한 인물)를 떠올리며, 이제는 까만 할아버지가 한밤중에 장거리 전화로 찰리 맹크스를 부르면 그가 멋진 차에 나를 태우고 다른 집에서 유괴한 아이들이 사는 곳으로 데려갈 일이 없겠거니 생각했지.

나는 무덤가 너머로 고개를 내밀고(엄마가 나를 말리려고 하니까 아빠가 '그냥 보게 둬.'라고 하셨지.) 축축한 구멍 속에 들어앉은 관을 빤히 쳐다보며 이렇게 생각했어. '까만 할아버지, 이제 지옥이랑 2미터 더 가까워졌네요? 조만간 아예 지옥으로 떨어질 텐데, 그러면 악마가 불타는 손으로 주물러 주었으면 좋겠네요.'"

딕은 바지 주머니 안에 손을 넣어서 말보로 한 갑과 셀로판지로 싼 성냥갑을 꺼냈다. 그가 담배를 입에 물고 불을 붙이려는데 손도 떨리고 입술도 떨리는 바람에 성냥으로 담배 꽁무니를 쫓아다녀야 했다. 대니는 딕의 눈가에 맺힌 눈물을 보고 깜짝 놀랐다.

이 이야기의 결말을 알아차린 대니가 이렇게 물었다.

"할아버지가 언제 돌아오셨는데요?"

딕은 담배를 깊이 빨고 미소를 지으며 연기를 내뱉었다.

"내 머릿속을 들여다보지 않아도 알아차릴 수 있었지, 그렇지?"

"네."

"6개월 뒤에. 어느 날 학교에서 돌아와 보니 할아버지가 반쯤 썩은 성기를 꼿꼿하게 세운 채 내 침대에 알몸으로 누워 있더구나. 할아버지가 말했지. '여기 와서 이 위에 앉아라, 디키 버드. 나를 주물러 주면 내가 두 *배*로 주물러 주마.' 나는 비명을 질렀지만 들어 줄 사람이 아무도 없었어. 엄마와 아빠, 두 분 다 출근하고 안 계셨거든. 엄마는 식당으로, 아빠는 인쇄소로. 나는 달려 나가서 문을 쾅 닫았지. 까만 할아버지가 *턱……* 하고 일어서더니…… *턱-턱-턱……* 하면서 방 안을 가로지르는 소리가 들리더구나. 그다음으로 무슨 소리가 들렸는가 하면……"

"손톱 소리였겠죠." 대니가 들릴락 말락 하게 대답했다. "손톱으로 문을 긁는 소리."

"맞아. 나는 그날 저녁에 엄마와 아빠, 두 분 다 퇴근하신 다음에서야 그 방 안으로 다시 들어갈 수 있었단다. 할아버지는 보이지 않았지만…… 흔적이 남아 있었지."

"그랬겠죠. 우리 집 화장실처럼. 썩어 가고 있었을 테니까요."

"맞아. 침대 시트를 내 손으로 갈았어. 2년 전에 엄마한테 하는 법을 배웠거든. 엄마는 나더러 가정부를 쓸 만큼 어린 나이가 아니라고, 가정부는 엄마가 버킨스 스테이크 하우스에 종업원으로 취직하기 전에 돌봤던 백인 어린애들이나 쓰는 거라고 했지. 일주일쯤 지났을 때 공원 그네에 앉아 있는 까만 할아버지를 보았어. 양복을 입었는데 회색의 무언가가 덕지덕지 묻어 있었지. 관 속에서 생긴 곰팡이였을 거야."

"맞아요." 대니가 말했다.

힘없는 속삭임에 가까웠다. 낼 수 있는 목소리가 기껏해야 그 정도였다.

"그런데 지퍼를 열고 거시기를 불쑥 내밀고 있지 뭐냐. 이런 부분

까지 시시콜콜 이야기해서 미안하다, 대니. 이런 이야기를 듣기에는
아직 어린 나이인데. 그런데 너도 알아야 하는 거라."

"그래서 하얀 할머니를 찾아갔어요?"

"선택의 여지가 없었지. 나도 너처럼 알았거든. 할아버지가 계속
찾아오리라는 것을. 그렇지만…… 대니, 죽은 사람들을 본 적 있니?
평범한 죽은 사람 말이다." 그는 그 말이 우스워서 웃음을 터뜨렸다.
대니도 마찬가지였다. "그러니까 유령들."

"몇 번요. 한번은 셋이 철도 건널목에 서 있은 적도 있었어요. 남
자 둘에 여자 하나. 십 대였어요. 아마…… 거기서 죽었나 봐요."

딕은 고개를 끄덕였다.

"유령들은 대부분 생사의 기로를 넘은 곳에 머물러 있지. 자기가
죽었다는 사실을 받아들이고 저쪽으로 넘어갈 때까지. 네가 오버룩
에서 본 유령들 중에서 몇 명도 그런 식이었어."

"알아요." 누군가와(여기에 대해서 잘 아는 누군가와) 이런 이야기를
나눌 수 있다니 말로 표현할 수 없을 만큼 위안이 됐다. "식당에서
어떤 여자를 본 적도 있어요. 밖에다 테이블을 설치한 그런 식당에
서 말이에요."

딕은 다시 고개를 끄덕였다.

"투명하지는 않은데 제 눈에만 보이는 여자였어요. 그 여자가 앉
아 있는 의자를 웨이트리스가 밀어서 들여놓으니까 사라져 버리더
라고요. 아저씨도 가끔 그런 사람들이 보여요?"

"요 근래 들어서는 보인 적 없다만, 네 샤이닝이 나보다 뛰어나잖
니. 나이가 들면 조금 빛이 바래기도 하고……"

"다행이네요." 대니는 열띤 목소리로 말했다.

"……하지만 너는 어른이 되더라도 많이 남을 거야. 처음부터 워낙 출중하게 타고 났으니까. 평범한 유령들은 네가 217호실에서 보았고 너희 집 화장실에서 다시 보았던 그 여자와 다르잖니. 그렇지?"

"맞아요." 대니가 말했다. "메이시 부인은 *진짜*잖아요. 살덩이를 남기고 가니까요. 아저씨도 보셨잖아요. 엄마도 보셨고…… 엄마는 샤이닝도 없는데."

"돌아가자." 딕이 말했다. "내가 들고 온 선물을 공개할 때가 됐구나."

8

딕이 숨을 가쁘게 쉬는 바람에 주차장으로 되돌아가는 데 더 많은 시간이 걸렸다.

"담배 때문이야." 그가 말했다. "대니, 너는 아예 시작도 하지 마라."

"엄마는 담배 피워요. 엄마는 제가 모르는 줄 아는데 알아요. 아저씨, 하얀 할머니가 어떻게 하셨어요? 까만 할아버지가 아저씨를 잡아가지 않은 걸 보면 할머니가 무슨 조치를 취하신 게 분명한데."

"내가 준비한 것과 똑같은 선물을 주셨지. 학생이 준비가 되었을 때 선생님의 역할이 그런 거거든. 배움 그 자체가 선물이지. 누군가가 줄 수 있는 혹은 받을 수 있는 최고의 선물.

할머니는 할아버지를 앤디라고 부르지 않고 그냥······" 딕은 씩 웃었다. "*변태*라고 불렀단다. 나도 너처럼 말했지. 할아버지는 유령이 아니라 진짜라고. 그랬더니 할머니는 그렇다고, 맞다고, 내가 할아버지를 진짜로 만들고 있다고 하시더구나. 샤이닝을 동원해서 그러고 있다고. 할머니는 이승에서 떠나지 않으려는 혼령들도(대부분 화가 난 혼령들인데) 있다고 하셨지. 더 끔찍한 미래가 그들을 기다린다는 것을 알기에 그렇다고. 대부분은 결국 굶주려서 사라지는데 식량을 찾는 혼령들도 있지. '그들 입장에서는 샤이닝이 그런 거란다, 딕.' 할머니는 이렇게 말씀하셨어. '그들의 식량인 거야. 네가 지금 그 변태를 먹여 살리고 있어. 너는 그럴 생각이 없겠지만 그러고 있단 말이다. 그는 계속 주변을 맴돌다 피를 빨아먹으려고 내려앉는 모기와 같아. 그건 어쩔 수 없지. 하지만 그의 의도를 역으로 이용할 수는 있어.'"

그들은 캐딜락으로 돌아갔다. 딕이 문을 열더니 안도의 한숨을 쉬며 운전대 앞으로 미끄러져 들어갔다.

"예전에는 16킬로미터를 걷고 나서 다시 8킬로미터를 달릴 수도 있었는데. 요즘은 바닷가를 조금 걷기만 해도 말한테 걷어 차인 것처럼 허리가 쑤시는구나. 자, 대니. 선물을 풀어 보렴."

대니가 은색 포장지를 벗기자 초록색으로 칠한 금속 상자가 모습을 드러냈다. 앞쪽 걸쇠 밑으로 조그만 숫자판이 달려 있었다.

"우와, 끝내준다!"

"그래? 마음에 드니? 다행이구나. 웨스턴 오토에서 산 거야. 순도 100퍼센트 미국 강철이고. 하얀 로즈 할머니가 나한테 주신 상자에는 맹꽁이자물쇠가 달려 있어서 조그만 열쇠를 내가 목에 걸고 다녔는데 그건 오래전 이야기지. 지금은 1980년대, 현대 아니냐. 숫자판 보이지? 절대 까먹지 않을 다섯 자리 숫자를 입력한 다음 SET라고 되어 있는 조그만 버튼을 누르면 돼. 그러면 앞으로 이 상자를 열고 싶을 때마다 암호를 입력하면 되지."

대니는 기뻤다.

"고마워요, 아저씨! 특별한 물건들을 이 안에다 넣을게요!"

제일 좋은 야구 카드, 커브스카우트에서 받은 나침반 기능장, 행운을 가져다주는 초록색 돌멩이, 오버룩으로 이사 가기 전에, 상황이 이상해지기 전에 볼더의 아파트 앞마당에서 아빠와 함께 찍은 사진이 여기에 포함될 터였다.

"그래도 좋아, 대니. 그런 식으로 쓰면 되지. 하지만 또 한 가지 부탁할 게 있단다."

"뭔데요?"

"이 상자를 안팎으로 속속들이 파악했으면 좋겠다. 그냥 쳐다보지만 말고 만져 봐. 구석구석 느껴 봐. 그런 다음 안쪽에다 코를 박고 무슨 냄새가 나는지 알아봐. 당분간은 그 상자가 네 가장 가까운 친구가 되어야 한다."

"왜요?"

"그 비슷한 상자를 네 머릿속에 넣을 거거든. 그것보다 좀 더 특별한 상자를. 그러고 나면 메이시라는 그 망할 아줌마가 찾아왔을 때 네가 얼마든지 대처할 수 있어. 어떻게 하면 되는지 내가 알려 주마. 하얀 할머니가 내게 알려 주었던 것처럼."

36

대니는 아파트로 돌아가는 동안 거의 말이 없었다. 생각할 거리가 많았다. 선물(튼튼한 강철로 만든 상자)은 무릎 위에 올려놓고 꼭 붙잡았다.

9

일주일 뒤에 메이시 부인이 다시 찾아왔다. 무대는 역시 화장실이었지만 이번에는 욕조였다. 대니는 놀라지 않았다. 원래 그녀가 숨을 거둔 곳이 욕조였으니까. 대니는 이번에는 도망치지 않았다. 이번에는 안으로 들어가서 문을 닫았다. 그녀가 웃으면서 가까이 오라고 했다. 대니도 웃으면서 앞으로 다가갔다. 옆방에서 텔레비전 소리가 들렸다. 어머니가 「세 친구」를 보고 있었다.

"안녕하세요, 메이시 부인." 대니가 말했다. "내가 선물을 들고 왔어요."

그녀는 막판에서야 선물의 정체를 알아차리고 비명을 질렀다.

10

잠시 후, 그의 엄마가 화장실 문을 두드렸다.

"대니? 별일 없는 거지?"

"별일 없어요, 엄마." 욕조 안에는 아무도 없었다. 찌꺼기가 조금 남기는 했지만 대니가 치울 수 있을 듯했다. 물을 좀 뿌리면 하수구 속으로 흘러들어갈 것이다. "어디 나가시게요? 저 금방 끝나는데."

"아니. 그게 아니라…… 네가 부르는 소리가 들린 것 같아서."

대니는 칫솔을 잡고 문을 열었다.

"백 퍼센트 아무 문제없어요. 보세요."

그는 엄마를 향해 활짝 웃어 보였다. 메이시 부인이 사라졌으니 그리 힘든 일도 아니었다.

엄마의 얼굴에서 걱정이 사라졌다.

"다행이로구나. 뒤쪽까지 잘 닦아. 음식 찌꺼기들이 거기 숨어 있기 십상이니까."

"알았어요, 엄마."

그의 머릿속에서, 그의 특별한 상자와 똑같이 생긴 상자가 특별한 선반에 보관되어 있는 머릿속 깊숙한 곳에서 숨죽인 비명 소리가 들렸다. 대니는 개의치 않았다. 조만간 멈추겠거니 생각했고 그의 짐작이 맞았다.

11

2년 뒤 추수감사절 방학이 시작되기 전날, 아무도 없는 앨러피아 초등학교 계단 중간쯤에서 호리스 드원트가 대니 토런스 앞에 등장했다. 그의 양복 어깨 위에는 색종이 조각이 얹혀 있었다. 썩어 가는 한쪽 손에는 까만색의 조그만 가면이 매달려 있었다. 그에게서 무덤 냄새가 풍겼다.

"엄청난 파티였지, 그렇지?" 그가 물었다.

대니는 잽싸게 몸을 돌려서 도망쳐 버렸다.

수업이 끝났을 때 그는 딕이 근무하는 키웨스트의 식당으로 장거리 전화를 걸었다.

"오버룩에 살았던 또 다른 유령이 저를 찾아냈어요. 상자는 몇 개까지 보관할 수 있어요, 아저씨? 그러니까 제 머릿속에 말이에요."

딕은 빙그레 웃었다.

"필요한 만큼. 그게 샤이닝의 매력이지. 내가 까만 할아버지만 가두었을 거라고 생각하니?"

"가두면 거기서 죽나요?"

이번에는 딕이 빙그레 웃지 않았다. 그렇게 싸늘한 딕의 목소리를 소년은 들어 본 적이 없었다.

"그러거나 말거나 상관있니?"

상관없었다.

오버룩의 예전 주인이 정월 초하루 직후에 또다시 찾아왔을 때(이번에는 대니의 침실 벽장이었다.) 대니는 대처할 준비가 되어 있었다. 그는 벽장 안으로 들어가서 문을 닫았다. 잠시 후, 메이시 부인을 가둔 높다란 머릿속 선반 옆에 두 번째 강철 상자가 놓였다. 이번에는 쿵쾅거리는 소리가 전보다 심했고 기발한 욕설을 듣고 대니는 나중에 써먹어야겠다고 생각했다. 그 소리는 이내 그쳤다. 메이시 상자처럼 드원트 상자도 정적에 휩싸였다. 그들이 (언데드 특유의 방식으로) 계속 살아 있건 말건 이제는 아무 상관없었다.

중요한 건 그들이 절대 빠져나올 수 없다는 것이었다. 그는 이제 안전했다.

그때만 해도 그는 그런 줄 알았다. 그리고 당연한 노릇이지만 아버지가 어떻게 됐는지 목격한 마당에 평생 술은 한 모금도 입에 대지 않겠다는 생각도 했었다.

하지만 인간은 가끔 착각을 하는 법이다.

방울뱀

1

그녀의 이름은 앤드리아 스타이너였고 영화는 좋아했지만 남자는 싫어했다. 여덟 살 때 처음으로 아버지에게 성폭행을 당했으니 그럴 만도 한 일이었다. 그는 이후로 8년이라는 세월 동안 성폭행을 거듭했다. 결국 종지부를 찍으러 나선 그녀가 먼저 어머니의 뜨개바늘로 그의 고환을 하나씩 터뜨리고, 그런 다음 시뻘건 피가 뚝뚝 흐르는 그 바늘로 성폭행을 하는 아비의 왼쪽 눈알을 찔렀다. 그가 잠을 자고 있었기에 고환은 쉽게 처리했지만 그녀의 특별한 재능에도 불구하고 통증 때문에 그가 깨어 버렸다. 하지만 그녀는 덩치가 컸고 그는 술에 취했다. 그녀는 몸으로 그를 누르고 최후의 일격을 날렸다.

이제 8 곱하기 4만큼 나이를 먹은 그녀는 미국의 표면을 떠도는 방랑자였고, 전직 배우가 땅콩 농장주의 뒤를 이어 백악관의 주인이 되었다. 새로운 인물은 배우답지 않게 까만 머리였고 배우답게 매력적이고 미덥지 못한 미소의 소유자였다. 앤디는 TV에서 방영되는 그의 작품을 한 번 본 적이 있었다. 장차 대통령이 될 인물이 그 작품에서는 열차에 치어 두 다리를 잃는 남자의 역할을 맡았다. 그녀는 다리 없는 남자라는 발상이 마음에 들었다. 다리가 없는 남자는 끝까지 쫓아와서 성폭행을 할 수 없을 테니까.

영화, 그게 최고였다. 영화를 보면 모든 걸 잊을 수 있었다. 팝콘과 해피엔딩에 기댈 수 있었다. 같이 갈 남자를 구하면 그게 데이트가 됐고 남자가 돈을 냈다. 이번 영화는 격투도 있고 키스도 있고 시끄러운 음악도 있어서 좋았다. 제목은 「레이더스」였다. 이번 데이트 상대가 그녀의 치맛자락 깊숙이 손을 넣어서 맨 허벅지 위에 올려놓았지만 그래도 괜찮았다. 손에 가시가 달리지는 않았으니까. 그는 술집에서 만난 남자였다. 그녀의 데이트 상대는 대부분 술집에서 만난 남자들이었다. 그는 그녀에게 술을 사주었지만 공짜 술을 사주었다고 데이트가 되는 건 아니었다. 그건 단순히 작업이었다.

이게 뭐지? 그가 손끝으로 그녀의 왼쪽 팔꿈치 위쪽을 훑으며 물었다. 그녀가 민소매 블라우스를 입고 있었기 때문에 문신이 보였다. 그녀는 데이트 상대를 찾으러 나설 때 문신을 보여 주는 것을 좋아했다. 남자들이 보아 주었으면 했다. 남자들은 그걸 특이하다고 생각했다. 그녀가 아버지를 죽이고 이듬해 샌디에이고에서 새긴 문신이었다.

뱀이에요. 그녀가 말했다. *방울뱀. 송곳니 안 보여요?*

당연히 남자도 보았다. 어울리지 않게 큼지막한 송곳니가 대가리에 달려 있었다. 한쪽 송곳니에는 맹독 한 방울이 매달려 있었다.

그는 대통령처럼 열심히 뒤로 빗어 넘긴 머리에 값비싼 정장을 입고 뭔지 모를 사무를 보다 오후에 도망 나온 사업가 스타일이었다. 머리는 까맣다기보다 은발에 가까웠고 예순 살쯤 되어 보였다. 그녀 나이의 두 배에 가까웠다. 하지만 남자들에게 나이는 아무 상관없었다. 그는 그녀가 서른두 살이 아니라 열여섯 살이었더라도 개의치 않았을 것이다. 아니면 여덟 살이었더라도. 그녀는 예전에 아버지가 했던 말을 떠올렸다. 오줌을 가릴 수 있을 만한 나이면 나한테는 충분하다.

당연히 보이지. 그녀의 옆에 앉아 있었던 남자가 말했다. 내 말은 무슨 의미냐고.

두고 보면 알 거예요. 앤디는 대답하면서 윗입술을 혀로 핥았다. 나, 문신 하나 더 있어요. 다른 데.

보여 줄 수 있나?

어쩌면요. 영화 좋아해요?

그는 얼굴을 찌푸렸다. 그게 무슨 소리지?

나랑 데이트하고 싶은 거 아니에요?

그는 그게 무슨 소리인지 알아차렸다. 아니, 일반적으로 무얼 의미하는지 알아차렸다. 그곳에는 다른 여자들도 있었고 그들이 데이트를 운운하면 한 가지 의미였다. 하지만 앤디는 그런 뜻에서 한 이야기가 아니었다.

좋지. 당신, 귀여우니까.

*그럼 나를 데리고 데이트 나가 줘요. 진짜 데이트요. 리알토에서
「레이더스」가 상영되고 있거든요.*

*나는 두 블록 가면 나오는 조그만 호텔이 어떨까 생각하고 있었는
데. 객실에 바도 있고 발코니도 있거든. 어때?*

그녀는 그의 귓가에 입술을 대고 젖가슴으로 그의 팔을 지그시 눌
렀다. *거긴 나중에요. 먼저 영화부터 보여 줘요. 내 영화비 내주고 팝
콘 사줘요. 나는 어두운 데 있으면 성욕이 샘솟거든요.*

이렇게 해서 그들은 고층 건물처럼 커다랗게 화면을 메운 해리슨
포드가 사막의 먼지 속에서 채찍을 휘두르는 이곳을 찾았다. 대통령
헤어스타일을 한 늙은이가 그녀의 치마 속으로 손을 넣었지만 3루
까지는 어찌어찌 진출하더라도 홈플레이트까지는 들어오지 못하도
록 그녀가 무릎 위에 단단히 올려놓은 팝콘 통으로 막았다. 그가 자
꾸 위로 올라오려고 해서 짜증이 났다. 그녀는 잃어버린 방주 안에
뭐가 있는지 영화를 끝까지 보고 싶었다. 그래서……

2

평일 오후 2시라 영화관이 텅 비다시피 했지만, 앤디 스타이너와
데이트 상대의 두 줄 뒤에 세 사람이 앉아 있었다. 제법 나이가 많은
남자와 이제 막 중년으로 접어든 것처럼 보이는(외모만으로 판단할 수
는 없었지만) 남자, 이렇게 두 남자 사이에 엄청난 미녀가 앉아 있었
다. 그녀는 광대뼈는 볼록하고, 눈동자는 회색이고, 피부는 크림색이

었다. 숱이 많은 까만 머리는 뒤로 한데 모아서 널찍한 벨벳 리본으로 묶었다. 평소에는 모자를 쓰고 다녔는데(낡고 너덜너덜한 실크해트였다.) 그날은 캠핑카에 두고 왔다. 영화관에서 높은 실크해트를 쓸 수는 없는 법이었다. 그녀의 이름은 로즈 오하라였지만 유랑 생활을 함께 하는 가족들은 그녀를 '모자 쓴 로즈'라고 불렀다.

이제 막 중년으로 접어든 남자는 배리 스미스였다. 백 퍼센트 백인인 게 분명했지만 살짝 올라간 눈꼬리 때문에 이 가족들 사이에서 중국놈 배리라고 불렸다.

"저것 좀 봐." 그가 말했다. "흥미진진하네."

"영화가 흥미진진한 거겠지."

나이 많은 남자(플릭 할아범)가 으르렁거리듯이 말했다. 하지만 어깃장을 놓는 것이 그의 습관이었다. 그 역시 두 줄 앞에 앉은 커플을 쳐다보고 있었다.

"흥미진진해야 해." 로즈가 말했다. "왜냐하면 여자가 '스팀'이 촬 촬 넘치는 것 같아 보이지 않거든. 조금 그렇기는 하지만……"

"간다, 간다." 앤디가 데이트 상대의 귓가에 입술을 갖다대자 배리가 말했다. 그는 손에 든 곰 모양 젤리 상자도 잊은 채 씩 웃고 있었다. "이번이 세 번째인데도 볼 때마다 짜릿하네."

3

사업가의 귓속은 철사 같은 하얀색 털 뭉치와 똥색 귀지로 가득

했지만 앤디는 아랑곳하지 않았다. 그녀는 이 도시를 뜨고 싶었는데 지금 사정이 위험할 정도로 바닥을 쳤다.

"피곤하지 않아요?" 그녀는 구역질 나는 귀에 대고 속삭였다. "자러 가지 않을래요?"

남자가 그 즉시 고개를 떨구더니 코를 골기 시작했다. 앤디는 치마 속으로 손을 넣어서 힘이 풀린 남자의 손을 끄집어내 팔걸이 위에 올려놓았다. 그런 다음 비싸 보이는 사업가의 정장용 외투 속으로 손을 넣어서 뒤지기 시작했다. 지갑이 왼쪽 주머니 안에 있었다. 그 뚱뚱한 엉덩이를 일으킬 필요가 없어서 다행이었다. 남자들은 일단 잠이 들면 옮기기 힘들 수 있었다.

그녀는 지갑을 열어서 신용카드는 바닥으로 던지고 사진들을 잠깐 훑어보았다. 이 사업가가 다른 뚱뚱한 사업가들과 함께 골프장에서 찍은 사진, 부인과 함께 찍은 사진, 지금보다 훨씬 젊었을 때 아들과 두 딸과 함께 크리스마스트리 앞에서 찍은 사진이 있었다. 딸들은 산타 모자를 쓰고 같은 색 원피스를 입고 있었다. 그는 그 딸들을 성폭행하지 않았겠지만 장담할 수 없는 일이었다. 남자들은 처벌을 면할 수 있으면 성폭행을 일삼는다는 것이 그녀가 깨달은 교훈이었다. 말하자면 아버지의 슬하에서 깨달은 교훈이었다.

지폐 칸에 200달러도 넘게 들어 있었다. 그보다 많은 금액을 기대하기는 했지만(그를 만난 술집이 공항보다 수준 높은 창녀를 공급하는 곳이었다.) 목요일 주간 수입치고는 나쁘지 않았고, 예쁘장한 아가씨를 영화관으로 데리고 가서 애피타이저 삼아 조금 진하게 주무르고 싶어 하는 남자들은 많았다. 애피타이저가 되길 바라는 것은 그들의 희망 사항이었지만.

4

"좋았어." 로즈는 중얼거리며 자리에서 일어서려고 했다. "확실해. 가서 확인해 보자."

하지만 배리가 그녀의 팔에 손을 얹고 말렸다.

"아냐, 기다려. 두고 보자고. 아직 클라이맥스가 남았잖아."

5

앤디는 그 구역질 나는 귀 쪽으로 다시 고개를 기울이고 속삭였다.

"좀 더 푹 자요. 아주 푹. 당신이 느낄 고통은 그냥 꿈으로 끝날 거예요." 그녀는 핸드백을 열어서 손잡이에 진주가 박힌 칼을 꺼냈다. "고통이 뭐로 끝날 거라고요?"

"꿈." 사업가가 자기 넥타이 매듭에 대고 중얼거렸다.

"맞아요, 우리 자기."

그녀는 그를 팔로 감싸 안고 오른쪽 뺨에 잽싸게 V자를 두 개 그렸다. 뺨에 어찌나 살이 많은지 조만간 턱 아래로 늘어질 지경이었다. 그녀는 영사기에서 색색으로 발사되는 희미한 빛줄기에 비친 자신의 솜씨를 보며 감탄했다. 잠시 후 피가 쏟아져 내렸다. 그가 깨어

나면 얼굴은 화끈거리고 비싼 정장용 외투 오른쪽 팔은 피에 흠뻑 젖어서 응급실로 달려가야 할 것이다.

그 사태를 부인한테는 뭐라고 설명할 거야? 분명 다른 구실을 생각해 내겠지. 하지만 성형수술을 받지 않는 한 거울을 볼 때마다 내가 남긴 흔적과 맞닥뜨릴 거야. 술집에서 조금 색다른 경험을 찾으려고 할 때마다 방울뱀한테 어떤 식으로 물렸는지 생각이 날 거야. 파란 치마에 하얀 민소매 블라우스를 입은 방울뱀한테.

그녀가 50달러짜리 두 장과 20달러짜리 다섯 장을 넣고 핸드백을 닫은 다음 자리에서 막 일어서려는 찰나, 누군가가 그녀의 어깨에 손을 얹더니 어떤 여자가 그녀의 귀에 대고 중얼거렸다.

"안녕. 영화 뒷부분은 나중에 봐. 지금은 우리랑 같이 가줘야겠어."

앤디는 고개를 돌리려고 했지만 양손이 그녀의 머리를 붙잡고 있었다. 끔찍하게도 그녀의 *머릿속에* 존재하는 손이었다.

그 뒤로는(이 중서부 도시 외곽의 한물간 캠핑장에 세워둔 로즈의 어스크루저에서 눈을 떴을 때까지) 온 사방이 어둠이었다.

6

그녀가 눈을 떴을 때 로즈가 차를 한 잔 주었고 두 사람은 한참 동안 이야기를 나누었다. 앤디는 이야기를 전부 다 들었지만 그녀를 납치한 여자에게 거의 온 정신이 팔렸다. 존재감이 어마어마하다는 말로는 부족할 정도였던 것이다. 모자 쓴 로즈는 키가 180센티미터였고, 밑으로 갈수록 통이 좁아지는 흰색 바지가 긴 다리를 감쌌고, 풍만한 젖가슴을 가린 티셔츠에는 유니세프의 로고와 모토가 적혀 있었다. *아이를 구할 수 있다면 무엇이든.* 표정은 침착한 여왕처럼 고요하고 평온했다. 묶었다 푼 머리가 출렁이며 등의 절반을 덮었다. 머리 위로 우뚝 솟은 너덜너덜한 실크해트가 눈에 거슬리기는 했지만 그것만 아니면 앤디 스타이너가 지금까지 만난 여자들 중에서 가장 예뻤다.

"내가 한 얘기 알아들었지? 나는 지금 앤디, 너한테 기회를 주는 거야. 그러니까 허투루 흘려 들으면 안 돼. 우리가 아무한테라도 그런 제안을 하는 게 이십 몇 년 만이야."

"내가 만약 싫다고 하면? 그럼 어떻게 되는 거지? 나를 죽일 거야? 그리고 그거……" 좀 전에 그녀가 뭐라고 했더라? "그 스팀이라는 걸 없애 버리고?"

로즈는 빙긋 웃었다. 그녀의 입술은 도톰하고 산호 핑크색이었다. 앤디는 스스로 성에 관심이 없다고 생각하는데도 불구하고 그 립스틱은 무슨 맛일지 궁금했다.

"너는 그런 걱정을 할 만큼 스팀이 많지도 않아. 네가 가지고 있는 스팀이 구미가 당길 만한 종류도 아니고. 얼뜨기들이 늙고 질긴 쇠고기를 먹었을 때 느끼는 맛이랑 비슷할걸?"

"무슨 뜨기?"

"신경 쓰지 말고 듣기나 해. 너를 죽이지는 않을 거야. 네가 싫다고 하면 이 시답잖은 대화에 얽힌 모든 기억을 지우기는 하겠지만.

네가 정신을 차려 보면 어느 별 볼일 없는 마을(토피카나 파고나 뭐 그런 데) 외곽의 길가에 있을 텐데 돈도 없고, 신분증도 없고, 어쩌다 거기까지 가게 됐는지 아무 기억도 나지 않을 거야. 어떤 남자랑 그 극장에 들어가서 주머니를 털고 몸에 상처를 낸 게 마지막 기억이겠지."

"그 작자는 사지를 절단해도 시원찮을 인간이었어!"

앤디는 이렇게 내뱉었다.

로즈가 까치발을 하고 서서 기지개를 켜자 손끝이 RV 천장에 닿았다.

"그야 내 알 바 아니지. 내가 네 정신과 의사도 아니고." 그녀는 브래지어를 하지 않았다. 마침표 모양의 유두가 그녀의 셔츠 속에서 움직이는 것이 앤디의 눈에 들어왔다. "하지만 이 부분에 대해서는 생각해 보는 게 좋을 거야. 우리가 네 돈이랑 가짜일 게 분명한 신분증은 물론이고 네 재능까지 없애 버릴 거거든. 이 다음에 네가 어두컴컴한 극장에서 어떤 남자한테 잠이 들라고 하면 남자가 고개를 돌리면서 무슨 헛소리냐고 할 거야."

앤디는 서늘한 공포를 느꼈다.

"그러지도 못할 거면서."

하지만 그녀의 머릿속으로 들어왔던 억센 손아귀가 떠오르면서 이 여자는 충분히 그럴 만한 능력이 있다는 확신이 들었다. 암퇘지의 젖을 먹는 새끼돼지들처럼 이 차 주변에 옹기종기 모여 있는 다른 RV나 캠핑카에 사는 친구들의 도움이 살짝 필요할지 몰라도 이 여자라면 그러고도 남았다.

50

로즈는 그 말을 못 들은 척했다.

"자기 지금 몇 살이지?"

"스물여덟." 그녀는 삼십 대로 접어든 다음부터 나이를 속였다.

로즈는 그녀를 보며 웃기만 할 뿐, 아무 말도 하지 않았다. 앤디는 그 예쁜 회색 눈을 5초 동안 쳐다보다 시선을 떨구는 수밖에 없었다. 하지만 떨구어진 그녀의 시선은 아무런 장치를 하지 않았는데도 처진 기미가 조금도 없는 매끈한 젖가슴에 닿았다. 다시 시선을 들었을 때에도 상대방의 입술에서 눈길이 멈추었다. 그 산호 핑크색 입술에서.

"너, 서른두 살이잖아." 로즈가 말했다. "아, 티는 아주 조금밖에 안 나. 네가 워낙 힘들게 살아왔잖아. 도망 다니면서. 그래도 여전히 예뻐. 여기서 우리랑 같이 살면 지금으로부터 10년 뒤에는 정말 스물여덟 살이 될 거야."

"말도 안 돼."

로즈는 빙긋 웃었다.

"앞으로 100년 뒤에는 얼굴도 그렇고 기분도 그렇고 서른다섯 살 같을 거야. 그러니까 스팀을 마시기 전까지는. 스팀을 마시면 스물여덟 살로 돌아갈 수 있어. 느낌상으로는 그보다 열 살 더 어려질 테고. 그러고 나면 스팀을 자주 마시게 될 거야. 잘 챙겨 먹으면서 오래도록 젊게 살 수 있는 거지. 내가 그렇게 살게 해 주겠다고. 어때?"

"너무 완벽해서 미심쩍은데?" 앤디가 말했다. "10달러만 있으면 생명보험에 들 수 있다는 광고 비슷하잖아."

그녀의 말이 전적으로 틀린 건 아니었다. 로즈가 거짓말은 하지 않았지만(적어도 아직까지는) 밝히지 않은 부분들도 있었다. 예컨대 가끔 스팀의 물량이 달릴 때가 있다는 것. 터닝 도중에 죽는 사람도 있다는 것. 로즈가 보기에 이 여자라면 괜찮을 것 같았고 트루에서 임시로 의사를 맡고 있는 월넛도 조심스럽게 동의하기는 했지만 그 어떤 것도 장담할 수 없었다.

"너랑 네 친구들은 이름이……?"

"친구 아니야, 가족이지. 우리는 트루 낫(True Knot)이라고 해." 로즈는 손깍지를 끼고 앤디의 얼굴 앞으로 내밀었다. "한번 맺어지면 절대 끊을 수 없어. 그건 알아 두어야 해."

앤디는 한번 성폭행을 당한 아이는 절대 예전으로 돌아갈 수 없음을 알기에 완벽하게 이해했다.

"정말 다른 선택의 여지는 없는 거야?"

로즈는 어깨를 으쓱했다.

"좋은 쪽으로는 없어. 하지만 진심으로 원하는 마음이 있으면 더 좋아. 그러면 터닝이 더 쉬워지거든."

"아파? 그 터닝이라는 거."

로즈는 웃으면서 처음으로 새빨간 거짓말을 했다.

"전혀."

7

어느 중서부 도시 외곽의 여름밤.

어디에선가는 사람들이 해리슨 포드가 채찍 휘두르는 모습을 보고 있었다. 또 어디에선가는 배우 출신의 대통령이 미덥지 못한 미소를 짓고 있었다. 여기 이 캠핑장에서는 앤디 스타이너가 로즈의 어스크루저와 누군가의 위니바고에 달린 전조등 불빛을 맞으며 할인점에서 산 정원용 안락의자에 누워 있었다. 로즈가 그녀에게 설명한 바에 따르면 트루 낫 소유의 캠핑장이 몇 군데 있지만 이곳은 아니었다. 하지만 야영업계가 아사 직전이라 그들의 선발 요원이 이런 곳을 통째로 빌릴 수 있었다. 미국 전체가 불황을 겪고 있었지만 트루에게 돈은 아무런 문제가 되지 않았다.

"선발 요원이 누구인데?" 앤디가 물었다.

"아, 아주 매력적인 친구야." 로즈는 웃으며 이렇게 말했다. "나뭇가지에 앉아 있는 새들을 홀려서 떨어뜨릴 수 있는 능력의 소유자지. 조만간 만나게 될 거야."

"너하고 특별한 사이야?"

그 말에 로즈는 웃음을 터뜨리며 앤디의 뺨을 쓰다듬었다. 그녀의 손가락이 닿자 앤디의 뱃속에서 뜨겁고 살짝 간질간질한 흥분이 느껴졌다. 말도 안 되는 일이었지만 정말 그랬다.

"속이 반짝거리지? 잘 끝날 것 같다."

그럴지도 모르지만 앤디는 그렇게 누워 있으려니 흥분은 가시고 겁만 났다. 하수구에서 발견된 시신, 숲 속 공터에서 발견된 시신, 마른 우물 밑바닥에서 발견된 시신, 이런 뉴스 기사들이 그녀의 머릿속을 스치고 지나갔다. 여자 아니면 계집아이들. 대부분 여자 아니면 계집아이들 시신이었다. 로즈 때문에 겁이 나는 게 아니라(그건 아니었다.) 옆에 다른 여자들도 있고 남자들도 있었던 것이다.

로즈가 그녀 옆에 무릎을 꿇고 앉았다. 환한 전조등 불빛 때문에 얼굴이 눈에 거슬리고 못생긴 흑백 배경화면처럼 보여야 하는데 정반대였다. 오히려 더 예뻐 보였다. 그녀가 다시 한 번 앤디의 뺨을 쓰다듬었다.

"무서워할 것 없어." 그녀가 말했다. "무서워할 것 없어."

그녀가 서 있던 여자들 중에서 창백한 미녀(로즈는 그녀를 벙어리 새리라고 불렀다.)를 돌아보더니 고개를 끄덕였다. 새리는 덩달아 고개를 끄덕이고 로즈의 큼지막한 RV 안으로 들어갔다. 그동안 다른 사람들은 정원용 안락의자를 가운데 두고 원을 만들기 시작했다. 앤디는 그러는 게 싫었다. 제물을 바치는 듯한 분위기였던 것이다.

"무서워할 것 없어. 조만간 너도 우리처럼 될 거야, 앤디. 우리랑 같이 지낼 수 있을 거야."

만의 하나, 로즈는 생각했다. *사이클해서 사라져 버리면 얘기가 달라지지만. 그러면 우리는 공중 화장실 뒤에 있는 소각장에서 네 옷을 태우고 내일을 맞이할 거야. 도전하지 않으면 얻는 것도 없다잖아.*

하지만 그녀는 그러지 않길 바랐다. 그녀는 이 여자가 마음에 들었고 최면이라는 재능도 쓸모가 있을 터였다.

새리가 보온병처럼 생긴 금속 용기를 들고 돌아왔다. 그녀가 그것을 건네자 로즈는 받아서 빨간 뚜껑을 열었다. 그 아래에 노즐과 밸브가 있었다. 앤디가 보기에는 아무 상표 없는 벌레 퇴치 스프레이처럼 생긴 통이었다. 그녀는 벌떡 일어나서 그 통을 향해 달려갈까 생각하다 극장에서 있었던 일을 떠올렸다. 두 손이 그녀의 머릿속으로 들어와서 그녀를 꼼짝 못하게 붙잡지 않았던가.

"플릭 할아범?" 로즈가 물었다. "인도해 줄래?"

"좋지."

극장에서 보았던 나이 많은 남자였다. 오늘 밤에는 분홍색의 헐렁한 반바지에 앙상한 정강이를 지나 무릎까지 덮는 흰색 양말과 예수가 신었음직한 샌들을 신고 있었다. 앤디가 보기에는 강제 수용소에 2년 갇혀 있다 나온 월턴 할아버지와 생김새가 비슷했다. 그가 양손을 들자 나머지 사람들도 손을 들었다. 그런 식으로 손을 들고 있는 모습이 사선으로 교차하는 전조등 불빛에 실루엣으로 비치자 섬뜩한 종이인형처럼 느껴졌다.

"우리는 트루 낫이다." 그가 말했다.

그 움푹 들어간 가슴에서 흘러나오는 음성은 이제 떨리지 않았다. 훨씬 젊고 강인한 남자처럼 깊고 낭랑했다.

"우리는 트루 낫이다." 그들이 화답했다. "한번 맺어지면 절대 끊을 수 없다."

"여기 한 여자가 있다." 플릭 할아범이 말했다. "그녀가 우리와 함께 할 것인가? 그녀의 인생을 우리의 인생과 맺고 우리와 하나가 될 것인가?"

"그렇다고 해." 로즈가 말했다.

"그, 그렇습니다." 앤디는 간신히 대답했다.

그녀의 심장은 이제 두근거리지 않았다. 전선처럼 웅웅거렸다.

로즈가 통에 달린 밸브를 돌렸다. 우수에 젖은 한숨 소리가 조그맣게 새어 나오더니 은색 연기가 훅 흘러나왔다. 그 연기는 저녁 산들바람 속으로 흩어지지 않고 통 위에 그대로 머물러 있었다. 로즈가 고개를 숙이고 그 환상적인 산호색 입술을 오므려 가볍게 불자 연기가 아무 대사도 안 적힌 만화 속의 말 풍선처럼 둥둥 떠내려와 서 위로 향한 앤디의 얼굴과 휘둥그런 눈 위에 머물렀다.

"우리는 트루 낫, 우리는 인내한다." 플릭 할아범이 선언했다.

"*사바타 한티.*" 다른 사람들이 화답했다.

연기가 아주 천천히 내려오기 시작했다.

"우리는 선택받은 자들이다."

"*로드삼 한티.*" 그들이 화답했다.

"심호흡해." 로즈가 말하고 앤디의 뺨에 살짝 입을 맞추었다. "저쪽에서 만나자."

잘되면.

"우리는 행운아다."

"*카하나 리조네 한티.*"

그러고는 다 함께.

"우리는 트루 낫, 우리는……"

하지만 앤디는 거기에서부터 흐름을 놓쳤다. 은색 연기가 그녀의 얼굴 위로 내려앉았는데 차갑고 차가웠다. 그녀가 들이마시자 그 연기는 음침한 존재 비슷한 게 되어 그녀의 안에서 비명을 지르기 시작했다. 연기로 만들어진 아이(남자아이인지 여자아이인지는 알 수 없었다.)가 달아나려고 애를 쓰는데 누군가가 난도질하고 있었다. 다른 사람들이 (매듭처럼) 주변에 둥그렇게 서서 10여 개의 손전등을 들고 슬로모션으로 진행되는 살인 현장을 비추는 가운데 로즈가 난도질하고 있었다.

앤디는 안락의자에서 벌떡 일어나려고 했지만 일으킬 몸이 없었다. 몸이 사라지고 없었다. 남은 것이라고는 인간의 형상을 한 고통뿐이었다. 죽어 가는 아이와 그녀 자신의 고통뿐이었다.

받아들여. 이 생각이 한때 그녀의 몸이었던 화끈거리는 상처를 차가운 수건처럼 눌렀다. *견디려면 그 수밖에 없어.*

안 돼. 평생 이 고통을 피해 도망 다녔는걸.

그랬을지 몰라도 지금은 달아날 공간이 없어. 받아들여. 삼켜. 스팀을 마시지 않으면 죽어.

8

트루들은 손을 들고 고어를 읊조렸다. *사바타 한티, 로드삼 한티, 카하나 리조네 한티.* 그런 채로, 가슴 때문에 불룩했던 앤디 스타이너의 블라우스가 납작 꺼지고 치맛자락이 다문 입처럼 혹 하고 덮이는 광경을 지켜보았다. 그녀의 얼굴이 젖빛 유리로 변해 가는 광경을 지켜보았다. 하지만 그녀의 눈동자는 남아서 실 같은 신경 섬유 위로 조그만 풍선처럼 떠 있었다.

하지만 그 눈마저 사라지게 생겼어. 월넛은 생각했다. *이 여자는 그 정도로 강하지 못해. 강할 줄 알았더니 나의 착각이었군. 잠깐 돌아올 수 있을지 몰라도 결국에는 사이클해서 사라져 버릴 거야. 옷말고는 아무것도 남지 않겠지.* 그는 자신이 터닝했을 때의 기억을

더듬었지만, 보름달이 떴었고 자동차 전조등이 아니라 모닥불 앞이었다는 것 말고는 아무 기억도 나지 않았다. 모닥불, 나지막이 들리던 말 울음소리…… 그리고 그 고통. 인간은 고통을 실제로 기억할 수 있을까? 그는 아니라고 생각했다. 그런 게 있었다는 것은, 고통을 겪었다는 것은 알지만, 그것과 실제로 기억하는 것은 별개의 문제였다.

무당의 테이블 위로 혼령이 얼굴을 내밀 듯 앤디의 얼굴이 스르르 돌아왔다. 블라우스 앞섶이 봉긋 솟았다. 엉덩이와 허벅지가 되살아나자 치맛자락이 부풀었다. 그녀는 단말마의 비명을 질렀다.

"우리는 트루 낫, 우리는 인내한다." 그들은 십자로 교차하는 RV 불빛 속에서 읊조렸다. "사바타 한티. 우리는 선택받은 자들이다, 로드삼 한티. 우리는 행운아다, 카하나 리조네 한티."

그들은 다 끝날 때까지 계속 읊조릴 것이다. 이쪽이든 저쪽이든 조만간 결판이 날 것이다.

앤디가 다시 사라지기 시작했다. 그녀의 육신이 뿌연 유리처럼 변하자 트루들은 그 사이로 그녀의 뼈대와 입을 활짝 벌린 두개골을 볼 수 있었다. 활짝 벌린 입 사이로 은니 몇 개가 반짝였다. 육신에서 분리된 눈동자가 더 이상 존재하지 않는 눈구멍 속에서 미친 듯이 요동쳤다. 그녀는 계속 비명을 지르고 있었지만, 이제는 머나먼 복도 끝에서 들리는 소리처럼 가늘게 메아리쳤다.

9

로즈는 그녀가 포기할 거라고 생각했다. 사람들은 고통이 너무 심하면 포기하곤 했다. 하지만 이 아가씨는 끈덕지게 버텼다. 계속 비명을 지르며 빙글빙글 되살아났다. 그녀가 새롭게 소생한 두 손으로 미치광이처럼 억세게 로즈를 붙들었다. 로즈는 아픔을 거의 느끼지도 못한 채 앞으로 몸을 기울였다.

"네가 원하는 게 뭔지 알아, 예쁜아. 다시 돌아오면 그걸 가질 수 있어."

그녀가 입을 숙이고 앤디의 윗입술을 혀로 핥자 입술이 연기처럼 바뀌었다. 하지만 눈만큼은 남아서 로즈의 눈을 똑바로 쳐다보았다.

"사바타 한티." 그들이 읊조렸다. "로드삼 한티. 카하나 리조네 한티."

앤디가 되돌아오자 고통으로 가득한 채 노려보던 눈 주변으로 점점 얼굴이 생겼다. 한순간 그녀의 팔뼈가, 로즈의 손가락을 움켜쥐고 있는 손가락뼈가 보이는가 싶더니 여기에 다시 조금씩 살이 붙기 시작했다.

로즈가 다시 입을 맞추었다. 고통스러운 와중에서도 앤디는 반응을 보였고 로즈는 자신의 정기를 좀 더 나이가 적은 여자의 목구멍 속으로 불어넣었다.

나는 이 아이를 원해. 내가 원하는 건 가질 거야.

앤디가 다시 희미해지기 시작했지만 로즈는 그녀가 싸우고 있다는 걸 느낄 수 있었다. 그녀는 이겨 내려 하고 있었다. 로즈가 목구명을 통해 폐 속으로 불어넣어 준 아우성치는 생명력을 밀어내지 않고 그것을 양분으로 삼고 있었다.

난생처음으로 스팀을 마시고 있었다.

10

트루 낫의 최신 회원은 로즈 오하라의 침대에서 그날 밤을 보냈고 평생 처음으로 성관계를 통해 공포와 아픔이 아닌 다른 무언가를 느꼈다. 정원용 안락의자에서 지른 비명 때문에 목이 따끔거렸지만 그녀는 이 새로운 느낌(터닝의 고통과 비견할 만한 환희였다.)에 이번에도 몸이 투명하게 날아가 버리는 것 같은 기분이 들자 또다시 비명을 질렀다.

"마음껏 소리 질러." 로즈가 그녀의 허벅지 사이로 올려다보며 말했다. "저들은 비명이라면 질리도록 들었으니까. 기분 좋은 비명도 그렇고, 기분 나쁜 비명도 그렇고."

"섹스를 하면 누구나 이런 기분이야?"

만약 그렇다면 지금까지 이걸 모르고 살았단 말인가! 우라질 아버지가 그녀에게서 이걸 빼앗아 갔단 말인가! 그런데도 *그녀가* 도둑 소리를 듣다니!

"스팀을 마시면 우리의 섹스는 이런 식이야." 로즈가 말했다. "너는 그렇게만 알고 있으면 돼."

그녀가 고개를 숙이자 다시 시작됐다.

11

자정 조금 전에 토큰 찰리와 러시아에서 온 바바는 토큰 찰리의 바운더 아래 계단에 앉아서 마리화나를 나눠 피우며 달을 감상했다. 로즈의 어스크루저에서 다시 비명 소리가 들렸다.

찰리와 바바는 서로 쳐다보며 씩 웃었다.

"누군지 몰라도 좋아서 죽네." 바바가 말했다.

"뭔들 안 좋겠어?" 찰리가 말했다.

12

앤디는 로즈의 젖가슴을 베고 누워 있다가 아침 첫 햇살에 눈을 떴다. 그녀는 전과 180도 달라진 듯한 기분이 들었다. 그런가 하면 달라진 게 전혀 없는 것 같기도 했다. 그녀가 고개를 들자 로즈가 그 눈부신 회색 눈으로 그녀를 쳐다보았다.

"당신이 날 살렸어." 앤디가 말했다. "당신이 날 다시 데려온 거야."

"나 혼자서는 할 수 없는 일이었어. 네가 돌아오고 싶어 했잖아." 여러 면에서 말이지, 예쁜이.

"그 뒤에 했던 거…… 다시 할 수는 없는 거지?"

로즈는 웃으며 고개를 저었다.

"응. 하지만 걱정 마. 모든 것을 능가하는 경험도 있는 법이니까.

게다가 내 남자가 오늘 돌아오기도 하고."

"그 남자는 이름이 뭔데?"

"남들이 헨리 로스먼이라고 부르면 대답하지만 그건 얼뜨기들을
상대할 때 쓰는 이름이고. 진짜 이름은 크로 대디야."

"그 사람을 사랑해? 사랑하지, 그렇지?"

로즈는 웃으며 앤디를 바짝 끌어안고 입을 맞추었다. 하지만 대답
은 하지 않았다.

"로즈?"

"응?"

"나…… 나 아직도 인간이라고 할 수 있어?"

이 말에 로즈는 예전에 딕 할로런이 어린 대니 토런스에게 그랬던
것처럼 차가운 말투로 똑같이 대답했다.

"그러거나 말거나 상관있니?"

앤디는 상관없다고 결론을 내렸다. 여기가 집이라고 결론을 내렸다.

엄마

1

악몽들이 뒤죽박죽 이어지다(누군가가 망치를 휘두르며 그를 쫓아 끝
없는 복도를 달렸고, 엘리베이터가 저절로 움직였고, 동물 모양의 생울타리
가 살아나서 그를 향해 점점 좁혀들었다.) 마침내 한 가지 생각이 또렷하
게 떠올랐다. *차라리 죽어 버렸으면 좋겠다.*

댄 토런스는 눈을 떴다. 두 눈 사이를 뚫고 지끈거리는 머릿속으
로 들어온 햇살이 뇌를 태워버리겠다고 으르렁거렸다. 모든 숙취를
끝장내는 숙취였다. 얼굴이 지끈거렸다. 콧구멍은 꽉 막혀서 왼쪽에
뚫린 바늘만 한 구멍으로 공기가 한줄기씩 들락거렸다. 왼쪽? 아니,
오른쪽이로군. 입으로 숨을 쉴 수 있었지만 위스키와 담배 맛 때문
에 역겨웠다. 뱃속은 온갖 안 좋은 것들로 가득한 납덩이였다. 술 마

신 다음 날 쓰레기통이 되어 버린 뱃속. 오랜 술친구인가 누군가는 이 비참한 느낌을 그렇게 표현했다.

옆에서 코 고는 소리가 시끄럽게 들렸다. 댄이 그쪽으로 고개를 돌리자 목이 반항하며 비명을 질렀고 고통이 번쩍 하고 다시금 관자놀이를 관통했다. 그는 다시 눈을 떴지만 실눈 수준이었다. 눈부신 햇살은 사양하고 싶었다. 아직까지는 그랬다. 그는 맨바닥에 깔린 매트리스 위에 누워 있었다. 옆에는 맨몸의 여자가 대자로 누워 있었다. 댄은 내려다보다 그도 알몸인 걸 알아차렸다.

이 여자 이름이…… 돌로레스였나? 아니다. 데비였나? 좀 더 비슷해지긴 했지만, 그래도……

디니. 그녀의 이름은 디니였다. 그는 그녀를 밀키웨이라는 술집에서 만났고 상당히 유쾌한 시간을 보내고 있었는데…….

기억이 나지 않았다. 그는 두 손을 흘끗 쳐다보다(양쪽 다 통통 부었고 오른손마디는 쏠려서 딱지가 앉았다.) 기억을 더듬고 싶지 않다는 결론을 내렸다. 게다가 무슨 상관있겠는가? 기본적인 시나리오는 바뀌는 법이 없었다. 그가 술에 취하고, 누군가가 헛소리를 하고, 한바탕 난리가 벌어지면서 아수라장으로 변하는 술집. 그의 머릿속에서는 위험한 개가 한 마리 살았다. 제정신일 때는 그 개를 끈으로 묶어 둘 수 있었다. 하지만 술에 취하면 끈이 사라졌다. *이러다 조만간 사람을 죽이겠어.* 그의 느낌상으로는 간밤에 한 명 죽인 듯했다.

헤이, 디니. 내 물건을 꽉 잡아 줘.

그가 정말로 그런 소리를 했을까? 끔찍하지만 그런 것 같았다. 몇몇 기억들이 이제 되살아나고 있었는데 그중 일부는 도가 지나쳤다.

포켓볼을 치고 있었다. 흰 공에 회전을 좀 먹이려다 삐끗하는 바람에 그 망할 녀석이 초크 자국 묻은 채로 튕겨져 나가서 컨트리음악이 흘러나오는(왜 아니겠는가?) 주크박스 앞까지 굴러갔다. 조 디피의 곡이었던 게 기억이 나는 듯했다. 그가 왜 그렇게 어처구니없는 삑사리를 냈을까? 그는 술에 취했고, 디니가 옆에 서 있었고, 디니가 당구대 바로 아래에서 그의 성기를 잡고 있었고, 그는 그녀에게 실력을 과시하고 싶었기 때문이었다. 모든 게 흥겨운 분위기였다. 케이스 모자를 쓰고 근사한 실크 카우보이 셔츠를 입은 남자가 잠시 후 웃음을 터뜨린 게 실수였다.

한바탕 난리가 벌어지면서 아수라장으로 변한 술집.

댄은 입을 건드려 보았다. 어제 오후에 500달러가 조금 넘는 돈을 바지 앞주머니에 넣고 수표 교환소를 나섰을 때만 해도 평범한 입술이 있던 자리에서 통통한 소시지가 만져졌다.

그래도 나간 이는 없는 것 같은데……

뱃속이 꿀렁거렸다. 그는 위스키 맛이 나는 시큼한 액체를 게웠다가 삼켰다. 액체가 내려가면서 식도를 태웠다. 그는 매트리스에서 무릎을 꿇고 내려와 비틀비틀 일어섰지만 방이 가벼운 탱고를 추자 그도 덩달아 휘청거렸다. 그는 숙취에 시달리느라 머리가 터질 것 같았고 간밤에 술을 넘기느라 먹어 치운 뭔지 모를 싸구려 음식들로 뱃속이 더부룩한데…… 술기운이 가실 줄 몰랐다.

그는 바닥에 떨어져 있던 팬티를 집어 움켜쥐고, 절뚝거리지는 않았지만 그래도 왼다리에 상당한 체중을 실으며 침실을 나섰다. 케이스 모자를 쓴 카우보이가 의자를 집어던졌던 기억(절대 선명해지지 않왔으면 하는 기억이었다.)이 희미하게 났다. 그와 고추를 잡아 주던 디니가 도망친다기보다 미치광이처럼 웃으며 술집을 나섰을 때 벌어진 일이었다.

불편한 뱃속이 또다시 요동쳤다. 이번에는 반질반질한 고무장갑을 낀 손이 내장을 움켜쥐는 듯한 느낌이 수반됐다. 그로 인해 온갖 구토 유발자들이 고삐에서 풀려났다. 큼지막한 유리 단지 안에 든 삶은 달걀에서 풍기는 식초 냄새, 바비큐하고 비슷한 맛이 나는 돼지 껍데기, 코피 같은 케첩 속을 헤엄치는 프렌치프라이. 그는 금방이라도 구역질이 나올 듯한데 그런 이미지들이 끔찍한 퀴즈쇼에 설치된 상품이 적힌 회전판처럼 빙글빙글 돌며 계속 떠올랐다.

다음 참가자를 위해 준비한 상품은 뭔가요, 조니? 뭔가 하면요, 밥, 기름기 줄줄 흐르는 정어리 한 접시입니다!(조니 올슨과 밥 바커가 진행했던 「그 가격이 정답입니다(The price is right)」 퀴즈쇼를 패러디한 것이다─옮긴이)

화장실은 짤막한 복도 바로 맞은편에 있었다. 문은 열려 있고 변기 커버는 올려져 있었다. 댄은 달려 들어가 무릎을 꿇고, 둥둥 떠다니는 똥 덩어리 위로 갈색이 도는 누런 액체를 폭포처럼 쏟아 냈다. 그런 다음 고개를 돌리고 손잡이를 더듬더듬 찾아서 아래로 눌렀다. 물이 콸콸 쏟아져 나오는데 구멍으로 빠져나가는 소리가 들리지 않았다. 다시 고개를 돌렸을 때 놀라운 광경이 그를 맞이했다. 어쩌면 그가 싸놓은 것일지 모르는 똥 덩어리가 소화되다 만 안주의 바다를 헤엄치며 오줌 튄 자국들로 얼룩진 변기 테두리를 향해 점점 올라오고 있었던 것이다. 변기 물이 넘쳤더라면 이날 아침의 상투적인 악몽이 완벽해졌을 텐데, 그 직전에 관 속에서 헛기침 소리가 들리더니 덩어리들이 통째로 쏠려 내려갔다. 댄은 다시 한 번 속을 게운 다음 무릎을 꿇고 지끈거리는 머리를 숙인 채 화장실 벽에 등을 기대고 앉아서 또다시 물을 내릴 수 있게 수조가 채워질 때까지 기다렸다.

이젠 끝이야. 맹세한다. 술도 그만, 술집도 그만, 싸움질도 그만. 백 번째로 하는 약속이었다. 아니, 천 번째였던가?

한 가지만큼은 분명했다. 이 도시에서 도망치지 않으면 곤란해질 수 있다는 것. 어쩌면 *심각한 상황에* 처할 수도 있었다.

조니, 오늘 대상에게 드릴 상품은 뭐죠? 뭔가 하면요, 밥, 폭행 및 구타 죄로 주립 감옥에서 2년 동안 썩을 수 있는 권한입니다!

그러자…… 미친 듯이 환호하는 스튜디오의 관객들.

물이 다 채워지자 시끄럽던 변기 수조가 잠잠해졌다. 그는 손잡이 쪽으로 손을 뻗어 '술 마신 다음 날, 제2부'를 내려 보낸 뒤 잠깐 하던 일을 멈추고, 단기 기억 속의 블랙홀에 대해 고민했다. 네 이름은 알겠니? 물론이지! 대니얼 앤터니 토런스. 저쪽 방 매트리스 위에 누워 코를 고는 계집애 이름은 알겠니? 물론이지! 디니. 성은 생각이 나지 않았지만 그녀가 가르쳐 주지 않았을 가능성이 컸다. 현재 대통령 이름은 알겠니?

경악스럽게도 처음에는 생각이 나지 않았다. 고릿적 엘비스 헤어 스타일에 색소폰 연주 솜씨가…… 형편없는 사람인데. 그런데 이름이……?

여기가 어디인지는 알겠니?

클리블런드인가? 찰스턴인가? 둘 중 하나였다.

변기 물을 내리는데, 대통령 이름이 눈부시도록 선명하게 떠올랐다. 그리고 지금 이곳은 클리블런드도, 찰스턴도 아니었다. 노스캐롤라이나 주 윌밍턴이었다. 그는 그레이스오브메리 병원의 잡역부였다. 이제는 과거의 일이 되어 버렸지만. 거처를 옮길 때가 됐다. 다른 데로 옮기면, 다른 좋은 데로 옮기면 술을 끊고 새롭게 시작할 수 있을지 몰랐다.

그는 일어나서 거울을 들여다보았다. 걱정했던 것에 비해 부상이 심각하지 않았다. 코가 붓긴 했지만 부러지지는 않았다. 적어도 그가 생각하기에는 그랬다. 부은 윗입술 위쪽으로 마른 피딱지들이 붙어 있었다. 오른쪽 광대뼈에 멍이 들었고 (케이스 모자를 쓴 카우보이가 왼손잡이였던 모양이다.) 한복판에는 반지 모양으로 피멍이 들었다. 왼쪽 견갑골 뒤로 움푹 들어간 곳에도 큼지막한 멍 자국이 있었다. 그의 기억에 따르면 당구 큐 때문에 생긴 상처인 듯했다.

그는 욕실 수납장 안을 들여다보았다. 튜브형 화장품과 약국에서 그냥 살 수 있는 약병들이 어지럽게 널려 있는 와중에 처방전이 있어야 살 수 있는 약병이 세 개 있었다. 첫 번째는 주로 효모균에 감염됐을 때 처방되는 디플루칸이었다. 그는 포경수술을 받길 다행이라는 생각이 들었다. 두 번째는 다반 컴파운드 65(각성제 — 옮긴이)였다. 뚜껑을 열어 보니 대여섯 알이 남아 있기에 그는 만일의 경우에 대비해 세 알을 주머니에 넣었다. 마지막은 피오리셋(진통제 — 옮긴이)이었고 고맙게도 거의 새것이었다. 그는 찬물과 함께 세 알을 먹었다. 세면대 위로 고개를 숙이자 두통이 전보다 심해졌지만 조만간 한숨 돌릴 수 있을 터였다. 편두통과 긴장성 두통 환자가 먹는 피오리셋은 숙취 해소에 직방이었다. 음…… 거의 직방이었다.

그는 수납장 문을 닫으려다 다시 한 번 들여다보았다. 잡동사니들을 이리저리 옮기며 살펴보았다. 피임 기구가 보이지 않았다. 어쩌면 그녀의 지갑 안에 들어 있었을지 모른다. 그는 그러길 바랐다. 콘돔을 들고 나오지 않았던 것이다. 만약 그가 그녀를 따먹었다면(확실하게 기억은 안 나지만 그랬을 가능성도 있었다.) 아무 조치 없이 일을 저지른 셈이었다.

그는 팬티를 입고 발을 질질 끌며 침실로 돌아간 뒤 문가에 잠깐 서서 간밤에 그를 자기 집으로 데려온 여자를 쳐다보았다. 팔다리를 벌리고 있어서 모든 게 다 보였다. 간밤에 그녀는 허벅지가 훤히 드러나는 가죽치마에 코르크 샌들을 신고, 짧은 톱에 링 모양 귀걸이를 단 서구의 여신 같았다. 그런데 오늘 아침에는 하얀 밀가루처럼 축 늘어진 술배와 턱 밑으로 달리기 시작한 이중 턱이 눈에 들어왔다.

그의 시야에 포착된, 이보다 더 끔찍한 현실이 하나 있었다. 그녀가 아직 어린애였던 것이다. 미성년자는 아닐지 몰라도 (오 주여, 제발 미성년자만은 아니길) 스무 살은 분명 안 되어 보였고 아직 십 대 후반인 듯했다. 방 한쪽 벽에는 진 시몬스가 불을 내뿜는, 소름이 돋을 만큼 유치한 키스 포스터가 붙어 있었다. 다른 쪽 벽에는 눈을 동그랗게 뜨고 나뭇가지에 대롱대롱 매달려 있는 귀여운 고양이 포스터가 붙어 있었다. '**아가, 꽉 잡아.**' 이 포스터에 적힌 문구였다.

그는 여기서 도망쳐야 했다.

한데 뒤엉킨 두 사람의 옷가지가 매트리스 발치에서 뒹굴고 있었다. 그는 자신의 티셔츠를 그녀의 팬티와 분리해 머리 위로 잡아당겨 내리고 청바지를 다리에 꿰었다. 그러다 전날 오후에 수표 교환소를 나섰을 때에 비해 왼쪽 앞주머니가 훨씬 납작해졌다는 사실을 발견하고는 지퍼를 반쯤 잠그다 말고 그대로 얼어붙었다.

아냐. 그럴 리가.

심장 박동이 빨라지자 상태가 눈곱만큼 호전됐던 머리가 다시 지끈거리기 시작했고, 그가 주머니 안으로 손을 쑤셔 넣어 끄집어낸 것이라고는 10달러짜리 지폐 한 장과 이쑤시개 두 개뿐이었다. 집게손톱 아래쪽 예민한 살점이 한 이쑤시개에 찔렸지만 그는 알아차리지도 못했다.

술을 마시는 데 500달러를 다 썼을 리는 없는데. 그랬을 리는 없는데. 그 정도로 마셨으면 죽었겠지.

지갑은 여전히 뒷주머니에 들어 있었다. 그는 요행을 바라며 지갑을 꺼내 보았지만 헛수고였다. 평소 거기 넣어 두었던 10달러를 중간에 앞주머니로 옮긴 모양이었다. 앞주머니에 넣으면 술집 소매치기 일이 힘들어지지, 이 말이 이제는 엄청 웃긴 농담처럼 느껴졌다.

그는 매트리스 위에 대자로 누워서 코를 고는 여자아이를 쳐다보다, 흔들어 깨워서 빌어먹을 그의 돈을 어쨌느냐고 물을 작정으로 그녀를 향해 발걸음을 옮겼다. 정 안 되면 목을 졸라서라도 깨울 작정이었다. 하지만 그녀가 만약 그의 돈을 훔쳤다면 뭐 하러 그를 자기 집으로 데려 왔을까? 그리고 다른 뭔가는 없었을까? 밀키웨이를 나선 뒤에 다른 모험을 벌이지는 않았을까? 머릿속이 점점 맑아지자 택시를 타고 기차역으로 향했던 기억(희미하지만 믿을 만한)이 났다.

거기서 얼쩡거리는 인간을 한 명 알거든.

그녀가 정말 그렇게 말했을까 아니면 그의 상상일까?

그녀는 분명 그렇게 말했어. 내가 있는 이곳은 윌밍턴이고, 지금 대통령은 빌 클린턴이고, 우리는 기차역으로 갔어. 그랬더니 정말 어떤 사람이 있었지. 특히 얼굴이 살짝 뭉개진 고객의 경우, 남자 화장실에서 거래를 하고 싶어 하는 그런 부류의 사람이. 그자가 내 성질을 건드린 작자가 누구냐고 물었을 때 내가 뭐라고 했느냐면……

"당신 봉이나 신경 쓰라고 했지." 댄은 이렇게 중얼거렸다.

둘이서 같이 안으로 들어갔을 때 댄은 데이트 상대의 비위를 맞추는 차원에서 1그램만 살 생각이었다. 그뿐이었고, 그것도 만니톨(만나당, 헤로인이나 코카인과 같은 마약에 섞는 용도로도 쓰인다 ─ 옮긴이)을 절반 섞은 게 아닐 경우에 한해서였다. 디니는 코카인을 좋아할지 몰라도 그는 아니었다. 코카인은 돈 많은 인간들의 애너신(진통제 ─ 옮긴이)이라고 불린다고 들었는데 그는 돈 많은 인간이 못 됐다. 그런데 한 화장실에서 어떤 사람이 나왔다. 서류가방으로 무릎을 때리는 사업가 타입이었다. 사업가 선생이 손을 씻으려고 세면대로 걸어가는데 그의 온 얼굴 위에서 꿈틀거리는 파리 떼가 댄의 눈에 들어왔다.

죽음의 파리였다. 사업가 선생은 걸어 다니는 송장인데, 당사자는 그런 줄 모르고 있었다.

그래서 그가 소심하게 가지 않고 크게 지른 게 분명했다. 하지만 아마 막판에 생각을 바꾸었을 것이다. 그럴 가능성이 있었다. 기억나는 게 거의 없긴 하지만.

그래도 파리 떼는 기억나.

그랬다. 그건 기억이 났다. 술기운에 샤이닝이 눌려서 꺼져 버렸지만 샤이닝이 발휘될 때만 파리 떼가 보이는지 그건 확실치 않았다. 술에 취했건 제정신이건 그럴 만한 때가 되면 보이는 게 파리 떼였다.

그는 다시 생각했다. *여기서 도망쳐야 해.*

그는 다시 생각했다. *차라리 죽어 버렸으면 좋겠다.*

2

디니가 부드럽게 코고는 소리를 내며 잔인한 아침 햇살을 피해 등을 돌렸다. 이 방 안에 가구라고는 바닥에 깔린 매트리스뿐이었다. 심지어 중고품 할인매장에서 사온 책상 하나 없었다. 벽장 문이 열려 있었고, 몇 개 안 되는 디니의 옷가지들이 대부분 두 개의 플라스틱 빨래 바구니 안에 쌓여 있는 광경이 댄의 눈에 들어왔다. 옷걸이에 걸린 몇 장은 술집을 순회할 때 입는 의상인 것 같았다. 앞면에 스팽글로 'SEXY GIRL'이라고 적힌 빨간색 티셔츠와 유행에 맞게 끝단을 올 풀림 처리한 데님 스커트가 보였다. 운동화가 두 켤레, 플랫 슈즈가 두 켤레, 끈으로 묶는 '날 잡아 잡숴 하이힐'이 한 켤레였다. 하지만 코르크 샌들은 없었다. 그가 신었던 너덜너덜한 리복 운동화도 보이지 않았다.

댄은 둘이서 집 안으로 들어왔을 때 신발을 벗어 던진 기억이 없었지만 만약 그랬다면 거실에 벗어 던졌을 것이다. 거실이라면 희미하게 기억이 났다. 그녀의 핸드백도 거기 있을 수 있었다. 그가 가지고 있어 달라며 남은 돈을 그녀에게 주었을 수도 있었다. 그랬을 것 같지는 않았지만 가능성이 전혀 없지는 않았다.

그는 지끈거리는 머리를 달래며 짧은 복도를 지나 이 집에서 침실 말고 또 하나뿐이지 않을까 싶은 방으로 건너갔다. 저쪽의 작은 부엌에 열판과 싱크대 밑에 설치한 미니 냉장고로 이루어진 편의시설이 갖추어져 있었다. 거실 소파는 충전재를 토하는 중이었고 벽돌 몇 장이 한쪽 끝을 괴고 있었다. 소파 맞은편의 대형 TV는 유리 한 가운데에 길게 금이 갔다. 그걸 붙여 놓은 소포용 테이프가 한쪽 구석에서 달랑거렸다. 거기에 파리 몇 마리가 달라붙었는데 한 마리는 아직도 힘없이 버둥거렸다. 댄은 술기운에서 헤어 나오지 못한 눈은 주어진 환경에서 가장 구역질 나는 광경을 찾아내는 기괴한 능력이 있다는 생각을 하며(예전에도 그런 경험이 있었다.) 병적인 관심이 담긴 눈빛으로 파리를 빤히 쳐다보았다.

소파 앞에 커피테이블이 있었다. 그 위에 담배꽁초로 가득한 재떨이, 하얀 가루가 잔뜩 든 비닐봉지, 그 위에 코카인이 좀 더 흩뿌려진 《피플》 잡지가 있었다. 한쪽 끝이 돌돌 말린 1달러짜리 지폐가 잡지 옆에서 그림을 완성했다. 그들이 얼마나 흡입했는지 알 길이 없었지만 남은 양으로 보건대 500달러를 그런 식으로 날렸을 수도 있겠구나 싶었다.

염병할. 나는 코카인을 좋아하지도 않는데. 그나저나 어떤 식으로 흡입한 거지? 나는 코로 숨도 잘 못 쉬는데.

그는 흡입하지 않았다. 그녀만 그렇게 했다. 그는 잇몸에 대고 비벴다. 온갖 기억들이 되살아나고 있었다. 깊숙이 묻혀 있길 바랐건만 이미 엎질러진 물이었다.

화장실에서 만난 사업가 선생의 입속을 들락거리고 축축한 안구 위를 기어 다녔던 죽음의 파리 떼. 댄에게 뭘 보느냐고 물었던 업자. 아무것도 아니라고, 신경 쓰지 말라고, 물건이나 보자고 했던 댄. 그 업자는 가지고 있는 물건이 많았다. 그들은 보통 그랬다. 그런 다음 다른 택시를 타고 그녀의 아파트로 돌아가는데, 너무 안달이 나서 (아니면 너무 급해서) 기다리지 못하고 손등에 대고 벌써부터 쿵쿵거리던 디니. 「미스터 로보토」를 부르려고 했던 두 사람.

문 바로 안쪽에 놓인 그녀의 샌들과 그의 리복 운동화가 시야에 들어온 순간, 금쪽같은 기억들이 몇 개 더 되살아났다. 그녀는 샌들을 벗어 던지지 않고 그냥 바닥으로 떨어뜨렸다. 그즈음에 그의 두 손이 이미 그녀의 엉덩이를 꽉 붙잡고 있었고, 그녀는 두 다리로 그의 허리를 감싸 안은 상태였던 것이다. 그녀의 목에서는 향수 냄새가, 입김에서는 바비큐 맛 돼지 껍데기 냄새가 났다. 돼지 껍데기를 한 움큼씩 아구아구 집어먹다가 당구대로 자리를 옮겼기 때문이었다.

댄은 운동화를 신고, 하나뿐인 찬장에 인스턴트커피라도 있을까 싶어 부엌 쪽으로 걸어갔다. 커피는 찾지 못했지만 바닥에 떨어진 그녀의 핸드백은 보였다. 그녀가 소파를 향해 핸드백을 던졌다가 빗나가자 웃었던 기억이 나는 것도 같았다. 빨간색 인조 가죽지갑을 비롯해서 잡동사니 절반이 쏟아져 나왔다. 그는 잡동사니들을 모조리 다시 집어넣은 다음 핸드백을 들고 부엌으로 갔다. 그의 돈이 이제는 업자의 디자이너 청바지 주머니 안에 들어 있다는 걸 알고도 남았지만, 마음속 한구석에서는 남은 게 몇 푼이나마 있을지 모른다는 미련을 버리지 못했다. 남은 게 몇 푼이나마 있어야 하기 때문이었다. 10달러면 술 세 잔이나 여섯 개들이 맥주 두 세트를 사고도 남았지만 오늘은 그 정도로 버틸 수 있는 날이 아니었다.

그는 그녀의 지갑을 꺼내서 열었다. 사진이 몇 장 있었다. 디니와 너무 닮아서 혈연 관계라고 할 수밖에 없는 어떤 남자와 찍은 사진 몇 장, 아이를 안고 있는 사진 몇 장, 고등학교 무도회용 드레스 차림으로 섬뜩한 파란색 턱시도를 입은 뻐드렁니 남학생 옆에서 찍은 사진 한 장. 지폐 칸이 불룩했다. 희망이 보이는가 했지만, 꺼내 보니 식료품 쿠폰 다발이었다. 현금도 좀 있었다. 20달러짜리 두 장과 10달러짜리 세 장.

내 돈이야. 쓰고 남은 돈이야.

하지만 그는 그 정도로 멍청하지 않았다. 그가 오다가다 만난 술 취한 여자에게 일주일치 봉급을 맡겼을 리 없었다. 그건 그녀의 돈이었다.

그렇긴 하다. 하지만 코카인이 그녀의 발상 아니었던가. 그가 오늘 아침에 숙취로도 부족해 파산까지 하게 된 것이 그녀 때문 아니었던가.

아니야. 숙취에 시달리는 건 네가 술꾼이기 때문이야. 파산한 건 죽음의 파리 떼를 보았기 때문이고.

그럴지도 모르지만, 그녀가 기차역에 가서 물건을 사자고 하지 않았더라면 그는 죽음의 파리 떼를 볼 일이 없었다.

그 70달러가 그녀의 식비일 수도 있잖아.

맞는 말이었다. 땅콩버터 한 병, 딸기잼 한 병. 그리고 그걸 발라먹을 빵도 한 덩이. 나머지는 쿠폰으로 해결.

아니면 월세. 그 돈으로 월세를 내야 하는 것일 수도 있잖아.

월세가 필요하거든 TV를 팔면 된다. 금이 가긴 했지만 부동산에서 기꺼이 받아 줄 것이다. 게다가 아무리 이런 쓰레기장이라도 70달러로는 턱도 없을 거라고, 그는 그렇게 판단했다.

네 돈 아니다, 닥터. 어머니의 목소리였다. 숙취 때문에 미치게 괴롭고 죽도록 술이 당길 때 들어야 하는 마지막 목소리였다.

"엿이나 드세요, 엄마." 그의 목소리는 나지막하지만 진지했다.

그는 돈을 꺼내서 주머니 안에 쑤셔 넣고 지갑을 다시 핸드백에 넣은 뒤 몸을 돌렸다.

어린애가 거기 서 있었다.

18개월쯤 되어 보이는 남자아이였다. 애틀랜타 브레이브스(미국의 프로 야구팀 — 옮긴이) 티셔츠를 입고 있었다. 티셔츠가 무릎까지 내려오는데 그 밑으로 기저귀가 보였다. 워낙 젖어서 발목 바로 위에 매달린 수준이었던 것이다. 댄의 심장이 천장으로 뛰었고 토르가 그 안에서 망치라도 휘두르는 것처럼 머리가 갑자기 엄청나게 쿵쾅거렸다. 그 잠깐 동안 그는 뇌졸중이 생기든지 심장마비가 생기든지 아니면 둘이 한꺼번에 찾아올 게 분명하다는 생각이 들었다.

잠시 후 그는 깊게 숨을 들이쉬었다가 내쉬었다.

"우리 용감한 꼬맹이가 어디 있다 나왔을까?"

"엄마." 아이가 말했다.

어떻게 보면 완벽하게 앞뒤가 맞는 말이었지만(댄도 엄마한테서 나왔으니까.) 도움이 되지는 않았다. 지끈거리는 그의 머릿속에서 끔찍한 추론이 만들어지려고 하고 있었지만 그는 전혀 관여하고 싶지 않았다.

네가 돈을 꺼내는 걸 아이가 봤어.

그랬을지 모르지만 그게 추론의 핵심은 아니었다. 아이가 그걸 봤다 한들 어쩌겠는가? 아직 두 돌도 안 됐는데. 그 정도로 어린 아이들은 어른들이 하는 짓을 모조리 받아들였다. 만약 자기 엄마가 손끝으로 불을 쏘며 천장을 걸은들 받아들였을 것이다.

"이름이 뭐니?"

아직 진정이 안 된 심장이 뛸 때마다 그의 목소리도 흔들렸다.

"엄마."

그래? 나중에 고등학교 들어가면 이름 때문에 친구들한테 놀림 좀 당하겠는걸?

"옆집에서 왔어? 아니면 복도 저쪽 끝집에서 왔어?"

제발 그렇다고 해라. 왜냐하면 내가 내린 추론이 이거거든. 만약 이 아이가 디니의 아들이라면 이 돼지우리 같은 아파트에 애를 두고 술집을 전전했다는 게 된다. 그것도 애를 혼자 두고.

"엄마!"

아이는 커피테이블 위에 놓인 코카인을 보더니 흠뻑 젖은 기저귀를 흔들며 그쪽으로 종종걸음 쳤다.

"아탕!"

"아냐, 그거 사탕 아니야."

댄은 그렇게 말했지만 사실은 사탕 맞았다. 코로 먹는 사탕.

아이는 아랑곳하지 않고 하얀 가루를 향해 한쪽 손을 뻗었다. 그러자 아이의 위 팔뚝에 난 멍 자국이 댄의 눈에 들어왔다. 누군가가 세게 붙잡았을 때 나는 자국이었다.

그는 아이의 허리춤과 가랑이를 붙잡았다. 그렇게 붙잡고 테이블 반대편으로 아이를 돌리자(흠뻑 젖은 기저귀에서 그의 손가락 사이로 오줌이 새어나와 바닥 위로 후두두 떨어졌다.) 짧지만 고통스러우리만치 선명한 장면 하나가 그의 머릿속을 가득 채웠다. 지갑 속에 담긴 사진의 주인공이었던 디니 판박이가 아이를 들어 올려서 흔드는 장면이었다. 그런 식으로 자기 손자국을 남기는 장면이었다.

"야! 토미, 너 도대체 제발 사라지란 말 못 알아들어?"

"랜디, 그러지 마. 아직 어린애잖아."

그러더니 사라졌다. 두 번째로 들린 힘없이 투덜거리는 목소리는 디니의 목소리였고, 그가 파악한 바에 따르면 랜디는 그녀의 오빠였다. 그러면 앞뒤가 맞았다. 모든 아동 학대자가 남자친구인 건 아니었다. 오빠나 남동생일 수도 있었다. 삼촌일 수도 있었다. 심지어

"나와, 이 천하에 쓸모없는 새끼야. 나와서 약 먹어."

사랑하는 아빠일 수도 있었다.

그는 아이를 들고(토미, 아이의 이름이 토미였다.) 침실로 갔다. 아이는 엄마를 보더니 당장 꿈틀대기 시작했다.

"엄마! 엄마! 엄마!"

댄이 내려놓자 토미는 매트리스로 종종걸음 쳐서 그녀의 옆으로 기어 올라갔다. 디니는 잠결인데도 아이를 팔로 감싸서 바짝 끌어안았다. 브레이브스 셔츠가 말려 올라가자 아이의 다리에 난 멍 자국

이 댄의 시야에 들어왔다.

오빠 이름이 랜디야. 내가 나서면 찾을 수 있어.

이런 생각이 얼어붙은 1월의 호수처럼 싸늘하고 맑게 떠올랐다. 지끈거리는 머리를 무시한 채 지갑 속에 든 사진을 꺼내서 집중하면 그 잘난 오빠를 찾을 수 있었다. 그는 전에도 몇 번 그런 적이 있었다.

내 손자국을 몇 군데 남길 수 있어. 그자한테 다음에 또 그러면 죽여 버린다고 하는 거지.

문제는 다음이란 없다는 것이었다. 윌밍턴은 이제 끝이었다. 그는 디니나 이 한심한 아파트를 볼 일이 없을 것이다. 어젯밤이나 오늘 아침을 두 번 다시 떠올릴 일이 없을 것이다.

이번에는 딕 할로런의 목소리가 들렸다. 아니지. 오버룩에서 건너온 것들은 상자 안에 가둘 수 있을지 몰라도 추억은 그렇지가 않아. 이번 추억은 절대 그렇지 않을 거야. 그들은 진짜 유령이니까.

그는 문가에 서서 디니와 멍이 든 그녀의 아들을 쳐다보았다. 아이는 다시 잠이 들었는데 아침 햇살이 비추자 둘이 거의 천사처럼 느껴졌다.

그녀는 천사가 아니지. 멍 자국은 안 남겼을지 몰라도 아이 혼자 두고 나가서 파티를 즐기다니. 아이가 깨서 거실로 나왔을 때 네가 없었더라면······

아탕. 아이는 코카인을 향해 손을 뻗으며 그렇게 말했었다. 조짐이 안 좋았다. 뭔가 조치가 필요했다.

그럴지도 모르지만 내 소관은 아니지. 이런 얼굴을 하고 사회복지부에 찾아가서 아동 방치 운운하면 좋아 보일까? 술 냄새와 토 냄새

가 진동하는데. 주어진 의무를 다하는 정직한 시민처럼 보이겠어?

돈은 돌려줘. 웬디가 말했다. *적어도 그건 할 수 있잖아.*

그는 그럴 뻔했다. 정말이었다. 주머니에서 꺼내 손에 들었다. 심지어 그녀의 핸드백이 있는 곳으로 걸어가기까지 했다. 그런데 걷는게 도움이 됐는지 좋은 수가 생각났다.

뭐라도 가져가고 싶으면 코카인을 가져가자. 남은 걸 100달러에 팔면 되잖아. 너무 짓이겨지지 않았으면 200달러까지 받을 수 있을지 몰라.

하지만 미래의 고객이 마약 단속관으로 밝혀지면(재수 없으면 그럴 수도 있었다.) 철창신세를 지게 될 것이다. 그랬다가는 밀키웨이에서 저질렀을지 모르는 바보짓까지 들통 날 수 있었다. 현금이 훨씬 안전했다. 모두 합해서 70달러.

나누자. 그는 결정을 내렸다. *그녀 몫으로 40달러, 내 몫으로 30달러.*

하지만 30달러로는 별 도움이 안 된다는 게 문제였다. 게다가 식료품 쿠폰 다발도 있지 않은가. 말 한 마리를 질식시켜서 죽일 수도 있을 만큼 두툼하던데, 아이 먹을거리는 그걸로 마련하면 된다.

그는 코카인과 가루가 쌓인 《피플》 잡지를 집어서 아이 손이 닿지 않는 주방 조리대에 올려놓았다. 싱크대에 수세미가 있길래 그걸로 커피테이블에 남은 가루를 닦았다. 그러면서 청소하는 동안 그녀가 비척비척 걸어 나오면 돈을 돌려주자고 속으로 중얼거렸다. 그녀가 계속 잠만 자면 이런 대접을 받아도 싼 거라고 속으로 중얼거렸다.

디니는 나오지 않았다. 계속 잠만 잤다.

청소를 마친 댄은 수세미를 다시 싱크대에 던져놓고 쪽지를 남길

까 잠깐 고민했다. *하지만 뭐라고 적으면 될까? 아이 잘 돌보라고, 그런데 네 돈은 내가 가져간다고?*

됐다, 쪽지는 안 쓰는 걸로 하자.

그는 왼쪽 앞주머니에 돈을 넣은 채 문을 세게 닫지 않도록 조심해 가며 밖으로 나왔다. 만전을 기하는 것일 뿐이라고 자기 자신을 달래면서.

3

정오 무렵에(디니의 피오리셋과 다반 체이서(독주 뒤에 마시는 물이나 가벼운 술 ─ 옮긴이) 덕분에 숙취로 인한 두통은 지나간 이야기가 되었다.) 그는 골든스 주류 및 수입 맥주 할인판매점이라는 가게로 다가가고 있었다. 이곳은 건물들이 벽돌로 지어져 있고, 인도는 대체로 한산하며, 전당포(저마다 접이식 면도칼이 놀라우리만치 다양하게 진열되어 있는)가 많은 구시가지였다. 그는 아주 싼 위스키를 아주 큰 걸로 한 병 살 작정이었는데 가게 앞에서 무언가를 보고 생각을 바꾸었다. 어떤 노숙자의 온갖 괴상망측한 소지품이 담긴 쇼핑카트가 서 있었던 것이다. 문제의 노숙자는 안에서 점원에게 열변을 토하고 있었다. 돌돌 말아서 삼끈으로 묶은 담요가 카트 맨 위에 얹혀 있었다. 얼룩이 몇 군데 보이기는 했지만 전반적으로 상태가 괜찮아 보였다. 그는 담요를 집어 겨드랑이에 끼고 잽싸게 걸어갔다. 약물 남용 문제가 있는 싱글맘에게서 70달러를 훔치고 났더니 놈팡이가 쓰던 마법의 양탄자를 슬쩍하는 것쯤은 사소하게 느껴졌다. 그래서 그 어느 때보다 초라한 기분이 드는 것일지도 모르겠지만.

나는 점점 작아지는 놀라운 사나이야. 그는 새로운 전리품을 들고 허둥지둥 길모퉁이를 돌며 생각했다. *몇 개만 더 훔치면 영원히 시야에서 사라질 거야.*

그는 놈팡이가 화가 나서 깍깍대는 소리를 기다렸지만(그들은 화가 날수록 더 시끄럽게 깍깍거렸다.) 아무 소리도 들리지 않았다. 모퉁이를 한 번만 더 돌면 완벽하게 도망쳤다고 자축할 수 있었다.

댄은 모퉁이를 돌았다.

4

그날 저녁, 그는 케이프피어 메모리얼 다리 아래쪽 기슭에 뚫린 빗물 배수관 입구에 앉아 있었다. 그에게도 셋방이 있었지만 어제 오후 5시를 기해 완납하기로 철석같이 약속한 월세가 밀렸다는 사소한 문제가 있었다. 그뿐만이 아니었다. 만약 셋방으로 돌아가면 요새처럼 생긴 베스 가의 어느 지자체 건물로 불려가서 어느 술집에서 벌인 싸움에 대해 심문을 당할 수도 있었다. 방 근처에는 얼씬도 않는 쪽이 대체로 좀 더 안전해 보였다.

시내에 호프 하우스라는 쉼터가 있었지만(물론 주정뱅이 노숙자들은 호프리스 하우스라고 불렀다.) 거기 갈 생각은 추호도 없었다. 공짜로 잠을 잘 수는 있어도 술이 있으면 압수당했다. 윌밍턴은 술을 마시건 마약을 흡입하건 주사로 맞건 아무도 상관하지 않는 싸구려 여인숙과 모텔 천지였지만, 날도 따뜻하고 비도 안 오는데 술 마실 돈을 침대와 숙소에 쓸 필요가 뭐 있겠는가. 침대와 숙소 걱정은 북쪽으로 출발하면서 해도 늦지 않았다. 버니 가에 있는 셋방에서 집주인 모르게 몇 가지 소지품을 꺼내오는 것도 그렇고.

강 위로 달이 솟았다. 그의 뒤로 담요가 펼쳐져 있었다. 머지않아 그는 그 위에 누워서 고치처럼 담요로 몸을 돌돌 감고 잠을 청할 것이다. 딱 기분 좋을 만큼 취기가 돌았다. 이륙과 수직상승 과정에서 힘이 들었지만 그 모든 저고도 난기류가 이제는 과거지사가 되었다. 그는 일반적인 미국인이 모범적이라고 할 만한 삶을 살고 있지는 않았지만 당분간은 모든 게 훌륭했다. 올드 선이 한 병 있었고(골든스에서 한참 떨어진 주류판매점에서 샀다.) 내일 아침에 먹을 히어로 샌드위치 반쪽이 있었다. 미래는 구름이 잔뜩 꼈지만 오늘은 달빛이 환했다. 모든 게 정상이었다.

"아탕."

갑자기 그 아이가 그의 옆으로 왔다. 토미. 바로 지금 여기, 그와 함께 있었다. 코카인을 향해 뻗은 손. 팔에 난 멍 자국. 파란 눈.

"아탕."

그 광경이 샤이닝과는 별개로, 고통스러우리만치 선명하게 떠올랐다. 그것 말고도 또 있었다. 똑바로 누워서 코를 고는 디니. 빨간색 인조 가죽지갑. '미국농무부'라고 찍혀 있던 식료품 쿠폰. 돈. 70달러. 그가 들고 나온 그 돈.

달을 생각해. 물 위로 떠오른 달이 얼마나 고요해 보이는지 생각해.

잠깐 동안은 그럴 수 있었지만 똑바로 누운 디니, 빨간색 인조 가
죽지갑, 식료품 쿠폰 다발, 애처롭게 구겨져 있었던 지폐(그나마 대
부분 쓰고 없는)가 떠올랐다. 코카인을 향해 고사리 같은 손을 내밀던
아이가 가장 선명하게 떠올랐다. 파란 눈. 멍이 든 팔.

아탕, 아이가 말했다.

엄마, 아이가 말했다.

댄은 술을 나눠 마시는 요령을 터득했다. 그래야 술기운이 더 오
래가고, 황홀감이 더 달콤해지며, 다음 날 숙취가 좀 더 감당할 수
있을 만한 수준으로 약해졌다. 하지만 나눠 마시기가 잘 안 되는 때
도 있었다. 엿 같은 상황은 벌어지기 마련이었다. 밀키웨이에서 그
랬던 것처럼. 그건 사고에 가까웠지만 오늘 밤에 술 한 병을 네 모금
만에 해치운 것은 일부러 그런 거였다. 인간의 머릿속은 칠판이었
다. 술은 지우개였다.

그는 바닥에 누워서 훔친 담요를 끌어당겼다. 그런 채로 인사불성
에 빠지길 기다렸지만 인사불성에 앞서 토미가 먼저 찾아왔다. 애틀
랜타 브레이브스 티셔츠. 축 늘어진 기저귀. 파란 눈, 멍이 든 팔, 고
사리 손.

아탕. 엄마.

이 이야기는 절대 하지 않을 거야. 그는 속으로 중얼거렸다. 어느
누구한테도.

노스캐롤라이나 주 윌밍턴 위로 달이 떠오르자 댄 토런스는 인사
불성 속으로 빠져들었다. 오버룩에 얽힌 꿈들이 이어졌지만, 그는
깨었을 때 그 꿈들을 기억하지 못할 것이다. 파란 눈, 멍이 든 팔, 앞

으로 내밀던 손을 기억할 것이다.

그는 용케 소지품을 챙기고 북쪽으로 건너가 처음에는 뉴욕 북부에서, 그 다음에는 매사추세츠에서 지냈다. 2년이 흘렀다. 그동안 어쩌다 한 번씩 사람들을 도왔는데, 대부분 노인이었다. 그는 그런 습성이 있었다. 술에 취한 수많은 밤마다 가장 마지막까지 생각나는 사람이 그 아이였고, 숙취와 함께 시작되는 다음 날 아침이면 가장 먼저 생각나는 사람이 그 아이였다. 술을 끊어야겠다고 속으로 중얼거릴 때마다 늘 떠오르는 사람도 그 아이였다. 다음 주쯤 끊을까? 다음 달에는 확실히 끊어야지. 그 아이. 그 눈. 그 팔. 앞으로 내밀던 그 고사리손.

아탕.

엄마.

1부

아브라

1장

티니타운에 오신 것을 환영합니다

1

월밍턴을 떠난 뒤로 날마다 술을 마시던 습관을 버렸다.

그는 다이어트 콜라보다 도수가 높은 것은 자제해 가며 일주일 또는 이주일 동안 지내곤 했다. 아침에 일어났을 때 숙취가 느껴지지 않는 건 좋았다. 목이 마르고 비참한(뭔가가 부족한 듯한) 기분이 드는 건 좋지 않았다. 그리고 조금 있으면 밤이 찾아왔다. 아니면 주말이 찾아왔다. 어떨 때는 TV에서 나오는 버드와이저 광고가 도화선 역할을 했다. 격렬한 배구 경기를 마치고 시원한 맥주를 마시는, 똥배 하나 없는 동안의 청년들. 이름은 프랑스식이고 수많은 식물들이 주렁주렁 매달려 있는 조그맣고 유쾌한 카페 야외에서 퇴근 후에 술을 마시는 예쁜 여자들이 도화선 역할을 하는 때도 있었다. 그들은 항상 조그만 우산이 꽂혀 나오는 술을 마셨다. 라디오에서 나오는 노래가 도화선 역할을 하는 때도 있었다. 한때는 스틱스의 「미스터 로보토」가 그랬다. 그는 술을 안 마시면 아예 입에 대지도 않았다. 마시면 취하도록 마셨다. 잠에서 깼을 때 옆에 여자가 있으면 디니와 브레이브스 티셔츠를 입고 있었던 아이를 생각했다. 70달러를 생각했다. 심지어 훔쳐서 쓰고는 빗물 배수관 앞에 두고 온 담요까지 생각했다. 어쩌면 아직도 거기 있을지 모른다. 그렇다면 곰팡이가 피었을 것이다.

가끔 술에 취해서 결근하는 때도 있었다. 그래도 얼마 동안은 잘리지 않았지만(그는 유능한 직원이었다.) 결국에는 그날이 찾아오곤 했다. 그러면 그는 정말 고마웠다고 말하고 버스에 올라탔다. 윌밍턴이 올버니로 바뀌고, 올버니는 유티카로 바뀌었다. 유티카는 뉴펠츠로 바뀌었다. 뉴펠츠는 스터브리지에 자리를 내주었고, 거기서 그는 야외 포크 콘서트장에서 술에 취했다가 다음 날 아침에 눈을 떠보니 손목이 부러진 채 유치장에 갇혀 있었다. 그 다음은 웨스턴이었고 그 다음은 마서즈비니어드의 어느 양로원이었는데 아뿔싸, 그곳에서의 직장 생활은 금세 끝이 났다. 사흘째 되던 날 수석 간호사가 그에게서 풍기는 술 냄새를 맡는 바람에 안녕, 바이바이가 되었던 것이다. 한번은 그가 알지도 못하고 트루 낫이 지나다니는 길을 건넌 적도 있었다. 의식의 수면 상에서는 그렇지 않았지만 저 깊은 곳에서는(샤이닝이 반짝이는 곳에서는) 이상한 낌새를 느꼈다. 최근에 흉측한 사고가 있었던 유료 고속도로에서 탄 고무 냄새 비슷한 불쾌한 냄새가 희미하게 풍겼다.

그는 마서즈비니어드에서 매스라인을 타고 뉴베리포트로 건너갔고 이러나저러나 별 상관 않는 재향 군인 시설에 취직했다. 휠체어를 탄 노년의 재향 군인들이 이따금 소변주머니가 바닥으로 넘칠 때까지 아무도 없는 진찰실 앞에서 방치되는, 그런 곳이었다. 환자들 입장에서는 형편없지만 실수 연발인 그 같은 사람들 입장에서는 다른 데보다 훌륭한 시설이었다. 그래도 댄과 일부 직원들은 최선을 다해 노병들을 돌보았다. 그는 심지어 때가 찾아왔을 때 잘 건너갈 수 있도록 몇몇 환자들을 돕기까지 했다. 그곳에서 직장 생활이 얼마간 지속되는 동안 색소폰 대통령은 카우보이 대통령에게 백악관 열쇠를 넘겼다.

댄은 뉴베리포트에서도 몇 번 밤에 술을 마셨지만 당직 전날만 골라서 마셨기 때문에 별일 없었다. 그렇게 단출하게 술잔치를 벌이고 어느 날 아침, 잠에서 깼는데 그래도 식료품 쿠폰은 건드리지 않았잖아, 이런 생각이 들었다. 그러자 예전에 퀴즈쇼를 진행했던 사이코 콤비가 생각났다.

유감스럽지만 디니, 도전에 실패하셨네요. 하지만 빈손으로 돌아가시는 분은 없죠. 이분을 위해서 어떤 상품이 준비되어 있나요, 조니?

네, 밥, 디니가 상금 획득에는 실패했지만 새로 출시된 가정용 게임, 코카인 몇 그램 그리고 엄청나게 두툼한 식료품 쿠폰을 받아가게 되었습니다!

댄에게 주어진 상은 꼬박 한 달 동안 술 안 마시고 지내기였다. 희한하기는 해도 그것이 일종의 속죄였다. 디니의 집 주소를 알았더라면 그 망할 70달러를 진작 보냈을 거라는 생각을 한두 번 한 게 아니었다. 브레이브스 티셔츠를 입고 고사리 같은 손을 내밀던 아이에 대한 기억을 끝낼 수만 있다면 두 배로 갚을 용의도 있었다. 하지만 주소를 몰랐기에 그 대신 술을 멀리했다. 그렇게 자신을 채찍질했다. '금주'라는 채찍으로.

그러던 어느 날 밤, 피셔맨스 레스트라는 술집 앞을 지나는데 창문 너머로 카운터 석에 혼자 앉아 있는 금발의 미녀가 보였다. 그는 허벅지 중간까지 오는 타탄 무늬 치마를 입은 그녀가 외로워 보이기에 안으로 들어갔는데, 알고 보니 그녀가 얼마 전에 이혼을 했다는 게 아닌가. 저런, 딱하기도 해라, 제가 술친구라도 되어 드릴까요? 그러고 나서 사흘 뒤에 깨어보니 그의 기억에 해묵은 블랙홀이 뚫려 있었다. 그는 요행을 바라며 바닥을 걸레질하고 전구를 갈았던 재향군인 시설을 찾아갔지만 국물도 없었다. 이러나저러나 별 상관 않는 것과 전혀 아무 상관 않는 것은 달랐다. 비슷하긴 해도 완벽하게 일치하지는 않았다. 그는 사물함에 두었던 몇 가지 소지품을 들고 떠나면서 예전에 밥캣 골즈웨이트(미국의 배우 겸 감독 ─ 옮긴이)가 했던 대사를 떠올렸다. "내 일자리는 없어지지 않았지만 나 아닌 다른 사람이 그 일을 하고 있었다." 그래서 그는 이번에는 뉴햄프셔로 향하는 버스에 올랐고 버스를 타기 전에 유리병에 담긴 술을 샀다.

그는 가는 내내 맨 뒷줄, 화장실 바로 옆에 있는 '술꾼석'을 고수했다. 경험으로 터득했다시피 고주망태가 되도록 마시면서 버스 여행을 하려면 그 자리를 선택하는 것이 상책이었다. 그는 갈색 종이봉투 안으로 손을 넣어 술이 담긴 유리병 뚜껑을 열고 냄새를 맡아보았다. 그 냄새는 비록 딱 한 문장뿐이지만 말을 할 줄 알았다. 안

넝, 내 오랜 친구.

그는 *아탕*을 생각했다.

그는 *엄마*를 생각했다.

그는 토미가 지금쯤 어린이집에 다니겠다는 생각을 했다. 친애하는 랜디 삼촌 손에 죽지 않았다면.

그는 생각했다. *브레이크를 걸 수 있는 유일한 사람이 너야.*

전에도 숱하게 했던 생각이지만 이번에는 그 뒤를 이어 새로운 생각이 떠올랐다. *싫으면 이런 식으로 살지 않아도 돼. 물론 이런 식으로 살아도 되긴 하지만…… 꼭 그럴 필요는 없다는 거지.*

평소에 머릿속에서 들리던 목소리와 하도 다르고 하도 낯설어서 처음에는 다른 사람이 속으로 중얼거리는 소리를 들은 건가 생각했다. 그에게는 남의 생각을 읽는 능력이 있었다. 차단하는 법을 터득해서 요즘에는 거의 들리지 않지만. 그럼에도 불구하고 그는 자신을 돌아보는 사람이 있을 거라고 거의 백 퍼센트 확신하며 통로를 훑어보았다. 하지만 아무도 없었다. 모두들 잠을 자거나 옆 사람과 이야기를 나누거나 뉴잉글랜드의 잿빛 풍경을 내다보고 있었다.

싫으면 이런 식으로 살지 않아도 돼.

그게 사실이면 얼마나 좋을까. 그래도 그는 뚜껑을 닫고 병을 옆좌석에 내려놓았다. 그러다 두 번 집어 들었다. 첫 번째는 그냥 내려놓았다. 두 번째는 봉투 안으로 손을 넣어서 뚜껑을 돌렸는데. 바로 그때 주 경계선을 건넌 버스가 뉴햄프셔의 환영소에 진입했다. 댄은 다른 승객들과 함께 버거킹을 일렬로 통과했고 종이봉투를 쓰레기통에 던질 때만 잠깐 걸음을 멈추었다. 키가 큰 초록색 통 옆면에 이런 문구가 찍혀 있었다.

'필요 없는 물건은 여기 두고 가세요.'

이렇게 친절할 수가 있나. 댄은 병이 밑바닥과 부딪치는 쨍그랑 소리를 들으며 이렇게 생각했다. *맙소사, 이렇게 친절할 수가 있나.*

2

한 시간 삼십 분 뒤, 버스는 사계절 모두 이유가 있는 프레이저에 오신 것을 환영합니다!라고 적힌 표지판을 통과했다. 그 아래에는 티니타운의 고향!이라고 적혀 있었다.

버스가 승객들을 태우기 위해 프레이저 문화센터에서 정차하자 처음에 술병이 놓여 있었던 댄의 옆 빈자리에서 토니(『샤이닝』에서부터 등장한 대니의 비현실 속 친구 ─ 옮긴이)가 말을 걸었다. 토니가 그렇게 또렷하게 말은 건넨 게 오랜만의 일이었지만 댄은 그 목소리의 주인공을 알아차렸다.

"바로 여기야."

어디든 상관없어. 댄은 생각했다.

그는 머리 위 선반에서 더플백을 집어 들고 버스에서 내렸다. 그러고는 인도에 서서 멀어져 가는 버스를 바라보았다. 서쪽에서 화이트 산맥이 지평선을 톱으로 켜고 있었다. 그는 방황하는 내내 산을 피해 다녔다. 특히 땅덩이를 둘로 나누는 삐죽삐죽한 괴물이라면 질색이었다. 지금은 이런 생각이 들었다. *결국에는 고지대로 돌아왔군.*

그럴 줄 전부터 알고 있었던 것 같긴 하지만. 하지만 이 산들은 아직도 가끔씩 그의 꿈자리를 어지럽히는 그곳보다 완만했기에 적어도 얼마 동안은 더불어 살 수 있을 듯했다. 브레이브스 티셔츠를 입은 아이에 대한 생각을 끊을 수만 있다면. 술을 끊을 수만 있다면. 살다 보면 이리저리 옮겨 다니는 것이 얼마나 무의미한 짓인지 깨닫는 때가 찾아오기 마련이었다. 어딜 가든 나라는 존재를 끌고 다니는 것이 얼마나 무의미한 짓인지 깨닫는 때가.

웨딩드레스의 레이스처럼 고운 눈송이가 허공에서 나부꼈다. 대부분 12월에 찾아오는 스키족과 6월에 찾아오는 여름 휴가족을 노리고 널찍한 중심가에 일렬로 늘어선 상점들이 보였다. 9월과 10월에 찾아오는 단풍 여행객도 있을지 모르지만, 뉴잉글랜드 북부에서 봄으로 간주되는 지금은 한기와 습기로 크롬 도금돼서 살을 에는 날씨가 8주 동안 이어졌다. 프레이저가 지금 이 시기에 대한 이유는 찾지 못했는지 크랜모어 가는 중심가가 한산하기 이를 데 없었다.

댄은 더플백을 어깨에 걸치고 어슬렁어슬렁 북쪽으로 걸었다. 그러다 쇠 울타리 앞에서 걸음을 멈추고 신축 벽돌 건물을 양옆에 거느린 구불구불한 빅토리아식 저택을 바라보았다. 양옆 건물은 지붕을 씌운 통로를 통해 빅토리아식 저택과 연결되어 있었다. 대저택 왼편에는 작은 탑이 있는데 오른편에는 없어서 묘하게 비대칭적인 것이 살짝 마음에 들었다. 덩치가 큰 늙은 여자가 "그래, 내 몸 한 구석이 떨어져 나갔다. 그래서 뭐? 언젠가는 너도 그렇게 될 거야."라고 말하는 듯했다. 그의 얼굴 위로 미소가 번졌다. 그러다 잠시 후 미소가 사라졌다.

토니가 탑에 달린 창가에서 그를 내려다보고 있었던 것이다. 그는 댄이 올려다보는 것을 보고 손을 흔들었다. 토니가 자주 찾아왔던 어린시절의 그때처럼 엄숙하게 손을 흔들었다. 댄은 눈을 감았다가 다시 떴다. 토니가 보이지 않았다. 애초부터 없었던 걸까? 거기에 무슨 수로 서 있었을까? 널빤지로 창을 막아 버렸는데.

잔디밭에 서 있는 팻말에는 집과 똑같은 초록색 바탕에 금색으로 '헬렌 리빙턴 하우스'라고 적혀 있었다.

저 안에 고양이가 한 마리 있어. 그는 생각했다. *오드리라는 이름의 회색 고양이.*

그의 짐작은 반은 맞고 반은 틀렸다. 정말로 고양이가 있었고 회색이었지만 거세한 수고양이였고 이름이 오드리가 아니었다.

댄은 한참 동안(구름이 갈라지면서 성서에 나오는 햇살이 비칠 때까지) 팻말을 쳐다보다 발걸음을 옮겼다. 이제는 올림피아 스포츠와 프레시 데이 스파 앞에 비스듬히 주차한 몇 안 되는 자동차의 도장 위에서 반짝일 만큼 밝은 햇살이 비추었지만 여전히 눈발이 날려서, 댄은 오래전 버몬트에서 살았을 때 이 비슷한 봄 날씨에 어머니가 했던 말이 생각났다. *악마가 마누라를 때리고 있구나.*

3

호스피스에서 한두 블록 지났을 때 댄은 다시 걸음을 멈추었다. 시의회 건물 맞은편에 프레이저 공원이 있었다. 이제 막 파릇파릇해지려는 기미를 보이기 시작한 1000~2000평짜리 잔디밭인데 거기에 연주 무대, 소프트볼 경기장, 포장이 된 하프코트 농구장, 피크닉 테이블, 심지어 퍼팅 그린까지 있었다. 모두 다 근사했지만 그의 관심을 끈 것은 이런 팻말이었다.

프레이저의 '조그만 자랑거리'

티니타운에서

티니타운 기차를 타보세요!

티니타운이 크랜모어 가를 축소한 복사판이라는 것은 천재가 아니라도 알아차릴 수 있었다. 그가 지나온 감리교회가 보였다. 2미터짜리 첨탑이 하늘을 찌르는 교회였다. 뮤직박스 극장, 스폰더릭스 아이스크림, 마운틴 서점, 셔츠 앤드 스터프, 프레이저 갤러리, 파인 프린츠 아워 스페셜티도 있었다. 탑 하나짜리 헬렌 리빙턴 하우스를 허리 높이로 완벽하게 재현한 모형도 있었는데 양옆의 벽돌 건물은 생략되었다. 댄이 생각하기에는 본관에 비해 흉측하기 짝이 없기 때문인 듯했다.

티니타운 너머로 보이는 모형 기차는 객차에 '티니타운 기차'라고 적혀 있었는데, 너무 작아서 어린아이가 아니면 탈 수 없을 정도였다. 혼다 골드윙 오토바이만 한 밝은 빨간색 기관차가 굴뚝으로 연기를 뿜어 내고 있었다. 디젤 엔진이 으르렁거리는 소리가 들렸다. 기관차 옆면에는 구식의 금박 글씨로 '헬렌 리빙턴'이라고 찍혀 있었다. 이 마을의 후원자인 모양이었다. 프레이저 어딘가에 그녀의 이름을 딴 거리도 있을 수 있었다.

그가 그 자리에 서 있는 동안 태양이 다시 들어가고, 입김이 보일 만큼 날이 추워졌다. 그는 어렸을 때 전동 기차 세트를 갖는 게 소원이었지만 한 번도 소원을 이룬 적이 없었다. 그런데 보라, 티니타운에 모든 연령대의 어린이들이 사랑할 만한 점보 사이즈 기차가 있지 않은가.

그는 더플백을 다른 쪽 어깨로 옮기고 길을 건넜다. 또다시 토니의 목소리가 들리다니(그리고 그의 모습이 보이다니) 심란했지만 지금은 여기서 버스를 내린 게 기뻤다. 어쩌면 여기가 정말로 그가 찾아 헤매던 그곳, 위험하게 기운 그의 인생을 마침내 바로잡을 수 있는 그곳일지 모른다.

너는 어딜 가든 너라는 존재를 끌고 다니잖아.

그는 그 생각을 머릿속 벽장 안으로 밀어 넣었다. 그가 잘하는 짓이었다. 그 벽장 안에는 온갖 것들이 들어 있었다.

4

덮개가 기관차 양쪽을 감싸고 있었지만, 그는 티니타운 기차역 처마 아래 세워진 발판이 보이자 끌고 와서 그걸 딛고 섰다. 운전실에 양가죽으로 덮인 일인용 좌석이 두 개 있었다. 댄이 보기에는 오래된 디트로이트 고성능 자동차에서 뜯어낸 운전실인 듯했다. 운전석과 조정 장치도 디트로이트 제품을 개조한 것처럼 보였는데, 바닥에 불룩 솟은 Z 모양의 기어만 예외였다. 시프트 패턴은 없었다. 원래 손잡이 대신 웃는 얼굴의 해골이 달려 있는데, 오랜 세월 동안 손을 타다 보니 빨간색이었던 반다나가 흐릿한 분홍색으로 바랬다. 핸들 위 절반을 잘라 놓아서 경비행기의 스티어링 요크처럼 보였다. 계기판에 까만색으로 써놓은 글씨는 희미하게 바랬지만 읽을 수는 있었다.

"최고 속도 40 넘지 말 것."

"마음에 드쇼?" 바로 뒤에서 누군가의 목소리가 들렸다.

댄은 황급히 몸을 돌리다 하마터면 발판에서 떨어질 뻔했다. 큼지막하고 쭈글쭈글한 손이 그의 팔뚝을 잡아 주었다. 오십 대 초반 아니면 육십 대 초반으로 보이고, 두툼한 데님 재킷에 귀 덮개를 내린 빨간색 체크무늬 사냥 모자를 쓴 남자였다. 윗면에 '프레이저 자치단체 자산'이라고 라벨을 붙인 공구상자를 다른 쪽 손에 들고 있었다.

"아, 죄송합니다." 댄은 이렇게 말하며 발판에서 내려왔다. "그게……"

"괜찮아요. 구경하는 사람들이 많으니까요. 특히 모형 기차라면 사족을 못 쓰는 사람들이지. 그 사람들이 보기에는 꿈이 현실로 이루어진 것과 같을 테니까. 여기가 정신없고 리브가 얼추 한 시간마다 운행되는 여름철에는 접근을 막지만 이맘때는 아무도 없고 나뿐이라오. 그러니까 신경 쓰지 마슈." 그는 손을 내밀었다. "빌리 프리먼이요. 이 마을 정비를 맡고 있는. 리브는 내 아이고."

댄은 그가 내민 손을 잡았다.

"댄 토런스입니다."

빌 프리먼은 더플백을 유심히 쳐다보았다.

"방금 전에 버스에서 내린 모양이오? 아니면 히치하이크를 하는 중인가?"

"버스를 타고 왔습니다." 댄이 말했다. "엔진은 어떤 게 달렸습니까?"

"그게 재미있단 말이지. 쉐보레 베라네이오라고 들어보셨소?"

댄은 들어 본 적 없었지만 그 엔진이 달린 줄 알고 있었다. 프리먼이 알고 있기 때문이었다. 이렇게 또렷한 샤이닝은 오랜만이었다. 샤이닝이 얼마나 위험한 게 될 수 있는지 몰랐던 아주 어린 시절에 느꼈던 희미한 희열이 되살아났다.

"브라질에서 만든 서버번이죠? 터보 디젤이고요."

프리먼은 숱이 많은 눈썹을 추켜세우며 씩 웃었다.

"이런 망할, 맞았소! 책임자 케이시 킹슬리가 지난해 경매에서 매입한 거요. 아주 멋진 녀석이지. 힘이 우라지게 세다니까? 계기판도 서버번 거요. 좌석은 내가 설치했고."

샤이닝이 점점 희미해지고 있었지만 댄은 마지막으로 한 가지 더 알아냈다.

"GTO 저지에 달려 있던 거였죠?"

프리먼은 얼굴을 환히 빛냈다.

"맞소이다. 서나피 쪽으로 가다 보면 나오는 폐차장에서 건졌지. 기어는 1961년형 맥에 달린 거였고. 9단이오. 끝내주지 않소? 그나저나 일자리를 구하러 온 거요 아니면 그냥 놀러 온 거요?"

댄은 갑작스런 화제 전환에 눈을 껌뻑였다. 그가 일자리를 찾는 중이었던가? 그런 듯했다. 크랜모어 가를 어슬렁어슬렁 걷다 지나친 호스피스부터 알아보는 게 논리상 알맞은 수순이었고(이게 샤이닝인지 아니면 그냥 일반적인 직감인지는 몰라도) 문을 두드리면 채용될 것 같았지만 거길 찾아갈 마음이 있는지 아직 확실치 않았다. 탑 창가에 서 있는 토니를 본 것이 심란했다.

게다가 대니, 마지막으로 술을 마신 곳에서 좀 더 멀찌감치 떨어진 데를 찾아가서 입사지원서를 달라고 해야 하는 거 아니냐? 남은 일자리라고는 야간에 노인네를 휠체어에 태우고 다니는 것밖에 없다손 치더라도.

딕 할로런의 목소리였다. 빌어먹을. 딕을 생각하다니 오랜만의 일이었다. 윌밍턴 이후로 처음인 듯했다.

여름(프레이저로 놀러 올 가장 큰 이유가 있는 계절)이 다가오면 온갖 곳에서 사람을 구할 것이다. 하지만 동네 쇼핑몰의 칠리스와 티니타운 중에서 골라야 한다면 그는 무조건 티니타운을 선택할 것이다. 그는 프리먼의 질문에 대답하려고 입을 열었지만 그에 앞서 할로런이 다시 말했다.

너도 이제 서른이 코앞이야. 기회가 점점 사라질 수 있어.

그러는 내내 빌리 프리먼은 공공연하고 순박하게 호기심을 드러내며 그를 쳐다보고 있었다.

"네." 그는 대답했다. "일자리를 찾고 있어요."

"티니타운 일자리는 오래 할 수가 없지. 여름이 다가오고 학교 방학이 시작되면 킹슬리 씨가 동네에서 일손을 구하거든. 대부분 열여덟 살에서 스물두 살 사이로. 도시 행정 위원들이 그래 주길 바란다

오. 게다가 아이들 몸값이 싸기도 하고." 그가 씩 웃자 한때 이가 있었을 자리에 뚫린 구멍들이 보였다. "그래도 그보다 못한 일자리도 많으니까. 오늘 같은 날은 밖에서 일하는 게 별 매력 없겠지만 이런 추위도 오래 가지 않을 거요."

맞다, 그럴 것이다. 공원의 많은 것들이 방수포로 덮였지만 조만간 방수포를 벗고 소도시 여름 리조트의 얼굴을 드러낼 것이다. 핫도그 노점, 아이스크림 가게, 댄이 보기에는 회전목마처럼 생긴 둥그런 물건. 그리고 두말하면 잔소리지만 아주 작은 객차와 큼지막한 터보 디젤 엔진이 달린 열차도 있었다. 만약 그가 주제넘은 행동을 삼가고 믿음직한 직원으로 인정을 받으면 프리먼이나 책임자(킹슬리)가 한두 번쯤 운전을 맡길지 모른다. 그는 운전을 하고 싶었다. 자치 단체에서 이제 막 졸업한 아이들을 쓰겠다고 하면 저 멀리서 호스피스가 대기하고 있었다.

만약 그가 여기 정착하기로 마음을 먹는다면 말이다.

어딘가에 정착하는 게 좋을 거야. 할로런이 말했다. 오늘은 댄이 환청을 듣고 환영을 보는 날인 듯했다. *조만간 어딘가에 정착하는 게 좋을 거야. 안 그러면 아무 데도 정착하지 못할 테니까.*

그는 뜻밖에 웃음을 터뜨렸다.

"저는 좋은데요, 프리먼 씨. 아주 좋아요."

5

"시설 관리해 본 적 있나?" 빌리 프리먼이 물었다.

그들은 기차 옆구리를 따라 천천히 걷고 있었다. 열차 꼭대기가 댄의 가슴까지밖에 안 와서 거인이 된 듯한 기분이 들었다.

"풀 뽑고 나무 심고 페인트칠하는 건 할 줄 압니다. 낙엽청소기하고 체인 톱 다룰 줄도 알고요. 너무 복잡하지 않고 간단한 문제면 엔진도 고칠 수 있어요. 어린아이 치지 않고 잔디 깎는 기계 운전할 줄도 알고요. 그런데 열차에 대해서는…… 아는 게 없네요."

"킹슬리 앞에서 그 부분에 대해 분명히 짚고 넘어가야 할 거야. 보험이랑 어쩌고저쩌고 때문에. 그나저나 추천서는 있나? 그게 없으면 킹슬리 씨가 쓰겠다고 하지 않을 텐데."

"몇 장요. 대부분 관리인이나 병원에서 잡역부로 일한 기록이지만요. 그런데 프리먼 씨……"

"그냥 빌리라고 부르게."

"열차에 승객을 태울 수 없을 것 같아 보이던데요, 빌리. 어디에 앉나요?"

빌리는 씩 웃었다.

"여기서 잠깐 기다려. 자네도 이걸 나처럼 재미있다고 생각하는지 보게. 나는 몇 번을 보아도 질리지 않거든."

프리먼은 기관차 쪽으로 돌아가서 몸을 앞으로 숙였다. 느릿느릿 공회전 중이던 엔진이 돌아가기 시작하면서 시커먼 연기를 리드미컬하게 내뿜었다. 유압으로 인한 신음 소리가 헬렌 리빙턴의 이 끝에서 저 끝까지 이어졌다. 객차와 노란색 승무원차(전부 다 합해서 아홉 칸이었다.) 지붕이 갑자기 위로 움직이기 시작했다. 댄의 눈에는 똑같이 생긴 근사한 컨버터블 뚜껑이 일제히 올라가는 것처럼 보였다. 그가 허리를 숙이고 차창 안을 들여다보니 각 차량마다 가운데에 딱딱한 플라스틱 의자가 줄줄이 놓여 있었다. 객차에는 여섯 개씩 있었고, 승무원차에는 두 개 있었다. 모두 합해서 쉰 개였다.

빌리가 돌아왔을 때 댄은 함박웃음을 짓고 있었다.

"만석이면 열차가 아주 희한하게 보이겠어요."

"아, 그럼. 다들 배꼽 빠져라 웃으며 열심히 사진을 찍지. 이걸 봐."

각 객차 꽁무니마다 강철을 씌운 계단이 달려 있었다. 빌리가 한 계단을 올라가더니 통로를 지나서 좌석에 앉았다. 특이한 착시 현상이 벌어져서 그가 실제보다 더 커 보였다. 그가 당당하게 손을 흔들자 쉰 명의 거인들이 역사를 왜소해 보이게 만들며 티니타운 역을 빠져나가는 광경이 댄의 머릿속에 그려졌다.

빌리 프리먼이 자리에서 일어나 걸어 내려오자 댄은 박수를 쳤다.

"전몰장병 추모일(5월 마지막 월요일이다 ― 옮긴이)에서부터 노동절(9월 첫째 월요일이다 ― 옮긴이)까지 엽서를 10억 장은 팔 수 있겠어요."

"두말하면 잔소리지."

빌리가 외투 주머니를 뒤져서 쭈글쭈글한 듀크(댄도 잘 아는, 미국 전역의 버스 정거장과 편의점에서 판매하는 저렴한 상표였다.) 담뱃갑을 꺼내더니 앞으로 내밀었다. 댄은 한 개비를 꺼냈다. 빌리가 양쪽 담배에 불을 붙였다.

"즐길 수 있을 때 즐겨야지." 빌리가 자기 담배를 보며 말했다. "몇 년 내로 여기서도 금연이 선포될 테니까. 프레이저 여성회에서 벌써 논의 중이야. 늙다리 할망구들 모임에 불과하지만 사람들이 하는 말 있잖아. 빌어먹을 요람을 흔드는 손이 빌어먹을 세상을 지배한다고." 그는 콧구멍으로 연기를 뿜어냈다. "그 할망구들은 대부분 닉슨이 대통령이었던 이래 요람을 흔들어 본 적도 없겠지만. 그 부분에 있어서라면 그때 이래 생리대도 써본 적 없겠지만."

"그렇게 나쁜 일은 아닐지 모르잖아요." 댄이 말했다. "어린애들은 어른을 보고 배우니까요."

그는 그의 아버지를 생각했다. 어머니가 돌아가시기 얼마 전에 이야기했던 것처럼 잭 토런스가 술 한 잔보다 유일하게 좋아했던 것이 있다면 술 열 몇 잔이었다. 물론 웬디가 좋아했던 것은 담배였고 그로 인해 목숨을 잃었다. 옛날 옛적에는 댄도 그런 습관에 물들지 말자고 스스로 다짐한 적이 있었다. 하지만 인생은 아이러니컬한 복병의 연속이라고 믿게 되었다.

빌리 프리먼은 한쪽 눈을 거의 감다시피 하고 댄을 쳐다보았다.

"나는 가끔 사람들을 보고 예감을 느낄 때가 있는데 자네를 보았을 때 예감이 느껴지더군." 그는 뉴잉글랜드 사투리를 섞어 가며 말했다. "자네가 고개를 돌리고 나한테 얼굴을 보이기 전부터. 지금부터 5월 말까지 봄 청소를 맡기기에 알맞은 인물이라는 생각이 들더란 말이지. 내 예감이 그렇고 나는 내 예감을 믿어. 말도 안 되는 소리일지 모르지만."

댄은 전혀 말도 안 되는 소리가 아니라고 생각했고, 의도하지도 않았는데 빌리 프리먼의 생각을 왜 그렇게 또렷하게 읽을 수 있었는지 이제는 알 수 있었다. 예전에 딕 할로런에게 들은 이야기가 생각났다. 그가 처음으로 사귄 어른 친구였던 딕. *내가 샤이닝이라고 부르는 능력을 조금 가지고 있는 사람들도 많지만, 대부분 반짝이는 수준이지. 라디오 DJ가 다음에는 어떤 음악을 틀지 알아차리고, 조만간 전화벨이 울릴 거라고 알아차리고, 그런 식으로.*

빌리 프리먼에게 그런 반짝임이 있었던 것이다. 그런 조그만 빛이.

"그럼 이 캐리 킹슬리라는 분하고 얘기를 해봐야 되는 거죠?"

"캐리가 아니라 케이시. 아무튼 맞아, 그이. 25년째 이 마을 행정을 맡고 있는 사람이지."

"언제쯤 찾아가면 좋을까요?"

"지금쯤이 괜찮을 거야." 빌리가 손가락으로 가리켰다. "프레이저 시의회 건물과 사무소 맞은편에 있는 벽돌 건물 보이지? 지하층 복도 맨 끝 방에 킹슬리 씨가 있어. 천장을 울리는 디스코 음악 소리가 들리면 제대로 찾아간 거야. 화요일과 목요일마다 체육실에서 여성 에어로빅 수업이 열리거든."

"알겠습니다." 댄이 말했다. "말씀하신 대로 할게요."

"추천서는 들고 왔나?"

"네."

댄은 티니타운 역에 기대어 내려놓은 더플백을 두드렸다.

"자네가 직접 쓴 건 아니겠지? 하나라도?"

대니는 웃었다.

"아니에요. 진짜예요."

"그럼 찾아가 봐."

"알겠습니다."

"그리고 한 가지 더." 댄이 걸음을 옮기기 시작했을 때 빌리가 말했다. "그이는 술이라면 질색하거든. 자네, 만약 술을 좋아하냐고 그이가 물으면…… 거짓말을 하는 게 좋을 거야."

6

충혈된 코로 보건대 케이시 킹슬리는 예전부터 술을 질색하던 사람이 아니었다. 작고 어수선한 사무실에 들어앉았다기보다 사무실을 몸에 걸치고 있다는 표현이 더 어울릴 만큼 거한이었다. 지금 그는 책상 앞 의자를 뒤로 젖히고 앉아서 파란색 폴더에 깔끔하게 정리한 댄의 추천서를 훑어보고 있었다. 가족사진이 담긴 액자와 나란히 걸어놓은 수수한 나무 십자가의 세로 기둥에 뒤통수가 닿을락 말락 했다. 사진 속에서는 지금보다 젊고 날씬한 킹슬리가 아내와 수영복을 입은 세 아이와 함께 어느 바닷가에서 포즈를 취하고 있었다. 살짝 희미해지기는 했지만 빌리지 피플이 부르는 「YMCA」와 수많은 사람들이 열심히 발을 구르는 소리가 천장을 타고 전해졌다. 댄은 거대한 지네를 상상해 보았다. 며칠 전에 동네 미장원에 다녀왔고 약 8미터에 달하는 밝은 빨간색 타이츠를 입고 있는 지네를.

"으흠." 킹슬리가 중얼거렸다. "으흠…… 그래…… 그렇지, 그렇지, 그렇지……."

딱딱한 사탕이 가득 담긴 유리병이 책상 한쪽 구석에 놓여 있었다. 그는 얇은 추천서에 시선을 고정한 채 뚜껑을 열고 사탕을 하나 꺼내서 입안에 넣었다.

"자네도 하나 먹지." 그가 말했다.

"아뇨, 괜찮습니다." 댄이 말했다.

섬뜩한 생각이 그의 머릿속에 떠올랐다. 옛날에 그의 아버지도 이 비슷한 방에 앉아서 오버룩 호텔 관리인 면접을 보았을지 모른다. 아버지는 무슨 생각을 했을까? 그 일자리가 간절하다는 생각? 그것이 마지막 기회라는 생각? 어쩌면. 그랬을지도. 두말하면 잔소리지만 잭 토런스에게는 장차 문제의 소지가 될 만한 부분들이 있었다. 댄은 그렇지 않았다. 이번 일이 잘 안 되더라도 잠깐 여유를 부릴 수 있었다. 아니면 호스피스의 문을 두드려 볼 수 있었다. 하지만⋯⋯ 그는 마을 공원이 마음에 들었다. 평범한 체격의 어른들을 골리앗으로 만드는 기차도 마음에 들었다. 어처구니없고 유쾌하며, 저 잘난 맛에 사는 미국 소도시 특유의 분위기라는 점에서 용감한 티니타운도 마음에 들었다. 그리고 샤이닝이 살짝 있지만 아마 그런 줄 모르고 있을 빌리 프리먼도 마음에 들었다.

두 사람의 머리 위에서 「아이 윌 서바이브」가 「YMCA」의 뒤를 이었다. 킹슬리는 새로운 곡을 기다리기라도 했던 것처럼 댄의 추천서를 폴더 안에 넣어서 책상 너머로 건넸다.

퇴짜를 놓으려는 작정이로군.

그날 하루 종일 예감이 딱딱 들어맞더니 이번만큼은 예상이 빗나갔다.

"훌륭해 보이는군. 하지만 뉴햄프셔 중앙병원이나 이 마을 호스피스에서 근무하는 쪽이 훨씬 편하지 않을까? 의학과 응급조치 쪽으로 몇 가지 자격증이 있어서 심지어 가정 봉사원 자격도 되는 것 같은데. 이 추천서에 따르면 제세동기 다룰 줄도 알고. 가정 봉사원이라고 들어 봤나?"

"네. 그리고 호스피스에 대해서도 생각해 봤습니다. 그러다 마을 공원과 티니타운과 기차를 보게 되어서요."

킹슬리는 끙 소리를 냈다.

"기차를 번갈아 운전한대도 괜찮겠나?"

댄은 서슴없이 거짓말을 했다.

"네, 그래도 상관없습니다." 폐차장에서 건진 GTO 운전석에 앉아서 반으로 자른 운전대를 잡고 싶다고 솔직히 털어놓으면 그의 면허증이 거론될 테고, 그러면 면허증을 잃어버리게 된 사연으로 논의가 확대될 테고, 그러면 케이시 킹슬리 씨가 당장 나가 달라고 할 것이다. "저는 갈퀴질과 잔디 깎는 기계 운전이 좀 더 적성에 맞는 타입이라서요."

"추천서를 보아하니 단기로 근무하는 타입인 것 같기도 하군."

"조만간 어딘가에 정착할 생각입니다. 이제는 방랑벽도 거의 다 없어진 것 같아서요."

그는 이 말이 자기뿐 아니라 킹슬리의 귀에게도 헛소리처럼 들릴까 싶었다.

"내가 줄 수 있는 것도 단기 일자리뿐일세." 킹슬리가 말했다. "학교 여름방학이 시작되면……"

"빌리한테 들었습니다. 여름이 되도록 이 마을에 있고 싶으면 호스피스를 찾아가 볼게요. 킹슬리 씨께서 그러는 게 좋겠다고 하시면 일찌감치 빈자리가 있는지 알아보도록 하겠습니다."

"나는 어느 쪽이든 상관없네." 킹슬리는 호기심 어린 눈빛으로 그를 쳐다보았다. "자네는 죽어 가는 사람들을 대해도 괜찮은 모양이지?"

당신 어머니가 거기서 돌아가셨지? 대니는 생각했다. *결국 샤이닝이 죽지 않은 거였다. 심지어 묻혀 있지도 않은 거였다. 당신이 어머니의 손을 잡고 임종을 지켰지. 어머니의 성함은 엘런이었고.*

"네." 그는 이렇게 대답하고 나서 뜬금없이 덧붙였다. "인간은 누구나 죽잖아요. 이 세상은 환기가 잘된 호스피스와 같다고 할 수 있죠."

"철학자로군. 아무튼 토런스 군, 자네를 고용할까 싶네. 나는 빌리의 눈을 믿거든. 사람을 볼 때 실수를 하는 일이 거의 없는 사람이니까. 다만 지각을 하거나, 술이 덜 깨거나, 시뻘게진 눈으로 마약 냄새를 풍기며 출근하는 일은 없도록. 그랬다가는 이 마을에서 쫓겨날 거야. 왜냐하면 리빙턴 하우스가 자네하고는 아무 상관없는 곳이 될 테니까. 내가 그렇게 만들 거니까. 알겠나?"

댄은 부아가 치밀었지만

뭣도 없으면서 잘난 척하기는.

참았다. 이곳은 킹슬리의 홈그라운드였고 공도 킹슬리의 것이었다.

"잘 알겠습니다."

"괜찮으면 내일부터 출근해도 좋아. 이 마을에 하숙집은 많아. 필요하면 내가 한두 군데 연락을 해보지. 첫 월급 받기 전까지 일주일에 90달러씩 낼 수 있나?"

"네. 고맙습니다, 킹슬리 씨."

킹슬리는 손사래를 쳤다.

"집을 구할 때까지 레드루프 인 신세를 지도록 해. 내 예전 처남이 사장인데 방값을 깎아 줄 거야. 됐나?"

"좋습니다."

이 모든 게 복잡한 천 조각짜리 퍼즐의 마지막 몇 조각을 맞추듯 삽시간에 이루어졌다. 댄은 예감을 믿지 말아야겠다고 속으로 중얼거렸다.

킹슬리가 자리에서 일어났다. 거구라 일어나는 속도가 느렸다. 댄도 자리에서 일어났고 킹슬리가 어수선한 책상 너머로 두툼한 손을 내밀자 악수를 했다. 이제는 머리 위에서 KC 앤드 더 선샤인 밴드가 세상이 내 맘 같지 않다며 오호, 어허, 하는 소리가 들렸다.

"나는 저 짜증나는 댄스 음악이 싫어." 킹슬리가 말했다.

그래. 대니는 생각했다. 그렇겠지. 이제는 얼굴을 자주 보여 주지 않는 딸이 생각나니까. 아직 당신을 용서하지 않은 딸이.

"어디 안 좋은가?" 킹슬리가 물었다. "얼굴이 조금 창백해 보이는데."

"피곤해서요. 한참 동안 버스를 타고 왔거든요."

다시 돌아온 샤이닝이 강력한 힘을 발산했다. 문제는 왜 이제 와서 그러느냐는 것이었다.

취직한 지 사흘째 되던 날, 댄이 연주 무대를 칠하고 지난 가을에 떨어진 낙엽을 치우고 있는데 킹슬리가 크랜모어 가를 건너오더니 엘리엇 가에 방이 났는데 관심 있느냐고 물었다. 욕조와 샤워기가 있는 개인 화장실이 옵션으로 딸려 있었다. 방세는 일주일에 85달러였다. 댄은 관심이 있었다.

"점심시간에 가 봐." 킹슬리가 말했다. "가서 로버트슨 부인을 찾아." 그러더니 관절염이 시작되려는 조짐을 보이는 손가락을 들어 그를 가리켰다. "실수하지 마. 로버트슨 부인은 내 오랜 친구니까. 내가 그 얄팍한 추천서와 빌리 프리먼의 직감을 믿고 자네 보증을 섰다는 걸 명심하도록."

댄은 실수하지 않겠다고 대답했지만 한껏 진지함을 가미한 목소리가 그의 귀에는 거짓처럼 느껴졌다. 버몬트의 교단에서 쫓겨난 뒤 잘 사는 예전 친구에게 일자리를 구걸하는 신세로 전락했던 아버지가 또다시 생각났다. 자신을 거의 죽일 뻔했던 인물에게 연민을 느끼다니 이상한 일이었지만 정말로 연민이 느껴졌다. 사람들은 그의 아버지에게 실수하지 말라고 이야기할 필요성을 느꼈을까? 어쩌면 그랬을지 모른다. 그런데 잭 토런스는 실수를 저질렀다. 거하게. 별 다섯 개 급으로. 술 때문이기도 했지만, 누가 넘어졌을 때 일으켜 세워 주기보다 그 등을 밟고 지나가서 목을 발로 누르고 싶은 충동을 느끼는 사람들도 있는 듯했다. 비열한 짓이지만 인간의 천성이 원래 그랬다. 경쟁력이 떨어지는 개와 함께 달리면 다른 개의 발과 발톱과 똥구멍만 보이기 마련이었다.

"그리고 빌리더러 자네 발에 맞는 장화 있는지 찾아봐 달라고 해. 창고에 열 몇 켤레 모아 두었던데. 지난번에 보니까 절반은 짝이 안 맞았지만."

날씨는 화창하고 공기는 상쾌했다. 청바지와 유티카 블루 삭스 티셔츠를 입고 일을 하던 댄은 구름 한 점 없다시피 한 하늘을 올려다보고 다시 케이시 킹슬리 쪽으로 시선을 돌렸다.

"그래, 날씨가 어때 보이는지 나도 알아. 하지만 여긴 산악지대거든. 국립해양기상청이 말하길 조만간 북동풍이 불고 30센티미터쯤 눈이 올 거라고 했어. 금세 그치겠지만(뉴햄프셔 사람들은 4월에 내리는 눈을 가난한 농부의 거름이라고 하지.) 강풍이 동반될 거라고. 예보에 따르면 그래. 자네가 낙엽청소기뿐 아니라 눈청소기까지 다룰 줄 알았으면 좋겠는데." 그는 중간에 말을 끊었다. "그리고 자네 허리도 튼튼했으면 좋겠고. 내일 빌리와 둘이서 땅에 떨어진 나뭇가지를 숱하게 치워야 할 테니까. 쓰러진 나무도 몇 그루 잘라야 하고. 전기톱 쓸 줄 아나?"

"네." 댄이 말했다.

"다행이로군."

8

댄과 로버트슨 부인은 원만하게 합의를 보았다. 그녀는 심지어 공용 부엌에서 달걀샐러드 샌드위치와 커피를 권하기까지 했다. 그는 샌드위치와 커피를 받아들며 어쩌다 프레이저에 오게 되었느냐, 그 전에는 어디에서 살았느냐 하는 식의 일상적인 질문을 예상했다. 그런데 신선하게도 그녀는 그런 질문을 전혀 하지 않았다. 그런 질문은커녕 '강풍 중의 강풍'에 대비해서 1층 덧문을 닫아야 하는데 도와줄 수 있느냐고 물었다. 댄은 좋다고 했다. 그는 좌우명이라고 할 만한 게 별로 없었지만 그 중 하나가 집주인과 좋은 관계를 유지하라는 것이었다. 언제 월세를 미루어 달라고 할 일이 생길지 알 수 없었다.

다시 공원으로 돌아가 보니 빌리가 해야 할 일을 적은 목록을 들고 기다리고 있었다. 그 전날에 두 사람은 어린이용 놀이기구에 씌웠던 방수포를 벗겼다. 그랬다가 그날 오후에 다시 씌우고 온갖 노점과 상점의 셔터를 내렸다. 그날 마지막으로 한 일은 리브를 창고 안에 다시 넣는 것이었다. 일을 마친 두 사람은 티니타운 역사 옆 접이식 의자에 앉아서 담배를 피웠다.

"내가 뭐 하나 알려 줄까?" 빌리가 말했다. "나는 지금 기진맥진한 일꾼이야."

"저도 마찬가지예요."

하지만 그는 풀린 근육들이 쿡쿡 쑤시는 게 기분 좋게 느껴졌다. 숙취를 달랠 필요가 없을 때 바깥일이 얼마나 즐거울 수 있는지 잊고 있었다.

하늘이 거품 같은 구름으로 뒤덮였다. 빌리는 구름을 올려다보며 한숨을 쉬었다.

"강풍을 동반한 눈이 내린다는 예보가 틀렸으면 좋겠는데 아무래도 맞을 것 같군. 자네 신을 만한 장화 찾아놨어. 별로 볼품은 없지만 그래도 짝은 맞아."

댄은 새로 생긴 장화를 들고 마을을 가로질러 새로운 숙소로 향했다. 그 무렵 바람은 점점 강해지고 날은 점점 어두워지고 있었다. 그날 아침만 해도 프레이저는 여름의 문턱에 들어선 것처럼 느껴졌었다. 그런데 저녁때는 눈을 예고하는 습한 공기가 살을 에었다. 골목길에는 인적이 없었고 집집마다 문을 꼭꼭 닫았다.

댄은 모어헤드 가에서 엘리엇 가로 향하는 길모퉁이를 돌아 나왔을 때 걸음을 멈추었다. 마술사들이 씀직한 너덜너덜한 실크해트가 지난 가을에 떨어진 앙상한 낙엽들과 함께 길바닥에 뒹굴고 있었다. 아니면 예전에 코미디 뮤지컬 배우가 썼음직한 모자 같기도 하고. 그는 생각했다. 모자를 보고 있으려니 간담이 서늘했다. 실제로 존재하는 모자가 아니기 때문이었다.

그는 눈을 감고, 정강이를 감싼 청바지를 점점 더 거세게 때리는 바람을 느끼며 다섯까지 센 다음 다시 눈을 떴다. 낙엽들은 보이는데 모자는 보이지 않았다. 샤이닝이 만들어 낸, 생생하고 심란하며 대개는 무의미한 환영이었던 것이다. 일정 기간 동안 술을 끊으면 늘 샤이닝이 전보다 강해지기는 했지만 프레이저로 건너온 이래 강도가 최고였다. 이곳 공기가 왠지 모르게 다르기라도 한 걸까? 다른 행성에서 보내는 뭔지 모를 전파에 더 민감한 걸까? 특별한 걸까?

오버룩이 특별했던 것처럼.

"아니야." 그는 중얼거렸다. "아니야, 아닐 거야."

술 몇 잔 마시면 전부 다 사라질 거야, 대니. 그건 믿지?

안타깝게도 그건 믿었다.

9

로버트슨 부인의 하숙집은 얼기설기 증축한 그 옛날 식민지 시대 주택이었고, 3층에 자리 잡은 댄의 방에서는 서쪽으로 산들이 보였다. 그에게는 불필요한 전경이었다. 세월이 흐르면서 오버룩에 얽힌 기억들도 옅은 잿빛으로 희미해졌건만, 몇 개 안 되는 짐을 푸는데 한 가지 추억이 떠올랐다. 어떤 끔찍한 유기체(예를 들면 조그만 동물의 부패한 사체)가 깊은 호수 위로 떠오르듯 수면 위로 올라왔다.

땅거미가 질 무렵 눈다운 눈이 처음으로 내리기 시작했지. 우리는 아무도 없는 그 낡은 호텔 현관에 서 있었어. 아버지를 가운데에 두고 어머니가 저쪽, 내가 이쪽, 이렇게. 아버지가 우리를 어깨동무하고 있었지. 그때만 해도 괜찮았어. 그때만 해도 아버지가 술을 안 마셨거든. 처음에는 눈이 완벽하게 일직선으로 내렸는데, 바람이 점점 세게 부니까 옆으로 날려서 현관 양쪽 옆면을 때리고 어디에 쌓였는가 하면……

그는 막으려고 했지만 헤어 나온 기억을 어쩌지 못했다.

……동물 모양으로 깎아 놓은 생울타리 위로 쌓였지. 내가 다른 데 보고 있으면 가끔씩 움직였던 그 아이들 위로.

그가 창문 반대편으로 고개를 돌리는데 양쪽 팔에 소름이 돋았다.

116

레드 애플에서 산 샌드위치를 먹으면서 역시 레드 애플에서 산 존 스탠퍼드 소설을 읽기 시작하려고 했는데, 몇 입 먹은 다음 다시 싸서 시원한 창턱에 두는 수밖에 없었다. 나중에 먹으려는 심산이었지만 오늘 밤에는 간신히 9시나 넘기면 다행이지 싶었다. 백 쪽이나마 읽으면 잘한 거였다.

밖에서는 바람이 점점 기세를 더했다. 이따금 처마를 돌며 오싹한 비명 소리를 내서 그가 책을 읽다말고 고개를 들게 만들었다. 8시 30분 무렵부터 눈이 내리기 시작했다. 그의 방 창문이 금세 축축한 폭설로 뒤덮이자 산들이 시야에서 사라졌다. 어떤 의미에서는 좀 전보다 못했다. 오버룩의 창문들도 눈으로 뒤덮였었다. 처음에는 1층만…… 그러다 2층까지…… 결국에는 3층까지.

그러자 그들은 생생한 유령들 속에 파묻혔다.

아버지는 그들의 힘을 빌리면 지배인이 될 수 있다고 생각했지. 그들에게 충성심을 보여 주면 될 거라고. 아들을 바치면 될 거라고.

"하나뿐인 아들을."

댄은 중얼거리고 나서, 자기가 아닌 다른 사람이 한 말이라도 되는 듯 주위를 둘러보았다. 사실 옆에 누가 있는 듯한 기분이 들었다. 정말로 그런 것 같았다. 바람이 다시 건물 옆면을 할퀴자 그는 몸서리를 쳤다.

아직 늦지 않았어. 레드 애플에 가서 뭐라도 한 병 사와. 기분 나쁜 모든 것들을 잊고 침대에 누울 수 있게.

안 된다. 그는 책을 읽을 것이다. 루카스 데번포트(존 스탠퍼드가 쓴 「프레이」 시리즈의 주인공 — 옮긴이)가 사건 수사에 나섰으니 그는 이

책을 읽을 것이다.

그는 9시 15분에 책을 덮고 또 다른 하숙집 침대에 누웠다. *잠이 안 오겠지.* 그는 생각했다. *이렇게 바람 소리가 시끄러운데 잠이 안 오겠지.*

그런데 잠이 들었다.

10

그는 빗물 배수관 입구에 앉아 케이프 피어 강기슭에서 자라는 잡 풀과 그 강을 가로지르는 다리를 내려다보았다. 밤은 청명하고 달은 만월이었다. 바람도 없고 눈도 내리지 않았다. 그리고 오버룩도 사 라지고 없었다. 땅콩을 기르던 농부가 대통령을 하던 시절에 불타 없어지지 않았더라도 여기서 거기까지 거리가 수천 킬로미터였다. 그런데 그는 왜 그렇게 무서워했던 걸까?

그가 혼자가 아니기 때문이었다. 그의 뒤에 누군가가 있기 때문이 었다.

"자기야, 내가 충고 몇 마디 들려줄까?"

끈적끈적하니 흔들리는 목소리였다. 댄은 등줄기가 오싹했다. 다 리는 그보다 더 싸늘하게 굳었고 뾰족뾰족하게 소름이 돋았다. 반바 지를 입고 있었기에 하얀 소름이 보였다. 그는 당연히 반바지를 입 고 있었다. 그의 머리가 어른처럼 성장했을지 몰라도 지금 현재는 다섯 살짜리 몸 위에 얹혀 있었으니까.

자기야? 누구신지……?

하지만 그는 알고 있었다. 디니에게 그의 이름을 가르쳐주었지만 그녀는 이름이 아니라 꿀단지라고 불렀다.

기억 못하는구나. 게다가 이게 꿈이기도 하고.

당연히 이건 꿈이었다. 그는 봄철 눈보라가 로버트슨 부인의 하숙집 밖에서 울부짖는 가운데, 뉴햄프셔 주 프레이저에서 잠을 자고 있었으니까. 그래도 돌아보지 않는 게 보다 현명한 선택이었다. 보다 안전한 선택이기도 했다.

"충고 필요 없어." 그는 강물과 보름달을 쳐다보며 이렇게 말했다. "충고라면 전문가들한테 들었으니까. 술집이나 이발소에 가면 넘쳐나는 게 충고이기도 하고."

"*자기야, 모자 쓴 여자를 조심해.*"

무슨 모자? 그는 이렇게 물을 수도 있었지만 굳이 그럴 필요가 없었다. 그는 그녀가 무슨 모자를 말하는 건지 알고 있었다. 길거리에서 나뒹구는 모자를 보지 않았던가. 겉은 새까맣고 안은 하얀색 실크로 덧대어진 모자를.

"*지옥성의 지랄 맞은 여왕이거든. 그 여자를 건드리면 산 채로 잡아먹힐 거야.*"

그는 고개를 돌렸다. 어쩔 수가 없었다. 디니가 노숙자의 담요를 맨 어깨에 두른 채 그의 뒤편 빗물 배수관 속에 앉아 있었다. 머리카락이 양쪽 뺨에 덕지덕지 들러붙었다. 퉁퉁 부은 얼굴에서 물이 뚝뚝 떨어졌다. 두 눈은 멍했다. 땅 속에 묻힌 지 몇 년은 되어 보이는 시체였다.

당신, 가짜지? 댄은 이렇게 묻고 싶었지만 아무 말도 할 수 없었다. 그는 다시 다섯 살로 돌아가 다섯 살짜리 대니가 되었고, 오버룩은 잿더미가 되었건만 지금 이곳에 죽은 여자가 있었고, 그는 그녀의 돈을 훔친 전적이 있었다.

"그건 괜찮아." 그녀가 말했다. "코카인을 팔았거든. 먼저 설탕을 살짝 섞은 다음 200달러에 팔았지." 그녀가 씩 웃자 잇새로 물이 쏟아져 나왔다. "*자기야, 나는 자기가 좋아. 그래서 경고하러 찾아온 거야. 모자 쓴 여자를 조심하라고.*"

"가짜 얼굴이야." 댄은 이렇게 말했지만…… 높고 가늘고 어린아이답게 종알거리는 대니의 목소리가 나왔다. "가짜 얼굴이야. 실제로는 없는 가짜."

그는 오버룩에서 끔찍한 광경을 보았을 때 종종 그랬던 것처럼 눈을 감았다. 여자가 비명을 지르기 시작했지만 그는 눈을 뜨지 않았다. 비명 소리는 오르락내리락 계속 이어졌고 그는 그것이 바람 부는 소리임을 깨달았다. 그가 있는 곳은 콜로라도도, 노스캐롤라이나도 아니었다. 뉴햄프셔였다. 악몽을 꾸었지만 이제 끝났다.

11

타이멕스 시계를 보니 새벽 2시였다. 방 안이 추웠지만 그의 팔과 가슴은 땀으로 번들거렸다.

자기야, 내가 충고 몇 마디 들려줄까?

"아니." 그가 말했다. "당신 충고는 사양할게."

그녀가 죽었구나.

알 방법이 없는 일인데도 그는 알 수 있었다. 디니(허벅지가 훤히 드러나는 가죽치마에 코르크 샌들을 신은 서구 여신 같았던 그녀)가 죽었다는 것을. 어떤 식으로 죽었는지도 알 수 있었다. 약을 먹고 머리를 위로 올려서 묶은 다음 온수를 가득 채운 욕조에 들어갔다가 잠이 들었고 밑으로 미끄러지는 바람에 익사했다.

공허한 협박으로 가득한 바람 소리가 끔찍하리만치 귀에 익었다. 바람은 어디에서나 불지만 고지대에서만 이런 소리를 냈다. 화가 난 신이 공기 망치로 세상을 두드리는 듯했다.

나는 예전에 아버지가 마시는 술을 나쁜 물건이라고 불렀지. 댄은 생각했다. *그런데 가끔 좋은 물건일 때도 있어. 최소한 절반은 샤이닝인 게 분명한 악몽을 꾸었을 때는 아주 좋은 물건이 되지.*

술 한 잔이면 다시 잠을 잘 수 있을 것이다. 세 잔이면 그냥 자는 정도가 아니라 푹 잘 수 있을 것이다. 잠은 자연 치유제였고 지금 댄 토런스는 속이 메슥거려서 독한 약이 필요했다.

다 문 닫았을 거야. 다행으로 생각해라.

뭐. 어쩌면 그럴지도.

그가 옆으로 돌아눕자 무언가가 굴러와서 그의 등에 부딪쳤다. 아니, 무언가가 아니었다. 어떤 사람이었다. 어떤 사람이 그의 침대 속으로 들어온 것이었다. 디니가 그의 침대 속으로 들어온 것이었다. 그런데 디니라고 하기에는 너무 작았다. 그보다는……

그는 잽싸게 일어나 어설프게 방바닥을 딛고 어깨 너머를 돌아보았다. 디니의 아들 토미였다. 오른쪽 두개골이 움푹 꺼졌다. 피투성이 금발 사이로 튀어나온 뼛조각들이 보였다. 회색 물때가 낀 덩어리(뇌였다.)가 한쪽 뺨 위에서 굳어 가고 있었다. 그렇게 무시무시한 부상을 입었는데도 살아 있었다. 아이가 댄을 향해 고사리 같은 손을 내밀었다.

"*아탕.*" 아이가 말했다.

비명 소리가 다시 들리기 시작했는데 이번에는 디니가 내는 소리도, 바람 소리도 아니었다.

그의 비명 소리였다.

12

다시 한 번 눈을 떠보니(이번에는 정말로 깬 거였다.) 그가 비명을 지르기는커녕 가슴 속 깊은 곳에서 으르렁거리는 소리를 내고 있었다. 그는 숨을 헐떡이며 일어나 앉아서 이불을 허리춤으로 끌어 모았다. 침대 속에 아무도 없었지만, 꿈이 아직도 생생했기에 눈으로 확인하는 것만으로는 부족했다. 이불을 확 젖혔지만, 그래도 부족했다. 그는 침대 시트를 손으로 훑으며 점점 식어 가는 온기가 느껴지지 않는지, 조그만 골반과 엉덩이에 눌려서 꺼진 곳은 없는지 살폈다. 아무 흔적도 없었다. 당연한 노릇이었다. 그는 그래서 침대 밑을 들여다보았지만 빌려온 장화밖에 없었다.

이제는 바람이 전보다 약해졌다. 눈보라가 그치지는 않았지만 점점 잦아들고 있었다.

그는 화장실로 들어가서 누군가를 놀래려는 것처럼 홱 하니 뒤로 고개를 돌렸다. 발치 쪽 방바닥에 이불이 나뒹구는 침대 말고는 아무것도 없었다. 그는 세면대 위에 달린 불을 켜고 찬물을 얼굴에 끼얹은 다음 뚜껑을 내린 변기에 앉아서 한 번, 또 한 번 심호흡을 했다. 이제 그만 일어나서 책과 함께 조그만 테이블 위에 올려놓은 담배를 한 대 꺼낼까 하는 생각도 들었지만, 다리가 후들거려서 버틸 수 있을지 자신이 없었다. 그래서 계속 앉아 있었다. 침대가 보였고 침대 위에는 아무도 없었다. 방 안에 아무도 없었다. 그쪽은 아무 문제없었다.

그런데…… 아무도 없는 것처럼 느껴지지 않았다. 아직은 그랬다. 그런 느낌이 들어야 다시 침대에 누울 수 있을 것이다. 하지만 잠은 자지 못할 것이다. 오늘 밤에 잠을 자기는 글렀다.

13

7년 전, 털사의 어느 호스피스에서 잡역부로 근무했을 때 댄은 말기 간암 환자인 나이 지긋한 정신과 의사와 친구처럼 지낸 적이 있었다. 어느 날 에밀 케머가 흥미진진했던 몇몇 사례에 얽힌 추억을 (별로 조심스럽지 않게) 펼쳐놓자 댄도 어렸을 때부터 스스로 이중 꿈이라고 부르는 증상 때문에 고충을 겪고 있다고 털어놓았다. *케머 박사님도 그런 증상에 대해 들어 보신 적 있나요? 정확한 명칭은 뭔*

가요?

케머는 한창때만 해도 거구를 자랑했지만(침대 옆 테이블에 둔 흑백의 오래된 결혼사진이 증거였다.) 암이 결국에는 다이어트 프로그램이기에 이런 대화를 나누었던 날, 그의 몸무게는 아흔한 살인 그의 나이와 비슷했다(91파운드를 환산하면 약 41킬로그램이다 — 옮긴이). 하지만 정신은 여전히 또렷해서, 뚜껑을 닫은 변기에 앉아 점점 잦아들어 가는 눈보라 소리를 듣고 있던 댄은 그 영감님의 의뭉스럽던 미소가 생각났다.

"보통은……" 그가 특유의 심한 독일 억양으로 말했다. "돈을 받고 진단을 해 주는데, 대니얼."

댄은 씩 웃었다.

"그럼 저는 포기해야겠네요."

"아닐 수도 있고." 케머는 댄을 유심히 들여다보았다. 눈동자가 선명한 파란색이었다. 댄도 알다시피 터무니없을 만큼 부당한 반응이었지만 그래도 독일군 무장 친위대가 쓰고 다녔던 콜스커틀 헬멧 밑으로 그 눈이 반짝이는 광경이 떠오르는 것은 어쩔 수 없었다. "자네에게 죽을 수 있게 도와주는 재능이 있다는 소문이 이 시체실에 돌고 있던데. 정말 그런가?"

"가끔요." 댄은 조심스럽게 대답했다. "항상 그런 건 아니고요."

사실은 *거의* 항상 그렇다는 게 정답이었다.

"때가 되면 나도 도와줄 텐가?"

"그럴 수 있는 상황이면 당연히 도와드리죠."

"좋았어." 케머는 끙끙대며 힘들게 자세를 바로잡았는데, 댄이 도

우려고 몸을 일으키자 손사래를 쳤다. "자네가 이중 꿈이라고 부르는 증상은 정신과 의사들 사이에서도 익히 알려진 증상이라네. 특히 융 학파 학자들은 그걸 '거짓 각성'이라고 지칭하면서 지대한 관심을 보이지. 첫 번째 꿈은 보통 자각몽이야. 그러니까 꿈을 꾸는 사람이 그게 꿈이라는 걸 알고 있다는 뜻인데……"

"맞아요!" 댄은 외쳤다. "그런데 두 번째 꿈을 꿀 때는……"

"꿈을 꾸는 사람이 그게 꿈이 아니라고 생각하지." 케머가 말했다. "융은 이 꿈에 엄청난 의미를 부여하면서 심지어 미래를 예견하는 능력이 있다고 했지만…… 하지만 우리가 그 말을 믿을 정도로 멍청하지는 않잖아. 안 그런가, 댄?"

"그럼요." 댄은 맞장구쳤다.

"시인 에드거 앨런 포는 카를 융이 태어나기 오래 전에 이 거짓 각성 현상에 대해 설명한 적 있지. 그는 이렇게 썼어. '우리가 보는 모든 것 혹은 겉으로 내보이는 모든 것은 꿈 안의 꿈에 불과하다.' 자네 질문에 대한 대답이 됐나?"

"그런 것 같습니다. 감사합니다."

"천만에. 이제 주스를 조금 마셔도 되지 않을까 싶은데. 사과주스로 부탁하네."

14

미래를 예견하는 능력…… 하지만 우리가 그 말을 믿을 정도로 멍

청하지는 않잖아.

댄이 자신의 샤이닝 능력을 오랫동안 거의 아무도 모르게 숨기고 있지 않았다 하더라도 죽어 가던 케머의 말에 반박하려 들지 않았을 것이다. 특히 그렇게 차갑고 호기심 많아 보이는 파란 눈의 소유자의 말에는. 하지만 그가 일부분만 알아차리거나 아예 알아차리지 못해서 그렇지, 사실 그가 꾸는 이중 꿈은 한쪽 혹은 양쪽 모두가 미래를 예견할 때가 많았다. 그런데 속옷 차림으로 변기에 앉아서 부들부들 떨고 있는 지금은(방 안이 추워서 그런 것만은 아니었다.) 알아차린 게 원치 않을 정도로 많았다.

토미가 죽었다. 아마 평소 폭력을 휘두르던 삼촌 손에 죽었을 것이다. 아이 엄마는 얼마 안 있어 스스로 목숨을 끊었다. 꿈의 나머지 부분은…… 그가 길거리에서 데굴데굴 구르는 환영을 보았던 그 모자는……

모자 쓴 여자를 조심해. 지옥성의 지랄 맞은 여왕이거든.

"그러거나 말거나." 댄은 말했다.

그 여자를 건드리면 산 채로 잡아먹힐 거야.

그는 그 여자를 건드리기는커녕 만날 생각조차 없었다. 디니로 말할 것 같으면, 다혈질인 그녀의 오빠나 아동 방치에 대해서 그는 아무 책임이 없었다. 이제는 그 비열한 70달러를 놓고 죄책감을 느낄 필요도 없었다. 그녀가 코카인을 팔았다고 했으니(꿈에서 그 부분만큼은 사실일 게 분명했다.) 서로 피장파장인 셈이었다. 엄밀히 따지면 피장파장, 그 이상이었다.

지금 그는 술이 당겼다. 꼭 집어서 말하자면 술을 진탕 마시고 싶었다. 일어났다가 고꾸라질 만큼, 코가 비뚤어지도록 마시고 싶었다. 따뜻한 아침 햇살도 좋고 열심히 일을 해서 근육이 뻐근한 것도, 숙취 없이 아침에 눈을 뜨는 것도 좋았지만 그 대가(그 괴상한 꿈과 환영은 물론이고 가끔은 그의 방어막을 뚫은, 지나가던 낯선 사람들의 두서없는 생각들까지)가 너무 심했다.

감당할 수 없을 만큼 심했다.

15

그는 그 방에 딱 하나뿐인 의자에 앉아서 딱 하나뿐인 전등 불빛에 비추어 존 샌드퍼드 소설을 읽었다. 그러다 이 마을에 두 개 있는 교회 종이 7시를 알리자 새 장화(어쨌든 그에게는 새것이었다.)를 신고 더플코트를 입었다. 그렇게 폭신하게 달라진 세상으로 향했다. 그 어디에도 날카로운 모서리가 없었다. 계속 눈이 내리고 있었지만 이제는 눈발이 가늘었다.

여기서 탈출해야 해. 플로리다로 돌아가. 한 해 건너서 홀수 년도마다 7월 4일까지 눈이 내릴지 모르는 뉴햄프셔는 엿이나 먹으라고 하고.

그의 생각에 대해 할로런의 목소리가 대답했다. 말투는 그의 어린 시절처럼, 댄이 아니라 대니로 불렸던 그때처럼 다정한데, 그 아래에 단단한 강철이 숨겨져 있었다. *어딘가에 정착하는 게 좋을 거다. 안 그러면 영원히 아무 데에도 정착하지 못할 거야.*

"늙다리는 꺼져 주시지." 그는 중얼거렸다.

그는 레드 애플을 다시 찾았다. 독한 술을 파는 상점들은 최소 한 시간 뒤에나 문을 열기 때문이었다. 그는 와인 냉장고와 맥주 냉장고 사이를 천천히 왔다 갔다 걸으며 고민하다 마침내 기왕 술에 취할 작정이라면 최대한 엉망으로 취하는 편이 낫다는 결론을 내렸다. 하지만 선더버드(도수가 18도라 위스키를 구할 수 없는 상황에서 훌륭한 대안이었다.) 두 병을 움켜쥐고 계산대를 향해 통로를 걸어가다 발걸음을 멈추었다.

하루만 더 기다려. 네 자신에게 한 번만 더 기회를 줘.

그야 어렵지 않은 일이었지만 왜 그래야 하는 걸까? 또다시 토미와 함께 침대에서 눈을 뜰 수 있도록? 두개골 절반이 함몰된 토미와 함께? 어쩌면 다음번에는 그 욕조 안에 이틀 동안 누워 있다가, 문을 두드리다 지쳐 마스터키로 열고 들어온 관리인에게 발견된 디니가 될 수도 있었다. 만약 에밀 케머가 옆에 있었다면 닥치기 전에는 모를 일이라고 딱 잘라 말했겠지만 그는 알고 있었다. 그는 정말로 알고 있었다. 그러니 기다릴 필요가 없었다.

이 과민 반응이 지나갈 수도 있잖아. 정신적인 디프테리아 비슷해서 하나의 단계에 불과할 수도 있잖아. 좀 더 느긋하게 생각하면……

하지만 시간이 달라졌다. 그건 술꾼과 마약 중독자들만 이해할 수 있는 현상이었다. 잠을 잘 수 없게 되면, 뭐가 보일까 싶어서 주변을 둘러보기가 두려워지면 시간이 길게 늘어지고 날카로운 이빨이 생겨났다.

"계산해 드릴까요?" 점원이 물었고, 댄은

염병할 샤이닝. 이 염병할 물건.

자기 때문에 점원이 불안해하고 있다는 것을 알았다. 왜 아니겠는가? 산발한 머리하며 다크서클이 생긴 눈, 움찔거리는 불안한 움직임까지, 어쩌면 그는 믿음직한 소형 권총을 꺼내서 금전출납기에 든 돈을 모조리 내놓으라고 요구할까 말까 고민하는 약에 찌든 또라이처럼 보였을지 모른다.

"아뇨." 댄은 말했다. "알고 보니 지갑을 집에 두고 왔네요."

그는 초록색 병들을 다시 냉장고에 넣었다. 냉장고 문을 닫는데, 병들이 친구끼리 서로 대화를 나누듯 그에게 다정하게 말을 걸었다. *조만간 다시 만나자, 대니.*

16

빌리 프리먼이 눈썹 바로 위까지 꽁꽁 싸맨 채 그를 기다리고 있었다. 그가 앞면에 '애니스턴 사이클론스'라고 새겨진 구닥다리 스키 모자를 내밀었다.

"애니스턴 사이클론스가 도대체 뭐예요?" 댄이 물었다.

"애니스턴은 여기서 북쪽으로 32킬로미터 가면 나오는 마을이야. 미식축구, 농구, 야구에서 우리의 숙적이지. 그걸 보고 자네 머리를 향해 눈덩이를 던질 사람이 있을지도 모르지만, 그것밖에 없어서."

댄은 모자를 푹 눌러썼다.

"그럼 사이클론스 파이팅이네요."

"어쭈? 잘난 척하기는, 지랄하고 자빠졌네." 빌리가 그의 안색을 살폈다. "어디 안 좋은가?"

"간밤에 잠을 거의 못 잤어요."

"그러게. 바람이 정말 우라지게 불더군. 내가 월요일 밤에 살짝 사랑을 나누면 좋지 않겠느냐고 얘기를 꺼냈을 때 헤어진 마누라가 지르던 소리 비슷했어. 일 시작할 준비 됐나?"

"완벽하게 됐습니다."

"좋아. 그럼 시작하자고. 정신없는 하루가 될 거야."

17

정말로 정신없는 하루였지만, 정오 무렵이 되자 태양이 고개를 내밀었고 기온이 10도 중반으로 다시 올라갔다. 눈이 녹으면서 수백 개의 조그만 폭포 소리가 티니타운을 가득 메웠다. 기온이 올라가면서 댄의 기분도 좋아졌고, 한번은 문득 정신을 차리고 보니 그가 제설기로 공원 옆 조그만 쇼핑센터 앞마당을 왔다 갔다 밀면서 노래를 부르고 있었다("젊은이! 나도 한때는 자네와 비슷했지!" 「YMCA」 가사다 — 옮긴이). 간밤에 악을 쓰던 바람과 전혀 다른 산들바람이 불자 머리 위에서 현수막이 펄럭였다. '티니타운 가격으로 대대적인 봄 바겐세일이 시작됩니다!'

환상은 보이지 않았다.

근무시간이 끝나자 그는 빌리를 데리고 처크 웨건에 가서 스테이
크를 주문했다. 빌리가 맥주를 사겠다고 했다. 댄은 고개를 저었다.

"술을 멀리하고 있어요. 일단 시작하면 가끔 자제하기 힘들 때가
있거든요."

"킹슬리가 그 소리를 들으면 좋아하겠구먼." 빌리가 말했다. "그
이가 15년쯤 전에 술 때문에 이혼했거든. 이제는 정신 차렸지만 딸
이 아직도 아버지하고 말을 하지 않으려고 해."

그들은 식사와 함께 커피를 마셨다. 아주 많이 마셨다.

댄은 뜨끈한 음식으로 부른 배를 두드리고 제정신이라는 데 감사
하며 지친 몸을 이끌고 엘리엇 가 3층에 있는 그의 은신처로 돌아갔
다. 방에 텔레비전은 없었지만 스탠퍼드 소설의 뒷부분이 남아 있었
기에 2, 3시간 동안 몰입할 수 있었다. 바람 소리가 나는지 귀를 기
울였지만 바람은 불지 않았다. 간밤의 폭풍은 겨울의 마지막 발악이
었나 싶었다. 그렇다면 고마운 일이었다. 그는 10시에 자리에 누웠
고 거의 곧바로 잠이 들었다. 아침 일찍 레드 애플에 갔던 기억이 이
제는 흐릿했다. 열에 들떠서 갔었는데 이제는 열이 내리기라도 한
것처럼 그랬다.

18

그는 오밤중에 잠에서 깼다. 바람이 불어서가 아니라 미칠 듯이
오줌이 마려워서였다. 그는 자리에서 일어나 발을 질질 끌며 욕실로

향했고 안으로 들어가서 불을 켰다.

욕조 안에 실크해트가 들어 있는데 모자 안에 피가 가득했다.

"아니야." 그가 말했다. "이건 꿈이야."

아마 이중 꿈일 것이다. 아니면 삼중 꿈이거나. 그것도 아니면 사중 꿈이거나. 그는 에밀 케머에게 하지 않은 말이 있었다. 환영들로 이루어진 밤의 미로 속에서 결국에는 길을 잃어 영영 빠져나오지 못할까봐 겁이 난다고.

우리가 보는 모든 것 혹은 겉으로 내보이는 모든 것은 꿈 안의 꿈에 불과하다.

하지만 이건 현실이었다. 모자도 마찬가지였다. 다른 사람들 눈에는 보이지 않겠지만 그렇다고 달라지는 건 없었다. 그 모자는 진짜였다. 이 세상 어딘가에 있는 모자였다. 그는 그렇다는 걸 알 수 있었다.

세면대 위 거울에 적혀 있는 글씨가 곁눈으로 보였다. 립스틱으로 적힌 글씨였다.

그걸 보면 안 된다.

이미 늦었다. 그의 머리가 돌아가고 있었다. 목의 힘줄이 낡은 경첩처럼 삐걱거리는 소리가 들렸다. 그리고 무슨 상관이겠는가? 뭐라고 적혔을지 그는 이미 알고 있었다. 메이시 부인도 사라졌고 호리스 드원트도 사라져 그가 머릿속 깊숙이 보관해 둔 상자 속에 꽁꽁 갇혀 있었지만, 오버룩과 그의 관계는 아직 끝나지 않았다. 거울 위에 립스틱이 아니라 피로 적힌 글씨는 딱 한 단어였다.

레드럼

그 아래 세면대 속에 피로 물든 애틀랜타 브레이브스 티셔츠가 놓여 있었다.

절대 끝나지 않겠지. 대니는 생각했다. *오버룩은 불에 탔고 그곳에서 살던 끔찍한 망령들은 대부분 상자 안에 갇혔지만 샤이닝까지 어디 가두지는 못하니까. 그건 내 안에 있는 게 아니라 그게 바로 나라서. 술로 외면하지 않는 한 내가 미쳐 버릴 때까지 이런 환영들이 계속 보일 거야.*

앞에 둥둥 떠 있는 '레드럼(『샤이닝』에서부터 대니를 괴롭혀온 단어 ─ 옮긴이)'이 이마에 낙인처럼 찍힌 그의 얼굴이 거울에 비쳐 보였다. 이건 꿈이 아니었다. 세면대 안에 살해당한 아이의 티셔츠가 있었고 욕조 안은 피가 한가득했다. 정신병이 머지 않았다. 그 모습이 점점 다가오는 것을 불룩 튀어나온 그의 두 눈으로 직접 확인할 수 있었다.

바로 그때 어둠 속을 가르는 섬광처럼 할로런의 목소리가 들렸다. *애야, 네 눈에 여러 광경들이 보일지 몰라도 책 속의 그림들과 같은 거야. 너는 어렸을 때 오버룩에서 무기력한 존재가 아니었고 지금도 마찬가지다. 전혀 그렇지가 않지. 눈을 감았다 뜨면 이 모든 허튼 쓰레기들이 사라지고 없을 거다.*

그는 눈을 감고 기다렸다. 숫자를 세려고 했지만 겨우 열넷까지 셌을 때 한데 뒤엉켜 포효하는 상념들에 휩쓸려 숫자를 까먹었다. 누군가가(아마 그 모자의 주인이) 그의 목을 두 손으로 조를지도 모르겠다는 생각이 들었다. 그래도 그는 그 자리에 서 있었다. 달리 갈 데가 없었다.

댄은 모든 용기를 그러모아서 눈을 떴다. 욕조 안에 아무것도 없었다. 세면대 안에도 아무것도 없었다. 거울에 적힌 글자도 없었다.

하지만 다시 찾아올 거야. 다음번에는 그녀의 신발일 수도 있지. 그 코르크 샌들. 아니면 욕조 안에 그녀가 누워 있던지. 왜 아니겠어? 내가 메이시 부인을 본 것도 그곳이고 둘은 똑같은 방법으로 죽었는데. 내가 메이시 부인의 돈을 훔쳐서 도망치지는 않았지만.

"하루 기다려 봤잖아." 그는 아무도 없는 욕실에 대고 말했다. "그 정도 성의는 보였다고."

그렇다. 바쁜 하루이기는 했지만 그도 냉큼 인정하다시피 기분 좋은 하루이기도 했다. 낮은 아무 문제없었다. 하지만 밤은……

머릿속이 칠판이었다. 술이 지우개였다.

19

댄은 6시까지 뜬눈으로 지새웠다. 그러다 옷을 갈아입고 다시 한번 레드 애플로 나섰다. 이번에는 망설이지 않았고 냉장고에서 선더버드를 두 병이 아니라 세 병 꺼냈다. 사람들이 뭐라고 했던가? 끝장을 보지 않을 거면 아예 시작도 하지 말라지 않던가. 점원은 군소리 없이 술병들을 봉투에 담아 주었다. 아침 일찍 와인을 구매하는 손님이라면 이골이 난 것이다. 댄은 마을 공원까지 걸어가서 티니타운의 벤치에 앉아 병 하나를 봉투에서 꺼내고 요릭의 해골을 손에 쥔 햄릿처럼 내려다보았다. 초록색 유리병 안에 담긴 것이 포도주가 아니라 쥐약처럼 보였다.

"이게 나쁜 물건이라도 된다는 듯이 말하고 있군."

댄은 이렇게 중얼거리며 마개를 돌렸다.

이번에는 그의 어머니가 입을 열었다. 막판까지 담배를 피웠던 웬디 토런스가. 자살이 유일한 해결책이라면 최소한 무기는 선택할 수 있기에 그랬던 그녀가.

이런 식으로 끝내는 거니, 대니? 다 이러려고 그런 거였어?

그는 마개를 왼쪽으로 돌렸다. 그런 다음 꼭 잠갔다. 그랬다가 다시 반대 방향으로 돌렸다. 이번에는 마개를 땄다. 포도주 냄새가 시큼했다. 주크박스 음악과 싸구려 술집과 주차장에서의 주먹다짐을 부르는 쓸데없는 말싸움의 냄새였다. 결국 그런 주먹다짐처럼 어리석은 게 인생이었다. 이 세상은 상쾌한 호스피스가 아니라 끊임없이 파티가 이어지는 오버룩 호텔이었다. 죽은 자들이 영원히 사는 그곳. 그는 병을 들어 입술에 갖다 댔다.

우리가 이러려고 그 망할 호텔에서 벗어나려고 무진장 애를 쓴 거니, 대니? 우리가 새로운 인생을 위해 싸웠던 이유가 뭘까? 그녀의 목소리에 비난의 기미는 없고 오로지 슬픔만 느껴질 따름이었다.

대니는 다시 마개를 잠갔다. 그러다 다시 열었다. 잠갔다. 열었다.

그는 생각했다. *내가 술을 마시면 오버룩이 이기는 거겠지. 보일러가 폭발했을 때 다 타서 잿더미가 됐지만 그래도 오버룩이 이기는 거겠지. 술을 안 마시면 내가 미쳐 버릴 테고.*

그는 생각했다. *우리가 보는 모든 것 혹은 겉으로 내보이는 모든 것은 꿈 안의 꿈에 불과하다.*

그가 계속 마개를 잠갔다 열었다 하고 있었을 때 어렴풋이 느낀 불길한 예감에 놀라서 일찍 일어난 빌리 프리먼이 그를 발견했다.

"댄, 자네 그걸 마시려는 건가 아니면 계속 열었다 닫았다 하고 있는 건가?"

"마시려고 하는 것 같은데요. 달리 할 일도 없고 해서요."

그래서 빌리는 그에게 알려 주었다.

20

그날 아침 8시 15분에 출근한 케이시 킹슬리는 자기 사무실 앞에 앉아 있는 신입 직원을 보고 별로 놀라지 않았다. 토런스가 술병을 손에 쥐고서 마개를 열었다 다시 돌려서 꼭 잠그는 것을 보고도 놀라지 않았다. 그는 처음부터 특유의 표정이 있었다. 캐피스 주류 할인점 표 먼 산 바라보기 눈빛.

빌리 프리먼의 샤이닝은 댄의 발끝에도 못 미쳤지만 단순히 반짝이는 정도는 아니었다. 그는 첫날, 대니가 시의회 건물을 향해 길을 건너자마자 장비 창고에서 킹슬리에게 전화를 걸었다. 일자리를 찾는 청년이 있다고, 그렇게 말했다. *경력은 많지 않지만 전몰장병 추모일 전까지 일을 맡기기에는 적임자인 것 같아요.* 킹슬리는 빌리의 직감을 (좋은 쪽으로) 접한 바가 있었기에 좋다고 했다. 사람을 뽑아야 한다는 거 나도 알아요. 그는 이렇게 말했다.

빌리가 특이한 반응을 보이기는 했지만 빌리 자체가 특이한 사람이었다. 2년 전에는 꼬마아이가 그네에서 떨어져 두개골에 금이 가기 5분 전에 구급차를 부른 적도 있었다.

우리에게 그 청년이 필요하다기보다 그 청년에게 우리가 필요해요. 빌리는 그렇게 말했다.

그리고 지금 그가 여기 이렇게 이곳이 다음번 버스나 술집이라도 되는 것처럼 구부정하게 앉아 있는데, 킹슬리는 10미터 앞 복도에서도 포도주 냄새를 맡을 수 있었다. 그는 술 냄새에 관한 한 미식가의 후각을 자랑했고 어떤 술인지 알아맞힐 수 있었다. 이건 오래전부터 술집에서 이런 시구가 전해 내려오는 선더버드 냄새였다. 이름이 뭐라더라? 선더버드! …… 값은 얼마지비? 오십 곱하기 이! 하지만 청년이 그를 올려다본 순간, 킹슬리는 절망감 말고는 아무것도 없는 그의 눈빛을 읽을 수 있었다.

"빌리가 보내서 왔습니다."

킹슬리는 아무 말도 하지 않았다. 청년이 용기를 내려는 것이, 고심하고 있는 것이 느껴졌다. 그의 눈빛에서다. 내려간 입꼬리에서. 무엇보다도 술에 대한 애증과 필요성이 느껴지도록 술병을 들고 있는 자세에서.

마침내 댄은 평생 동안 외면해 왔던 말을 꺼냈다.

"저를 좀 도와주세요."

그는 한쪽 팔로 눈을 훔쳤다. 그가 그러는 동안 킹슬리가 허리를 숙여 포도주 병을 잡았다. 청년은 잠깐 붙잡고 있다가…… 놓았다.

"자네 지금 아프고 피곤한 상태로군." 킹슬리가 말했다. "그 정도는 나도 알겠어. 하지만 아프고 피곤한 게 이제 신물이 나고 지긋지긋한가?"

댄은 그를 올려다보며 울대뼈를 움직였다. 그는 좀 더 고심하다 대답했다.

"얼마나 지긋지긋한지 모르실 겁니다."

"알 수도 있어." 킹슬리는 큼지막한 바지 주머니에서 큼지막한 열쇠고리를 꺼냈다. 그러더니 젖빛 유리에 '프레이저 시 행정관'이라고 적힌 문구멍에 열쇠를 꽂았다. "들어와. 같이 얘기해 보자고."

2장

불길한 숫자들

1

이름은 이탈리아식이지만 성은 완벽하게 미국식인 원로 시인은 잠이 든 증손녀를 무릎에 눕히고 앉아서 손녀사위가 3주 전, 분만실에서 촬영한 비디오를 감상했다. 비디오는 타이틀 카드와 함께 시작됐다. '아브라 세상 속으로 등장하다!' 화면은 떨렸고 데이비드가 너무 임상적인 광경은 담지 않았지만(하나님 감사합니다.) 콘체타 레이놀즈는 땀으로 범벅이 돼서 루시아의 이마에 들러붙은 머리카락을 볼 수 있었고, 간호사 한 명이 힘을 주라고 하자 "주고 있어요!" 하고 외치는 소리를 들을 수 있었고, 파란색 가리개 위로 떨어진 핏방울을 볼 수 있었다. 핏방울이 많지는 않았고 콘체타의 할머니가 보았더라면 "멋진 작품"이라고 할 만한 정도였다. 물론 영어로 그런

139

소리를 하지는 않겠지만.

아이가 마침내 카메라에 잡히자 화면이 흔들렸고 루시가 "*아이 얼굴이 없어!*" 하고 외치자 그녀의 등줄기와 두 팔을 타고 소름이 돋는 게 느껴졌다.

이제는 데이비드가 루시 옆에 앉아서 빙그레 웃고 있었다. 얼굴이 없기는커녕 아브라가 아주 앙증맞은 얼굴을 달고 태어났기 때문이었다. 콘체타는 확인이라도 하려는 듯 아이를 내려다보았다. 다시 고개를 들자 신생아가 산모의 품에 안겨 있었다. 화면이 떨리며 30에서 40초가 지난 뒤 새로운 타이틀 카드가 등장했다. '생일 축하해 아브라 라파엘라 스톤!'

데이비드가 리모컨에 달린 정지 버튼을 눌렀다.

"할머니 말고는 거의 아무한테도 안 보여 줄 거예요." 루시가 타협을 모르는 목소리로 단호하게 선언했다. "창피해."

"근사한데?" 데이브가 말했다. "그리고 반드시 보여 주어야 할 사람이 한 명 있어. 바로 아브라." 그는 소파 옆자리에 앉은 아내를 흘끗 쳐다보았다. "아이가 어느 정도 나이가 되면. 물론 보고 싶다고 할 경우에 한해서." 그는 루시의 허벅지를 토닥이고, 존경하지만 엄청나게 사랑하지는 않는 처조모를 향해 씩 웃었다. "그때까지는 보험 증서, 집문서, 마약 자금 수백만 달러와 함께 금고에 넣어 두어야지."

콘체타는 농담을 알아들었다는 뜻에서 미소를 지었지만 별로 재미없다는 뜻에서 희미하게 웃었다. 아브라는 그녀의 무릎 위에서 자고 또 잤다. 어떻게 보면 아이들은 모두 대망막(태아가 종종 머리에 쓰고 태어나는 양막의 일부. 행운의 상징으로 여겨졌다 ─옮긴이)을 뒤집어 쓰고 태어나는 게 아닐까, 그 조그만 얼굴 위로 수수께끼와 가능성의 휘장을 드리우고 태어나는 게 아닐까, 그녀는 그런 생각을 했다. 어쩌면 이것이 훌륭한 소재가 될 수도 있겠다. 아닐 수도 있고.

열두 살 때 미국으로 건너온 콘체타는 어법에 맞는 영어를 완벽하게 구사했지만(그도 그럴 것이 바사르 대학교 졸업생인 데다 바로 그 분야를 전공한 교수였다. 지금은 명예교수지만.) 그녀의 머릿속에서 살아 숨쉬는 온갖 미신과 전설들은 여전했다. 가끔 그것들이 명령을 내리는데 그럴 때면 늘 이탈리아어를 썼다. 콘체타는 예술계 종사자들은 대부분 고기능 정신 분열증 환자라고 생각했고 그녀도 예외는 아니었다. 그녀도 미신이 헛소리라는 건 알고 있었다. 그런데도 까마귀나 까만 고양이가 그녀의 앞을 지나가면 손가락 사이로 침을 뱉었다.

그녀가 겪는 정신 분열증은 대부분 자선수녀회 덕분에 생긴 거였다. 그들은 하나님을 믿었다. 예수의 신성을 믿었다. 거울은 사람을 홀리는 웅덩이라 어린애가 그걸 너무 오랫동안 들여다보면 사마귀가 생긴다고 믿었다. 일곱 살부터 열두 살 때까지 그녀에게 가장 큰 영향을 미친 존재가 그들이었다. 그들은 허리춤에 자를 달고 다녔고(치수를 재기 위해서가 아니라 체벌용 도구였다.) 지나가다 어린애가 보이면 누가 됐건 귀를 잡고 비틀었다.

루시가 아이를 달라고 손을 내밀었다. 콘체타는 머뭇머뭇 아이를 건넸다. 아이가 사랑스러운 꾸러미 같았다.

2

아브라가 콘체타 레이놀즈의 품에 안겨 잠을 자던 그곳에서 남동 쪽으로 32킬로미터 떨어진 지점에서 댄 토런스는 어떤 젊은 여자가 헤어진 남자와의 성생활을 놓고 계속 웅얼거리는 알코올 중독자 모임에 참석 중이었다. 케이시 킹슬리가 90일 동안 90번 모임에 참석하라는 지시를 내렸는데, 프레이저 감리교회 지하에서 점심때 마련된 이 자리가 여덟 번째 모임이었다. 그는 맨 앞줄에 앉아 있었다. 이 역시(여기저기서 빅 케이시라고 불리는) 케이시의 지시 사항이었다.

"몸이 낫길 바라는 환자들은 앞줄에 앉는 거야, 대니. 알코올 중독자 모임에서 뒷줄은 부정석이라고 불리지."

케이시는 파도가 바위 절벽에 부딪치는 사진이 앞면을 장식한 조그만 수첩을 그에게 주었다. 그 사진 위에, 댄이 무슨 뜻인지 알기는 하지만 별로 좋아하지는 않는 좌우명이 인쇄되어 있었다. '위대한 것은 결코 어느 날 갑자기 이루어지지 않는다.'

"모임에 참석할 때마다 그 수첩에 적도록 해. 그리고 내가 보자고 할 때마다 뒷주머니에서 얼른 꺼내서 출석률이 백 퍼센트라는 걸 확인시켜 주는 게 좋을 거야."

"병가도 없는 겁니까?"

케이시는 웃었다.

"자네는 날마다 환자잖아. 주정뱅이 알코올 중독자라고. 내 후견인이 나더러 뭐라고 그랬는지 알아?"

"이미 말씀하셨잖아요. 피클을 다시 오이로 되돌려놓을 수는 없다고 했다고."

"잘난 척하지 말고 잠자코 듣기나 해."

댄은 한숨을 쉬었다.

"듣고 있습니다."

"궁둥이 들고 모임에 참석하라고 했어. 궁둥이가 떨어져 나가면 가방에 넣어서 들고 가라고."

"멋지네요. 제가 깜빡하면 어쩌죠?"

케이시는 어깨를 으쓱했다.

"그럼 깜빡할 수도 있다는 걸 믿는 다른 후견인을 찾아봐. 나는 안 믿으니까."

댄은 높다란 선반 가장자리까지 굴러갔지만 아직 떨어지지는 않은, 깨지기 쉬운 물건이 된 듯했기에 후견인은 물론이고 그 어떤 변화도 원치 않았다. 컨디션은 괜찮았지만 예민했다. 아주 예민했다. 살갗이 모두 벗겨진 듯한 느낌에 가까웠다. 프레이저에 도착한 순간부터 그를 괴롭혔던 환영들이 사라졌고, 디니와 그녀의 어린 아들이 종종 떠오르긴 했지만 그로 인해 고통스럽지는 않았다. 알코올 중독자 모임이 끝날 때마다 거의 매번 한 사람이 서약을 낭독했다. 그중 하나가 "우리는 과거를 후회하지 않을 것이며 과거의 문을 닫지도 않을 것이다"였다. 댄은 언제까지나 과거를 후회하겠지만 문을 닫으려는 시도는 이미 중단했다는 생각이 들었다. 계속 다시 열리는데 닫으려고 할 필요가 뭐가 있을까? 그 염병할 문에는 자물쇠는커녕 걸쇠조차 없었다.

이제 그는 케이시에게 받은 조그만 수첩의 오늘 날짜에 해당되는

면에 한 단어를 적기 시작했다. 큼지막하고 조심스럽게 한 글자씩 적었다. 왜 그러는지, 그 단어에 무슨 의미가 있는지는 알 수 없었다. 그가 적은 단어는 '**아브라**'였다.

한편 발표자는 자격 검증 연설 막바지에 이르러 울음을 터뜨렸고, 헤어진 남자가 거지발싸개 같았고 자신이 그를 여전히 사랑하기는 하지만 제정신으로 멀쩡히 살고 있다는 데 감사한다고 울먹여 가며 선언했다. 댄은 다른 점심 모임 멤버들과 함께 박수를 친 다음 펜으로 글자들을 칠하기 시작했다. 글자들을 두껍게 만들었다. 눈에 확 띄게 만들었다.

내가 아는 이름인가? 그런 것 같은데.

다음 발표자가 이야기를 시작하자 그는 커피를 한 잔 더 마시러 포트 쪽으로 걸어갔는데, 그때 퍼뜩 생각이 났다. 아브라는 존 스타인벡의 소설에 나오는 여자 이름이었다. 『에덴의 동쪽』. 그 작품을 읽었는데…… 어디에서 읽었는지 기억이 나지 않았다. 어느 정거장이었을 텐데. 어딘가에 있는 어떤 곳이었을 텐데. 상관없었다.

또 다른 생각 하나가

너 그거 챙겼니.

기포처럼 그의 머릿속 수면 위로 떠올라 퐁 하고 터졌다.

뭘 챙겼냐는 걸까?

점심 모임 고참으로 모임을 주관하던 프랭키 P가 칩 클럽을 할 사람 있느냐고 물었다. 아무도 손을 들지 않자 프랭키가 지목했다.

"거기, 커피포트 옆에서 얼쩡거리고 있는 분 어때요?"

댄은 사람들의 시선을 의식하며 앞으로 걸어갔다. 칩을 나누어 주는 순서를 기억하고 있기만을 바랄 따름이었다. 맨 첫 번째(신입들에게 주는 하얀색 칩)는 자기가 가졌다. 칩과 메달들이 바닥에 흩뿌려진 울퉁불퉁한 쿠키 깡통을 받아드는데 또 그 생각이 떠올랐다.

너 그거 챙겼니?

3

바로 그날은 애리조나의 KOA 캠핑장에서 겨울을 지낸 트루 낫이 짐을 챙겨서 다시 동쪽으로 정처 없이 출발한 날이었다. 그들은 평범한 대열로 쇼로를 향해 77번 도로를 달렸다. 캠핑카가 열네 대인데 몇 대는 승용차를 매달았고, 또 몇 대는 정원용 의자나 자전거를 뒤에 매달았다. 사우스윈드, 위니바고, 모나코, 바운더도 보였다. 로즈의 어스크루저(외국에서 수입된 70만 달러 상당의 굴러다니는 강철이자 돈을 주고 살 수 있는 RV의 최고봉)가 대열을 인솔했다.

그들은 서두르지 않았다. 시간은 많았다. 축제는 아직 몇 개월 뒤였다.

4

"너 그거 챙겼니?"

루시가 블라우스를 열고 아브라에게 젖을 물리자 콘체타가 물었다. 아비는 졸린 듯이 눈을 깜빡이며 젖가슴 속으로 파고들다 흥미를 잃었다. *젖꼭지가 헐어 봐야 애가 달라고 할 때만 주겠지. 콘체타는 생각했다. 그것도 목이 터져라 울면서 달라고 할 때만.*

"챙기다니 뭘요?" 데이비드가 물었다.

루시는 알아차렸다.

"아이를 제 품에 안겨 주자마자 정신을 잃었어요. 데이브 말로는 제가 하마터면 아이를 떨어뜨릴 뻔했대요. 그럴 만한 시간이 없었어요, 모모."

"아, 아이 얼굴을 덮고 있던 그 끈끈이 말씀이에요?" 데이비드가 무시하는 투로 말했다. "병원 측에서 벗겨서 버렸어요. 저 개인적으로는 고맙더라고요."

그는 미소를 짓고 있었지만 그녀에게 도전하는 눈빛이었다. *미련하게 이 문제를 집요하게 파고들지는 않으시겠죠?* 그의 눈은 이렇게 묻고 있었다. *그 정도로 미련하지는 않으실 테니까 이쯤에서 그만하세요.*

그녀는 그 정도로 미련하지 않았지만…… 또 한편으로는 그렇기도 했다. 젊었을 때도 그녀가 이렇게 갈팡질팡했던가? 기억이 나지 않았지만, 신성한 수수께끼와 지옥의 영원한 고통을 주제로 검은 옷을 입은 강도나 다름없는 자선수녀회 수녀들에게 들은 강연은 하나도 빠짐없이 기억할 수 있을 것 같았다. 알몸으로 욕조에 앉아 있는 오빠를 엿보았다가 장님이 된 여자아이와 교황을 모독했다가 죽은 남자 이야기.

어렸을 때 아이들을 우리한테 맡기기만 하면 그들이 커서 얼마나 많은 우등반 수업을 가르치건, 얼마나 많은 시집을 출간하건, 심지어 출간한 시집이 유명한 상을 수상하건 상관없어. 어렸을 때 우리한테 맡기기만 하면…… 그들은 영원히 우리 것이야.

"암니오(이탈리아어로 양막이라는 뜻 — 옮긴이)를 챙겼어야지. 행운의 상징인데."

그녀는 데이비드를 완전히 배제한 채 손녀에게 직접 이야기했다. 그는 좋은 사람이었고 루시아에게 좋은 남편이었지만 무시하는 듯한 말투는 재수 없었다. 도전하는 눈빛은 두 배로 재수 없었다.

"그러고 싶어도 그럴 기회가 없었어요, 모모. 데이브는 몰랐고요."

그러면서 루시는 블라우스 단추를 다시 잠갔다.

콘체타는 몸을 앞으로 숙이고 살결 고운 아브라의 뺨에 손끝을 갖다 댔다. 새 살 위로 늙은 살이 미끄러졌다.

"암니오를 쓰고 태어난 아이들은 남들이 못 보는 걸 볼 수 있다고 하는데."

"그 말을 정말 믿으시는 건 아니죠?" 데이브가 물었다. "대망막은 태아막의 찌꺼기일 뿐이에요. 그건……"

그가 뭐라고 더 중얼거렸지만 콘체타는 아예 무시했다. 아브라가 눈을 떴던 것이다. 아이의 눈 속에 시의 세계가, 글로 적을 수 없을 만큼 훌륭한 구절들이 담겨 있었다. 기억할 수 없을 만큼 훌륭한 구절들이 담겨 있었다.

"신경 쓸 것 없다." 콘체타는 말했다. 그녀는 아이를 안아 올려서 숨구멍이 고동치는 반질반질한 머리에, 바로 아래 지성이라는 마법이 깃든 그곳에 입을 맞추었다. "엎질러진 물인 것을 어쩌겠니."

5

아브라의 망막을 두고 논쟁 아닌 논쟁이 벌어지고 5개월이 지난 어느 날 밤, 루시는 딸아이가 우는 꿈을 꾸었다. 아이가 애끓듯이 우는 꿈이었다. 꿈속에서 아비는 리치랜드 코트에 있는 이 집의 부부 침실이 아니라 기다란 복도 어딘가에 있었다. 루시는 울음소리가 들리는 방향으로 달려갔다. 처음에는 양쪽으로 문들이 이어지더니 그 다음에는 의자들이 이어졌다. 등받이가 높은 파란색 의자였다. 그곳은 비행기 아니면 앰트랙 열차였다. 몇 킬로미터쯤 달린 기분이 들었을 때 그녀 앞에 화장실 문이 등장했다. 아이가 그 뒤에서 울고 있었다. 배고파서 우는 게 아니라 겁에 질려서 우는 것이었다. 어쩌면 *오 하느님, 오 성모마리아님.*

다쳐서 우는 것일 수도 있었다.

루시는 문이 잠겨 있어서 부수어야 할까 봐 걱정했지만(악몽 속에서는 늘 그렇지 않던가.) 손잡이를 돌렸더니 문이 열렸다. 문이 열리는 순간 새로운 공포가 그녀를 덮쳤다. 아브라가 변기 속에 들어가 있으면 어쩐다? 다들 그런 기사를 본 적 있을 것이다. 변기에 빠진 아이, 쓰레기차에 들어간 아이. 아이가 대중교통 수단에 달린 그 흉측한 철제 변기에 빠져서 소독제가 든 파란 물 속에 입과 코까지 잠긴 채 죽어 가고 있으면 어쩐다?

하지만 아브라는 바닥에 누워 있었다. 알몸이었다. 아이가 눈물이 그렁그렁 맺힌 눈으로 엄마를 물끄러미 쳐다보았다. 아이의 가슴에 숫자 11이 혈서처럼 적혀 있었다.

6

데이비드 스톤은 끝없이 이어지며 천천히 하지만 가차 없이 움직이는 에스컬레이터를 타고 딸아이의 울음소리를 향해 엉뚱한 방향으로 달리는 꿈을 꾸었다. 에스컬레이터가 있는 곳은 어느 쇼핑몰이었고 설상가상으로 쇼핑몰에 불이 났다. 꼭대기 층에 도착하기 한참 전에 질식하거나 숨이 차야 맞는 상황인데, 연기는 나지 않고 불길만 미친 듯이 너울거렸다. 석유에 적신 횃불처럼 불길에 휩싸인 사람들이 보이건만 아브라의 울음소리 말고는 아무 소리도 들리지 않았다. 마침내 꼭대기 층에 다다랐을 때 누가 내다 버린 쓰레기처럼 바닥에 누워 있는 아비가 보였다. 남자와 여자들이 아이는 아랑곳하지 않고 여기저기서 뛰어다니는데, 에스컬레이터가 내려가고 있는데도 불구하고 아무도 그 에스컬레이터를 타지 않았다. 다들 농부가 휘두른 써레에 굴이 헤집힌 개미 떼처럼 온 사방으로 전력 질주할 따름이었다. 뾰족 구두를 신은 어떤 여자가 하마터면 딸아이를 밟아서 딸아이가 구두 굽에 목숨을 잃을 뻔했다.

아브라는 알몸이었다. 아이의 가슴에 숫자 175가 적혀 있었다.

7

스톤 부부는 동시에 깼고, 둘 다 처음에는 들리는 울음소리가 꿈속에서 들은 울음소리인 줄 알았다. 그런데 아니었다. 그 방 안에서 나는 울음소리였다. 양쪽 뺨이 새빨개진 아비가 슈렉 모빌이 달린 침대에 두 눈을 동그랗게 뜨고 누워서 조그만 주먹을 버둥거리며 빽 빽 울어대고 있었다.

기저귀를 갈아 주어도, 젖을 물려도, 복도를 왔다 갔다 몇 킬로미터를 걸어도, 「휠스 온 더 버스」 노래를 천 번 불러 주어도 울음은 그칠 줄 몰랐다. 결국 겁에 질린 루시는(아비가 첫 아이였고 더 이상 어쩌면 좋을지 알 수가 없었다.) 보스턴의 콘체타에게 전화를 걸었다. 새벽 2시였는데도 불구하고 모모는 신호 두 번 만에 전화를 받았다. 여든다섯 살이라 수면의 깊이가 그녀의 피부만큼이나 얇았다. 그녀는 지금까지 시도한 방법을 뒤죽박죽 나열한 다음 관련 질문을 던지는 루시보다 증손녀가 울부짖는 소리에 더 열심히 귀를 기울였다.

"열이 나니? 한쪽 귀를 잡아당기니? 메르다(이탈리아어로 대변이라는 뜻 — 옮긴이)가 마려운 것처럼 다리를 비트니?"

"아뇨." 루시가 말했다. "셋 다 아니에요. 울어서 몸이 살짝 뜨끈하긴 하지만 열은 아닌 것 같아요. 모모, 어쩌면 좋아요?"

이제 책상 앞에 앉은 콘체타는 딱 잘라 말했다.

"15분 더 기다려 봐. 그때까지도 울음을 멈추고 젖을 먹지 않으면 병원으로 데리고 가거라."

"네? 브리검 여성병원으로요?" 당황하고 심란한 루시로서는 생각나는 병원이 그곳뿐이었다. 아이를 낳은 병원이었던 것이다. "240킬로미터나 가야 하는 걸요!"

"아니, 아니. 브리지턴. 주 경계선을 지나서 메인 주에 있는 곳 말이다. 거기가 CNH보다 좀 더 가까워."

"확실해요?"

"내가 지금 컴퓨터를 들여다보고 있지 않겠니?"

아브라는 울음을 그치지 않았다. 단조롭고 사람을 미치게 만드는 한편으로 겁이 나게 만드는 울음소리였다. 그들이 브리지턴 병원에 도착한 시각은 4시 15분이었고, 아브라는 여전히 목이 터져라 울어 댔다. 평소에는 아큐라에 태우고 달리면 수면제보다 효과가 좋았는데 그날 새벽에는 아니었다. 데이비드는 뇌 동맥류가 아닌가 생각했다가 제정신이 아니라고 속으로 중얼거렸다. 신생아가 뇌졸중이라니…… 설마?

"데이비?" '응급 하차 전용'이라고 적힌 표지판 앞에 차를 대는데 루시가 조그만 목소리로 그를 불렀다. "신생아는 뇌졸중이나 심장마비 안 걸리지…… 그렇지?"

"응. 절대 안 걸려."

하지만 바로 그때 또 다른 가설 하나가 그의 머릿속에 떠올랐다. *아이가 옷핀을 삼켰는데 그게 뱃속에서 툭 하고 벌어진 거라면? 말도 안 되는 소리. 우리는 종이기저귀를 쓰고 아비는 옷핀 근처에 간적도 없잖아.*

그럼 다른 걸 삼킨 거다. 루시의 머리에 달려 있던 실핀. 아기 침대 속으로 떨어진 압정. 아니면 오, 주여, 도와주소서, 슈렉이나 동키나 피오나 공주에게서 떨어져 나온 플라스틱 조각.

"데이비? 무슨 생각해?"

"아무 생각도 안 해."

모빌은 멀쩡했다. 그는 장담할 수 있었다.

거의 장담할 수 있었다.

아브라는 계속 악을 썼다.

8

데이비드는 당직 의사가 진정제를 투여해 주길 바랐지만 진단이 불가능한 신생아에게 진정제를 투여하는 것은 원칙 위반이었고, 아브라 라파엘라는 아무 문제없어 보였다. 열도 없었고 발진이 나지도 않았고 초음파를 찍어 보니 유문협착증도 아니었다. 엑스레이 상으로 목이나 위에 이물질이 발견되지도 않았고 장폐색증도 아니었다. 기본적으로 입을 다물지 않을 따름이었다. 화요일 새벽 그 시각 응급실에 환자라고는 스톤 부부뿐이었고 당직 간호사 세 명이 각자 아이를 달래 보려고 했다. 아무 방법도 효과가 없었다.

"아이한테 뭘 좀 먹여야 하지 않을까요?" 의사가 점검차 다시 들렀을 때 루시가 물었다. 조지 클루니에게 홀딱 반한 십 대 시절부터 줄기차게 보았던 의학 드라마에서 들은 유산링거액(링거용액에 젖산을 첨가한 것 — 옮긴이)이라는 단어가 생각났다. 하지만 그녀가 아는 한 유산링거액은 발에 바르는 로션 아니면 혈액 응고 방지제 아니면 위궤양 약이었다. "젖도 우유도 거부하네요."

"배가 정말 고프면 먹을 겁니다." 의사는 이렇게 말했지만 루시도 그렇고 데이비드도 그렇고 별다른 위안을 얻지 못했다. 일단 의사가 그들보다 어려 보였다. 게다가 (이게 더 끔찍한 부분인데) 그 역시 백 퍼센트 장담하지 못하는 듯했다. "담당 소아과 의사에게 연락해 보셨나요?" 그가 차트를 확인했다. "돌턴 선생님께요."

"응답기에 메시지 남겼습니다." 데이비드가 말했다. "아마 오전 나절은 되어야 연락이 올 텐데 그때쯤이면 이 사태도 끝이 나겠죠."

어느 쪽으로든. 이렇게 생각하는데, 선명한 만큼이나 소름끼치는 장면 하나가(수면 부족과 지나친 불안으로 통제가 되지 않았다.) 그의 머릿속에 떠올랐다. 조문객들이 조그만 무덤을 에워싸고 서 있는 장면이었다. 심지어 관은 무덤보다 더 작았다.

9

7시 30분에 콘체타 레이놀즈는 스톤 부부와 울음을 그칠 줄 모르는 그들의 딸아이가 격리 수용되어 있는 검사실로 들이닥쳤다. 대통령 자유 훈장 후보라고 소문이 난 시인이 일자 청바지와 한쪽 팔꿈치에 구멍이 난 브라운대학교 운동복을 입고 있었다. 그런 차림새 덕분에 지난 3, 4년 새 얼마나 살이 빠졌는지 여실히 드러났다. *오해할까 봐 미리 밝히지만 암은 아니에요.* 그녀는 평소 하늘거리는 원피스나 카프탄으로 가리고 다니면서 런웨이 모델처럼 비쩍 마른 몸매에 대해 왈가왈부하는 사람이 있으면 이렇게 말하곤 했다. *트랙을 마지막으로 한 바퀴 돌기 전에 훈련을 받느라 그런 거예요.*

보통은 땋거나 복잡하게 휘휘 감은 다음 위로 올려서 빈티지풍의 머리핀을 진열하는 용도로 쓰였던 머리도 지금은 아인슈타인의 구름처럼 헝클어진 채 사방으로 뻗쳐 있었다. 화장도 하지 않았기에 루시는 한참 나이가 들어 보이는 콘체타를 보고 그 심란한 와중에도 충격을 받았다. 물론 그녀는 나이가 많았다. 여든다섯이면 무척 많은 나이였다. 하지만 그전에는 기껏해야 육십 대 후반 정도로 보였던 것이다.

"베티를 맡길 만한 사람을 진작 찾았더라면 한 시간 전에 달려올 수 있었는데."

베티는 그녀가 기르는, 병들고 나이 많은 복서(코가 납작하고 털이 부드러운 대형견 ― 옮긴이)였다.

콘체타는 못마땅해하는 데이비드의 눈빛을 알아차렸다.

"베티는 지금 살날이 얼마 남지 않았어, 데이비드. 그리고 자네한테 전화로 들은 바로는 아브라의 상태에 대해서 별로 걱정이 되지 않았고."

"지금은 걱정이 되시고요?" 데이비드가 물었다.

루시가 경고하는 눈빛으로 그를 흘끗 쏘아보았지만 콘체타는 암묵적인 비난을 기꺼이 인정할 용의가 있는 듯했다.

"그래." 그녀는 두 손을 내밀었다. "아이 주렴, 루시. 모모를 생각해서 울음을 그쳐 줄지 어디 한번 보자."

하지만 아브라는 아무리 흔들어도 모모를 생각해서 울음을 그쳐 주지 않았다. 놀라우리만치 듣기 좋은 자장가(데이비드가 알기로는 이탈리아어로 된 「휠스 온 더 버스」였다.)를 나지막이 불러 주어도 소용없었다. 그들은 다 같이 걷는 방법을 다시 한 번 시도했다. 아이를 떠받들고 조그만 검사실을 한 바퀴 돈 다음 나가서 복도를 걷고 다시 검사실로 돌아왔다. 울음소리는 그칠 줄 몰랐다. 어느 시점에 이르자 밖에서 소란스러운 소리가 들렸지만(데이비드가 추측건대 실제로 가시적인 부상을 입은 환자가 이송된 듯했다.) 4번 검사실의 사람들은 아랑곳하지 않았다.

9시 5분 전에 검사실 문이 열리면서 스톤 집안을 담당하는 소아과 의사가 들어왔다. 존 돌턴 박사는 댄 토런스도 아는 인물이었다. 성은 몰랐다. 댄에게 그는 노스콘웨이에서 목요일 저녁에 열리는 빅북(빌 윌슨이 1939년에 출간한 『알코올 중독자 협회: 알코올 중독을 극복한 수많은 사람들의 이야기』의 별칭이다 — 옮긴이) 모임 때 커피를 끓이는 닥터 존일 따름이었다.

"하느님 감사합니다!" 루시는 말하며 울부짖는 아이를 소아과 의사에게 떠넘겼다. "우리가 *몇 시간 동안* 방치됐는지 아세요?"

"출근하는 길에 메시지를 확인했어요." 돌턴은 어깨에 대고 아브라를 세웠다. "여기 회진 돌고 나서 캐슬록으로 건너가야 해요. 무슨 일이 있었는지 들으셨죠?"

"무슨 일이 있었는데요?" 데이비드가 물었다.

문이 열려 있다 보니 밖에서 들리는 제법 시끌벅적한 소음을 그가 맨 처음 알아차렸다. 사람들이 큰소리로 대화를 나누고 있었다. 우는 사람도 있었다. 그들을 맞이했던 간호사가 벌겋게 얼룩덜룩한 얼굴과 눈물에 젖은 뺨을 하고 지나갔다. 울부짖는 어린애 쪽은 쳐다보지도 않았다.

"여객기가 세계무역센터를 들이받았어요." 돌턴이 말했다. "그런데 사고로 생각하는 사람이 아무도 없답니다."

아메리칸항공 11편 항공기 이야기였다. 그로부터 17분이 지난 9시 3분에 유나이티드항공 175편 항공기가 무역센터 남쪽 타워를 들이받았다. 9시 3분이 되자 아브라 스톤이 돌연 울음을 그쳤다. 9시 4분이 되자 쌔근쌔근 잠이 들었다.

곤히 잠든 아브라를 뒷좌석 카시트에 태우고 애니스턴으로 돌아가는 동안 데이비드와 루시는 라디오를 들었다. 감당하기 버거운 소식이었지만 라디오를 끄는 것은 생각할 수조차 없었는데…… 그것도 뉴스캐스터가 항공사 이름과 편명을 밝히기 전까지였다. 뉴욕에 두 대, 워싱턴 인근에 한 대, 펜실베이니아 외곽에 한 대가 추락했다고 전하기 전까지였다. 결국 데이비드가 손을 뻗어 봇물처럼 쏟아지던 참사 소식을 잠재웠다.

"루시, 당신한테 해야 할 이야기가 있어. 내가 꿈을 꾸었는데……"

"알아." 그녀는 방금 전에 엄청난 충격을 받은 사람 특유의 밋밋한 어조로 말했다. "나도 꿈을 꿨어."

다시 뉴햄프셔로 건너갔을 때 데이비드는 결국 그 대망막이 이번 사건과 무슨 연관이 있을지 모른다는 생각을 하기 시작했다.

10

허드슨 강 서안의 어느 뉴저지 마을에는 그 마을에서 가장 유명한 주민의 이름을 따서 붙인 공원이 있다. 맑은 날이면 맨해튼 남쪽이 완벽하게 보이는 곳이다. 9월 8일, 호보컨에 도착한 트루 낫은 단독

156

공간에 차를 세우고 열흘 동안 영화를 상영했다. 크로 대디가 주선한 계약이었다. 잘생겼고 사교적이며 사십 대 정도로 보이는 크로가 가장 좋아하는 티셔츠에는 '나는 사람들을 좋아하는 인간이야!'라고 쓰여 있었다. 트루 낫을 대신해서 협상에 나설 때는 티셔츠를 절대 입지 않았다. 그럴 때는 단연 정장에 넥타이였다. 얼뜨기들이 바라는 게 그런 거였다. 그의 본명은 헨리 로스먼이었다. 하버드에서 법학을 전공했고(38년도 졸업생이었다.) 늘 현금을 들고 다녔다. 전 세계적으로 다양하게 운용되는 트루 낫의 자금이 10억 달러가 넘었지만 (일부는 금으로, 일부는 다이아몬드로, 일부는 희귀 도서와 우표와 그림으로) 그들은 절대 수표나 신용카드를 쓰지 않았다. 심지어 어린애처럼 보이는 피와 파드조차 10달러와 20달러짜리 지폐를 가지고 다녔다.

예전에 지미 넘버스가 이런 말을 한 적이 있었다. "우리는 현금 박치기 조직이야. 우리가 현금을 지불하면 얼뜨기들이 우리를 업고 다니지." 지미는 트루 낫의 회계사였다. 그는 얼뜨기로 살던 시절에 (전쟁이 끝나고 한참 뒤에) '퀸트릴(남북전쟁 당시 게릴라 대장 —옮긴이) 습격대'로 유명해진 조직과 한때 어울린 적이 있었다. 당시 그는 물소 가죽 코트를 입고 샤프스 소총을 들고 다니는 난폭한 존재였는데 그 뒤로 부드러워졌다. 요즘은 친필 서명이 되어 있는 로널드 레이건의 사진을 액자에 넣어서 자기 차에 싣고 다녔다.

9월 11일 아침에 트루 낫은 주차장에서 쌍안경 네 개를 서로 돌려 쓰며 쌍둥이 빌딩이 공격당하는 광경을 지켜보았다. 시나트라 공원이 좀 더 전망이 좋았겠지만 로즈가 굳이 지적할 필요도 없다시피 아침 일찍부터 모여 있으면 의심을 살 수 있었다. 그리고…… 앞으로 몇 개월, 몇 년 동안 미국은 아주 의심이 많은 나라가 될 듯했다. 수상한 광경을 목격하면 당장 신고하는 그런 나라가 될 듯했다.

그들은 그날 오전 10시 무렵에(강기슭을 따라서 인파가 우글거렸기에 안전했다.) 공원으로 자리를 옮겼다. 꼬맹이 쌍둥이 피와 파드가 플릭 할아범을 태운 휠체어를 밀었다. 그는 '나는 참전용사다'라고 적힌 모자를 썼다. 길고 어린아이처럼 가느다란 백발이 모자 주변에서 박주가리처럼 나부꼈다. 한때는 그가 미국-스페인 전쟁(1898년에 벌어진 전쟁이다 ─ 옮긴이) 참전용사라고 말하고 다닌 적이 있었다. 그러다 그것이 제1차 세계 대전으로 바뀌었다. 요즘은 제2차 세계 대전이 되었다. 앞으로 20년 정도 지나면 베트남전쟁으로 바뀌어야 할 터였다. 신빙성은 걱정할 필요가 없었다. 그는 전쟁역사광이었다.

시나트라 공원은 발 디딜 틈이 없었다. 대부분 말이 없었지만 흐느껴 우는 사람들도 있었다. 앞치마 애니와 다크서클 수가 이런 면에서 도움이 됐다. 그 둘은 마음만 먹으면 아무 때나 울 수 있었다. 나머지는 분위기에 걸맞게 슬프고 엄숙하고 놀란 표정을 지었다.

트루 낫은 기본적으로 적응을 잘했다. 그것이 그들의 운용 방식이었다.

구경꾼들이 들락거렸지만 트루 낫은 (맨해튼 남부에서 뭉게뭉게 솟아오르는 시커먼 연기 말고는) 구름 한 점 없이 화창한 그날 거의 하루 종일 자리를 지켰다. 서로 대화도 없이 쇠 난간 앞에 서서 마냥 지켜보았다. 그러고는 메인의 페머큐드 곶이나 쿼디 헤드에 난생 처음 선 중서부 관광객처럼 긴 한숨을 천천히 들이쉬며 상쾌한 바다 공기를 깊숙이 들이마셨다. 로즈는 경의를 표하는 뜻에서 실크해트를 벗어

허리춤에 들었다.

4시가 되자 그들은 주차장 캠핑장으로 기운차게 돌아갔다. 그들은 다음 날, 그다음 날, 그다음 날에도 다시 그곳을 찾을 생각이었다. 좋은 기운이 소진될 때까지 계속 그곳을 찾은 다음 다시 이동할 생각이었다.

그때가 되면 플릭 할아범의 백발이 붉은 회색으로 변할 테고, 더 이상 휠체어를 탈 필요가 없을 것이다.

3장

숟가락들

1

프레이저에서 노스콘웨이까지는 32킬로미터 거리이지만 댄 토런스가 목요일 저녁마다 꼬박꼬박 모임에 참석한 한 가지 이유가 있다면 참석하지 못할 이유가 없기 때문이었다. 그는 이제 헬렌 리빙턴 하우스에 근무하며 쏠쏠히 벌었고 면허증도 돌려받았다. 면허증을 돌려받고 산 차도 대단한 게 아니라 블랙월 타이어와 고물 라디오가 장착된 연식 3년짜리 커프리스였지만 엔진이 훌륭해서 시동을 걸 때마다 뉴햄프셔 최고의 행운아가 된 듯한 기분이 들었다. 두 번 다시 버스를 탈 일이 없다면 행복하게 죽을 수 있겠다는 생각이 들었다. 때는 2004년 1월. 몇 가지 생각과 장면들이 마구잡이로 떠오르기는 했지만(물론 호스피스에서 가끔 처리하는 가욋일들도 있긴 했지만.)

그때뿐, 샤이닝이 잠잠했다. 그는 어쨌든 그런 식의 자원봉사를 마다하지 않았겠지만 알코올 중독자 모임에 참석하기 시작한 뒤부터는 그것을 속죄 수단으로 여겼다. 중독을 극복 중인 사람들이 첫 잔을 참는 것 못지않게 중요하게 생각하는 것이 속죄였다. 그는 앞으로 3개월만 더 술병 뚜껑을 열지 않으면 금주 3주년을 자축할 수 있었다.

케이시 K가 시킨 대로 날마다 감사의 묵상을 할 때면(그가 고참으로서 딱 잘라 장담하길 고마움을 아는 알코올 중독자는 술에 취하지 않는 법이라고 했다.) 운전대를 다시 잡을 수 있게 된 것에 대한 고마움이 많은 부분을 차지했지만, 댄이 목요일 저녁마다 약속을 지키는 주된 이유는 빅 북 모임이 위로가 되기 때문이었다. 정말로 편안하기 때문이었다. 이 지역에서 열리는 공개 토론 모임은 불편할 정도로 대규모인 경우도 있었는데, 노스콘웨이에서 열리는 목요일 저녁 모임은 절대 그렇지 않았다. 알코올 중독자 모임에서 예전부터 전해 내려오는 말 중에 알코올 중독자에게 감추고 싶은 게 있으면 빅 북 속에 숨겨 놓으라는 말이 있는데, 노스콘웨이 목요일 저녁 모임에 참석하는 사람들을 보면 그 안에 일말의 진실이 담겨 있을지 모른다는 느낌이 들었다. 심지어 (휴가철 극성수기로 꼽히는) 7월 4일부터 노동절까지 몇 주 동안에도 모임이 시작됐을 때 앰베츠 홀에 열댓 명 이상이 모인 경우가 거의 없었다. 덕분에 댄은, 회복 중인 알코올 중독자와 마약 중독자들을 50명 심지어 70명씩 모아 놓은 곳에서는 접할 수 있었을까 싶은 이야기들을 공개적으로 들을 수 있었다. 그런 큰 모임에서는 발표자들이 (수백 개에 달하는) 진부한 사연들 속에 묻혀서 개인적인 이야기를 피하는 경향이 있었다. "결국에는 평정심이 효과를 발휘하더군요." 아니면 "나처럼 속죄하고 싶으면 나를 참고하셔도 돼요." 이런 소리는 들을 수 있을지 몰라도 "둘 다 취한 날 밤 내가 제수씨와 떡을 친 이야기"는 절대 들을 수 없었다.

목요일 저녁 '금주 연구' 모임에 참석한 몇 안 되는 사람들은 지난번 시간에 끝낸 부분에서부터 시작하는 방식으로 빌 윌슨의 파란색 큼지막한 교과서를 처음부터 끝까지 읽었다. 다 끝나면 '의사의 선언'으로 돌아가서 처음부터 다시 시작했다. 대부분의 모임마다 열쪽 정도씩 읽었다. 책을 읽는 데 30분쯤 걸렸다. 나머지 30분 동안에는 방금 전에 읽은 내용을 주제로 이야기를 나누었다. 가끔 정말로 주제에 맞는 대화를 나눌 때도 있었다. 하지만 노이로제에 걸린 십대들이 제멋대로 돌린 점괘판처럼 대화가 엉뚱한 방향으로 흘러갈 때가 많았다.

댄은 금주한 지 8개월 정도 됐을 때 참석한 어느 모임이 생각났다. 그날의 주제였던 '아내들에게' 장은 고리타분한 가설들로 가득해서, 젊은 여성 참석자들의 거센 항의를 유발하는 확률이 거의 백 퍼센트였다. 그들은 빅 북이 출간된 지 60년이 넘었는데 '남편들에게' 장이 왜 추가되지 않느냐고 따지고 들었다.

그날 저녁에 제마 T(감정 설정이 화를 내거나 길길이 날뛰거나 둘 중 하나로 고정되어 있는 듯한 삼십 대였다.)가 손을 들었을 때 댄은 장황한 여성 해방론을 예상했었다. 그런데 그녀는 평소보다 훨씬 조용하게 말을 꺼냈다.

"여러분과 함께 나누고 싶은 이야기가 있어요. 열일곱 살 때부터 담아 두고 있었던 이야기인데, 이걸 털어놓지 않으면 나는 앞으로도 코카인과 와인에서 영영 해방되지 못할 거예요."

사람들은 기다렸다.

"파티에서 술을 마시고 집으로 돌아오다 차로 어떤 사람을 쳤어요." 제마가 말했다. "소머빌에서 살았을 때요. 나는 그 사람을 길가에 방치한 채 도망쳤어요. 살았는지 죽었는지 확인하지도 않고요. 지금도 몰라요. 경찰이 찾아와서 나를 체포해 가는 순간을 기다렸는데 아직까지 오지 않았어요. 무사히 모면한 거죠."

그녀는 여기까지 말을 하고 아주 재미있는 농담을 던진 사람처럼 웃더니 고개를 테이블에 묻고 꼬챙이처럼 마른 몸이 흔들릴 정도로 격하게 흐느껴 울었다. 댄은 '모든 일에 정직하려는 태도'가 실제로는 얼마나 가혹할 수 있는지 그날 처음으로 실감했다. 그는 지금도 가끔 그렇다시피, 그때 자신이 어떤 식으로 디니의 지갑에서 돈을 꺼냈고, 꼬맹이가 커피테이블에 놓인 코카인을 향해 어떤 식으로 손을 내밀었는지 떠올렸다. 제마가 조금 존경스러웠지만 그는 그렇게 원초적으로 정직할 수 있는 위인이 못 됐다. 그 이야기를 공개하는 것과 술을 마시는 것 중에서 하나를 선택해야 하는 상황이 된다면······

술을 택할 거야. 무조건.

2

오늘 저녁에 읽을 '싸구려 허세'는 '거의 모든 것을 잃었던 사람들'이라는 유쾌한 제목이 달린 빅 북 3부에 등장하는 사연이었다. 이야기는 댄도 익히 아는 패턴으로 진행됐다. 좋은 집안, 일요일마다 교회에 가던 생활, 첫 음주, 첫 폭음, 술 때문에 망가진 사회적 성공, 점점 늘어만 가는 거짓말, 첫 구금, 번번이 어기는 갱생의 약속, 시설 입소 그리고 마침내 해피 엔딩. 빅 북에 등장하는 사연들은 모두 해피 엔딩이었다. 그게 빅 북의 매력이기도 했다.

날은 추운데 실내는 너무 더워서 댄이 깜빡 졸려는 찰나, 닥터 존이 손을 들고 말했다.

"집사람한테 계속 거짓말을 하는 게 있는데, 어떻게 하면 거짓말을 멈출 수 있을지 모르겠어요."

그 말에 댄은 정신이 번쩍 났다. 그는 닥터 존을 매우 좋아했다.

존은 아내에게 크리스마스 선물로 제법 비싼 시계를 받았는데, 며칠 전날 밤에 아내가 왜 안 차고 있느냐고 물었을 때 병원에 두고 왔다고 대답했다는 것이었다.

"그런데 문제는 병원에 없다는 거죠. 온 사방을 뒤져 보았지만 아무 데도 없어요. 저는 회진을 자주 돌고, 수술복으로 갈아입어야 할 때는 의사 휴게실에 있는 사물함을 써요. 숫자를 입력하는 자물쇠가 달려 있지만 현금도 많이 들고 다니지 않는 데다 훔쳐갈 만한 물건도 없어서 잘 쓰지는 않고요. 그 시계 말고는 없으니까요. 시계를 벗어서 사물함에 넣은 기억이 없는데(CNH나 브리지턴 병원에서는요.) 아마 그랬나 봐요. 돈이 문제가 아니에요. 날이면 날마다 밤까지 멍청하게 술을 마시고 아침이면 과속으로 하루를 시작했던 옛날 기억들이 자꾸 되살아나거든요."

이 소리에 여기저기서 고개를 끄덕였고 죄책감 때문에 거짓말을 했던 비슷한 경험담들이 뒤를 이었다. 조언을 하는 사람은 없었다. 여기서 조언은 '혼선'이라고 불렸고 눈살이 찌푸려질 만한 행동으로 간주됐다. 다들 그냥 자기 이야기만 했다. 존은 고개를 숙이고 깍지 낀 두 손을 가랑이 사이에 끼운 채 들었다. 바구니가 다시 제자리로 돌아오자("우리는 각자의 성금으로 자급자족한다.") 그는 모두의 고견에 고맙다고 했다. 댄이 보기에는 이른바 고견들이 별 도움이 안 된 듯한 표정이었다.

주기도문 낭송이 끝나자 댄은 남은 쿠키를 치우고 너덜너덜해진 빅 북을 '알코올 중독자 협회 전용'이라고 적힌 캐비닛에 정리했다. 재떨이 주변에 몇몇이 옹기종기 모여 있었지만(소위 말하는 뒤풀이였다.) 부엌에는 그와 존뿐이었다. 댄은 토론 시간에 아무 말도 하지 않았다. 혼자서 속으로 갈등하느라 그럴 정신이 없었다.

샤이닝이 잠잠해지기는 했지만 그렇다고 아예 없어진 건 아니었다. 자원봉사를 하면서 느꼈다시피 어렸을 때에 비해 더 강해졌는데 지금은 통제 범위가 넓어진 듯했다. 그래서 무서움은 줄고 효율이 높아졌다. 리빙턴 하우스에서 함께 일하는 동료들은 그에게 무언가가 있다는 걸 알았지만, 대부분 공감 능력인가 보다고 하며 그냥 넘어갔다. 이제 정착 생활이 시작된 마당에 가장 사양하고 싶은 것이 허울 좋은 초능력자로 소문이 나는 것이었다. 괴상망측한 그의 능력은 혼자만 알고 있는 게 상책이었다.

하지만 닥터 존은 착한 사람이었다. 그런 그가 괴로워하고 있었다.

닥터 존은 커피 주전자를 설거지통에 엎어 놓고 스토브 손잡이에 달린 수건에 손을 닦은 다음 댄 쪽으로 고개를 돌리더니, 댄이 쿠키와 설탕 그릇 옆으로 치운 커피 메이트만큼이나 진짜 같은 미소를 지었다.

"다 끝났네요. 다음 주에 봐요."

결국 저절로 결론이 내려졌다. 댄은 그를 그런 표정으로 보낼 수가 없었다. 그는 두 팔을 내밀었다.

"짝짝짝."

그 유명한 알코올 중독자 협회식 포옹이었다. 댄은 지금까지 숱하게 목격했지만 직접 실천에 옮긴 적은 한 번도 없었다. 존은 잠깐 미심쩍어 하는 표정을 짓다 앞으로 한 발 다가왔다. 댄은 그를 끌어안으며 아무것도 없을지 몰라, 하고 생각했다.

그런데 아니었다. 어린 시절에 그가 어머니와 아버지가 잃어버린 물건을 가끔 찾아드릴 때 그랬던 것처럼 눈 깜짝할 새 떠올랐다.

"있잖아요, 박사님." 그가 포옹을 풀면서 말했다. "구처병에 걸린 아이 때문에 걱정하고 있었잖아요."

존은 뒤로 물러섰다.

"그게 무슨 소립니까?"

"내가 이상하게 발음했죠? 구처? 글루처? 아무튼 뼈와 관련된 병인데."

존의 입이 떡 벌어졌다.

"노먼 로이드 말이에요?"

"아이 이름은 모르겠고요."

"노미는 고셰병에 걸렸습니다. 지질장애예요. 아주 희귀한 유전병이죠. 걸리면 비장이 커지고 실경질환이 생기고 대개 아주 일찍 끔찍하게 세상을 떠나요. 그 딱한 아이는 골격이 기본적으로 유리 비슷한데 아마 열 살도 안 돼서 죽을 거예요. 그런데 그걸 어떻게 알았습니까? 아이 부모님한테 들었나요? 로이드네 가족은 내서아 저쪽 끝에 사는데."

"박사님은 아이한테 알릴 일이 걱정이었어요. 불치병이라는 진단을 전하려니 미쳐 버릴 것 같았죠. 그래서 손을 씻을 필요가 없는데도 티거 화장실에 들어가서 손을 씻었어요. 시계를 벗어서 짙은 빨간색 소독약이 담긴 플라스틱 병을 두는 선반 위에 올려놓고요. 그걸 뭐라고 부르더라?"

존 D는 정신병자를 대하듯 그를 빤히 쳐다보기만 했다.

"아이가 입원한 병원이 어디죠?" 댄이 물었다.

"엘리엇 병원입니다. 시간대는 얼추 맞아요. 소아과 간호사실 옆에 있는 화장실에 들어가서 손을 씻었거든요." 그는 말을 멈추고 얼굴을 찡그렸다. "그리고 맞습니다, 그 화장실 벽에 밀른(『곰돌이 푸』의 원작자 ─ 옮긴이) 캐릭터가 붙어 있었어요. 그런데 내가 시계를 벗었으면 기억이 날 텐데……" 그는 말끝을 흐렸다.

"기억이 *나는* 모양이네요." 댄은 이렇게 말하며 미소를 지었다. "*이제* 기억이 나는 모양이네요. 그렇죠?"

"엘리엇 유실물보관함을 확인해 봤어요. 브리지턴이나 CNH도 마찬가지고요. 그런데 아무것도 없었어요." 존은 말했다.

"그래요. 뒤따라 들어온 사람이 그걸 보고 슬쩍 들고 갔을 수도 있죠. 그랬다면 박사님은 더럽게 재수가 없었던 거예요……. 하지만 부인께 사실대로 말씀드릴 수는 있지 않을까요? 그리고 *왜* 그렇게 됐는지. 그 아이를 생각하고 그 아이를 걱정하느라 시계를 깜빡하고 화장실에 두고 나온 거잖아요. 그뿐이잖아요. 그리고 어쩌면 아직 거기 있을 수도 있어요. 높은 선반이고, 세면대 바로 옆에 물비누 통이 달려 있어서 그 플라스틱 병 안에 든 걸 쓰는 사람도 거의 없으니까요."

"선반에 있는 그건 베타딘이에요." 존이 말했다. "아이들이 만지지 못하게 높은 데 올려놓은 거고요. 나는 그게 거기 있는 줄도 몰랐는데. 댄, 엘리엇 병원에 *가본* 적 있어요?"

그건 그가 대답하고 싶지 않은 질문이었다.

"선반을 확인해 봐요, 박사님. 어쩌면 운이 따를 수도 있잖아요."

3

댄은 다음번 목요일 금주 연구 모임 때 일찌감치 도착했다. 닥터 존이 잃어버린 700달러짜리 시계 때문에 결혼생활과 어쩌면 사회생활까지 망가뜨리기로 마음먹었다면 다른 사람이 커피를 끓이고 있을 것이었다. 그런데 존이 보였다. 시계도 보였다.

이번에는 존 쪽에서 먼저 포옹을 했다. 진심이 듬뿍 담긴 포옹이었다. 이러다 프랑스 사람들처럼 양쪽 뺨에 입까지 맞추는 게 아닐까 하는 생각이 들었을 때 DJ가 포옹을 풀었다.

"당신이 얘기한 바로 거기 있었어요. 열흘이나 지났는데도 거기 있더라고요. 기적처럼."

"아니죠." 댄이 말했다. "사람들은 대부분 자기 시선 위로는 잘 보지 않잖아요. 검증된 사실이에요."

"당신은 어떻게 안 거예요?"

댄은 고개를 저었다.

"설명할 수 없어요. 내가 가끔 그럴 때가 있거든요."

"어떤 식으로 감사의 마음을 전하면 좋을까요?"

댄이 바라고 기다리던 질문이 그거였다.

"열두 번째 단계를 실천하면 되죠, 이 답답한 양반아."

존 D는 눈썹을 추켜세웠다.

"익명 지키기. 쉽게 풀어서 설명하자면 우라질 입을 다물어 달라는 거."

알겠다는 표정이 존의 얼굴 위로 번졌다. 그는 씩 웃었다.

"그건 할 수 있어요."

"좋아요. 그럼 이제 커피를 끓여요. 나는 책을 꺼낼게요."

4

뉴잉글랜드의 알코올 중독자 모임에서는 대부분의 기념일을 생일이라고 부르고, 케이크와 뒤풀이로 축하했다. 댄이 이런 식으로 금주 3주년을 축하하기 직전에 데이비드 스톤과 아브라의 증조할머니가(다른 그룹에서는 닥터 존 아니면 DJ로 알려진) 존 돌턴을 찾아와서 또 다른 3주년 생일파티에 초대했다. 스톤 부부가 아브라를 위해 준비한 생일파티였다.

"말씀 정말 감사합니다." 존이 말했다. "시간이 되면 기꺼이 들를게요. 그런데 그게 다가 아닌 것 같은 기분이 드는 건 왜일까요?"

"그게 다가 아니니까 그렇죠." 콘체타가 말했다. "여기 이 고집불통 선생께서 이제 드디어 이야기를 꺼낼 때가 됐다고 결정을 내렸거든요."

"아브라한테 무슨 문제라도 있는 겁니까? 만약 그렇다면 말씀해주세요. 마지막 검사 결과를 보면 훌륭하거든요. 어마어마하게 똑똑하고, 사회성 끝내주고, 말하기는 천장을 뚫을 지경이고, 읽기도 마찬가지고. 지난번에 왔을 때는 저한테 『악어들이 우글우글』을 읽어주었어요. 기계적으로 외운 것일 수도 있지만 그래도 아직 세 돌도 안 된 아이치고는 대단한 거죠. 부인께서는 부군이 저를 찾아오신 걸 아십니까?"

"제가 아내와 할머님의 등쌀에 못 이겨서 온 겁니다." 데이비드가 말했다. "아내는 지금 아브라와 함께 집에서 파티에 쓸 컵케이크를 만들고 있어요. 나오면서 보니까 부엌이 아주 난장판이더군요."

"그럼 뭐죠? 저더러 관찰자의 입장에서 파티에 참석해 달라는 말씀인가요?"

"맞아요." 콘체타가 말했다. "무슨 일이 벌어질 거라고 어느 누구도 장담 못 하지만, 아이가 흥분하면 무슨 일이 벌어질 가능성이 좀 더 높아지는데 아이가 지금 생일파티 때문에 아주 흥분했거든요. 놀이방의 꼬맹이 친구들이 전부 다 오는 데다 마술 공연도 있을 예정이니까요."

존은 책상 서랍을 열고 메모지를 꺼냈다.

"어떤 일이 벌어질 거라고 예상하시는데요?"

데이비드는 머뭇거렸다.

"그게…… 설명하기가 쉽지 않은데요."

콘체타는 고개를 돌리고 그를 똑바로 마주보았다.

"자자. 이제 와서 뒤로 빼면 쓰나." 그녀의 말투는 명랑하다고 할 수 있을 만큼 가벼웠지만 존 돌턴이 보기에는 걱정스러워하는 얼굴이었다. "울음을 터뜨리더니 그칠 줄 몰랐던 그날 밤 이야기부터 시작해."

5

데이비드 스톤은 대학에서 10년 동안 미국사와 20세기 유럽사를 가르쳤기에 내적인 논리를 놓치려야 놓칠 수 없도록 이야기를 구성하는 방법을 알고 있었다. 그는 목을 놓아 울어 대던 딸이 두 번째 제트 여객기가 세계무역센터를 들이받자마자 울음을 그쳤던 지점에서부터 이야기를 시작했다. 그러고는 시점을 거슬러 올라가서 아내는 아브라의 가슴에 아메리칸항공사의 편명이, 자신은 유나이티드

항공사의 편명이 적힌 꿈을 꾸었노라고 했다.

"아내는 꿈을 꾸었을 때 비행기 화장실 안에서 아브라를 발견했어요. 저는 불이 난 쇼핑몰 안에서 발견했고요. 그 부분에 대해서는 선생님 나름대로 해석하셔도 좋습니다. 안 하셔도 되고요. 제가 보기에는 그 편명들이 상당히 결정적인 단서인데요. 그런데 뭐에 대한 단서일지 모르겠단 말씀이죠." 그는 웃음을 터뜨리며 두 손을 들었다가 다시 내렸다. "어쩌면 두려운 마음에 알기를 거부하는 것일 수도 있고요."

존 돌턴은 9월 11일 아침과 그칠 줄 몰랐던 아브라의 울음보를 똑똑히 기억했다.

"잠깐만 확실히 짚고 넘어가겠습니다. 당시 생후 5개월밖에 안 됐던 따님이 그 공격을 예견하고 텔레파시로 어떻게든 그 사실을 알리려 했다고 생각하시는 겁니까?"

"네." 콘체타가 대답했다. "아주 간단하게 정리를 잘하시네요. 브라보."

"어떻게 들릴지 저도 압니다." 데이비드가 말했다. "그래서 저희 부부도 아무한테도 말을 하지 않았어요. 할머님만 빼고요. 할머님한테는 아내가 그날 밤에 말씀드렸죠. 아내는 모모한테 숨기는 게 없거든요."

그는 한숨을 쉬었다. 콘체타는 그런 그를 쌀쌀맞은 눈빛으로 흘끗 쳐다보았다.

"할머님은 그런 꿈을 꾸지 않으셨습니까?" 존이 그녀에게 물었다.

그녀는 고개를 끄덕였다.

"나는 보스턴에 있었거든요. 그랬으니…… 그걸 뭐라고 하더라…… 전송 범위 밖에 있었던 거죠."

"9.11이 벌어진 지도 거의 3년이 지났는데요." 존이 말했다. "그 이후에 다른 사건들도 있었겠죠?"

다른 사건들도 많았다. 맨 첫 번째(이자 가장 믿기 힘든) 사건에 대해 어렵사리 이야기를 마치고 났더니 데이브가 보기에 나머지는 식은 죽 먹기였다.

"피아노. 그게 그 다음 사건이었어요. 저희 아내가 피아노를 치는 거 아십니까?"

존은 고개를 저었다.

"음, 피아노를 칩니다. 중학교 때부터요. 아주 대단한 정도는 아니지만 실력이 제법 좋아요. 저희 부모님이 결혼선물로 포켈 피아노를 주셨거든요. 그걸 거실에 두었는데 아브라의 놀이집도 거실에 있었어요. 2001년 크리스마스 때 제가 아내에게 피아노용으로 편곡한 비틀스 연주곡집을 선물했습니다. 아브라는 놀이집 안에 누워서 장난감을 만지작거리며 피아노 연주를 듣곤 했죠. 아이가 미소를 짓고 발을 버둥거리는 걸 보면 음악을 좋아한다는 걸 알 수 있었어요."

존은 그 말에 반박하지 않았다. 대부분 음악을 사랑하고 자기들만의 방식으로 그 마음을 표현하는 것이 아이들이었다.

"그 연주곡집에는 히트곡이 다 들어 있었는데…… 「헤이 주드」, 「레이디 마돈나」, 「렛 잇 비」…… 아브라가 제일 좋아했던 노래는 별로 유명하지 않은, B면에 수록됐던 「낫 어 세컨드 타임」이었어요. 그 노래를 아십니까?"

"당장은 잘 모르겠네요." 존이 말했다. "들으면 생각이 날지도 모르죠."

"밝은 분위기인데, 비틀스의 여느 빠른 곡들과 달리 기타가 아니라 피아노 리프 위주로 구성이 되어 있습니다. 부기우기(블루스 연주 스타일 — 옮긴이)는 아니지만 비슷하고요. 아브라는 그 곡을 사랑했어요. 아내가 그걸 연주하면 발을 버둥거리는 정도가 아니라 자전거를 타다시피 했죠." 데이브는 밝은 보라색 우주복을 입고, 아직 걷지도 못하면서 아기 침대에 누워 디스코 퀸처럼 춤을 추었던 아브라를 떠올리며 미소를 지었다. "간주가 거의 피아노인데 아주 단순해요. 왼손은 그냥 한 음씩 누르기만 하면 돼요. 그것도 겨우 스물아홉 개를요. 제가 세 봤거든요. 어린애라도 칠 수 있을 정도예요. 그런데 우리 애가 그걸 쳤지 뭡니까."

존은 머리카락이 시작되는 부분과 맞닿을 정도로 눈썹을 치켜세웠다.

"2002년 봄부터 시작됐어요. 아내와 제가 침대에 누워서 책을 보고 있었을 때였어요. 텔레비전에서 일기예보가 나왔으니까 11시 뉴스가 반쯤 지나갔을 무렵이죠. 아브라는 자기 방에서 쿨쿨 자고 있었어요. 적어도 저희가 알기로는요. 아내가 이제 그만 자고 싶다면서 저더러 텔레비전을 꺼달라고 했어요. 제가 리모컨을 누른 순간, 그 소리가 들렸어요. 「낫 어 세컨드 타임」에서 그 스물아홉 개의 음으로 이루어진 피아노 간주가 말이에요. 완벽한 연주였어요. 틀린 음이 하나도 없는. 그 소리가 일층에서 들리지 뭡니까.

박사님, 저희는 간담이 서늘했어요. 집 안에 불청객이 들어왔나 싶

174

었는데, 세상에 어느 좀도둑이 은그릇을 훔치기 전에 맛보기로 비틀스를 연주한단 말입니까. 총도 없고 골프가방은 차고에 있었기에 저는 보이는 물건 중에서 가장 큼지막한 책을 집어 들고 누군지 모를 위인을 상대하러 내려갔죠. 정말 한심한 짓이었다는 거 압니다. 아내한테는 제가 고함을 지르면 당장 수화기를 들고 911로 전화하라고 일러 놓았죠. 하지만 1층에는 아무도 없었고 문들도 다 잠겨 있었어요. 그뿐 아니라 피아노 건반도 뚜껑으로 덮여 있었고요.

저는 다시 2층으로 올라가서 아내에게 아무것도 없고 아무도 없었다고 알렸어요. 그러고 나서 둘이 같이 아이를 살피러 갔습니다. 그러자고 한 사람도 없었는데 그냥 나갔어요. 저희 둘 다 아브라의 짓이라는 걸 알았는데, 굳이 말로 표현하고 싶지 않았던 것 같아요. 깨어 있던 아이가 침대에 가만히 누워서 저희를 쳐다보더군요. 아이들 눈빛이 얼마나 모든 걸 알고 있는 것처럼 느껴지는지 박사님도 아시죠?"

존도 알았다. 말만 할 수 있으면 세상의 온갖 비밀을 알려 줄 것만 같은 그 눈. 그는, 우리가 아무리 생생한 꿈을 꾸어도 2, 3시간이 지나면 잊어버리듯 아이들도 옹알옹알 하는 단계가 지나면 모든 걸 잊어버리도록 하느님이 그렇게 만들어 놓지 않았더라면 정말로 아이들이 온갖 비밀을 알려 줄 수 있을지 모른다는 생각이 들 때도 있었다.

"아이는 저희를 보더니 웃으며 눈을 감았고 잠이 들었어요. 그다음 날 밤에도 똑같은 일이 벌어졌어요. 똑같은 시각에. 거실에서 스물아홉 개의 음이 들리다가…… 잠잠해지고…… 아브라의 방으로 찾아가보면 아이가 깨어 있고. 칭얼거리지도 않고 심지어 공갈젖꼭지를 빨지도 않고 아기침대 칸막이 사이로 우리를 쳐다보기만 하는 겁니다. 그러다 자는 거예요."

"진짜 있었던 일이죠?" 존이 물었다. 정말로 궁금해서 물은 게 아니라 확인하기 위해서였다. "농담이 아니고요."

데이비드는 웃지 않았다.

"농담이면 얼마나 고맙겠습니까."

존은 콘체타 쪽으로 고개를 돌렸다.

"할머님도 그 소리를 들은 적 있으세요?"

"아뇨. 데이비드의 얘기를 끝까지 들어 보세요."

"며칠 밤은 저희도 그냥 잠자리에 들었는데…… 성공적인 육아의 비결은 항상 계획을 세우는 데 있다고, 박사님이 그러셨잖아요."

"그랬죠."

존 돌턴이 초보 엄마아빠들에게 하는 설교의 주제가 그것이었다. 밤중 수유는 어떻게 해야 할까? 어느 누구도 지쳐 쓰러지지 않도록 당번 스케줄을 정하라. 어떤 식으로 목욕을 시키고 수유를 하고 옷을 갈아입히고 놀아 주어야 아이에게 규칙적인(그래서 안심이 되는) 일과를 만들어 줄 수 있을까? 스케줄을 정하라. 계획을 세워라. 응급 상황에 어떤 식으로 대체하면 되는지 아는가? 무너진 아기침대에서부터 질식에 이르기까지. 계획을 세워 놓으면 알 수 있고, 십중팔구 잘 해결될 것이다.

"그래서 그렇게 했죠. 그 뒤로 사흘 동안 제가 피아노 바로 맞은편의 소파에서 잠을 잔 겁니다. 사흘째 되던 날, 누워서 잠을 청하려는데 음악 소리가 들리기 시작하더군요. 피아노 뚜껑이 닫혀 있었기에

허겁지겁 달려가서 열었어요. 건반이 움직이지 않더군요. 저는 별로 놀라지 않았어요. 음악 소리가 피아노에서 나는 게 아니었거든요."

"네?"

"그 *위*에서 나는 소리였어요. 허공에서. 그 무렵 아내는 아브라의 방에 있었죠. 그 전에는 너무 어리둥절해서 우리 둘 다 아무 말도 못 했는데, 이번에는 아내가 준비가 되어 있었어요. 아내가 아브라에게 다시 한 번 연주해 보라고 했답니다. 그랬더니 아이가 잠깐 망설이다…… 연주를 했어요. 어찌나 제 가까이서 들리는지 떠다니는 음표를 낚아챌 수 있을 것만 같았죠."

존 돌턴의 진료실에 정적이 흘렀다. 그는 메모지에 글을 쓰다 말고 멈춘 상태였다. 콘체타는 진지한 표정으로 그를 쳐다보고 있었다. 마침내 그가 입을 열었다.

"지금도 계속되고 있습니까?"

"아뇨. 아내가 아브라를 무릎에 앉히고 앞으로 밤에는 연주하지 말라고 했어요. 잠을 잘 수가 없다고. 그랬더니 그쳤어요." 그는 하던 말을 멈추고 생각을 더듬었다. "*거의* 그쳤어요. 한 3주쯤 뒤에 한 번 음악 소리가 다시 들린 적이 있었지만 아주 나지막했고 이번에는 2층에서 들렸죠. 아이 방에서요."

"아이가 혼자 연주를 했던 거로군." 콘체타가 말했다. "자다 깼는 데…… 곧바로 잠이 오지 않으니까…… 혼자 자장가를 연주했던 거야."

6

쌍둥이 빌딩이 무너지고 약 1년이 지난 어느 월요일 오후, 아브라
(그 무렵 걸어다녔고 알아들을 수 있을 만한 단어들을 거의 끊임없이 조잘거
리던)가 뒤뚱뒤뚱 현관 쪽으로 걸어가더니 가장 좋아하는 인형을 무
릎에 얹으며 털썩 주저앉았다.

"뭐하는 거예요, 우리 공주님?" 루시가 물었다.

그녀는 피아노 앞에서 스코트 조플린의 래그(1900년대 흑인 연주자
들 사이에서 시작된 재즈 연주 형식의 곡 — 옮긴이)를 치던 중이었다.

"아빠!" 아브라가 선포했다.

"아가, 아빠는 저녁때가 되어서야 오실 거야."

루시가 말했지만, 15분 뒤에 데이브가 탄 아큐라가 집 앞길로 들
어섰고 그가 서류가방을 꺼내며 차에서 내렸다. 월수금요일마다 강
의를 했던 건물의 수도 본관이 터져서 모든 수업이 휴강됐다는 것이
었다.

"나는 루시한테 들었어요." 콘체타가 말했다. "물론 그칠 줄 모르
던 9월 11일의 울음보와 유령 피아노에 대해서도 이미 알고 있었고
요. 그로부터 일주일인가 이주일 뒤에 내가 잠깐 들렀어요. 내가 간
다는 걸 알리지 말라고 루시에게 일러 놓고요. 그런데 아브라가 알
고 있더군요. 내가 등장하기 10분 전부터 현관 앞에 앉아 있었대요.
루시가 누가 오느냐고 물었더니 '모모'라고 했다고."

"그런 경우가 아주 많아요." 데이비드가 말했다. "누가 올 때마다
매번 그런 건 아니지만 자기가 알고 좋아하는 사람의 경우에는……

거의 백 퍼센트예요."

2003년 늦봄에는 딸아이가 부부 침실에서 엄마의 서랍장 두 번째 서랍을 잡아당기려고 하는 것을 루시가 발견한 적이 있었다.

"던!" 아이가 제 엄마한테 말했다. "던, 던!"

"엄마는 그게 무슨 소리인지 모르겠네?" 루시가 말했다. "하지만 서랍 안을 구경하고 싶으면 해도 돼. 낡은 속옷이랑 쓰다 남은 화장품밖에 없어."

하지만 아브라는 서랍장에 관심이 없는 듯했다. 루시가 서랍을 열어서 안에 무엇이 들어 있는지 보여 주어도 쳐다보지도 않았다.

"디에! 던!" 그러더니 숨을 크게 들이쉬었다. "던 뒤에, 엄마!"

부모는 어린아이들이 하는 말을 완벽하게 이해하는 경지에 절대 도달하지 못하지만(그럴 만한 시간이 부족하다.) 어느 정도까지는 터득할 수 있게 된다. 루시는 딸의 관심사가 서랍 속이 아니라 그 뒤에 있는 무언가라는 것을 마침내 알아차렸다.

그녀는 호기심에 서랍장을 앞으로 당겼다. 아브라가 쏜살같이 뒤로 뛰어 들어갔다. 루시는 벌레나 쥐는 아니더라도 먼지가 있을 거라는 생각에 아이의 셔츠 등자락을 붙잡으려고 했지만 놓쳤다. 서랍장을 앞으로 충분히 꺼내서 그녀도 그 틈새로 들어가 보니 아브라가 서랍장 윗면과 거울 사이로 떨어진 20달러짜리 지폐를 들고 있었다.

"봐요!" 아이가 신이 나서 외쳤다. "던! 내 던!"

"아니야." 루시가 고사리 같은 손에서 돈을 뺏으며 말했다. "아가들은 던 가지는 거 아니야. 던 필요 없잖아. 하지만 잘했으니까 아이스크림 줄게."

"아킴!" 아브라가 외쳤다. "내 아킴!"

"존 박사님한테 저킨스 부인 얘기해 드리세요." 데이비드가 말했다. "그건 할머님이 겪으신 사건이잖아요."

"맞아요." 콘체타가 말했다. "독립기념일 주말에 있었던 일이에요."

아브라는 2003년 여름부터 (거의) 완벽한 문장을 구사하기 시작했다. 콘체타는 스톤 부부와 함께 공휴일 주말을 보내려고 내려간 참이었다. 7월 6일이었던 일요일에 데이비드는 뒷마당 바비큐 파티 때 쓸 블루 리노 프로판가스를 사려고 세븐일레븐에 갔다. 아브라는 거실에서 블록을 가지고 놀고 있었다. 루시와 콘체타는 부엌을 지키면서, 아브라가 텔레비전 코드를 빼서 씹고 있지는 않은지 높은 소파 위로 올라가지는 않았는지 둘이 번갈아 가며 주기적으로 확인했다. 하지만 아브라는 그런 데 아무 관심도 보이지 않았다. 유아용 플라스틱 블록을 가지고 스톤헨지처럼 보이는 무언가를 쌓느라 여념이 없었다.

루시와 콘체타가 식기 세척기 안에 든 그릇을 꺼내고 있었을 때 아브라가 비명을 지르기 시작했다.

"죽어 가는 아이처럼 비명을 질렀어요." 콘체타가 말했다. "그 소리가 얼마나 무서운지 박사님도 아시죠?"

존은 고개를 끄덕였다. 그도 알았다.

"이 나이에 달리기가 쉽지 않은데 그날만큼은 윌마 루돌프(미국의 육상선수. 미국 여자선수 최초로 올림픽 육상종목에서 금메달 세 개를 획득했다—옮긴이)처럼 뛰어갔어요. 루시보다 이 키의 반만큼 먼저 거실에 도착했죠. 아이가 다친 게 분명하다고 워낙 확신했기 때문에 잠간 동안 실제로 피를 본 듯했어요. 그런데 아이가 멀쩡하더군요. 어쨌거나 육체적으로는요. 아이가 달려와서 내 다리를 감싸 안았어요. 나는 아이를 안아 올렸어요. 그 무렵 루시가 내 옆으로 달려왔고, 둘이서 가까스로 아이를 조금 진정시킬 수 있었죠. '와니!' 아이가 말했어요. '와니를 도와줘요, 모모! 와니가 쓰러져요.' 나는 와니가 누군지 알 수 없었지만 루시는 알았어요. 완다 저킨스, 앞집에 사는 여자였죠."

"아브라가 가장 좋아한 동네사람이었어요." 데이비드가 말했다. "쿠키를 잘 만드는데, 아브라의 이름을 쓴 쿠키를 구워서 종종 갖다 줘요. 건포도로 쓰거나 설탕으로 쓰거나 해서요. 과부예요. 혼자 사는."

"그래서 앞집으로 찾아갔어요." 콘체타가 하던 이야기를 계속했다. "내가 앞장섰고 루시가 아브라를 안았죠. 내가 문을 두드렸어요. 아무 대답이 없더군요. '와니는 식당에 있어요!' 아브라가 말했어요. '와니를 도와줘요, 모모! 와니를 도와줘요, 엄마! 다쳐서 피가 나요!'

문을 잠그지 않았더라고요. 그래서 안으로 들어갔죠. 맨 처음 쿠키 타는 냄새가 났어요. 저킨스 부인은 사다리 옆, 식당 바닥에 쓰러져 있었고요. 몰딩을 닦던 걸레를 아직 손에 쥐고 있었고 정말로 피를 흘리고 있었어요. 그녀의 머리 주변으로 후광처럼 웅덩이가 생겼더군요. 이미 끝장난 줄 알았는데(숨을 쉬는 게 안 보였거든요.) 루시가 맥이 잡힌다고 했어요. 쓰러지면서 두개골에 금이 갔고 가벼운 뇌출혈이 있었지만 다음 날 깨어났어요. 아브라의 생일파티 때 그녀도 올 거예요. 오시면 인사할 수 있어요." 그녀는 아브라 스톤의 담당 소아과 의사를 똑바로 쳐다보았다. "응급실 담당의가 말하길 그녀가 쓰러진 상태로 좀 더 오래 방치되었더라면 죽었든지 아니면 영원히 식물인간으로 지냈을 거라고 하더군요…… 변변찮은 제 소견으로는 그럴 바에야 차라리 죽는 게 낫겠다 싶은데. 아무튼 아이가 그녀를 살린 거예요."

존은 들고 있던 펜을 메모지 위로 던졌다.

"뭐라 말씀드리면 좋을지 모르겠네요."

"그밖에도 많았어요." 데이브가 말했다. "몇 가지나 되는지 말씀드리기는 어렵지만. 아내하고 저는 익숙해져 버려서 그런 모양이에요. 시각장애인으로 태어난 아이와 살다 보면 거기에 익숙해지듯이 말이죠. 이건 거의 정반대의 경우라고 해야겠지만. 저희는 9월 11일 일에 그 일이 있기 전부터 느꼈던 것 같아요. 병원에서 아이를 데리고 왔을 때부터 뭔가가 있다는 걸 느꼈던 것 같아요. 마치……."

그는 훅 하고 숨을 내뱉고 영감이 떠오르길 기다리는 것처럼 천장을 올려다보았다. 콘체타가 그의 팔을 꽉 잡았다.

"괜찮아. 선생님이 아직 잠자리채 들고 다니는 사람들을 부르지는 않았잖아."

"네. 마치 무슨 일인지 정확하게는 모르겠고 보이지도 않지만 집 안에 계속 바람이 부는 듯한 느낌이에요. 이러다 커튼이 펄럭이고 벽에 건 액자들이 떨어지겠다는 생각이 자꾸 드는데 절대 그런 적은 없어요. 하지만 다른 사건들은 있죠. 일주일에 두세 번씩(어떨 때는 하루에 두세 번씩) 차단기가 고장이 난다든지 하는. 네 번에 걸쳐서 두 명의 기사를 불렀어요. 그런데 차단기를 점검한 기사들이 말하길 모든 게 아무 이상 없다지 뭡니까. 어떤 날은 아침에 1층으로 내려가

보면 의자와 소파 쿠션들이 바닥으로 떨어져 있어요. 저희는 잠자기 전에 장난감을 치우라고 아브라에게 시키는데, 너무 피곤해서 짜증이 난 날만 아니면 시키는 대로 아주 잘해요. 그런데 어떨 때는 다음 날 아침에 일어나 보면 장난감 상자가 열려 있고 장난감 몇 개가 다시 바닥에서 나뒹굴고 있어요. 보통 블록들이요. 아이가 제일 좋아하는 장난감이거든요."

그는 잠깐 말을 멈추고 저쪽 벽에 걸린 시력 검사표를 바라보았다. 존은 콘체타가 하던 이야기를 마저 하라고 채근하지 않을까 생각했는데, 그녀는 아무 말도 하지 않았다.

"이게 다 얼마나 희한하게 들리는지 저도 압니다. 하지만 맹세코 실제 있었던 일들이에요. 어느 날 저녁에는 텔레비전을 켰는데 모든 채널에서「심슨 가족」이 나온 적도 있어요. 아브라는 이 세상에서 가장 재미있는 장난이라도 되는 양 깔깔대고 웃었어요. 아내는 평정심을 잃었죠. '아브라 라파엘라 스톤, 네가 한 짓이면 당장 멈춰!' 아내는 아이에게 날카롭게 쏘아붙이는 경우가 거의 없어서 그러면 아브라가 당장 울음을 터뜨려요. 그날 저녁에도 그랬죠. 제가 텔레비전을 껐다가 다시 켰더니 모든 게 다시 정상으로 되돌아왔더군요. 사건이랄지…… 현상이랄지…… 그런 것들을 대여섯 가지 더 들려드릴 수 있지만 그 밖의 대부분은 워낙 사소한 수준이라 거의 알아차리지도 못하고 지나칠 정도예요."그는 어깨를 으쓱했다. "좀 전에도 말씀드렸다시피 익숙해지면요."

존이 말했다.

"파티에 참석하겠습니다. 이런 이야기를 들었는데 무슨 수로 거부할 수 있겠습니까?"

"아무 일 없을 수도 있습니다." 데이비드가 말했다. "예전부터 전해 내려오는 우스갯소리도 있잖아요. 물이 새는 수도꼭지를 고치려면 배관공을 부르면 된다고요."

콘체타가 콧방귀를 뀌었다.

"자네가 정말로 그 말을 믿었다가는 깜짝 놀라게 될 걸?" 그러고 나서 이번에는 돌턴에게 말했다. "이 친구를 여기까지 데리고 오는 과정이 이를 뽑는 거나 다름없었답니다."

"그만 좀 하세요, 모모."

데이브의 두 뺨이 벌겋게 달아오르기 시작했다.

존은 한숨을 쉬었다. 그는 전에도 이 둘 사이에 흐르는 적의를 감지한 바 있었다. 원인은 알 수 없었지만(아무래도 루시를 둘러싼 일종의 경쟁심일 것이다.) 지금 이 자리에서 공개적으로 터지는 것은 그도 원치 않는 바였다. 특이한 상황으로 인해 맺어진 일시적인 동맹이 그대로 유지됐으면 싶었다.

"트집 잡는 건 이제 그만하시죠." 그가 어찌나 날카롭게 쏘아붙였던지 두 사람 다 서로에게서 시선을 돌리고 놀란 눈으로 그를 쳐다보았다. "저는 두 분을 믿습니다. 지금까지 아주 조금이라도 비슷한 이야기는 들어 본 적 없지만……"

진짜 그랬을까? 그는 잃어버렸던 시계를 떠올리며 말끝을 흐렸다.

"박사님?" 데이비드가 불렀다.

"죄송합니다. 잠깐 머리에 쥐가 나서요."

이 말에 둘 다 웃었다. 다시 동맹이 된 것이었다. 다행이었다.

"아무튼 하얀 가운 입은 남자들을 부를 일은 없을 겁니다. 두 분 다 히스테리나 환각 성향이 없는 냉철한 분들이라고 제가 인정하니까요. 한 분이 이런…… 이런 초자연적인 현상을 경험했다고 주장하셨다면 좀 특이한 뮌하우젠 증후군(주위 사람들의 관심을 끌기 위해 꾀병 등 거짓말을 일삼는 정신질환 —옮긴이)인가 생각했을 수도 있는데 그렇지도 않고요. 세 분 다 경험하신 것이잖습니까. 그래서 말씀인데, 제가 어떻게 하길 바라십니까?"

데이브는 당황한 듯했지만 그의 처조모는 그렇지 않았다.

"관찰해 주세요. 병이 있는 아이를 관찰하듯……"

원래 색으로 돌아갔던 데이비드 스톤의 두 뺨이 한 대 얻어맞기라도 한 것처럼 다시 벌게지기 시작했다.

"아브라는 아픈 게 아닙니다." 그가 쏘아붙였다.

그녀는 그를 돌아보았다.

"나도 알아! 젠장! 아직 내 말 안 끝났잖은가?"

데이브는 참는 얼굴로 두 손을 들었다.

"죄송합니다, 죄송합니다, 죄송합니다."

"버럭 화내지 좀 말게, 데이비드."

"두 분 계속 그렇게 티격태격하면 격리실로 보낼 겁니다."

존이 말했다.

콘체타는 한숨을 쉬었다.

"워낙 스트레스가 심해서요. 저희 셋 다. 미안하네, 데이비드, 내가 말실수를 했어."

"신경 쓰지 마세요. 저희는 지금 한 배를 타고 있는걸요."

그녀는 설핏 미소를 지었다.

"그래. 그래, 그렇지. 아직 확진되지 않은 증상을 보이는 아이를 관찰하듯 그 아이를 관찰해 주세요, 돌턴 박사님. 저희가 부탁드리고 싶은 건 그것뿐이에요. 지금으로서는 그 정도면 충분한 것 같고요. 박사님은 뭔가 생각이 나실 수도 있잖아요. 부디 그러셨으면 좋겠네요. 아시다시피……"

그녀는 난감한 표정으로 데이비드 스톤을 돌아보았다. 존은 그 완고한 얼굴로 그런 표정을 지은 적이 거의 없을 거라는 생각이 들었다.

"저희는 두렵습니다." 데이비드가 말했다. "저도 그렇고 아내도 그렇고 할머님도 그렇고…… 죽도록 무섭습니다. 아이가 무서운 게 아니라 아이를 생각하면요. 아시다시피 아직 어리잖습니까. 만약 이런 능력이…… 달리 뭐라고 불러야 할지 모르겠는데…… 아직 정점을 찍은 게 아니라면 어쩌죠? 계속 커지는 중이라면 어쩌죠? 그럼 어떻게 해야 합니까? 만의 하나…… 뭐라고 말씀드리면 좋을지 모르겠지만……."

"우리 손녀사위는 이런 말을 하고 싶은 거예요." 콘체타가 말했다. "만의 하나 아이가 폭발이라도 하면 자기 자신이나 남을 다치게 만들 수도 있다는 거죠. 그럴 가능성이 얼마나 되는지 모르겠지만 그럴 수 있다는 생각만 해도……." 그녀는 존의 손을 살짝 건드렸다. "끔찍합니다."

7

다시 한 번 돌이켜 보면 댄 토런스는 널빤지로 막아 놓은 창문 너머에서 손을 흔들던 옛 친구 토니를 만난 순간부터 그가 헬렌 리빙턴 하우스의 탑에서 살게 될 줄 알고 있었다. 그는 수위 겸 잡역부 겸…… 비공식 상주의사로(물론 믿음직한 파트너 '아지'와 함께.) 근무하기 시작한 지 6개월쯤 됐을 때 리빙턴의 총관리인 클로슨 부인에게 그 방에 대해서 물었다.

"그 방은 이 끝에서 저 끝까지 쓰레기 천지"라는 게 클로슨 부인의 대답이었다. 육십 대로 믿기지 않을 만큼 새빨간 머리가 특징인 그녀는 빈정거리기를 좋아하고 종종 추잡한 단어를 내뱉었지만 똑똑하고 동정심이 있는 관리인이었다. 헬렌 리빙턴 하우스 경영진의 관점에서 그보다 더 훌륭한 장점이 있다면 후원금을 모으는 데 어마어마한 소질이 있었다. 댄은 그녀를 좋아한다고 딱 잘라 말할 수는 없었지만 존경은 하게 됐다.

"제가 치울게요. 쉬는 시간에요. 제가 여기서 지내는 게 더 낫지 않을까요? 당직도 서고."

"대니, 궁금한 게 있는데. 그 일은 어쩌다 그렇게 잘하게 된 거야?"

"저도 잘 모르겠어요."

새빨간 거짓말은 아니었다. 어쩌면 70퍼센트쯤은 사실이었다. 그는 평생을 샤이닝과 더불어 살아왔지만 아직도 이해가 되지 않았다.

"쓰레기는 둘째 치고 탑이 여름에는 덥고, 겨울에는 불알이 떨어져 나갈 정도로 추워."

"그런 건 손보면 되잖아요." 댄은 이렇게 말했다.

"자네 똥마려운 이야기를 왜 *나한테* 하나?" 클로슨 부인은 반달 모양 안경 너머로 그를 노려보았다. "내가 자네한테 무슨 짓을 허락했는지 경영진에서 알면 나를 내셔아에 있는 그 노인 보호 시설로 보내서 바구니를 짜게 할 거야. 벽은 분홍색이고 방마다 만토바니 (이지 리스닝 음악의 선구자로 꼽히는 이탈리아의 지휘자 — 옮긴이) 음악이 흐르는 그런 곳 말이지." 그녀는 콧방귀를 뀌었다. "사실상 '닥터 슬립'이잖아."

"저는 의사 아닙니다." 댄은 부드럽게 말했다. 소기의 목적을 달성할 수 있겠다는 느낌이 왔다. "아지가 의사죠. 저는 조수이고요."

"아즈리엘은 빌어먹을 *고양이*지." 그녀가 말했다. "길거리를 헤매던 걸 지금은 위대한 그분 곁으로 떠난 입소자들이 거두어 먹인 너저분한 길고양이. 관심사라고는 하루에 두 번 먹는 프리스키스 사료밖에 없는."

이 말에 댄은 아무 대꾸도 하지 않았다. 그게 사실이 아니라는 것을 두 사람 모두 알고 있기에 대꾸할 필요가 없었다.

"지금 사는 엘리엇 가의 그 집이 나무랄 데 없이 훌륭한 곳인 줄 알았더니. 폴린 로버트슨은 자네 똥구멍에서 빛이 난다고 생각하던데. 교회성가대에서 같이 활동하기 때문에 알거든."

"어떤 찬송가를 제일 좋아하세요?" 댄이 물었다. "'우라질 죄 짐 맡은 우리 구주'요?"

그녀는 레베카 클로슨 특유의 미소를 지었다.

"아무튼 좋아. 그 방 치우고 들어와 살도록 해. 케이블도 깔고 4채

널 음향 시설도 설치하고 홈바도 만들고. 그러거나 말거나 내가 무슨 상관이겠어. 자네 윗사람밖에 안 되는 주제인데."

"감사합니다. C 부인."

"아, 실내용 난방기도 잊으면 안 되지. 전선이 너덜너덜 벗겨진 난방기 없는지 벼룩시장에서 찾아봐. 그런 다음 2월의 어느 추운 날 밤에 그 망할 곳을 다 태워 버려. 짓다만 건물에 잘 어울리도록 양쪽에다 벽돌로 흉물을 쌓을 수 있게."

댄은 자리에서 일어나 손등을 이마에 대고 엉터리로 영국식 경례를 했다.

"잘 알겠습니다, 대장님."

그녀는 그를 향해 손사래를 쳤다.

"내 마음이 바뀌기 전에 얼른 나가주세요, 닥터."

8

그는 *실제로* 난방기를 들였지만 전선이 너덜너덜하지는 않았고 넘어지면 당장 꺼지는 타입이었다. 탑의 3층에 있는 방에 에어컨을 설치할 날은 오지 않겠지만, 월마트에서 산 환풍기 두세 개를 뻥 뚫린 창문에 설치하자 시원한 맞바람이 들었다. 그래도 여름 낮 동안에는 찜통으로 변했지만 그 시간에는 방 안에 있을 일이 거의 없었다. 그리고 뉴햄프셔의 여름 밤은 대개 시원했다.

그 안에 쌓여 있던 쓰레기들은 대부분 폐기처분해도 되는 물건이었지만 한쪽 벽에 비스듬히 기대 있던 중학교 스타일의 큼지막한 칠판은 남겨 두었다. 아주 오래됐고 심하게 망가진 고물 휠체어 뒤에 50년 넘게 숨어 있던 칠판인데 쓸모가 있었다. 그는 그 위에다 호스피스의 입소자 이름과 병실 번호를 적어놓고, 눈을 감은 입소자가 있으면 지우고 새로 들어온 입소자가 있으면 추가했다. 2004년 봄을 기준으로 칠판에 이름이 적힌 입소자는 서른두 명이었다. 열 명이 리빙턴 1관, 열두 명이 리빙턴 2관 입소자였다. 그 유명한 헬렌 리빙턴이 한때 거기 살면서 자넷 몽파르스라는 두근거리는 가명으로 짜릿한 로맨스 소설을 썼던 빅토리아식 주택의 양옆에 달린 흉측한 벽돌 건물 이름이 리빙턴 1관, 2관이었다. 그 나머지는 좁지만 그럭저럭 지낼 만한 이 탑 속 아파트 1층과 2층에서 지내는 입소자들이었다.

리빙턴 부인이 저질 소설 말고 또 유명한 게 있었나요? 댄은 호스피스 근무를 시작하고 얼마 안 됐을 때 클로데트 앨버트슨에게 이렇게 물은 적이 있었다. 그때 두 사람은 흡연 구역에서 나쁜 습관을 실천에 옮기던 중이었다. 명랑한 아프리카계 미국인 정식 간호사로 어깨가 미식축구팀 레프트 태클만 했던 클로데트는 고개를 뒤로 젖히고 폭소를 터뜨렸다.

"당연하죠! 이 마을에 엄청 많은 돈을 기증한 거! 그리고 이 집을 준 것도. 그녀는 노인들이 인간답게 죽을 수 있는 곳이 있어야 한다고 생각했어요."

리빙턴 하우스에서는 거의 대부분이 인간답게 죽을 수 있었다. 이제는 댄이 (아지의 도움 아래) 그 역할의 일부분을 담당했다. 그는 천

직을 찾았다는 생각이 들었다. 이제는 호스피스가 집 같았다.

9

아브라의 생일파티가 열리던 날, 댄이 침대에서 일어나 보니 칠판에 적어 놓은 이름이 모두 지워져 있었다. 이름들이 있었던 자리에 큼지막하고 삐뚤빼뚤한 글씨로 한 단어가 적혀 있었다.

hEll☺

댄은 속옷 차림으로 침대 가에 한참 동안 앉아 있었다. 그러다 침대에서 일어나 샤이닝이 느껴지길 바라며 한 손으로 글자를 살짝 지웠다. 희미한 반짝임이라도 느껴지길 바라며. 그는 결국 손을 치우고 맨 허벅지에다 분필자루를 닦았다.

"너도 안녕." 그는 이렇게 말하고…… 다시 물었다. "혹시 네 이름이 아브라니?"

묵묵부답. 그는 가운을 걸친 다음 비누와 수건을 들고 2층에 있는 직원용 샤워실로 내려갔다. 그러고 나서 다시 올라왔을 때 칠판과 함께 찾은 지우개로 글자를 지우기 시작했다. 반쯤 지웠을 때 어떤 생각 하나가

(*아빠가 풍선도 달 거랬어요.*)

떠오르자 멈추고 또 다른 생각이 떠오르길 기다렸다. 하지만 더

이상 아무것도 없었기에 칠판을 마저 지우고 월요일 출석부를 참고 삼아 이름과 병실 호수를 적었다. 정오에 다시 3층으로 올라왔을 때 칠판이 다시 지워지고 이름과 호수 대신 hEll☺가 적혀 있을지도 모르겠다고 생각했지만 모든 게 예전 그대로였다.

10

아브라의 생일파티는 이제 막 꽃을 피우기 시작한 사과와 충충나무들로 파릇파릇하니 평화로운 스톤 부부의 뒷마당에서 열렸다. 철책 울타리가 마당 입구를 지켰고 대문에는 숫자를 입력하는 자물쇠가 달려 있었다. 울타리가 분명 볼썽사납기는 했지만, 남동쪽으로 프레이저를 지나고 노스콘웨이를 지나고 주 경계선을 넘어 메인 주로 흐르는 소코 강이 그 너머에 자리 잡고 있었기에 데이비드도 루시도 신경 쓰지 않았다. 스톤 부부가 보기에 강과 어린아이는 서로 어울리지 않았다. 녹아내린 눈으로 강물이 불어나고 사나워지는 봄에는 특히 그랬다. 해마다 지역 주간지에 최소한 한 명 이상 익사했다는 기사가 실렸다.

오늘 아이들은 잔디밭에서 놀 거리가 충분했다. 아이들이 할 수 있는 체계적인 게임이라고 해봐야 간단한 대장 따라하기 놀이(한 줄로 서서 맨 앞에 선 대장이 가는 대로 따라다니며 대장의 동작을 그대로 따라하는 놀이 —옮긴이)뿐이었는데 잔디밭 위를 달리거나(그러다 가끔 데굴데굴 구르거나), 원숭이처럼 아브라의 플레이세트 위에 올라가거나,

데이비드와 다른 아빠들이 만들어 놓은 펀 터널을 기어서 통과하거나, 온 사방에 둥둥 떠다니는 풍선들을 피해 방망이를 휘두르기에는 아이들이 너무 어렸다. 풍선들은 모두 노란색이었고(아브라가 가장 좋아한다고 공언한 색깔이었다.) 존 돌턴이 보증하건대 아무리 못해도 일흔 개는 넘었다. 그가 루시와 그녀의 할머니를 도와서 풍선을 불었다. 콘체타는 팔십 대 할머니치고 폐활량이 어마어마했다.

아이들은 아브라까지 모두 아홉 명이었고 아이들 부모 중에서 적어도 한쪽은 참석했기에 감독할 어른들이 많았다. 뒤쪽 발코니에 정원용 의자들을 가져다 놓았다. 파티가 순항속도로 진입하자 존은 디자이너 청바지와 '세상에서 가장 훌륭한 증조할머니'라고 적힌 스웨터셔츠를 차려입은 콘체타 옆자리에 앉았다. 그녀는 무지막지하게 큼직한 생일 케이크 조각을 해치우고 있었다. 존은 겨우내 몇 킬로그램이 찐 터라 딸기 아이스크림 한 숟가락으로 만족했다.

"그게 다 어디로 가는지 모르겠네요." 그는 급속도로 없어져 가는 종이접시 위의 케이크를 턱으로 가리키며 물었다. "할머님은 살이 전혀 없으시잖아요. 꼬챙이 같으시잖아요."

"그럴지도. 하지만 식욕은 하늘을 찔러요." 그녀는 떠들썩한 아이들을 찬찬히 살피며 깊은 한숨을 쉬었다. "우리 딸이 살아서 이 광경을 보고 있다면 얼마나 좋을까. 내 평생 안타깝게 생각하는 일이 몇 가지 없는데 그게 그중 하나랍니다."

존은 그 부분에 대해 더 깊이 파고들지 않기로 했다. 루시의 어머니는 루시가 지금 아브라 나이도 안 됐을 때 교통사고로 세상을 떠났다. 스톤 집안 식구들이 함께 작성한 가족 병력을 보고서 알게 된 사실이었다.

어쨌든 콘체타 쪽에서 화제를 돌렸다.

"내가 이 나이 대 아이들의 어떤 면을 좋아하는지 알아요?"

"아뇨."

존은 아이라면 연령대를 막론하고 다 좋아했다. 열네 살이 되기 전까지는. 아이들은 열네 살이 되면 호르몬 분비에 과부하가 걸리고 대부분 이후 5년 동안 시건방지게 살아야 할 것 같은 의무감을 느꼈다.

"저 아이들을 봐요, 조니. 에드워드 힉스가 그린 「평화로운 왕국」의 어린애 버전 같지 않은가 말이에요. 백인이 여섯 명이지만(뉴햄프셔니까 그럴 수밖에) 흑인도 두 명 있고, 해나 앤더슨 의류 카탈로그 모델을 해야겠다 싶을 만큼 눈부신 한국계도 한 명 있어요. '빨갛건 노랗건, 까맣건 하얗건 주님 보시기엔 값진 보물'이라고 하는 주일학교 노래 알죠? 지금 여기가 그래요. 두 시간 동안 주먹을 들거나 화가 나서 친구를 밀친 애가 한 명도 없었어요."

존(상대방을 발로 차고 떠밀고 꼬집고 무는 아이들을 수없이 본 적 있는)은 냉소와 동경이 정확히 반씩 섞인 미소를 지었다.

"그럴 수밖에요. 모두 릴첨스에 다니잖아요. 이 일대에서 최고로 손꼽히는 보육 시설이고 원비도 최고죠. 그러니까 부모들이 최소한 중산층 이상이고, 하나같이 대학을 졸업했을 테고, 좋은 게 좋은 거라는 복음을 실천에 옮기면서 살겠죠. 이 아이들은 1단계의 길들여진 사회적 동물들이라고 볼 수 있어요."

그녀가 그를 보며 얼굴을 찌푸렸기에 존은 그쯤에서 멈추었지만 더 심한 말을 할 수도 있었다. 일곱 살(이른바 이성의 나이라는) 정도까지는 아이들이 대부분 감정의 반향실이라고. 서로 사이좋게 지내고 언성을 높이지 않는 사람들 사이에서 자라면 아이들도 똑같이 한다고. 하지만 물고 소리 지르는 사람들 손에 자라면…… 음…….

아이들을 치료하며 보낸 세월(지금은 좋은 게 좋은 거라고 가르치는 기숙학교에 다니는 두 아이를 키운 것은 말할 것도 없고)이 20년에 달한 지금, 소아과를 전공하기로 맨 처음 마음먹었을 때 품었던 그 온갖 낭만적인 발상들이 사라지지는 않았지만 희미해지기는 했다. 워즈워스가 자신 있게 선언했던 것처럼 정말로 아이들이 영광의 구름자락을 남기며 이 세상에 태어났을지 몰라도 야물어질 때까지 바지에 똥을 싸는 것도 사실이다.

11

낭랑한 종소리(아이스크림 트럭에서 나는 소리 비슷한)가 오후 허공에 울려 퍼졌다. 무슨 일인가 알아보러 아이들이 고개를 돌렸다.

어디에선가 난데없이 등장한 서글서글한 인상의 소유자가 스톤 부부의 집 앞 진입로에서 마당으로 다가오고 있었다. 무지막지하게 큼지막한 빨간색 세발자전거를 탄 젊은 남자였다. 그는 하얀 장갑을 꼈고, 어깨가 우스꽝스럽도록 넓은 주트복(아랫자락을 잡아맨 헐렁한 바지와 긴 상의로 이루어진 남성복 — 옮긴이)을 입고 있었다. 한쪽 옷깃에는 온실에서 키운 난초만 한 부토니에르(남자 정장의 왼쪽 주머니에 꽂는 꽃 — 옮긴이)가 꽂혀 있었다. (역시 오버사이즈인) 바지는 페달을 밟느라 무릎까지 걷었다. 손잡이에 달린 종들을 그가 한 손가락으로 쳤다. 세발자전거가 좌우로 흔들렸지만 완전히 넘어지지는 않았다. 머리에는 갈색의 큼지막한 중산모 밑으로 새파란 가발이 얹혀 있었다. 데이비드 스톤이 한 손에는 큼지막한 트렁크를, 다른 손에는 접이식 테이블을 들고 그의 옆에서 걷고 있었다. 어리벙벙한 표정이었다.

"안녕, 얘들아! 안녕, 얘들아!" 세발자전거를 탄 남자가 외쳤다. "동그랗게 모여라, 동그랗게 모여. 조만간 공연이 시작될 거거든!"

그는 똑같은 말을 두 번 반복할 필요가 없었다. 아이들이 벌써부터 웃고 소리를 지르며 세발자전거를 향해 몰려가기 시작했다.

루시가 존과 콘체타 옆으로 건너와서 자리에 앉았고 아랫입술로 우스꽝스럽게 "푸" 하고 바람을 불어서 눈을 덮고 있던 머리카락을 날렸다. 뺨에 초콜릿 자국이 묻어 있었다.

"저 마술사를 잘 보세요. 여름 동안 프레이저와 노스콘웨이 길거리에서 공연하는 사람이거든요. 데이브가 무가지에 실린 광고를 보고 면접을 거쳐서 선발했어요. 이름은 레지 펠레티에인데 자칭 위대한 미스테리오예요. 아이들이 멋진 세발자전거를 충분히 구경하고 난 뒤에 저 사람이 얼마나 오랫동안 아이들의 시선을 붙잡아 놓을 수 있을지 어디 한번 보자고요. 저는 기껏해야 3분을 예상하는데."

존은 그녀의 오산일지 모른다고 생각했다. 그의 등장은 아이들의 상상력을 사로잡기 위해 고도로 계산된 작전이었고 그의 가발은 무섭다기보다 우스꽝스러웠다. 유쾌한 얼굴을 분장용 화장품으로 가리지 않은 것도 좋았다. 존이 생각하기에 피에로는 상당히 과대평

가된 존재였다. 6세 이하의 아이들은 피에로를 보면 똥을 지릴 만큼 무서워했다. 그보다 나이가 많은 아이들은 재미없어했다.

어휴, 너 오늘 잔뜩 부아가 났구나.

어쩌면 해괴한 현상을 관찰하려고 왔는데 아무 일도 없기 때문일 수 있었다. 그가 보기에 아브라는 완벽하게 정상적인 꼬맹이였다. 다른 아이들에 비해 좀 더 쾌활할지 몰라도 기분 좋은 쾌활함이 이 가족의 특징인 듯했다. 콘체타와 데이브가 서로 으르렁거릴 때는 예외지만.

"꼬마 요정들의 주의 집중 시간을 얕잡아 보지 마세요." 그는 콘체타 너머로 몸을 기울여 루시의 뺨에 묻은 초콜릿 자국을 냅킨으로 닦아주었다. "공연이 시작되면 아이들이 최소 15분 동안 꼼짝 않을 거예요. 어쩌면 20분까지도."

"*제대로만 하면요.*" 루시는 미심쩍어했다.

알고 보니 레지 펠레티에, 자칭 위대한 미스테리오는 솜씨가 훌륭했다. 별로 믿음직스럽지 못한 조수 데이브가 테이블을 설치하고 트렁크는 여는 동안 미스테리오는 생일 주인공과 친구들에게 꽃을 구경하라고 했다. 아이들이 가까이 다가가자 꽃이 아이들 얼굴 위로 물을 뿜었다. 처음에는 빨간색, 그 다음에는 초록색, 그 다음에는 파란색 물이었다. 아이들은 설탕으로 충전된 웃음을 터뜨리며 비명을 질렀다.

"자, 여러분 이제…… 우! 아! 아이코! 간지러워!"

그가 중산모를 벗고 하얀 토끼를 꺼냈다. 아이들은 헉 하고 탄성을 질렀다. 미스테리오가 토끼를 아브라에게 주자 그녀는 쓰다듬어 주고는 아무 얘기도 없었는데 옆 친구에게 건넸다. 토끼는 아이들의 이목을 개의치 않는 듯했다. 존은 어쩌면 공연 전에 토끼에게 바륨 (신경 안정제 ─ 옮긴이)을 섞은 사료를 몇 알 먹였을지 모르겠다는 생각이 들었다. 마지막 아이가 미스테리오에게 토끼를 돌려주자 그는 토끼를 모자 속에 넣고 그 위를 손으로 훑은 다음 아이들에게 모자 안쪽을 보여 주었다. 성조기 무늬의 안감 말고는 아무것도 없었다.

"토끼 어디 갔어요?" 수지 숭바틀릿이 물었다.

"네 꿈 속으로 사라졌지." 미스테리오가 말했다. "오늘 밤에 뿅 하고 나타날 거야. 자, 이제 마술 스카프 가지고 싶은 사람?"

남자아이, 여자아이 할 것 없이 "저요", "저요" 하고 외쳤다. 미스테리오가 주먹에서 스카프를 꺼내서 하나씩 나누어 주었다. 그 뒤로 속사포처럼 잇따라 마술이 펼쳐졌다. 눈을 휘둥그레 뜬 아이들이 미스테리오를 사이에 두고 반원 모양으로 서 있었던 시간이 돌턴의 시계를 기준으로 족히 25분은 됐다. 아이들이 이제 막 몸을 들썩이려는 조짐을 보이려고 했을 때 미스테리오가 마무리를 지었다. (모자처럼 안에 아무것도 없었던) 트렁크에서 접시 다섯 개를 꺼내 저글링을 하면서 "생일 축하합니다" 노래를 불렀다. 아이들이 일제히 따라 부르자 아브라는 좋아서 거의 하늘을 날 지경이었다.

접시들이 다시 트렁크 속으로 사라졌다. 그는 아이들에게 안에 아무것도 없다는 걸 다시 한 번 확인시킨 다음, 안에서 숟가락을 대여섯 개 꺼냈다. 그 숟가락들을 얼굴 위에 세우고 마지막 하나를 코끝에 얹었다. 생일 주인공은 그 묘기를 가장 좋아했다. 잔디밭에 앉아서 깔깔대며 좋아서 자기 몸을 끌어안았다.

"아바도 그거 할 수 있어." 아이가 말했다(아이는 현재 자신을 삼인 칭으로 지칭하기를 좋아하는, 데이비드의 표현에 따르면 "리키 헨더슨(자기 자신을 삼인칭으로 지칭했던 미국의 유명한 야구선수 — 옮긴이) 단계"였다.). "아바도 숟까락 할 수 있어."

"대단한데?" 미스테리오가 대꾸했다. 그냥 건성으로 하는 말이었고 존도 그를 나무랄 생각은 없었다. 아이들을 상대로 마티네 공연을 마친 직후라 강가에서 불어오는 시원한 바람에도 불구하고 얼굴이 시뻘건 데다 땀투성이였고, 초대형 세발자전거를 타고 퇴장이라는 엄청난 임무가 남아 있었던 것이다.

그는 허리를 숙여 하얀 장갑을 낀 손으로 아브라의 머리를 토닥였다.

"생일 축하한다. 그리고 다른 친구들도 예쁘게 봐 줘서 고마……"

집 안에서 땡그랑 땡그랑 하는 듣기 좋은 소리가 커다랗게 울려 퍼졌다. 고질라 세발자전거의 손잡이에 달린 종소리와 비슷한 소리였다. 아이들은 그쪽을 흘끗 쳐다보고 나서 페달을 밟으며 사라져가는 미스테리오에게로 고개를 돌렸지만, 루시는 자리에서 일어나 부엌에 떨어진 물건이 있나 살피러 갔다.

2분 뒤, 그녀가 다시 밖으로 나왔다.

"존 박사님." 그녀가 말했다. "박사님께서 직접 확인하시는 게 좋겠어요. 아무래도 박사님이 보러 오신 일이 벌어진 것 같아요."

존, 루시, 콘체타는 부엌에 서서 천장을 올려다보며 아무 말도 하지 않았다. 데이비드가 들어와도 어느 누구 하나 고개를 돌리지 않았다. 넋을 잃었던 것이다.

"왜……"그는 말문을 열었다가 이유를 알아차렸다. "맙소사."

그 소리에 아무도 대꾸를 하지 않았다. 데이비드는 눈앞에 펼쳐진 광경을 파악하느라 물끄러미 쳐다보다 밖으로 나갔다. 잠시 후 그가 딸의 손을 붙잡고 다시 돌아왔다. 아이는 위대한 미스테리오에게 받은 스카프를 허리에 띠처럼 두르고 있었다.

존 돌턴은 아이 옆에 한쪽 무릎을 꿇고 앉았다.

"네가 저렇게 한 거니?"

대답이 빤한 질문이었지만 아이가 뭐라고 하는지 듣고 싶었다. 아이가 얼마나 인식하고 있는지 알고 싶었다.

아바는 처음에는 은 식사도구 서랍이 놓인 바닥을 쳐다보았다. 서랍이 빠지면서 나이프와 포크들이 몇 개 튕겨 나가기는 했지만 없어진 건 없었다. 그런데 숟가락은 아니었다. 숟가락들은 신기한 자석이 위에서 잡아당기기라도 한 것처럼 천장에 매달려 있었다. 그중 두세 개는 조명 기구에 붙어서 느릿느릿 흔들렸다. 가장 큰 서빙용 숟가락은 스토브 후드에서 대롱거렸다.

아이들은 저마다 불안을 달래는 방법이 있었다. 존의 오랜 경험상 대부분은 엄지손가락을 빨았다. 아바는 약간 달랐다. 그녀의 경우에는 오른손으로 턱을 감싸고 손바닥으로 입술을 비볐다. 그래서 말

소리가 웅얼웅얼하게 들렸다. 존은 조심스럽게 그 손을 치웠다.

"뭐라고?"

아이가 조그만 목소리로 말했다.

"저 벌 받는 거예요? 저는…… 저는……" 아이의 조그만 가슴이 들썩이기 시작했다. 아이가 불안 해소용 손을 다시 가져가려고 했지만 존이 손을 붙잡았다. "저는 민스트로시오처럼 되고 싶었어요."

아이는 울음을 터뜨렸다. 존이 손을 놓아주자 그 손으로 입을 미친 듯이 문질렀다.

데이비드가 아이를 안아 올려 뺨에 입을 맞추었다. 루시는 두 사람을 팔로 감싸 안고 딸의 머리꼭대기에 입을 맞추었다.

"아니야, 아가. 아니야. 벌 안 받아. 괜찮아."

아브라가 엄마의 목에 얼굴을 묻었다. 그러자 숟가락들이 떨어졌다. 쨍그랑거리는 소리에 모두들 화들짝 놀랐다.

13

2개월 뒤, 뉴햄프셔의 화이트 산맥에 여름이 막 시작될 무렵, 데이비드와 루시 스톤은 존 돌턴의 진료실로 찾아갔다. 진료실 벽은 지금까지 그가 치료한 아이들의 웃는 얼굴을 담은 사진들로 도배가 되어 있었는데 이제 엄마아빠가 될 만한 나이로 자란 아이들도 많았다.

존이 말했다.

"컴퓨터를 잘 아는 조카를 동원해서(비용은 제가 부담하니까 걱정 마세요. 몸값도 저렴해요.) 따님과 비슷한 사례가 보고된 바 있는지 알아보았어요. 녀석이 검색 기간을 과거 30년으로 제한했는데 900건이 넘는다고 하더군요."

데이비드는 휘파람을 불었다.

"그렇게나 많다니!"

존은 고개를 저었다.

"그렇게 많은 것도 아닙니다. 이게 만약 병이라면(병이 아니라는 걸 아니까 똑같은 논쟁을 반복할 필요는 없겠죠.) 상피병(림프관이 사상충에 감염돼서 생기는 사상충성 질환 — 옮긴이)만큼이나 희귀한 질환이에요. 아니면 환자를 인간 얼룩말로 만들어 버리는 블라쉬코선만큼. 블라쉬코 환자가 700만 명당 한 명꼴이거든요. 아브라의 이 증상이 그 정도 수준인 겁니다."

"아브라의 증상이 *정확하게* 뭔가요?" 루시가 남편의 손을 꽉 잡으면서 물었다. "텔레파시인가요? 염력인가요? 아니면 다른 초능력인가요?"

"그런 능력들이 일부분을 이루고 있는 것은 분명합니다. 아브라에게 텔레파시가 있을까요? 집으로 누군가가 놀러 오는 것도 알고 저킨스 부인이 다쳤다는 것도 알았으니까 그렇다고 할 수 있겠죠. 아브라에게 염력이 있을까요? 생일파티가 열렸던 날 댁의 부엌에서 목격한 게 있으니 딱 잘라서 그렇다고 할 수 있겠죠. 아브라에게 초능력이 있을까요? 그럴 듯하게 포장하자면 예지력이 있을까요? 그건 장담할 수 없습니다. 9.11 사건도 그렇고 서랍장 뒤에 20달러짜리 지폐가 있다는 걸 알아차린 걸 보면 그럴 것 같긴 하지만요. 하지만 텔레비전의 모든 채널에서 「심슨 가족」이 방영된 건 뭘까요? 그건 뭐라고 할 수 있을까요? 정체를 알 수 없는 비틀스 노래는요? 피아노에서 난 소리였다면 염력이겠지만…… 그게 아니었다고 하셨잖습니까."

"그럼 그다음에는 어떻게 되는 걸까요?" 루시가 물었다. "저희가 어떤 각오를 하고 있으면 될까요?"

"저도 모르겠습니다. 일정한 패턴을 따르는 게 아니라서요. 심령 현상의 문제점은 그게 일종의 전문 분야가 아니라는 겁니다. 사기극도 너무 많고 무턱대고 열광하는 사람들도 너무 많아요."

"그러니까 선생님도 앞으로 어떻게 하면 좋을지 모르시겠다는 거로군요." 루시가 말했다. "요점만 간단히 말하자면요."

존은 미소를 지었다.

"어떻게 하면 좋을지 정확하게 말씀드릴 수 있습니다. 앞으로도 계속 아이를 사랑하세요. 제 조카의 말이 맞다면(명심하셔야 할 게 있는데 첫째, 그 녀석은 이제 겨우 열일곱 살이고 둘째, 불안정한 데이터를 근거로 내린 결론이에요.) 아이가 십 대가 될 때까지 희한한 일들이 계속될 겁니다. *어마무지하게* 희한한 일도 있을 거예요. 그러다 열세 살이나 열네 살 무렵에 정체기를 보이다 차츰 진정되기 시작할 거예요. 이십 대로 접어들면 아이가 야기하는 온갖 현상들이 무시할 만한 수준이 될 테고요." 그는 미소를 지었다. "하지만 평생 포커에 엄청난 소질을 보일 겁니다."

"그 영화 속 남자아이처럼 유령을 보기 시작하면요?" 루시가 물었다. "그럼 어떡하죠?"

"그러면 사후세계가 있다는 증거를 입수하게 되는 거죠. 미리 사서 걱정은 하지 마세요. 그리고 이 일은 비밀로 하시고요. 아시죠?"

"아, 그럼요." 루시가 말했다. 그녀는 가까스로 미소를 지었지만 하도 입술을 깨물어서 립스틱이 거의 지워질 정도라 별로 설득력이 없었다. "우리 딸이 《인사이드 뷰》 표지를 장식하는 것만큼은 저희도 피하고 싶어요."

"다른 부모들은 숟가락들이 그렇게 된 걸 보지 못했던 게 얼마나 다행인지 모릅니다." 데이비드가 말했다.

"한 가지 궁금한 게 있습니다." 존이 말했다. "아이는 자기가 얼마나 특별한지 아는 것 같은가요?"

스톤 부부는 서로 흘끗 쳐다보았다.

"제 생각에는…… 모르는 것 같아요." 한참 뒤에 루시가 대답했다. "숟가락 사건이 있은 뒤에…… 저희가 난리법석을 떨긴 했지만……"

"어머님 혼자 속으로 난리법석이었겠죠." 존이 말했다. "아이는 아마 그렇게 안 느꼈을 겁니다. 잠깐 울고는 웃으면서 다시 밖으로 나갔잖아요. 소리를 지르거나 야단치거나 때리거나 망신을 준 사람도 없었고요. 제 생각에는 당분간 두고 보는 게 좋겠습니다. 좀 더 큰 다음에 학교에서는 유별난 장난치지 말라고 주의를 주면 되니까요. 평범한 아이처럼 대하세요. 비교적 평범한 아이니까요. 그렇잖습니까?"

"그렇죠." 데이비드가 말했다. "어디 반점이 있는 것도 아니고 혹이 달린 것도 아니고 눈이 하나 더 있는 것도 아니잖아요."

"하나 더 있지." 루시가 말했다. 대망막을 떠올리며 하는 말이었다. "눈은 하나 더 있지. 겉으로 보이지 않아서 그렇지 하나 더 있는 건 맞아."

존은 자리에서 일어섰다.

"읽어보고 싶으시면 조카 녀석이 출력한 자료를 댁으로 보내 드리겠습니다."

"보내주세요." 데이비드가 말했다. "아주 궁금합니다. 친애하는 모모께서도 읽어 보고 싶으실 거예요." 그는 이렇게 말을 하면서 코를 살짝 찡그렸다. 루시는 그걸 보고 얼굴을 찌푸렸다.

"당분간은 따님과 재미있게 지내세요." 존이 말했다. "제가 보기로는 아주 즐거운 아이던데요. 언젠가는 이것도 끝이 날 겁니다."

한동안은 그의 말이 맞는 듯했다.

4장

닥터 슬립, 호출입니다

1

2007년 1월. 댄의 난방기가 풀가동되고 있었지만 그래도 리빙턴
하우스의 탑은 추웠다. 시속 80킬로미터의 강한 북동풍이 산악지대
에서 불어와 잠이 든 프레이저에 시간당 12.5센티미터의 눈이 쌓였
다. 다음 날 오후 들어 마침내 눈보라가 멎었을 때 크랜모어 가의 여
러 건물 북쪽과 동쪽 면에 쌓인 눈 더미가 3.6미터를 넘기기도 했다.

댄은 추위라면 상관없었다. 오리털 이불을 두 장 깔고 그 밑에 누
워 있으면 홍차와 토스트처럼 따뜻했다. 문제는 그가 이제 집이라고
부르는 오래된 빅토리아식 저택의 창틀과 문 틈새로 들어오듯 그의
머릿속으로까지 비집고 들어오는 바람이었다. 꿈을 꾸면 어렸을 때
어느 한 해 겨울을 보낸 호텔을 에워싸고 신음하던 바람 소리가 들

렸다. 꿈을 꾸면 그는 그 어린시절로 돌아갔다.

그는 지금 오버룩 2층에 있다. 엄마는 잠이 들었고 아빠는 지하에서 묵은 신문을 읽고 있다. 자료 조사를 하고 있는 것이다. 쓰려는 작품의 자료 조사를. 대니는 여기 있으면 안 되는데, 한 손에 그렇게 마스터키를 쥐고 있으면 안 되는데, 멀찌감치 떨어져 있을 수가 없다. 지금 그는 벽에 달린 소방 호스를 빤히 처다보고 있다. 돌돌 말리고 또 말려서 놋쇠 대가리가 달린 뱀처럼 보인다. 잠을 자는 뱀처럼. 물론 뱀이 아니지만(그가 지금 처다보고 있는 것은 비늘이 아니라 캔버스 천이다.) 정말 뱀처럼 보인다.

가끔 정말 뱀일 때도 있다.

"일어나." 그는 꿈속에서 녀석에게 속삭인다. 두려움에 부들부들 떨리지만 뭔가가 그를 다그친다. 왜 그럴까? 그도 그만의 조사를 하고 있기 때문이다. "일어나서 나를 물어봐! 못 하지, 그렇지? 너는 바보 같은 호스밖에 안 되니까!"

바보 같은 호스의 노즐이 움찔거리고 돌연 대니가 녀석의 옆면이 아니라 구멍을 들여다보는 형국이 된다. 아니면 녀석의 아가리일 수도 있다. 까만 구멍 아래 맺힌 투명한 액체 방울이 길게 늘어난다. 그 안에 비친 왕방울만 한 그의 눈이 그를 처다보고 있다.

물방울일까 독일까?

이게 뱀일까 호스일까?

누가 알겠어, 친애하는 나의 레드럼, 나의 친애하는 레드럼? 누가 알겠어?

녀석이 그를 향해 응응거리는 소리를 내자 공포가 두방망이질치는 그의 심장에서 목젖으로 치밀어 오른다. 방울뱀이 그런 소리를 내지 않던가.

이제 호스인지 뱀인지 모를 것의 노즐이 둘둘 말려 있던 캔버스 천에서 떨어져 나와 카펫 위로 떨어지자 쿵 소리가 난다. 녀석이 다시 웅웅거리고, 그는 녀석이 달려들어 물기 전에 뒷걸음질쳐야 한다는 걸 알지만 온몸이 얼어붙어서 꼼짝할 수가 없고, 녀석이 웅웅거리는데……

"일어나, 대니!" 어디에선가 토니가 외친다. "일어나, 일어나!"

하지만 그는 움직일 수 없는 것처럼 일어날 수도 없다. 이곳은 오버룩이고, 그들은 눈에 갇혔고, 이제는 상황이 달라졌다. 호스들이 뱀이 되었고, 죽은 여자들이 눈을 떴고, 그의 아버지가…… 오 하느님 우리 여기서 도망쳐야 해요 우리 아버지가 조만간 돌아 버릴 거예요.

방울뱀이 웅웅거린다. 녀석이 웅웅거린다. 녀석이

2

댄은 바람이 울부짖는 소리를 들었지만 오버룩 밖에서 들리는 소리가 아니었다. 거기가 아니라 리빙턴 하우스의 탑 밖에서 들리는 소리였다. 북쪽으로 난 유리창에 눈이 부딪치는 소리도 들렸다. 꼭 모래 소리 같았다. 그리고 인터컴이 나지막이 웅웅거리는 소리도 들렸다.

그는 이불을 젖히고 다리를 휙 하니 꺼냈다가 따뜻한 발끝에 차가운 바닥이 닿자 움찔했다. 그는 발바닥 앞쪽으로만 바닥을 딛고 껑충껑충 뛰다시피 해서 방을 가로질렀다. 탁상용 스탠드를 켜고 숨을 내뱉었다. 입김이 보이지는 않았지만 난방기의 열판 코일이 불그죽죽하게 이글거려도 오늘 밤 방 안 온도는 4에서 5도밖에 안 될 것이었다.

웅웅.

그는 인터컴에 달린 통화 버튼을 누르고 말했다.

"네. 누구세요?"

"클로데트예요. 환자가 생긴 것 같아서요, 선생님."

"위닉 부인요?"

그는 그녀일 거라고 어느 정도 확신할 수 있었고 만약 그렇다면 파카를 입어야 했다. 베라 위닉이 사는 곳은 리빙턴 2관이었고 이곳과 그곳을 연결하는 통로는 마녀의 허리띠 버클보다 차갑기 때문이었다. 그게 아니라 우물 파는 일꾼의 젖꼭지에 비유하던가? 아무튼. 베라는 혼수상태에서 체인-스토크스 호흡(호흡 리듬이 불규칙하며, 무호흡과 과도호흡이 교대로 일어나는 현상 ─ 옮긴이)으로 일주일째 실낱 같은 목숨을 부지하고 있었는데, 오늘 같은 밤이야말로 노쇠한 환자들이 세상을 하직하는 날로 선택하기 딱 좋은 밤이었다. 보통 새벽 4시쯤이고. 그는 손목시계를 확인했다. 3시 20분밖에 안 됐지만 그 정도면 관공서 기준으로 거의 비슷한 셈이었다.

그런데 클로데트 앨버트슨이 뜻밖의 말을 했다.

"아뇨, 헤이스 씨예요. 바로 여기 1층에서 우리랑 같이 지내는."

"확실해요?"

댄은 바로 그날 오후에 찰리 헤이스와 체커를 두었는데, 그때만 해도 그는 급성 골수성 백혈병 환자치고 아주 정정해 보였다.

"아뇨. 그런데 아지가 거기 가 있어요. 당신이 한 이야기가 있잖아요."

그가 한 이야기가 뭔가 하면 아지는 절대 틀리는 법이 없다는 것이었고, 그것은 거의 6년 치 경험을 근거로 내린 결론이었다. 아지는 리빙턴 단지를 이루는 세 건물을 자유롭게 활보하며 오락실 소파에 웅크리고 앉아 오후를 보내곤 했는데, 누가 함부로 내동댕이친 스톨(사제가 어깨에 두르는 천 — 옮긴이)처럼 카드 테이블 위에 늘어져 있는 경우(반쯤 맞추다 만 지그소 퍼즐이 테이블 위에 있건 없건)도 종종 있었다. 입소자들은 하나같이 녀석을 좋아하는 눈치였고(요양원에서 기르는 집고양이를 두고 투덜거리는 사람이 있을지 몰라도 댄의 귀에는 들린 적이 없었다.), 아지도 그들을 좋아했다. 가끔 산송장이나 다름없는 노인의 무릎 위로 폴짝 올라갈 때도 있었는데…… 아프지 않도록 살며시 올라갔다. 덩치를 감안했을 때 대단한 일이었다. 아지는 몸무게가 5.5킬로그램이었다.

아지는 낮잠을 잘 때가 아닌 이상 한곳에 오래 머물지 않았다. 녀석에게는 늘 가야 할 데가 있었고 만나야 할 사람이 있었고 해야 할 일이 있었다(클로데트도 예전에 대니에게 "저 고양이는 선수예요."라고 말한 적이 있었다). 어떨 때 보면 자쿠지에 가서 발을 핥으며 조금 열을 냈다. 또 어떨 때는 헬스실에 들어가 작동을 멈춘 러닝머신 위에서 휴식을 취했다. 버려진 간이침대 위에 앉아서 고양이 눈에만 보이는 무언가를 보며 허공을 응시할 때도 있었다. 가끔 포식 고양이의 화신처럼 귀를 머리통에 바짝 대고 뒷마당을 살금살금 걸을 때도 있었지만, 새나 얼룩 다람쥐를 잡더라도 옆집 마당이나 공원으로 들고 가서 거기서 팔다리를 잘랐다.

오락실은 24시간 열려 있었지만 텔레비전이 꺼지고 입소자들이 사라지면 아지는 그곳에 잘 가지 않았다. 저녁이 밤으로 저물고 리빙턴 하우스의 맥박이 더뎌지면 아지는 가만히 있지 못하고 적과의 경계선을 지키는 보초병처럼 복도에서 순찰을 돌았다. 조명이 어두침침해지면 똑바로 맞닥뜨리지 않는 한, 녀석이 잘 보이지 않았다. 눈에 잘 띄지 않는 쥐색이라 그림자와 하나로 어우러져 버리기 때문이었다.

녀석은 입소자가 죽음을 앞두고 있지 않은 이상 입소자의 방 안으로 들어가는 법이 없었다.

그런 경우 (문이 잠겨 있지 않으면) 안으로 슬그머니 들어가고 아니면 꼬리를 엉덩이 옆으로 말아 놓은 채 문 앞에 앉아서 안으로 들어가게 해달라고 나지막하고 예의바르게 야옹 하고 울었다. 문을 열어 주면 입소자(리빙턴 하우스에서는 환자가 아니라 늘 입소자라는 용어를 썼다.)의 침대 위로 올라가서 자리를 잡고 가르랑거렸다. 그런 식으로 선택받은 사람은 우연히 깨어 있으면 고양이를 쓰다듬어 주기도 했다. 댄이 아는 한 아지를 쫓아내려고 한 사람은 아무도 없었다. 다들 아지가 친구라는 걸 아는 눈치였다.

"오늘 당직 의사가 누구예요?" 댄이 물었다.

"당신요." 클로데트가 즉각 대답했다.

"내가 뭘 묻는지 알잖아요. 진짜 의사 말이에요."

"에머슨요. 그런데 진료실로 전화했더니 어떤 여자가 웃기는 소리하지 말래요. 베를린에서부터 맨체스터까지 모든 게 안개로 덮였대요. 고속도로를 달리는 차들 아니면 심지어 쟁기마저 해가 뜨길 기다리는 상황이라고."

"알았어요." 댄이 말했다. "지금 갈게요."

3

댄은 호스피스에서 일을 시작하고 얼마 지났을 때 심지어 죽어 가는 사람들 사이에서도 계급이 있다는 사실을 알게 되었다. 본관의 숙소가 리빙턴 1관과 2관의 숙소보다 더 넓고 더 비쌌던 것이다. 헬렌 리빙턴이 한때 모자를 걸고 로맨스 소설을 썼던 빅토리아식 목사관에 있는 방들은 특실이라고 불렸고 뉴햄프셔의 유명 인사들 이름을 따서 붙였다. 찰리 헤이스의 방은 앨런 셰퍼드 실이었다. 그곳에 가려면 자동판매기와 딱딱한 플라스틱 의자가 몇 개 놓여 있는 계단 앞 매점을 지나야 했다. 프레드 칼링이 한 의자에 앉아서 땅콩버터 크래커를 먹으며 묵은 《파퓰러 미캐닉스》를 읽고 있었다. 칼링은 자정부터 8시까지 근무하는 세 명의 잡역부 가운데 한 명이었다. 나머지 두 명은 한 달에 두 번씩 주간조로 근무 시간을 바꾸었다. 칼링은 그런 적이 없었다. 자칭 올빼미 족이자 우람한 농땡이 전문가로, 소매 밖으로 보이는 문신투성이 팔뚝을 보면 오토바이 족으로 지낸 과거를 알 수 있었다.

"아니 이게 누구신가." 그가 말했다. "대니 보이 아닌가. 그게 아니라 오늘 밤에는 비밀 요원인가?"

댄은 아직 비몽사몽간이었고 농담할 기분이 아니었다.

"헤이스 씨에 대해 아는 거 없어?"

"고양이가 그 방에 있고, 그 말인즉 조만간 꼴까닥하게 생겼다는 것 말고는 없는데."

"출혈도 없었고?"

거한은 어깨를 으쓱했다.

"뭐, 코피가 살짝 나긴 했지. 피를 닦은 수건들은 규정대로 병균 봉투에 넣었어. A 세탁실에 뒀으니까 확인하고 싶으면 거기로 가봐."

댄은 수건을 한 장 넘게 썼다면서 어떻게 코피가 살짝 났다고 할 수 있느냐고 물으려다 그만두기로 했다. 칼링은 무신경한 돌머리였고 어쩌다 이런 데서 일을 하게 됐는지는(아무리 입소자들이 대부분 잠을 자거나 다른 사람 방해하지 않게 애써 소음을 자제하는 야간 당직이라도) 댄이 왈가왈부할 바 아니었다. 누군가가 힘 좀 썼나 보다고 생각할 따름이었다. 세상은 그런 식으로 돌아가는 법이었다. 그의 아버지도 힘을 좀 써서 오버룩 호텔 관리인이라는 마지막 일자리를 구하지 않았던가? 일자리를 구할 때 비열한 방법이긴 하지만 인맥만 한 게 없다는 사실엔, 확증은 없을지 몰라도 심증은 있었다.

"좋은 밤 보내세요, 닥터 슬리이이입." 칼링은 언성을 낮추려는 노력조차 하지 않은 채 그의 뒤통수에 대고 외쳤다.

간호사실에 가보니 클로데트는 진료 차트를 작성하고 있었고, 재니스 바커는 볼륨을 낮춘 소형 텔레비전을 보고 있었다. 지금은 툭하면 나오는 장 세척제 광고 중이었는데도 잰은 눈을 휘둥그레 뜨고 입을 떡 벌린 채 화면을 쳐다보고 있었다. 카운터를 손끝으로 톡톡 두드리자 그녀가 흠칫 놀라는 것을 보고 댄은 그녀가 넋을 잃었던 게 아니라 반쯤 졸고 있었음을 알아차렸다.

"두 분 중 아무라도 찰리에 대해서 실질적인 정보 좀 알려 주실래요? 칼링은 아무것도 모르더라고요."

클로데트는 프레드 칼링이 시야 밖에 있는지 복도를 흘끗 확인하고는 어쨌든 언성을 낮추었다.

"그자는 수소 젖통에 버금갈 만큼 쓸모없는 인간이잖아요. 잘렸으면 좋겠네."

댄도 의견이 비슷했지만 잠자코 있었다. 계속 술을 멀리하면 분별력을 갖추는 데 많은 도움이 됐다.

"15분 전에 내가 체크하고 왔어요." 잰이 말했다. "야옹 선생이 그 방을 찾아간 다음부터 계속 들여다보고 있어요."

"아지가 그 방에 들어간 지 얼마나 됐어요?"

"밤 12시에 교대하고 보니 방문 앞에서 울고 있더라고요." 클로데트가 말했다. "그래서 내가 문을 열어 줬어요. 그랬더니 침대 위로 당장 뛰어 올라가지 뭐예요. 어떤 식인지 알잖아요. 그때 당장 당신을 호출하려고 했는데 찰리가 깨어 있었고 반응을 보이더라고요. 내가 인사를 했더니 찰리도 인사를 하고 아지를 쓰다듬기 시작했어요. 그래서 두고 보기로 했죠. 한 시간쯤 지났을 때 찰리가 코피를 흘렸어요. 프레드가 닦았죠. 내가 시키니까 그제야 병균 봉투에 수건을 넣더라고요."

이곳 직원들은 체액이나 신체 조직으로 오염이 된 옷이나 침구, 수건을 넣는 일회용 비닐봉투를 병균 봉투라고 불렀다. 혈액을 통해 전염되는 병원균의 확산을 최소화하기 위해 주 정부에서 내린 규제 조치였다.

"40분인가 50분 전에 체크하러 갔을 때는 주무시고 계셨어요." 잰이 말했다. "살짝 흔들었더니 그 분이 눈을 떴는데 새빨갛게 충혈돼 있더라고요."

"그래서 에머슨한테 전화를 했어요." 클로데트가 말했다. "전화를 받은 여자가 절대 올 수 없다기에 당신한테 연락했고요. 이제 내려가 보려고요?"

"네."

"행운을 빌게요." 잰이 말했다. "필요한 게 있으면 연락하세요."

"그럴게요. 그런데 왜 장 세척제 광고 보고 있어요, 재니? 너무 사적인 질문인가?"

그녀는 하품을 했다.

"지금 이 시각에는 그거하고 아흐 브라 광고 말고는 볼 게 없어요. 그건 이미 있거든요."

4

앨런 셰퍼드 특실의 문이 반쯤 열려 있었지만 그래도 댄은 노크를 했다. 아무 대답이 없기에 문을 활짝 열었다. 누군가가 침대를 살짝 올려놓았다(아마 간호사가 그랬을 것이다. 프레드 칼링이 그랬을 리는 거의 없었다). 이불이 찰리 헤이스의 가슴까지 덮고 있었다. 그는 아흔한 살이었고 극도로 말랐고 워낙 창백해서 잘 보이지 않을 정도였다. 댄은 30초 동안 꼼짝 않고 서 있은 다음에서야 노인의 잠옷 윗도리가 오르락내리락 하고 있다고 확신할 수 있었다. 이불 밖으로 거의 티가 나지도 않는 한쪽 엉덩이 옆에 아지가 웅크리고 있었다. 댄이 들어서자 녀석이 속을 알 수 없는 눈으로 그를 살폈다.

"헤이스 씨? 찰리?"

찰리는 눈을 뜨지 않았다. 눈꺼풀이 푸르스름했다. 눈 밑은 더 까매서 시커먼 자주색이었다. 침대 한쪽으로 다가가자 또 다른 색상이 보였다. 양쪽 콧구멍 아래와 꾹 다문 한쪽 입가에 조그맣게 피딱지가 묻어 있었다.

댄은 화장실에 들어가서 수건을 따뜻한 물에 적시고 쥐어짰다. 그가 다시 찰리의 침대 옆으로 다가가자 아지가 몸을 일으키더니 조심스럽게 반대편으로 건너가 댄에게 앉을 자리를 마련해 주었다. 아지의 체온으로 이불이 따뜻했다. 댄은 찰리의 콧구멍 아래에 남은 핏자국을 닦았다. 그러고 나서 입가를 닦는데 찰리가 눈을 떴다.

"댄. 자네 맞지? 눈앞이 흐릿해서."

사실은 눈앞에 피가 맺혔다고 해야 맞았을 것이다.

"몸 좀 어떠세요? 아프지는 않고요? 아프시면 클로데트한테 약 가져다 달라고 할게요."

"아프지는 않아." 찰리가 말했다. 아지에게로 옮겨 갔던 시선이 다시 댄에게로 돌아왔다. "저 녀석이 왜 여기 있는지 알아. *자네가 왜 여기 있는지도 알고.*"

"바람 때문에 깨서 온 거예요. 아지는 친구를 찾고 있었나 보죠. 아시다시피 고양이들이 야행성이잖아요."

댄이 맥박을 재려고 찰리의 잠옷 소매를 위로 올리자 노인의 젓가락 같은 팔뚝에 난 네 개의 자주색 멍이 보였다. 후기 백혈병 환자들은 살갗에 대고 숨을 쉬기만 해도 멍이 들지만 이건 손자국이었고 댄은 어쩌다 생긴 건지 정확하게 알 수 있었다. 그는 요즘 술을 끊었기에 전보다 좀 더 감정을 자제할 수 있었지만 그래도 어쩌다 한 번씩 술을 마시고 싶은 욕구가 강하게 느껴지듯 속에서 분노가 치밀어 오를 때가 있었다.

칼링, 이 나쁜 놈. 그가 빨리 움직여 주지 않던? 잡지나 읽으면서 그 빌어먹을 노란색 크래커를 먹어야 하는데 코피를 치우려니 분통이 터지던?

댄은 감정을 드러내지 않으려 애를 썼지만 아지는 느꼈는지 조그맣게 심란한 야옹 소리를 냈다. 다른 때 같았으면 이것저것 물었겠지만 지금은 좀 더 시급하게 처리해야 할 문제들이 있었다. 이번에도 아지가 맞았다. 그는 노인의 몸에 손을 대기만 해도 알 수 있었다.

"상당히 겁이 나는군." 찰리가 말했다. 목소리가 속삭임에 가까웠다. 창밖에서 쉴 새 없이 끙끙대는 바람소리가 그보다 더 컸다. "그럴 줄 몰랐는데 겁이 나."

"무서워하실 것 전혀 없어요."

그는 찰리의 맥을 짚는 대신(그럴 필요가 없었다.) 그의 한쪽 손을 잡

았다. 네 살 때 그네를 타던 찰리의 쌍둥이 아들이 보였다. 결혼 1주
년 기념일 때 찰리가 선물한 벨기에 레이스 슬립만 걸친 채 침실 블
라인드를 내리는 그의 아내도 보였다. 그녀가 그를 돌아보자 한쪽
어깨 위로 휙 넘어가는 포니테일과 긍정의 미소로 환히 빛나는 그
녀의 얼굴도 보였다. 좌석 위로 줄무늬 우산이 펼쳐진 파올 트랙터
도 보였다. 베이컨 냄새가 느껴졌고, 공구들로 어수선한 작업대 위
에 놓인 금이 간 모토롤라 라디오에서 프랭크 시나트라의 「컴 플라
이 위드 미」가 흘러나오는 소리가 들렸다. 고인 빗물 위로 빨간색 헛
간이 어린 타이어 휠 캡이 보였다. 그는 블루베리 맛을 보았고, 사슴
내장을 손질했고, 꾸준히 내리는 가을비가 수면에 파문을 일으키는
어느 머나먼 호수에서 고기를 잡았다. 그는 미국 재향군인 회관에
서 아내와 함께 춤을 추는 예순 살이었다. 그는 장작을 패는 서른 살
이었다. 그는 반바지를 입고 빨간색 카트를 끄는 다섯 살이었다. 그
러다 전문가가 뒤섞은 카드처럼 장면들이 한데 흐릿해졌고 산에 쌓
였던 큼지막한 눈 더미가 바람에 날리는데, 이곳은 정적과 엄숙하게
지켜보는 아지의 두 눈뿐이었다. 이런 때 댄은 자신의 존재 이유를
깨달았다. 이런 때 그는 그 모든 고통과 슬픔과 분노와 공포가 애석
하게 느껴지지 않았다. 창밖에서는 바람이 아우성을 치는 가운데 그
가 여기 이 방으로 불려온 게 그런 것들 덕분이기 때문이었다. 찰리
헤이스가 경계선에 다다랐다.

"지옥이 무서운 게 아니야. 나는 괜찮게 살아왔고 그런 곳이 있다
고 생각하지 않으니까. *아무것도 없다는 게 무서워.*" 그는 힘겹게 숨
을 몰아쉬었다. 그의 오른쪽 눈가에 핏방울이 맺혔다. "태어나기 전

에 아무것도 없었다는 걸 우리 모두 알잖아. 그러니까 당연히 죽은 다음에도 아무것도 없지 않을까?"

"하지만 있어요." 댄은 물을 적신 수건으로 찰리의 얼굴을 닦아 주었다. "인간에게 끝이라는 건 없어요, 찰리. 어떻게 그럴 수 있는 지, 그게 무슨 말인지는 모르지만, 그렇다는 건 알아요."

"잘 끝낼 수 있게 자네가 도와주겠나? 사람들 말로는 자네가 도울 수 있다던데."

"네. 도와 드릴 수 있죠." 그는 찰리의 나머지 손까지 잡았다. "잠 이 들 거예요. 그리고 나서 눈을 뜨면(반드시 눈을 뜰 거예요.) 모든 게 더 좋아질 거예요."

"하늘나라? 그러니까 하늘나라를 말하는 건가?"

"그건 모르겠어요, 찰리."

오늘 밤에는 기운이 아주 강했다. 그는 맞잡은 두 사람의 손을 전 류처럼 관통하는 그 기운을 느끼며 조심해야 한다고 스스로 주의를 주었다. 그의 일부는 비틀거리며 점점 사그라지는 육체와 점점 꺼져 가는

(제발 서둘러 줘.)

감각 속에서 숨을 쉬었다. 여전히 예전처럼 예리한

(제발 서둘러 줘. 시간이 됐어.)

의식 속에서 숨을 쉬며 그 의식이 마지막 생각을 하고 있음을 깨 달았다…… 적어도 찰리 헤이스라는 존재로서는 마지막 생각을 하 고 있음을.

충혈된 눈이 감겼다 다시 열렸다. 아주 천천히.

"괜찮아요." 댄이 말했다. "주무시기만 하면 돼요. 주무시면 좋아질 거예요."

"이게 자네가 말하는 그건가?"

"네. 저는 이걸 잠을 잔다고 하는데, 잠을 자는데 위험할 것 없잖아요."

"가지 마."

"가지 않아요. 옆에 있어요." 그래서 그는 옆에 있었다.

그것이 그의 섬뜩한 특권이었다.

찰리의 눈이 다시 감겼다. 댄도 눈을 감자 어둠 속에서 천천히 뛰는 푸른색 맥박이 보였다. 한 번…… 두 번…… 멈춤. 한 번…… 두 번…… 멈춤. 밖에서는 바람이 불고 있었다.

"자요, 찰리. 지금 잘하고 있지만 피곤하잖아요. 자야 해요."

"아내가 보여." 아주 희미한 속삭임.

"그래요?"

"아내가 뭐라고 하냐면……."

그것으로 끝이었다. 댄의 눈꺼풀 뒤에서 푸른색 맥박이 마지막으로 한 번 뛰고 침대에 누운 남자가 마지막으로 한 번 숨을 내뱉고는 그만이었다. 댄은 눈을 뜨고 바람 소리를 들으며 마지막 신호를 기다렸다. 몇 초 뒤에 그것이 등장했다. 찰리의 코와 입과 눈에서 불그죽죽한 안개가 피어올랐다. 탬파의 나이 많은 간호사(빌리 프리먼처럼 반짝이는 무언가가 있었던)는 이것을 가리켜 '헐떡임'이라고 했다. 그녀는 그걸 숱하게 보았노라고 했다.

댄은 *매번* 보았다.

피어오른 안개는 노인의 몸 위에 머물렀다. 그러다 희미해졌다.

댄은 찰리의 잠옷 오른쪽 소매를 걷고 맥을 짚었다. 형식적인 절차였다.

5

아지는 보통 다 끝나면 자리를 뜨는데 오늘 밤은 달랐다. 찰리의 엉덩이 옆쪽 이불 위에 서서 문을 쳐다보았다. 댄은 클로데트나 잰이 있을 줄 알고 고개를 돌렸지만 아무도 없었다.

하지만 누군가가 있었다.

"안녕?"

묵묵부답.

"너, 가끔 내 칠판에 글을 쓰는 아이니?"

아무 반응이 없었다. 하지만 분명 누군가가 있었다.

"네 이름이 아브라니?"

희미한, 바람소리 때문에 들릴락 말락 한 피아노 연주가 잔물결처럼 전해졌다. 댄은 자신의 착각이라고 생각할 수도 있었지만(착각과 샤이닝을 구분하기가 힘들 때도 있었기에), 아지가 귀를 씰룩이며 아무도 없는 문가에서 시선을 뗄 줄 몰랐다. 누군가가 거기서 이쪽을 쳐다보고 있었다.

"네가 아브라니?"

또 한 번 잔물결처럼 피아노 연주가 들리더니 다시금 정적이 흘렀다. 이번에는 진짜였다. 누군지 몰라도 사라져 버린 것이었다. 아지는 기지개를 켜고 침대에서 폴짝 뛰어내리더니 뒤를 한 번 돌아보지도 않은 채 나갔다.

댄은 바람 소리를 들으며 그 자리에 조금 더 앉아 있었다. 그런 다음 침대를 내리고 시트로 찰리의 얼굴을 덮어 주고는 간호사실로 돌아가 사망자가 발생했다고 전했다.

6

자신이 처리해야 하는 서류 절차가 끝나자 댄은 매점으로 걸어 갔다. 주먹을 불끈 쥐고 그곳으로 달려가던 시절도 있었지만 그것도 옛날이야기였다. 지금은 천천히 한숨을 쉬어 심신을 진정시키며 걸어갔다. 알코올 중독자 모임에서는 "술을 마시기 전에 생각을 하라."는 말이 있는데, 일주일에 한 번씩 면담하는 케이시 K 말로는 뭐든 하기 전에 생각하라고 했다. *멍청해지려고 술을 끊은 게 아니잖아, 대니. 이 다음에 자네 머릿속에서 소곤대는 헛소리가 들리기 시작하거든 그걸 명심해.*

하지만 그 망할 손자국은.

칼링은 의자를 뒤로 기우뚱하게 기대고 이번에는 주니어 민츠(안에 민트를 넣은 초코 볼 — 옮긴이)를 먹고 있었다. 《파퓰러 미캐닉스》 대신 가장 최근 들어 나쁜 남자로 악명을 날리고 있는 시트콤 스타가 표지를 장식한 사진잡지를 들고 있었다.

"헤이스 씨가 돌아가셨어." 댄은 부드럽게 말했다.

"딱해라." 고개를 들지도 않고서 하는 말이었다. "하지만 그 사람들이 여기서 지내는 *이유가* 그거잖아, 안 그……"

댄은 한쪽 발을 들어서 뒤로 기우뚱한 칼링의 의자 앞다리 뒤편에 건 다음 앞으로 꽉 잡아당겼다. 의자가 빙그르르 돌았고 칼링은 땅바닥으로 주저앉았다. 그의 손에 쥐어져 있던 주니어 민츠 상자가 날아갔다. 그가 못 믿겠다는 듯이 댄을 올려다보았다.

"이제 나한테 집중할 수 있게 된 건가?"

"너 이 개……" 칼링이 일어나려고 했다.

댄은 한쪽 발을 상대방의 가슴에 대고 벽 쪽으로 밀었다.

"그런 모양이로군. 좋아. 지금 당장은 일어나지 않는 게 좋을 거야. 거기 앉아서 내 말 잘 들어." 댄은 몸을 앞으로 숙이고 양손으로 무릎을 감쌌다. 주먹을 날리고 싶은 생각밖에 없었기에 세게 감쌌다. 주먹을 날리고, 또 날리고 싶은 생각밖에 없었기에. 관자놀이가 지끈거렸다. *천천히.* 그는 자기 자신에게 말했다. *거기에 지면 안 돼.*

하지만 어려웠다.

"다음번에도 또 입소자의 몸에 남은 네 손자국이 보이면 사진을 찍어서 클로슨 부인을 찾아갈 거야. 그러면 네 연줄이 누가 됐건 간에 너는 길바닥으로 쫓겨나겠지. 네가 이 시설에서 잘리는 즉시 내가 찾아가서 비 오는 날 먼지 나도록 패줄 거야."

칼링은 댄을 뚫어져라 쳐다보며 벽을 등받이 삼아 일어섰다. 그가 키가 더 컸고, 몸무게는 최소 45킬로그램은 더 나갔다. 그가 주먹을 쥐었다.

"그거 재밌겠네. 지금 한번 패보시지?"

"좋지. 하지만 여기서는 말고." 댄이 말했다. "잠을 자보려고 애를 쓰는 사람들이 너무 많은 데다 죽은 사람이 있잖아. 몸에 네 손자국이 남은 사람 말이야."

"나는 맥을 짚은 것밖에 없어. 백혈병에 걸리면 얼마나 쉽게 멍이 드는지 알잖아."

"알지." 댄은 맞장구를 쳤다. "하지만 너는 일부러 상처를 입혔어. 이유는 모르지만 네가 그랬다는 건 알아."

흐리멍덩하던 칼링의 눈이 순간 반짝였다. 부끄러워서 그런 건 아니었다. 댄이 보기에 그는 그런 감정을 느낄 수 있는 인간이 아니었다. 그저 간파당했다는 게 불안해서 그런 거였다. 그리고 들킬까 봐 겁이 나서 그런 거였다.

"대단하셔. 닥터 슬리이이입. 네 똥은 냄새가 안 나는 줄 아는 모양이지?"

"자, 프레드, 밖으로 나가자고. 얼른 나가고 싶어서 죽겠으니까."

이 말은 진심이었다. 그의 안에는 또 다른 댄이 있었다. 예전처럼 수면 바로 밑에서 어른거리지만 않을 뿐, 추하고 감정적인 후레자식 같았던 예전의 모습이 아주 없어진 것은 아니었다. 눈을 휘둥그레 뜨고 서로 끌어안은 채 복도 중간에 서 있는 클로데트와 잰이 댄의 곁눈으로 보였다.

칼링은 열심히 고민했다. 그의 덩치가 더 큰 것도 사실이고 그의 팔이 더 긴 것도 사실이었다. 하지만 그는 몸 상태가 엉망이었고(그동안 뚱뚱한 버리토를 너무 많이 먹었고 맥주를 너무 많이 마셨고 이십 대 시절에 비해서 숨이 너무 짧았다.) 이 비쩍 마른 녀석의 얼굴에는 뭔지 몰라도 걱정스러운 구석이 있었다. 그는 로드 세인츠 오토바이 클럽 시절에 그런 얼굴을 본 적이 있었다. 머릿속에 비정상적인 회로차단기가 달린 녀석들이 있었다. 그런 녀석들은 쉽게 흥분했고 기운이 다 떨어질 때까지 길길이 날뛰었다. 토런스라고 하면 할 말이 있어도 하지 못하는 소심한 괴짜인 줄 알았는데 이제 보니 그의 착각이었다. 남들이 모르는 그의 정체는 닥터 슬립이 아니라 닥터 크레이지였다.

프레드는 조심스럽게 따져보고 나서 이렇게 말했다.

"괜한 데 시간 낭비하지 않겠어."

댄은 고개를 끄덕였다.

"좋아. 덕분에 우리 둘 다 동상을 면하게 됐군. 내가 한 말만 기억해. 병원 신세 지고 싶지 않으면 앞으로 네 손은 너한테만 쓰라고."

"누구 허락받고 이래라저래라 하는 거야?"

"글쎄." 댄이 말했다. "그건 나도 정말 모르겠는데?"

7

댄은 방으로 돌아가서 다시 침대에 누웠지만 잠이 오지 않았다. 그는 리빙턴 하우스에서 지내는 동안 임종을 대략 쉰 번쯤 곁에서 지켰고 보통은 그러고 나면 마음이 가라앉았다. 그런데 오늘 밤은 아니었다. 아직도 분노로 온몸이 부들부들 떨렸다. 그의 의식은 그런 식의 붉은 폭풍을 질색했지만 무의식의 선상에서는 사랑했다. 어쩌면 오랜 역사를 자랑하는 평범한 유전의 법칙으로 회귀하는 것일지도 모른다. 교육을 이기는 천성. 술을 멀리하는 기간이 길어질수록 떠오르는 옛 추억들이 많아졌다. 그중에서도 가장 선명하게 기억나는 것이 아버지의 분노였다. 칼링이 시비를 걸어 주길 바라는 마음이 있었다. 눈이 내리고 바람이 부는 밖으로 나가서 잭의 아들, 댄 토런스답게 그 천하에 쓸모없는 개자식에게 똑같이 복수하고 싶은 마음이 있었다.

하느님도 아시겠지만 그는 금주 기간 동안 이를 악물어야 하는 아버지처럼 살고 싶지 않았다. 알코올 중독자 모임에 나가면 분노가 해소되어야 하는 거였고 어느 정도 해소되기는 했지만, 오늘 밤처럼 그게 얼마나 엉성한 방어막인지 느껴지는 순간이 있었다. 그가 쓸모없는 존재, 술 말고는 아무것도 누릴 자격이 없는 존재처럼 느껴지는 순간이 있었다. 그럴 때면 그는 아버지와 아주 비슷한 사람이 된 것 같은 기분이 들었다.

그는 생각했다. *엄마.*

그는 생각했다. *아탕.*

그는 생각했다. *천하에 쓸모없는 개자식들은 약을 먹어야 해. 어디서 약을 파는지 너도 알지? 거의 아무 데서나 팔잖아.*

바람이 미친 듯이 몰아치자 탑이 신음 소리를 냈다. 바람이 잦아들자 칠판 소녀가 등장했다. 그녀의 숨소리를 거의 들을 수 있을 정도였다.

그는 이불 밖으로 한 손을 내밀었다. 처음에는 차가운 허공에 그저 머물러 있었지만 잠시 후 그 안으로 들어오는 그녀의(작고 따뜻한) 손이 느껴졌다.

"아브라." 그가 말했다. "네 이름은 아브라지만 가끔 사람들이 아비라고 부를 때도 있지. 그렇지?"

아무 대답이 없었지만 그는 사실 대답을 들을 필요가 없었다. 그와 맞잡고 있는 그 따뜻한 손의 감촉만 느낄 수 있으면 됐다. 겨우 몇 초에 불과했지만 흥분을 가라앉히기에 충분했다. 그는 눈을 감고 잠이 들었다.

8

32킬로미터 멀리 떨어진 애니스턴이라는 작은 마을에서는 아브라 스톤이 뜬 눈으로 누워 있었다. 어떤 손이 그녀의 두 손을 1에서 2초 동안 감싸고 있었다. 그러다 안개처럼 사라졌다. 하지만 분명 손이 거기 있었다. *그가 거기 있었다.* 그녀는 꿈 속에서 그를 만났는데 깨어 보니 꿈이 진짜였다. 그녀는 어느 방문 앞에 서 있었다. 거기서 끔찍하면서도 놀라운 광경을 보았다. 어떤 사람이 죽었고 죽는 게 무서웠지만 도와주는 사람이 있었다. 도와주던 남자는 그녀를 보지 못했지만 고양이가 보았다. 고양이는 이름이 그녀와 똑같지는 않지만 비슷했다.

그는 나를 보지 못했지만 느꼈어. 그리고 방금 전에 우리는 함께 있었어. 그가 죽은 사람을 도왔던 것처럼 내가 그를 도운 것 같아.

그렇게 생각했더니 기분이 좋았다. 아브라는 그 생각을 꼭 붙잡고 (상상 속의 손을 붙잡았던 것처럼) 옆으로 몸을 돌려서 토끼 인형을 가슴에 끌어안고 잠이 들었다.

5장

트루 낫

1

트루 낫은 법인이 아니었지만 만약 트루 낫이 법인이었다면 메인, 플로리다, 콜로라도, 뉴멕시코의 몇몇 지역은 '기업 도시'로 불렸을 것이다. 그런 지역의 주요 사업체와 넓은 땅덩이들은 복잡하게 얽힌 여러 지주회사를 통해 모두 그들과 연결됐다. 드라이 벤드, 예루살렘스 롯, 오리, 사이드와인더 등 이름도 다채로운 트루 낫의 여러 마을은 안전한 피난처였지만 그들은 그곳에 오래 머무는 법이 없었다. 거의 1년 내내 이동했다. 차를 몰고 미국의 유료 고속도로와 주요 도로를 지나가본 사람이라면 그들을 보았을지 모른다. 사우스캐롤라이나의 95번 주간 고속도로 위, 딜런의 남쪽, 샌티의 북쪽 어딘가에서. 아니면 네바다의 80번 주간 고속도로 위, 드레이퍼 서쪽의 산 속 마을에서. 아니면 조지아에서, 티프턴 외곽의 그 악명 높은 41번 고속도로의 속도 위반 단속 구간을(뭐가 최선인지 아는 사람이라면 천천히) 지나다가.

꾸물거리는 RV 뒤에서 배기가스를 마시며 추월할 기회만 초조하게 기다린 적이 몇 번이었던가. 시속 100킬로미터 아니면 110킬로미터로 달려도 법적으로 아무 문제가 없는데 60킬로미터로 기어가면서. 그러다 마침내 추월 차로에 빈 자리가 생긴 것을 보고 차로를 변경하면 아뿔싸, 앞으로 몸을 숙인 채 핸들이 마치 날아가기라도 할 것처럼 꽉 붙잡고서 노익장을 과시하는 안경잡이들이 최저 제한 속도까지 어겨가며 정확히 시속 15킬로미터로 모는, 기름 잡아먹는 그 망할 귀신들이 한도 끝도 없이 이어지고 있다.

어쩌면 당신은 다리도 좀 펴고 자동판매기에서 뭐라도 좀 사서 마시려고 들른 고속도로 휴게소에서 그들과 맞닥뜨렸을지 모른다. 휴게소 진입로는 늘 두 개의 차로로 이루어져 있다. 승용차는 이쪽 주차장, 장거리 운송 트럭과 RV는 저쪽 주차장을 이용하도록. 보통은 대형 차량과 RV용 주차장이 좀 더 멀리 있다. 당신은 그곳에 옹기종기 모여 서 있는 트루 낫의 움직이는 집들을 본 적 있을지 모른다. 항상 떼를 지어서 자기들끼리 본관으로 걸어가는(대부분 나이가 많아 보이고 그중 몇몇은 우라지게 뚱뚱하기에 천천히 걸어가는) 차주들을 본 적 있을지 모른다.

그들은 가끔 주유소, 모텔, 패스트푸드점들로 가득한 고속도로 휴게소에 차를 세울 때도 있다. 맥도널드나 버거킹 앞에 주차한 그들의 RV가 보이거든 그냥 통과하는 게 좋을 것이다. 헐렁한 골프 모

자나 챙이 긴 낚시 모자를 쓴 남자들과 스판 바지(보통 연한 파란색이
다.)에 '우리 손자들에 대해서 물어보세요!' 아니면 '예수님은 만왕
의 왕' 아니면 '행복한 방랑자'라고 적힌 티셔츠를 입은 여자들이 카
운터 앞에 일렬로 서 있을 테니까. 800미터 더 가면 나오는 와플 하
우스나 쇼니스에 가는 게 나을 것이다. 그들이 메뉴를 한참 동안 들
여다보며 피클을 뺀 쿼터 파운더를 달라는 둥, 소스를 뺀 와퍼를 달
라는 둥 주문하느라 한세월 걸릴 테니까. 아이들이 가장 가까운 고
등학교를 졸업하자마자 발을 끊는 별 볼일 없는 햄버거 가게라는 걸
누가 봐도 알겠는데, 이 근처에 가볼 만한 관광지가 없느냐고 묻느
라 한세월 걸릴 테니까.

당신은 그들을 눈여겨보지 않을 것이다. 왜 아니겠는가. 그들은 월
마트에서 산 접이식 의자를 놓고 캠핑장에 둘러앉아 숯불 화로로 요
리를 하고, 투자처와 낚시 대회와 핫포트(감자와 양고기, 그 밖의 채소
를 넣고 끓인 요리 ―옮긴이) 요리법과 뭔지 모를 것에 대해 이야기를
나누며 유료 도로와 우울한 고속도로를 전전하는 나이 많은 은퇴자
와 그보다 젊은 동호인에 불과한 것을. 그들은 벼룩시장이나 창고세
일이 보이면 꼭 그 망할 공룡들을 절반은 갓길에, 절반은 도로에 걸
치고 한 줄로 길게 세워 놓아서 그 옆을 지나려면 속도를 늦추고 기
어갈 수밖에 없도록 만든다. 똑같은 유료 도로와 우울한 고속도로에
서 볼 수 있는 오토바이족과 정반대다. 와일드 에인절스(1966년에 나
온 동명의 폭주족 영화에서 인용 ―옮긴이) 대신 마일드 에인절스를 만
난 셈이랄까.

그들이 휴게소에서 일제히 하차해 모든 화장실을 점령하면 미치

도록 짜증이 나지만, 여행을 하느라 마비가 되었던 말도 많고 탈도 많은 그들의 대장이 마침내 뚫리고 당신도 화장실 한 칸을 차지할 수 있게 되면 당신은 그들을 머릿속에서 지울 것이다. 전화선에 앉아 있는 새 떼나 길 옆 벌판에서 풀을 뜯는 소 떼만큼이나 흔한 존재들이니까. 어쩌면 그들이 무슨 수로 기름 잡아먹는 괴물을 감당하는지 궁금해지고(그런 식으로 하루 종일 돌아다니는 것을 보면 두둑한 고정 수입이 있는 게 분명하다.) 경적이 울리고 고함이 난무하는 미국의 도로를 끝없이 여행하며 여생을 보내는 이유가 뭔지 의아해할 수는 있겠지만, 그게 아닌 이상 그들에게 전혀 관심을 두지 않을 것이다.

당신이 아이를 잃은 적 있는 불운한 사람이라면(길 끝 공터에 자전거만 나뒹굴든지 가까운 개울가 숲 속에 조그만 야구모자만 남아 있든지 하는 식으로) 그들에게 단 한 번도 관심을 기울인 적이 없을 것이다. 왜 아니겠는가. 어느 떠돌이의 소행일 테니까. 아니면 (더 끔찍한 시나리오이긴 하지만 소름 끼치도록 그럴듯하다.) 같은 마을, 어쩌면 같은 동네, 어쩌면 같은 길가에 사는 환자, 정상인 행세를 하는 데 아주 능숙하고 그 집 지하실이나 뒷마당에서 뼛조각이 발견될 때까지 정상인 행세를 할 변태 살인마의 소행일 테니까. 당신은 그 RV족, 꽃무늬를 아플리케 처리한 골프 모자나 선바이저를 쓰고 다니는 유쾌한 노인들과 중년의 연금 생활자들에게는 전혀 관심을 기울이지 않을 것이다.

그리고 당신의 판단은 십중팔구 맞을 것이다. RV족은 수천 명에 달하지만, 2011년을 기준으로 미국에 남은 낫은 딱 한 집단뿐이니까. 트루 낫뿐이니까. 그들은 방랑 생활을 좋아하는데, 방랑 생활을 할 수밖에 없기에 좋아하길 다행이었다. 한곳에 머물면 남들처럼 나

232

이를 먹지 않는 그들에게 결국에는 관심이 쏠릴 수밖에 없을 테니 말이다. 앞치마 애니와 더러운 필(얼뜨기 시절 이름은 애니 라몬트와 필 캐푸토)은 하룻밤 새 스무 살 늙어 버린 것처럼 보일 수 있다. 꼬맹이 쌍둥이(피와 파드)는 스물두 살이었다가 둘이 터닝한 열두 살(혹은 열두 살 직전)로 돌아갈 수도 있는데, 정작 그들이 터닝한 시점은 옛날 옛적이었다. 트루 중에서 정말로 젊은 사람을 꼽으라면 이제는 방울뱀 앤디라고 불리는 앤드리아 스타이너뿐이지만…… 그녀 역시 겉으로 보이는 것만큼 젊지는 않았다.

비틀거리며 팩팩거리던 여든 살의 할머니가 갑자기 다시 예순 살이 된다. 가죽 같았던 일흔 살의 할아버지가 지팡이를 놓는다. 팔과 얼굴에서 피부 종양이 사라진다.

움찔거리며 절뚝절뚝 걷던 다크서클 수지가 제대로 걷는다.

백내장 때문에 앞이 잘 안 보였던 디젤 더그가 개안하고, 머리에서 휑하니 비었던 부분이 신기하게 없어진다. 갑자기 짠하고 다시 마흔다섯 살이 된다.

스팀헤드 스티브의 굽었던 등이 펴진다. 그의 아내 빨간 머리 바바는 불편한 요실금 팬티를 벗어 던지고, 라인석이 박힌 에리엇 부츠를 신으며 나가서 라인 댄스를 추고 싶다고 말한다.

그런 변화를 목격하게 되면 사람들은 놀라워하며 입방아를 찧을 것이다. 그러면 결국에는 기자가 찾아올 테고 뱀파이어가 햇빛을 피하듯 언론의 관심을 피했던 트루 낫은…….

하지만 그들은 한곳에 머물지 않기에(그리고 어느 기업 도시에 오랫동안 머물더라도 자기들끼리 모여 살기에) 세상 속으로 완벽하게 녹아들었다. 왜 아니겠는가. 그들은 다른 RV족처럼 싸구려 선글라스를 끼고, 기념 선물용 티셔츠를 사고, 미국 자동차 서비스 협회 지도를 본다. 남들처럼 바운더와 위니바고에 판박이를 붙여서 지금까지 다녀본 온갖 희한한 여행지를 떠벌리며("크리스마스랜드에서 세상에서 가장 큰 트리 자르는 걸 도왔다!") 그들 꽁무니에서 추월할 기회를 노리다 보면 남들과 똑같은 범퍼 스티커를 볼 수 있다("늙었지만 아직 죽지 않았다", "노인 의료 보험을 살립시다", "나는 보수주의자이고 투표를 한다!"). 그들은 커널에서 프라이드치킨을 먹고 맥주, 미끼, 탄약,《모터 트렌드》잡지는 물론이고 수만 가지의 초코 바를 파는 편의점에서 가끔 즉석복권도 산다. 들른 마을에 빙고 게임장이 있으면 우르르 몰려가서 한 테이블을 차지하고는 마지막 게임이 끝날 때까지 자리를 지킨다. 그러다 한번은 욕심꾸러기 G(얼뜨기 시절 이름은 그레타 무어)가 500달러를 딴 적도 있었다. 그녀가 그걸 가지고 몇 달 동안 으스대자 트루 멤버라면 모두 평생 쓸 돈을 쟁이고 있는데도 불구하고 몇몇 여자들이 씩씩댔다. 토큰 찰리도 좋아하지는 않았다. 그는 B7에서 기다리고 있었는데 G가 빙고를 외쳤다고 했다.

"욕심꾸러기, 너는 운도 좋은 년이야." 그가 말했다.

"그리고 너는 운도 없는 놈이고." 그녀가 대꾸했다. "운도 없는 깜둥이 놈." 그러고는 깔깔거리며 사라졌다.

그들 중 한 명이 어쩌다 과속 또는 사소한 교통 위반으로 잡히더라도(드물기는 해도 아주 없는 일은 아니다.) 경찰이 발견하는 것이라고는 확실한 면허증과 최근에 계약한 보험증서, 말끔하게 정리된 서류뿐이다. 명백한 사기극이더라도 딱지를 들고 서 있는 경찰에게 누구

하나 언성을 높이는 법이 없다. 부과 내역에 대해 어느 누구도 왈가왈부하지 않고 과태료도 당장 납부한다. 미국이 살아 있는 생명체라면 고속도로는 혈관이고 트루 낫은 침묵의 바이러스처럼 그 속을 흘러 다닌다.

하지만 개는 없다.

RV 족은 보통 개과에 속하는 길동무들, 그러니까 털은 하얗고 목걸이는 요란하며 성질은 고약한 똥 누는 기계들과 같이 여행을 다닌다. 어떤 족속을 말하는지 당신도 알 것이다. 짜증스럽게 짖어 대는 소리는 귀청을 찢을 듯하고 뭔가를 아는 듯한 두 눈은 쥐새끼를 닮은 그 녀석들. 고속도로 휴게소의 지정된 산책지에서 똥 치우는 부삽을 손에 쥔 주인을 뒤에 거느린 채 킁킁대며 풀밭을 누비는 녀석들을 당신도 본 적 있을 것이다. 평범한 RV족들이 몰고 다니는 캠핑카에는 판박이와 범퍼 스티커 말고도 다이아몬드 모양의 노란 딱지가 붙어 있기 십상이다.

"포메라니안이 타고 있어요" 아니면 "아이 ♥ 마이 푸들".

하지만 트루 낫은 아니다. 그들은 개를 싫어하고 개들은 그들을 싫어한다. 개들은 그들의 정체를 간파하기에 그런 것일 수도 있다. 싸구려 선글라스 뒤에 감추어진 날카로운 경계의 눈빛까지. 월마트에서 산 폴리에스테르 바지 뒤에 숨겨진 튼튼한 근육질의 다리까지. 틀니 뒤에서 튀어나올 기회를 엿보는 날카로운 송곳니까지.

그들은 개를 싫어하지만 어떤 아이들은 좋아한다.

어떤 아이들은 무척 좋아한다. 암, 그렇다 마다.

2

2011년 5월, 아브라는 열 번째 생일을, 댄 토런스는 알코올 중독자 모임과 함께 한 금주 10주년을 기념하고 얼마 지났을 때 크로 대디가 모자 쓴 로지의 어스크루저 문을 두드렸다. 트루는 그때 켄터키 주 렉싱턴 외곽의 코지 캠핑장에 머물고 있었다. 그들의 입맛에 딱 맞는 마을, 댄도 가끔 꿈 속에서 몇 번 찾아간 적 있는 그곳에서 여름 거의 한철을 보내기 위해 콜로라도로 향하는 길이었다. 그들은 보통 어딜 간다고 서두르는 법이 없었는데 올해 여름에는 다급한 분위기가 감돌았다. 그 이유는 모두 알지만 입 밖으로 꺼내는 사람은 없었다.

로즈가 처리할 것이었다. 늘 그랬으니까.

"들어와." 그녀가 말했고 크로 대디는 안으로 들어갔다.

그는 업무상 볼일이 있으면 늘 고급 양복에 거울처럼 반지르르하게 닦은 값비싼 구두를 신고 나섰다. 특별히 구닥다리로 보이고 싶으면 지팡이까지 들 수도 있었다. 오늘 아침 그의 옷차림은 멜빵으로 집은 헐렁한 바지와 물고기가 그려진 (그 아래에 "내 농어한테 뽀뽀해"라고 적힌) 끈 달린 티셔츠, 납작한 인부용 모자였는데, 등 뒤로 문을 닫으면서 모자는 벗었다. 그는 그녀의 부사령관인 동시에 파트타임 애인이었지만 항상 예를 갖추었다. 그것이 로즈가 그를 좋아하는 수많은 이유 가운데 하나였다. 그녀는 자신이 죽더라도 트루가 그의 통솔 아래 계속 명맥을 이어 나갈 수 있을 거라고 믿어 의심치 않았다. 적어도 당분간은 그럴 수 있을 거라고 믿어 의심치 않았다. 하지만 앞으로 100년 뒤까지 그럴 수 있을까? 그건 아닐 것이다. 아마 아닐 것이다. 크로는 말재주가 좋고 얼뜨기들과 상대할 때 뒤처리가 깔끔했지만 아주 기본적인 기획력만 있을 뿐 진정한 비전이 없었다.

오늘 아침에 그는 심란한 표정이었다.

로즈는 카프리 팬츠에 하얀 브래지어를 걸치고 소파에 앉아서 담배를 피우며 대형 벽걸이 텔레비전으로 「투데이」 3부를 보고 있었다. 그때가 유명 주방장을 소개하고 배우들이 새로 찍은 영화를 홍보하는 '가벼운' 시간대였다. 실크해트는 뒤로 삐딱하게 매달려 있었다. 크로 대디는 얼뜨기들의 한평생보다 더 오랜 기간 동안 그녀와 알고 지냈지만 중력을 거역하는 그 각도의 수수께끼는 아직 풀지 못했다.

그녀가 리모컨을 집어 소리를 없앴다.

"이게 누구야, 헨리 로스먼이잖아? 놀래라! 게다가 엄청 맛있어 보이기까지 하는데, 먹어 달라고 온 건 아니겠지? 오전 10시 15분에 그런 표정으로. 누가 죽기라도 한 거야?"

그녀는 농담 삼아 한 말이었지만 움찔하며 이마를 잔뜩 찡그리는 그를 보니 농담이 아니었다. 그녀는 텔레비전을 끄고 당황한 속내를 감추기 위해 부산스럽게 담배를 껐다. 한때 트루가 200명이 넘는 대인원이었던 적도 있었다. 어제를 기준으로 그들의 숫자는 마흔한 명이었다. 그녀가 그의 움찔거림을 제대로 해석한 게 맞다면 오늘부로 한 명이 줄었다는 뜻이었다.

"트럭 토미." 그가 말했다. "자던 도중에 죽었대. 한 번 사이클 하더니 쾅하고. 전혀 아무 고통 없이. 당신도 알다시피 그런 경우는 거의 없는데 말이지."

"월넛이 봤대?"*아직 보일 만한 상태였을 때 말이야.* 그녀는 머릿속에 떠오른 생각을 굳이 덧붙이지는 않았다. 얼뜨기용 운전면허증과 다양한 얼뜨기용 신용카드에는 아칸소 주 리틀록에 사는 피터 월리스라고 되어 있는 월넛은 트루의 외과의사였다.

"아니. 워낙 눈 깜짝할 새 벌어진 일이라. 묵직한 메리가 같이 있었대. 토미가 몸부림을 치는 바람에 자다 깼다더군. 무서운 꿈을 꾸는 줄 알고 팔꿈치로 찔렀는데…… 그즈음에는 이미 잠옷밖에 안 남았더래. 심장마비였을 수도 있어. 토미가 독감에 걸렸잖아. 월넛의 말로는 그게 원인을 제공했을 수도 있다더라고. 알다시피 그 망할 인간, 엄청난 골초였잖아."

"우리는 심장마비에 *걸리지* 않아." 그녀는 그러고 나서 마지못해 덧붙였다. "하긴 보통은 감기에도 안 걸리지. 지난 며칠 동안 계속 쌕쌕거렸지? 가엾은 트럭 토미."

"그래, 가엾은 트럭 토미지. 월넛 말로는 부검을 하기 전에는 아무것도 장담할 수 없다던데."

그런데 부검을 할 수가 없었다. 배를 가를 시신이 남아 있지 않았던 것이다.

"메리의 반응은 어때?"

"어떻겠어? 우라지게 가슴 아파하고 있지. 트럭 토미가 마차 토미였던 시절부터 함께 한 사이니까. 거의 90년 동안. 터닝한 그를 돌본 사람이 그녀였잖아. 다음 날 그가 눈을 떴을 때 맨 처음으로 스팀을 주면서. 자기도 죽어 버리고 싶대."

로즈는 충격을 받는 경우가 거의 없었지만 이번에는 제대로 받았다. 지금까지 트루에서 자살한 사람은 아무도 없었다. 사는 것이야말로(옛말에도 있다시피) 그들의 유일한 생존 이유였다.

"그냥 하는 말일 거야." 크로 대디가 말했다. "다만……"

"다만 뭐?"

"아까 당신도 말했다시피 우리는 대개 감기에 걸리지 않는데 최근 들어 감기 환자가 제법 돼. 대부분 코를 훌쩍이다 끝나는 수준이지만. 월넛 말로는 영양실조 때문일 수도 있대. 물론 단순한 추측에 불과하지만."

로즈는 손끝으로 맨살이 드러난 몸통을 두드리고 꺼진 직사각형 텔레비전을 멍하니 쳐다보며 앉아서 생각에 잠겼다. 그러다 마침내 입을 열었다.

"그래, 요즘 들어 영양이 조금 부족했다는 건 인정해. 하지만 기껏해야 한 달 전에 델라웨어에서 스팀을 받았고 그때만 해도 토미는 괜찮았잖아. 토실토실했잖아."

"그랬지. 하지만 로지…… 델라웨어의 그 아이는 형편없었잖아. 스팀이 많다기보다 예감이 잘 맞는 아이였지."

그녀는 그런 식으로 생각해 본 적이 없었지만 맞는 말이었다. 게다가 면허증에 따르면 토미는 열아홉 살이었다. 사춘기에 묶인 전성기를 훌쩍 넘긴 나이였다. 앞으로 10년만 지나면 평범한 얼뜨기가 될 아이였다. 어쩌면 5년만 지나면. 그래서 한입거리도 못 됐다, 맞는 말이었다. 하지만 항상 스테이크를 먹을 수는 없는 법이었다. 콩나물과 두부로 만족할 때도 있어야 했다. 최소한 그런 식으로 연명이라도 해야 다음번에 소를 잡을 수 있지 않겠는가.

트럭 토미는 정신적인 두부와 콩나물로 연명하지 못했다는 게 문제였지만.

"예전에는 스팀이 좀 더 많았는데." 크로가 말했다.

"바보 같은 소리하지 마. 얼뜨기들이 50년 전에는 사람들이 좀 더 정이 많았다고 말하는 거랑 비슷하잖아. 그건 유언비어야. 그런 이야기 퍼뜨리지 마. 안 그래도 다들 불안할 텐데."

"내가 그럴 리 없다는 거 알잖아. 그리고 나는 그게 유언비어라고 생각하지 않아. 잘 생각해 보면 당연한 일이야. 예전에는 뭐든 지금보다 더 많았잖아. 기름도 그렇고, 야생동물도 그렇고, 농사지을 땅도 그렇고, 신선한 공기도 그렇고. 심지어 정직한 정치인도 몇 명 있었지."

"그래!" 로즈가 외쳤다. "리처드 닉슨, 기억하지? 얼뜨기들의 왕."

하지만 크로는 허튼 수작에 넘어가지 않았다. 그는 비전이 부족할지 몰라도 집중력이 흐트러지는 법이 없었다. 그가 그녀의 부관인 것도 그 때문이었다. 그리고 그의 말에 일리가 있을 수도 있었다. 트루에게 양분을 공급할 수 있는 인간들의 숫자가 태평양의 참치 떼처럼 점점 줄어들고 있는 건 아니라고 어느 누가 장담할 수 있겠는가?

"깡통을 하나 따는 게 좋겠어, 로지." 그는 그녀가 눈을 휘둥그레 뜨는 것을 보더니 한 손을 들어서 아무 말 못하게 막았다. "아무도 말은 안 하지만 온 가족이 그 생각을 하고 있어."

로즈는 분명 그럴 거라고 확신할 수 있었고, 토미가 영양실조 합병증으로 죽었다니 섬뜩하지만 앞뒤가 맞았다. 스팀이 부족하면 사는 게 힘들고 재미없어졌다. 그들은 그 옛날 해머(1934년에 설립된 영국의 영화사 — 옮긴이)에서 만든 공포영화에 등장하는 흡혈귀는 아니었지만 그래도 먹어야 살 수 있었다.

"그리고 제7의 물결이 지난 지 얼마나 됐어?" 크로가 물었다.

그는 정답을 알고 있었고 그녀도 마찬가지였다. 트루 낫의 예지력에는 한계가 있었지만 얼뜨기들의 세상에 정말로 엄청난 참사(제7의 물결)가 닥치면 모두 느낄 수 있었다. 세계무역센터 사태에 얽힌 구체적인 부분들은 2001년 늦여름이 되어서야 명확해졌지만, 그들은 뉴욕에 무슨 일이 벌어질 거라는 사실을 몇 개월 전부터 알고 있었다. 그녀는 당시의 환희와 기대감을 아직도 생생하게 기억했다. 부엌에서 특별히 맛있는 음식을 만드는 냄새가 풍겨져 나오면 얼뜨기들도 똑같은 기분이지 않을까 싶었다.

그날과 그 뒤로 며칠 동안 모두 다 배를 채울 수 있었다. 쌍둥이 빌딩이 무너졌을 때 죽은 사람들 중에서 진짜 스팀헤드는 몇 명 안 됐을지 몰라도 참사가 워낙 엄청나면 극도의 고통과 끔찍한 죽음 속에 풍요로움이 존재했다. 트루 낫이 밝은 빛에 끌리는 벌레들처럼 그런 현장에 끌리는 이유가 그런 데 있었다. 스팀이 풍부한 얼뜨기를 한 명 찾아내는 것이 그보다 훨씬 어려웠고, 이제는 머릿속에 그런 탐지기를 갖춘 사람이 세 명밖에 안 남았다. 플릭 할아범, 중국놈 배리 그리고 로즈.

그녀는 자리에서 일어났고 깔끔하게 접어서 조리대에 둔 보트넥 티셔츠를 집어서 입었다. 늘 그렇듯 조금은 비현실적이지만(어마하게 높은 광대뼈와 살짝 끝이 들린 눈) 엄청나게 섹시했다. 그녀는 모자를 제대로 쓰고 행운을 비는 의미에서 톡 두드렸다.

"당신이 생각하기에는 안이 꽉 찬 깡통이 몇 개쯤 남았을 것 같아, 크로?"

그는 어깨를 으쓱했다.

"열두 개? 열다섯 개?"

"비슷해."

아무리 부관이라도 정답은 아무도 모르는 편이 나았다. 현재의 불안감이 전면적인 공포로 바뀌는 것은 그녀도 바라는 바가 아니었다. 인간은 공포에 질리면 온 사방으로 도망치기 마련이었다. 만약 그렇게 되면 트루 낫은 붕괴될 수 있었다.

그런 생각을 하는 동안 크로는 그녀를 뚫어져라 쳐다보고 있었다. 그가 너무 많은 걸 알아차리지 못하도록 그녀는 이렇게 물었다.

"오늘 밤에 여길 통째로 전세 낼 수 있겠어?"

"지금 장난해? 기름값이 요즘 그래서 주말에도 반도 안 차는데. 사장이 좋아서 펄쩍 뛸걸?"

"그럼 전세 내. 깡통 스팀을 마실 거야. 그렇게 알려."

"분부대로 거행하겠습니다." 그는 그녀에게 입을 맞추며 한쪽 젖가슴을 어루만졌다. "이 윗도리, 내가 제일 좋아하는 건데."

그녀는 웃으며 그를 밀쳐냈다.

"당신은 안에 젖퉁이가 든 윗도리면 다 좋아하잖아. 얼른 나가."

하지만 그는 한쪽 입가에 미소를 머금은 채 미적거렸다.

"방울뱀 아가씨가 요즘도 이 앞을 얼쩡거리나?"

그녀는 손을 내밀어 그의 허리띠 아랫부분을 잠깐 움켜쥐었다.

"어머나. 지금 당신 질투하는 거야?"

"그렇다고 해두지."

그녀는 그 말을 믿지 않았지만 어쨌거나 기분이 좋았다.

"지금은 새리랑 같이 지내는데, 둘이 아주 행복해하고 있어. 그나저나 앤디 이야기가 나왔으니 말인데, 앤디한테 도움을 받을 수 있겠다. 무슨 말인지 당신도 알지? 소식을 퍼뜨리기 전에 먼저 그녀하고 의논부터 해."

그가 나가자 그녀는 어스크루저 문을 잠그고 운전석으로 가서 무릎을 꿇었다. 그러고는 운전석과 페달 사이에 깔린 카펫 속으로 손가락을 집어넣었다. 카펫이 살짝 들렸다. 그 아래에 키패드가 내장된 정사각형 모양의 금속 상자가 있었다. 로즈가 번호를 누르자 탁 소리와 함께 금고가 3~4센티미터 정도 열렸다. 그녀는 뚜껑을 완전히 열고 안을 들여다보았다.

안이 꽉 찬 깡통이 열두 개 아니면 열다섯 개. 크로는 그렇게 넘겨짚었다. 그녀는 얼뜨기라면 모를까 트루 멤버들의 생각까지 읽지는 못하지만 그가 분위기를 띄우려고 일부러 예상치를 낮추어서 말한 것만큼은 틀림없었다.

그가 실상을 알고 있다면 얼마나 좋을까. 그녀는 생각했다.

교통사고가 났을 때 깡통을 보호할 수 있도록 금고 안에 스티로폼이 덧대어져 있었고, 그런 식으로 만들어진 칸이 모두 마흔 개였다. 켄터키에서 맞이한 이 화창한 5월의 아침, 서른일곱 개의 칸에 빈 깡통이 들어 있었다.

로즈는 안이 꽉 찬 깡통을 하나 꺼내서 들어보았다. 가벼웠다. 무게로 따지면 그것도 비어 있지 않을까 싶을 정도였다. 그녀는 뚜껑을 열고 밸브를 점검해 밀봉에 아무 이상이 없는지 확인한 다음 금고를 닫고, 윗도리를 접어 놓았던 조리대 위에 깡통을 조심스럽게 (경건하다시피 할 정도로) 내려놓았다.

오늘 밤이 지나면 두 개밖에 남지 않을 것이다.

어마어마한 스팀을 발견해서 빈 깡통을 몇 개나마, 그것도 빠른 시일 안에 채워야 했다. 트루가 막다른 골목에 다다르지는 않았지만 막다른 골목이 코앞이었다.

3

코지 캠핑장의 사장 부부는 페인트로 칠한 콘크리트 블록 위에 영구적으로 설치한 캠핑카에서 살았다. 4월의 소나기가 쏟아지자 5월의 꽃들이 활짝 피었고, 코지 부부의 앞마당은 그 꽃들 천지였다. 앤드리아 스타이너는 잠깐 걸음을 멈추고 튤립과 팬지를 감상한 뒤 큼지막한 레드맨 캠핑카에 달린 세 개의 계단을 올라가서 문을 두드렸다.

코지 씨가 문을 열었다. 그는 체구가 작았고, 엄청나게 불룩한 배를 지금은 밝은 빨간색 줄무늬 러닝으로 가리고 있었다. 한 손에 팹스트 블루 리본 맥주 캔을 들고 있었다. 다른 손에는 머스터드를 덕지덕지 발라서 구멍이 숭숭 뚫린 하얀 빵으로 감싼 브라트부르스트 (돼지고기로 만든 소시지 ― 옮긴이)를 들고 있었다. 아내가 다른 방에

244

있었기에 그는 앞에 서 있는 젊은 아가씨를 포니테일에서부터 운동화까지 훑으며 시각적으로 머릿속에 담았다.

"네?"

트루 중에 최면의 능력을 갖춘 이가 몇 명 있었지만 앤디가 단연 최고였고, 그녀의 터닝이 트루에게는 엄청난 플러스 요인이었다. 그녀는 지금도 그녀에게 관심을 보이는 나이 든 얼뜨기가 있으면 가끔 그 능력을 발휘해서 지갑에 든 돈을 훔쳤다. 로즈는 위험하고 유치한 장난이라고 생각했지만, 때가 되면 앤디 스스로 *문제*라고 일컫는 여러 증상들이 점점 없어지리라는 것을 경험상 알고 있었다. 트루낫에게 문제가 될 만한 것은 생존밖에 없었다.

"잠깐 여쭤어 볼 게 있어서요." 앤디가 말했다.

"화장실 문제라면 목요일은 되어야 뚫어 뻥 기사가 올 거요."

"그런 거 아니에요."

"그럼 뭔데요?"

"피곤하지 않으세요? 눈 좀 붙이고 싶지 않으세요?"

코지 씨는 곧바로 눈을 감았다. 손에 들고 있던 맥주와 소시지가 떨어지면서 깔개에 자국이 남았다. *뭐, 어때.* 앤디는 생각했다. *크로한테 선불로 1200달러 받았잖아. 그 돈이면 카펫 세제 한 통 사고도 남지. 어쩌면 두 통까지.*

앤디는 그의 팔을 잡고 거실로 데리고 갔다. 앞에 TV 트레이를 설치하고 친츠를 씌운 아늑한 안락의자가 있었다.

"앉아." 그녀가 말했다.

코지 씨는 눈을 감은 채 앉았다.

"어린 여자애들이랑 놀고 싶지?" 앤디가 물었다. "기회만 되면 그러고 싶지? 그 아이들을 붙잡을 수 있을 만큼 빨리 달릴 수만 있다면." 그녀는 허리춤에 손을 얹고 그를 뜯어보았다. "너는 구역질 나는 인간이야. 따라할 수 있겠어?"

"나는 구역질나는 인간이다." 코지 씨는 맞장구쳤다. 그런 다음 코를 골기 시작했다.

부엌에 있던 코지 부인이 나왔다. 그녀는 아이스크림 샌드위치를 갉아먹고 있었다.

"어머나, 누구세요? 그이한테 뭐라고 하는 거예요? 원하는 게 뭐예요?"

"네가 잠이 드는 거." 앤디가 말했다.

코지 부인은 아이스크림을 떨어뜨렸다. 그러더니 무릎을 꺾으면서 그 위에 주저앉았다.

"에이, 젠장." 앤디가 말했다. "거기 말고. 일어나."

코지 부인은 뭉개진 아이스크림 샌드위치를 원피스 뒷자락에 매단 채 일어섰다. 방울뱀 앤디는 거의 자취를 감추다시피 한 부인의 허리에 팔을 두르고 안락의자 저쪽으로 데리고 가서 한참 동안 시간을 들여 그녀의 엉덩이에 묻은 아이스크림 샌드위치를 떼어 냈다. 잠시 후 두 사람은 눈을 감은 채 나란히 앉았다.

"너희 둘은 밤새도록 잘 거야." 앤디가 지시했다. "아저씨는 어린 여자애들 쫓아다니는 꿈을 꿔도 돼. 아줌마는 아저씨가 심장마비로 죽어서 보험금으로 100만 달러를 받는 꿈을 꿔도 되고. 어때? 좋지?"

그녀는 텔레비전을 켜서 볼륨을 높였다. 방금 전에 '월계관을 민

246

고 편히 쉬면 안 된다.'(오바마 대통령이 애리조나 주립대학교 졸업 축하 연설에서 한 말이다 — 옮긴이)가 제시어로 주어진 퀴즈의 정답을 맞힌 어마어마한 젖무덤의 소유자가 팻 세이잭(TV쇼 「행운의 바퀴(Wheel of Fortune)」의 진행자 — 옮긴이)을 끌어안고 있었다. 앤디는 매머드 급 유방을 잠깐 구경하다가 다시 코지 부부에게로 고개를 돌렸다.

"11시 뉴스가 끝나면 텔레비전 끄고 자러 가도 돼. 내일 일어나면 내가 찾아왔다는 걸 기억 못 할 거야. 질문 있어?"

둘 다 없었다. 앤디는 그들을 두고 RV들이 옹기종기 모여 있는 곳으로 서둘러 돌아갔다. 몇 주째 배가 고팠는데 오늘 밤은 모두 다 배를 채울 수 있었다. 내일 걱정은…… 로즈의 몫이었고 방울뱀 앤디로서는 내일이 반가웠다.

4

8시가 되자 완벽하게 어둠이 깔렸다. 9시에 트루는 코지 캠핑장의 피크닉 공간에 모였다. 모자 쓴 로즈가 깡통을 들고 맨 나중에 등장했다. 그걸 보고 탐욕에 젖은 속삭임이 조그맣게 일었다. 로즈는 그들의 심정을 이해했다. 그녀도 무척 배가 고팠다.

그녀는 처음부터 생채기가 있었던 한 테이블 위로 올라가서 그들을 한 명씩 쳐다보았다.

"우리는 트루 낫이다."

"우리는 트루 낫이다." 그들이 화답했다. 그들의 표정은 엄숙했고 눈빛은 굶주림으로 이글거렸다. *"한번 맺어지면 절대 끊을 수 없다."*

"우리는 트루 낫, 우리는 인내한다."

"우리는 인내한다."

"우리는 선택받은 자들이다. 우리는 행운아다."

"우리는 선택받은 행운아다."

"그들은 만드는 자이고 우리는 받는 자이다."

"우리는 그들이 만드는 것을 받는다."

"이것을 받아서 유용하게 활용하도록."

"유용하게 활용하겠습니다."

예전에, 1990년대에 오클라호마 주 에니드에 사는 리처드 게일스 워디라는 남자아이가 있었다. *내가 장담하는데 그 아이는 내 생각을 읽을 수 있어.* 아이의 어머니는 가끔 이렇게 말하곤 했다. 사람들은 그 소리를 듣고 웃었지만 아이의 어머니는 그냥 하는 말이 아니었다. 그가 읽을 수 있었던 것은 어쩌면 어머니의 생각만이 아니었을지 모른다. 리처드는 공부를 하지도 않은 시험에서 줄줄이 A를 받았다. 아버지가 기분 좋게 퇴근하는 날과, 운영하는 배관 부품 회사에 무슨 일이 생겨서 씩씩대며 퇴근하는 날도 알아맞혔다. 한번은 당첨 번호를 안다고 장담하면서 로또를 사자고 어머니를 조른 적도 있었다. 게일스워디 부인은 거부했지만(그들은 독실한 침례교도였다.) 나중에 후회했다. 리처드가 부엌 보드판에 적어 놓은 여섯 개의 숫자가 전부 다 맞지는 않았지만 다섯 개가 맞았다. 신앙심 때문에 7만 달러를 날린 것이었다. 그녀는 아버지한테는 비밀로 해달라고 아들에게 애원했고 리처드는 말하지 않겠노라고 약속했다. 그는 말 잘 들는 사랑스러운 아들이었다.

복권을 놓치고 두 달 정도 지났을 때 게일스워디 부인은 부엌에서 총에 맞아 죽었고 말 잘 들었던 사랑스러운 아들은 자취를 감추었다. 그의 시신은 어느 버려진 농장의 잡초밭 아래에서 오래전에 썩어 문드러졌지만, 모자 쓴 로즈가 은색 깡통에 달린 밸브를 열자 그의 정기가(그의 스팀이) 반짝이는 은색 안개의 형태로 흘러나왔다. 깡통 위로 약 1미터까지 피어올라 평평하게 퍼졌다. 트루들은 잔뜩 기대하는 표정으로 서서 안개를 올려다보았다. 대부분 몸을 부들부들 떨었다. 몇 명은 실제로 눈물을 흘렸다.

"양분을 마시고 인내하라." 로즈가 말하고, 쫙 펼친 손가락이 평평한 안개 바로 아래 닿을 때까지 손을 들었다. 그녀가 손짓을 했다. 안개가 그 즉시 가라앉기 시작하더니 아래에서 기다리고 있던 사람들을 향해 우산 모양으로 내려갔다. 안개가 그들의 머리를 감싸자 그들은 심호흡을 했다. 5분에 걸쳐 이 과정이 반복되는 동안 몇 명은 과호흡으로 의식을 잃고 땅바닥에 쓰러졌다.

로즈는 자신이 육체적으로 부풀어 오르고 정신적으로 날카로워지는 것을 느꼈다. 봄밤의 온갖 싱그러운 향기들이 저마다 당당하게 고개를 내밀었다. 그녀는 눈가와 입가의 희미한 주름들이 사라지고 있다는 것을 알 수 있었다. 희끗희끗했던 머리도 다시 검게 바뀌었다. 오늘 밤 늦게 크로가 그녀의 캠핑카로 찾아올 테고 두 사람은 그녀의 침대에서 횃불처럼 불타오를 것이다.

그들은 리처드 게일스워디가 사라질 때까지 그를 마셨다. 정말로 사라질 때까지 마셨다. 하얀 안개가 점점 옅어지다 자취를 감추었다. 기절했던 사람들이 일어나 앉아서 웃는 얼굴로 주변을 두리번거렸다. 플릭 할아범은 배리의 아내인 중국년 페티를 붙잡고 날렵하게 지그를 추었다.

"놓지 못해요, 이 미련한 노인네야!"

그녀는 쏘아붙였지만 웃고 있었다.

방울뱀 앤디와 벙어리 새리는 진하게 입을 맞추었고 앤디의 손이 새리의 쥐색 머리칼 속으로 파고들었다.

로즈는 피크닉 테이블에서 뛰어내려 크로 쪽으로 고개를 돌렸다. 그는 엄지와 검지로 동그라미를 만들며 씩 웃어 보였다.

모든 게 끝내준다. 미소는 그런 의미였고 사실 그랬다. 지금 당장은. 하지만 로즈는 희열에도 불구하고 금고에 든 깡통들이 생각났다. 이제는 서른일곱 개가 아니라 서른여덟 개가 비었다. 막다른 골목에 한 걸음 더 다가간 것이었다.

5

다음 날 아침에 트루는 동이 트자마자 길을 나섰다. 꼬리에 꼬리를 문 열네 대의 RV로 대군단을 이루며 12번 국도를 타고 64번 주간 고속도로로 향했다. 고속도로를 탄 뒤에는 일행인 게 너무 티가 나지 않도록 뿔뿔이 흩어져 문제가 생길 경우에 대비해서 무전으로 연락을 주고받았다.

혹은 기회가 찾아올 경우에 대비해서.

하룻밤 푹 자고 상쾌하게 일어난 어니와 모린 살코비츠는 그 RV 족이야말로 그들이 지금까지 만난 손님들 중에서 거의 최고였다는 데 의견의 일치를 보았다. 현금으로 결제하고 아주 깔끔하게 뒷정리를 하고 떠났을 뿐 아니라 누군지 몰라도 고맙다는 쪽지와 함께 브레드 푸딩을 그들의 캠핑카 제일 윗계단에 두고 갔던 것이다. 살코비츠 부부는 선물로 받은 디저트를 아침에 먹으면서 운이 좋으면 내년에도 그들이 다시 찾아줄지 모른다는 대화를 나누었다.

"그거 알아?" 모린이 말했다. "보험 광고하는 그 여자(플로)가 당신한테 엄청난 액수의 보험을 팔아넘기는 꿈을 꾼 거 있지. 정말 황당하지 않아?"

어니는 툴툴거리며 휘핑크림을 브레드 푸딩 위에 좀 더 발랐다.

"당신도 꿈꾼 거 있어?"

"아니."

하지만 그는 대답하면서 시선을 피했다.

6

7월의 어느 무더운 날 아이오와에서 트루 낫의 운이 트였다. 늘 그렇듯 로즈가 대열의 선두에서 달리는데, 아데어 서쪽을 지날 때 그녀의 머릿속에 달린 레이더에서 윙 하는 소리가 났다. 머리가 터질 만한 수준은 아니었지만 제법 컸다. 그녀는 당장 무전기를 켜고 톰 크루즈 못지않게 동양적으로 생긴 중국놈 배리에게 연락했다.

"배리, 너도 느꼈어? 응답 바람."

"어." 배리는 말이 많은 성격이 아니었다.

"플릭 할아범이 오늘은 누구 차에 타고 있지?"

배리가 뭐라고 대답할 틈도 없이 무전기에서 두 번 딸깍이는 소리가 들리더니 앞치마 애니가 말했다.

"나랑 키다리 폴 차에 타고 있어. 그런데…… 좋은 느낌이었어?" 애니는 걱정스러워하는 목소리였고 로즈는 그녀의 심정을 이해할 수 있었다. 리처드 게일스워디가 아주 훌륭하기는 했지만 끼니와 끼니 사이 기간이 6주면 긴 셈이었고 그의 효력도 점점 떨어져 가고 있었다.

"애니, 노인네 정정해?"

그녀가 뭐라고 대답할 틈도 없이 쉿소리가 무전을 타고 들려왔다. "멀쩡하다네, 아주머니." 목소리를 들어보니 플릭 할아범은 가끔 자기 이름도 잊어버리는 사람치고 상태가 제법 괜찮은 듯했다. 퉁명스럽기는 했지만, 제정신이 아닌 것보다는 퉁명스러운 게 훨씬 나았다.

또다시 윙 소리가 들렸고 이번에는 좀 전보다 약했다. 굳이 강조하지 않아도 되는 부분을 강조하듯 플릭 할아범이 말했다.

"우리 지금 전혀 엉뚱한 방향으로 가고 있어."

로즈는 대답을 생략하고 무전기에 달린 마이크를 두 번 딸깍였다.

"크로? 응답하라, 꿀단지."

"듣고 있어."

늘 그렇듯 반응이 신속했다. 24시간 호출 대기 중이라고 할까.

"다음 휴게소에 차 세워. 나랑 배리랑 플릭만 빼고. 우리는 그다음

출구로 빠져나가서 되돌아올게."

"도우미 필요 없어?"

"좀 더 가까이 가봐야 알겠지만…… 필요 없을 것 같아."

"알았어." 그리고 나서 잠시 후 그가 덧붙였다. "젠장."

로즈는 무전기를 걸고 4차선 도로 양옆으로 끝없이 이어지는 옥수수 밭을 내다보았다. 크로는 당연히 실망할 수밖에 없었다. 모두들 그럴 것이었다. 엄청난 스팀헤드는 문제인 것이, 꼬드긴다고 넘어오는 법이 없었다. 때문에 완력을 동원하는 수밖에 없었다. 친구나 가족들이 간섭하는 경우도 부지기수였다. 가끔 최면에 넘어오기도 하지만 늘 그런 건 아니었다. 스팀이 엄청난 아이는 방울뱀 앤디가 아무리 갖은 노력을 기울여도 차단할 수 있었다. 때문에 가끔 사람을 죽여야 하는 때가 있었다. 좋은 일은 아니었지만 늘 그에 상응하는 대가가 따랐다. 그들의 생명과 기운을 철제 깡통에 담을 수 있었다. 만일의 경우에 대비해 비축할 수 있었다. 부가 혜택이 따르는 경우도 많았다. 스팀은 유전되는 거라 표적이 된 가족이 전부 다 조금씩이나마 스팀을 보유하고 있곤 했다.

7

트루 낫 대부분이 카운슬 블러프스에서 동쪽으로 65킬로미터 가면 나오는 쾌적하게 그늘진 휴게소에서 기다리는 동안 세 명의 추적자를 태운 RV가 아데어에서 고속도로를 빠져나가 북쪽으로 달렸다.

80번 주간 고속도로에서 변두리로 나온 뒤에는 뿔뿔이 흩어져서 그 일대를 큼지막한 정사각형으로 나눈 격자 모양의 잘 닦인 자갈길을 훑기 시작했다. 이쪽, 저쪽에서 레이더 소리에 따라 움직였다. 세 방향에서 접근했다.

레이더 소리는 점점 강해지고…… 강해지다…… 어느 순간부터 수평을 유지했다. 괜찮은 스팀이기는 하지만 훌륭하지는 않았다. 그래도 상관없었다. 찬 밥, 더운 밥 가릴 처지가 아니었으니까.

8

브래들리 트레버는 늘 하던 농장 일을 하루 쉬고 동네 리틀 리그 올스타 팀과 연습을 했다. 그가 아버지에게 허락을 받지 못했더라면 코치가 다른 아이들을 상대로 린치 파티를 벌였을 것이다. 팀에서 가장 잘 치는 타자가 그이기 때문이었다. 언뜻 보면 안 믿기지만(쇠꼬챙이처럼 비쩍 마른데다 열한 살밖에 안 됐기에) 그는 그 지구에서 가장 잘 던지는 투수가 나와도 1루타와 2루타를 뽑아 냈다. 시골 아이라 힘이 센 것도 있었지만 그게 전부는 아니었다. 브래드는 다음에 어떤 공이 날아올지 아는 듯했다. 사인을 훔쳐보는 건 아니었다(그 지구의 다른 코치들은 그런 것일지 모른다며 험악한 분위기를 조성했지만.). 그냥 알았다. 새로운 가축을 기르기에 가장 좋은 곳은 어디이고, 사라진 소는 어디로 갔으며, 엄마가 약혼반지를 잃어버렸을 때 어디에 있는지 알아맞혔던 것처럼. *서버번 깔개 밑을 찾아보세요.* 그는 이렇게 말했고 정말 반지가 거기 있었다.

그날따라 연습이 아주 잘 끝났지만, 나중에 되짚어 보는 시간에 브래드는 딴 데 정신이 팔린 듯한 분위기를 풍겼고 얼음이 가득 든 통에 담긴 탄산음료도 안 마시겠다고 했다. 얼른 집에 가서 엄마와 함께 빨래를 걷는 게 좋겠다고 했다.

"비가 올 것 같아서?" 마이카 존슨 코치가 물었다.

그들은 그런 부분에 관한 한 그의 말을 믿게 되었다.

"모르겠는데요." 브래드는 힘없이 대답했다.

"괜찮니? 얼굴이 좀 창백한데."

사실 브래드는 괜찮지 않았다. 그날 아침에 일어났을 때 머리가 아프고 조금 열이 났다. 하지만 그것 때문에 집에 가고 싶은 건 아니었다. 야구장을 벗어나고 싶은 심정이 간절했기 때문이었다. 그의 생각이…… 그의 것이 아닌 것처럼 느껴졌다. 그가 지금 여기 있는 게 맞는지 아니면 꿈을 꾸고 있는 건지 알 수가 없었다. 이 얼마나 말도 안 되는 소리인가. 그는 팔뚝에 생긴 빨간 반점을 멍하니 긁었다.

"내일도 같은 시간이죠?"

존슨 코치가 그럴 계획이라고 하자 브래드는 한손에 꼈던 장갑을 벗으며 걸음을 옮겼다. 보통은 달려가는데(모두 그랬다.) 오늘은 그럴 기분이 아니었다. 계속 머리가 아팠고 이제는 다리까지 쑤셨다. 그는 1.6킬로미터 멀리 있는 농장까지 지름길로 가려고 외야석 뒤편의 옥수수 밭 속으로 들어갔다. 그가 머리에 묻은 옥수수수염을 느릿느릿 쓸어내리며 D 도로로 나와 보니 중형차 원더킹이 자갈길에서 공회전을 하고 있었다. 중국놈 배리가 웃으며 그 옆에 서 있었다.

"여기 있었구나." 배리가 말했다.

"누구세요?"

"친구. 타라. 집까지 데려다 줄게."

"좋아요." 브래드가 말했다. 몸이 그래서 차를 타고 가면 좋을 것 같았다. 그는 팔뚝에 생긴 빨간 반점을 긁었다. "아저씨는 배리 스미스죠? 내 친구죠? 내가 이 차를 타면 집까지 데려다줄 거죠?"

그는 RV 안으로 들어갔다. 문이 닫혔다. 원더킹은 출발했다.

다음 날, 그 마을의 모든 주민들이 아데어 올스타 팀의 중견수 겸 4번 타자를 찾으러 나섰다. 주 경찰 대변인은 주민들에게 낯선 승용차나 밴이 보이면 알려달라고 했다. 신고가 빗발쳤지만 모두 허사였다. 게다가 추적자들을 태운 세 대의 RV가 밴보다 훨씬 컸지만(모자 쓴 로즈의 RV는 정말 컸다.) 신고한 사람이 아무도 없었다. 그들은 함께 여행하는 RV족에 불과했다. 브래드는 그냥…… 사라진 것이었다.

다른 수많은 비운의 아이들처럼 누군가가 그를, 어쩌면 한입에 꿀꺽 삼킨 것이었다.

9

그들은 가장 가까운 농가에서도 몇 킬로미터 가야 나오는 에탄올 처리공장으로 아이를 데리고 갔다. 크로가 로즈의 어스크루저에서 아이를 안고 나와서 조심스럽게 땅바닥에 내려놓았다. 브래드는 강력 접착테이프에 묶인 채 흐느껴 울었다. 트루 낫이 (파놓은 무덤 주변에 모인 조문객처럼) 주변으로 몰려들자 그가 말했다.

"제발 집으로 보내 주세요. 절대 아무한테도 말 안 할게요."

로즈는 한쪽 무릎을 꿇고 그의 옆에 앉으며 한숨을 쉬었다.

"나도 그럴 수 있으면 보내주고 싶은데 그럴 수가 없어."

그의 시선이 배리를 발견했다.

"아저씨 착한 사람이라고 했잖아요! 내가 들었어요! 그렇게 말했
잖아요!"

"미안하다, 아가." 배리는 미안한 표정이 아니었다. 배고픈 표정이
었다. "개인적으로 무슨 감정이 있어서 이러는 건 아니야."

브래드는 다시 로즈에게로 시선을 돌렸다.

"나 괴롭힐 거예요? 제발 그러지 마세요."

그들은 물론 그를 괴롭힐 작정이었다. 유감스러운 일이었지만 고
통을 가해야 스팀이 깨끗해졌고 트루도 먹어야 살 수 있었다. 물이
끓는 냄비에 넣으면 바닷가재도 고통을 느낄 텐데, 그렇다고 얼뜨기
들이 그걸 안 먹는 건 아니지 않는가. 음식은 음식이고 생존은 생존
이었다.

로즈가 뒷짐을 졌다. 그러자 욕심꾸러기 G가 그녀의 한쪽 손에 칼
을 쥐여 주었다. 짧지만 아주 날카로운 칼이었다. 로즈는 웃는 얼굴
로 아이를 내려다보며 말했다.

"최대한 안 아프게 할게."

아이는 한참 동안 버텼다. 성대가 찢어져서 거친 울부짖음으로 변
할 때까지 비명을 질렀다. 어느 시점에 이르렀을 때 로즈가 하던 일
을 멈추고 주위를 둘러보았다. 길고 튼튼한 그녀의 손이 새빨간 핏

빛 장갑을 끼고 있었다.

"무슨 일 있어?" 크로가 물었다.

"나중에 얘기해."

로즈는 대답하고 다시 하던 일을 계속했다. 열 몇 개의 손전등 불빛 덕분에 에탄올 공장 뒤편 공터가 임시 수술실로 변했다.

브래드 프레버가 속삭였다. "제발 그냥 죽여 주세요."

모자 쓴 로즈는 걱정 말라는 듯이 미소를 지었다. "곧 끝나."

하지만 그렇지가 않았다.

거친 울부짖음이 다시 시작됐고 그것이 결국 스팀으로 변했다.

동이 틀 무렵 그들은 아이의 시신을 땅에 묻었다. 그러고는 길을 나섰다.

6장
희한한 라디오

1

최소 3년 동안 잠잠했었지만 절대 잊혀지지 않는 일들도 있기 마련이다. 예컨대 아이가 한밤중에 비명을 지르거나 하는 그런 일. 데이비드가 보스턴에서 이틀 동안 열리는 학회에 참석 중이라 루시 혼자 집을 지키고 있었는데, 만약 그가 집에 있었다면 그녀보다 먼저 아브라의 방으로 달려갔을 것이다. 그도 잊지 않았으니까.

그들의 딸은 새하얗게 질린 얼굴과 자는 동안 온 사방으로 뻗친 산발을 하고 휘둥그레 뜬 눈으로 멍하니 허공을 응시하며 침대에 앉아 있었다. 끄집어 낸 침대 시트(그녀는 날이 따뜻하면 시트만 깔고 잤다.)가 돌돌 말려서 괴상망측한 고치처럼 아이의 주변을 감싸고 있었다.

루시는 옆에 앉아서 아브라의 어깨를 한쪽 팔로 감쌌다. 꼭 돌을 안는 듯한 느낌이었다. 아이가 그 기나긴 터널을 빠져나오기 전까지 그 느낌이 최악이었다. 잠을 자다 딸아이의 비명 소리를 듣고 벌떡 일어나는 것도 무서웠지만, 아이가 아무 반응이 없는 것이 그보다 더 무서웠다. 다섯 살부터 일곱 살까지 이런 식의 야경증이 상당히 빈번했고, 루시는 스트레스 때문에 조만간 아이의 정신 상태가 망가지지 않을지 그게 늘 걱정이었다. 계속 숨은 쉴 테지만, 두 눈은 아이한테만 보이고 그들에게는 안 보이는 뭔지 모를 세상에서 절대 놓여나지 못하는 게 아닐까.

그럴 일은 없어. 데이비드가 장담했고 존 돌턴도 거기에 힘을 실었다. 아이들은 회복력이 뛰어나잖아요. 지속적인 후유증(퇴행, 고립, 강박 증상, 야뇨증)이 없으면 괜찮을 거예요.

하지만 아이가 자다가 비명을 지르면서 깨는 증상은 괜찮지가 않았다. 그리고 난 뒤에 가끔 일층에서 격렬한 피아노 연주가 들리는 것도, 복도 끝에 달린 화장실의 수도꼭지가 저절로 틀어지는 것도, 그녀나 데이비드가 스위치를 누르면 아브라의 침대 위에 달린 전등이 꺼지는 것도 괜찮지가 않았다.

아이에게 상상 속의 친구가 생기면서 악몽과 악몽 간의 간격이 점점 길어졌다. 그러다 결국에는 끊겼다. 오늘 밤까지는. 정확히 말하면 이제 밤도 아니었다. 루시는 동쪽 지평선을 희미하게 밝히는 아침 첫 햇살을 보며 하늘에 감사했다.

"아비? 엄마야. 뭐라고 말 좀 해봐."

그래도 5~10초 동안 아무 대꾸가 없었다. 그러다 루시의 품에 안겨 있던 석상의 몸에서 마침내 긴장이 풀리더니 다시 어린 여자아이로 돌아갔다. 아브라가 몸서리를 치며 긴 숨을 내뱉었다.

"나쁜 꿈을 꿨어요. 예전처럼."

"엄마도 그런가 보다 했어."

아브라는 기억하는 게 거의 없어 보였다. 어떨 때는 사람들이 서로 고함을 지르거나 주먹으로 때린다고 했다. *어떤 남자가 어떤 여자를 쫓아가느라 테이블을 쳐서 쓰러뜨렸어요.* 이런 식이었다. 또 어떨 때는 꿈속에서 눈이 한쪽밖에 안 남은 누더기 앤 인형이 고속도로에 누워 있었다. 한번은 아브라가 네 살밖에 안 됐을 때 프레이저의 명물인 헬렌 리빙턴에 타고 있는 유령들을 보았다고 말한 적도 있었다. 헬렌 리빙턴은 티니타운에서 클라우드 갭까지 갔다가 다시 돌아오는 순환 열차였다. *달빛 때문에 그 사람들이 보였어요.* 그때 아브라는 엄마, 아빠에게 그렇게 말했다. 루시와 데이비드는 양쪽에서 아이를 감싸 안고 있었다. 루시는 땀으로 흠뻑 젖어서 축축했던 아브라의 잠옷 윗도리 느낌을 아직도 기억했다. *그 사람들이 유령인지 어떻게 알았냐면 얼굴이 시든 사과 같았고 달빛이 그대로 통과했거든요.*

그날 오후가 되자 아브라는 친구들과 다시 뛰고 어울리며 웃었지만 루시는 들은 이미지를 절대 잊을 수가 없었다. 달빛이 통과하는 사과 같은 얼굴로 그 조그만 기차를 타고 숲을 통과하는 죽은 사람들. 그녀는 콘체타에게 '단둘이 데이트하는 시간'에 아브라를 그 기차에 태운 적이 있느냐고 물었다. 콘체타는 없다고 했다. 티니타운에는 간 적 있지만 그날 기차가 수리 중이라 대신 회전목마를 탔다고 했다.

이제 아브라가 엄마를 올려다보며 물었다.

"아빠 언제 오세요?"

"내일모레. 점심 먹을 때 맞춰서 오신댔어."

"그럼 늦는데." 아브라가 말했다.

아이의 눈에서 떨어진 눈물 한 줄기가 뺨을 타고 흘러 잠옷 윗도리 속으로 들어갔다.

"늦다니 뭐가? 뭐가 생각나니, 아바?"

"사람들이 어떤 남자아이를 해치고 있었어요."

루시는 더 이상 캐묻고 싶지 않았지만 그래야 할 것 같았다. 아브라가 예전에 꾸었던 꿈과 실제 벌어진 사건들 간의 상관관계가 워낙 컸다. 노스콘웨이 《선》지에서 '오시피에서 차량 충돌로 세 명 사망'이라는 제목의 기사와 눈이 한쪽밖에 안 남은 누더기 앤 인형의 사진을 발견한 사람은 데이비드였다. 아브라가 *사람들이 서로 고함을 지르고 때리는* 꿈을 두 번 꾸고 며칠이 지났을 때 경찰 사건 기록부를 뒤져서 가정 폭력으로 체포된 사건을 찾아낸 사람은 루시였다. 심지어 존 돌턴마저 아이가 '머릿속에 달린 희한한 라디오'를 통해 뉴스를 듣는 것일지 모른다고 했다.

그래서 그녀는 물었다.

"어떤 아이? 이 근처에 살아? 네가 아는 아이야?"

아브라는 고개를 저었다.

"먼 데 사는데. 기억이 안 나요." 그러더니 표정이 밝아졌다. 기억 상실에서 벗어나는 속도가 어찌나 빠른지 루시로서는 기억 상실 자체만큼이나 섬뜩하게 느껴졌다. "하지만 토니한테 말한 것 같아요. 토니가 자기 아빠한테 알릴지 몰라요."

토니, 그녀의 상상 속의 친구. 몇 년 만에 처음으로 튀어나온 이름이었고 루시는 이것이 퇴행이 아니길 바랄 따름이었다. 열 살이면 상상 속의 친구를 운운하기에 조금 많은 나이였다.

"토니의 아빠가 막아 줄 수 있을지 몰라요." 그러더니 아브라의 얼굴에 먹구름이 꼈다. "그래도 너무 늦은 것 같아요."

"토니가 오랜만에 찾아왔네?"

루시는 일어나서 삐져나온 시트를 정리했다. 시트가 자기 얼굴 앞으로 부풀어 오르자 아브라가 키득거렸다. 루시의 귀에는 세상에서 가장 듣기 좋은 소리였다. *정상적인 소리였으니까.* 이 와중에도 방안이 점점 밝아지고 있었다. 조만간 새소리가 들릴 터였다.

"엄마, 간지러워요!"

"엄마들은 원래 간지럼 태우는 거 좋아해. 그게 엄마들의 매력이야. 그래, 토니는 뭐래?"

"내가 필요하다 그러면 언제든지 와주겠대요." 아브라는 대답하고 다시 시트 밑으로 들어갔다. 아이가 자기 옆자리를 손으로 두드리자 루시도 베개를 베고 옆에 누웠다. "나쁜 꿈이라서 토니가 필요했어요. 그래서 와주었던 것 같은데 기억이 안 나요. 토니 아빠는 핫 스파이스에서 일해요."

처음 듣는 정보였다.

"칠리 공장 비슷한 거니?"

"아니에요, 엄마도 참. 살날이 얼마 안 남은 사람들이 지내는 시설 말이에요."

아브라는 응석을 받아주는 선생님처럼 설명했지만 루시는 등줄기를 타고 소름이 돋았다.

"토니가 그러는데 사람들이 너무 아파서 나을 가망이 없을 때 핫 스파이스에 가면 마음이 편안해질 수 있게 자기 아빠가 도와준대요. 토니의 아빠는 저랑 이름이 비슷한 고양이를 키운대요. 제 이름은 아브라이고 그 고양이 이름은 아지예요. *희한하지만 재미있지 않아요?*"

"그래. 희한하지만 재미있다."

존과 데이비드 같았으면 이름이 비슷한 걸로 보았을 때 고양이 이야기가 아주 똑똑한 열 살짜리가 지어낸 것이라고 했을 것이다. 그런데 두 사람은 자기들이 펼치는 주장을 반쯤 믿을지 몰라도 루시는 거의 믿지 않았다. 비록 잘못 발음하기는 했지만 호스피스가 어떤 곳인지 아는 열 살짜리가 몇 명이나 되겠는가.

"꿈 속에 등장한 남자아이 얘기해 봐." 이제 아브라가 진정됐으니 이런 대화를 나누어도 안전할 듯했다. "누가 그 아이를 해치고 있었는지 얘기해 봐, 아바-두."

"기억 안 나요. 그 아이는 바니가 친구인 줄 알았다는 거 말고는. 바니가 아니라 배리였나? 엄마, 호피 안고 자도 돼요?"

그녀의 방, 제일 높은 선반에서 유배 생활을 하고 있는 귀가 늘어진 토끼인형 말이었다. 아브라는 최소 2년 동안 그 인형을 데리고 잔 적이 없었다. 루시는 홉스터를 꺼내서 딸아이의 품에 안겨 주었다. 아브라는 분홍색 잠옷 윗도리에 대고 인형을 꼭 끌어안더니 그와 거의 동시에 잠이 들었다. 운이 좋으면 앞으로 한 시간, 어쩌면 두 시간 동안 까무룩 잘 수 있을 것이다. 루시는 옆에 앉아서 아이를 내려다보았다.

존이 장담했던 것처럼 몇 년만 지나면 영원히 그치게 해 주세요. 오늘, 바로 지금 그치면 더 좋고요. 제발이지 이제 그만하고 싶어요. 새아버지 손에 죽었거나 본드나 뭐 그런 것에 취한 깡패들에게 맞은 아이가 있는지 신문을 뒤지는 건 이제 그만하고 싶어요. 이제 그만 멈추어 주세요.

"하느님." 그녀는 아주 나지막이 중얼거렸다. "정말로 존재하신다면 제 부탁 하나만 들어주실래요? 저희 딸아이 머릿속에 들어 있는 라디오 좀 망가뜨려 주실래요?"

2

트루가 다시 80번 주간 고속도로를 타고, 여름을 보내게 될 콜로라도의 고지대 마을을 향해 서쪽으로 출발했을 무렵에는 로즈의 어스크루저 조수석에 크로 대디가 타고 있었다. 크로의 어피니티 컨트리 코치는 당분간 트루 최고의 회계사, 지미 넘버스가 운전하기로 했다. 아웃로 컨트리(아웃로 컨트리 음악 위주로 선곡하는 라디오 채널—옮긴이)에 맞추어진 로즈의 위성라디오에서 행크 주니어의 「위스키 벤트 앤드 헬 바운드」가 흘러나왔다. 명곡이라 크로는 끝까지 들은 뒤에 '끄기' 버튼을 눌렀다.

"나중에 얘기하자고 했지. 지금이 나중이야. 아까 거기서 무슨 일이 있었는데?"

"구경꾼이 있었어." 로즈가 말했다.

"그래?" 크로는 눈썹을 치켜세웠다. 그도 남들만큼 트레버의 스팀을 마셨지만 전보다 젊어지지 않았다. 그는 양분을 섭취한 뒤에도 젊어지는 경우가 거의 없었다. 그런가 하면 끼니 사이 간격이 아주 길어지지 않는 한 나이를 먹지도 않았다. 로즈가 보기에는 훌륭한 균형 감각이었다. 그의 유전자는 뭔가가 달라서 그런 것일 수도 있었다. 그들에게 유전자가 남아 있을지 모르겠지만. 월넛 말로는 남아 있을 가능성이 농후하다고 했다. "스팀헤드 말이지."

그녀는 고개를 끄덕였다. 흘러가는 적운이 점점이 떠 있는 빛바랜 청바지 색 하늘 밑으로 80번 주간 고속도로가 펼쳐졌다.

"스팀이 컸어?"

"응. 엄청났어."

"거리가 얼마나 되는데?"

"동부 같던데."

"그러니까 거의 2400킬로미터 멀리서 누군가가 우리를 봤다는 거야?"

"그보다 더 먼 곳일 수도 있어. 아주, 아주 먼 캐나다일 수도 있고."

"남자 아니면 여자?"

"여자아이 같았는데 언뜻 스치고 지나간 거라. 길어야 3초? 그런데 그게 중요해?"

그렇지는 않았다.

"보일러에 그 정도 스팀이 들어 있는 아이면 깡통을 몇 개나 채울 수 있어?"

"글쎄. 최소 세 개?" 이번에는 로즈가 낮춰 말했다.

그녀가 짐작하기로 누군지 모를 그 구경꾼 정도면 깡통을 열 개, 어쩌면 열두 개까지 채울 수 있었다. 존재감이 짧지만 강력했다. 구경꾼이 그들이 하는 짓을 보고 어찌나 심하게 진저리를 치던지 로즈의 손이 얼어붙고 잠시 그녀마저 혐오감을 느꼈을 정도였다. 물론 그것은 그녀의 감정이 아니라(혐오스럽기로 따지면 얼뜨기의 내장을 손질하는 것이나 사슴의 내장을 손질하는 것이나 아무 차이가 없었기에) 정신적인 전이였다.

"차를 돌려야 하지 않을까?" 크로가 말했다. "상태가 훌륭할 때 그 아이를 잡으려면."

"아냐. 내 느낌에 이 아이는 점점 강해질 것 같아. 조금 더 숙성시키는 게 좋겠어."

"뭘 알고서 하는 소리야 아니면 그냥 직감이야?"

로즈는 허공에 대고 손을 저었다.

"아이가 뺑소니차에 치일 수도 있고 어린애를 밝히는 변태한테 납치될 수도 있는데, 그런 위험을 감수할 만큼 강력한 직감이야?" 크로는 빈정거리는 기미 없이 이렇게 물었다. "아니면 백혈병이나 다른 암에 걸릴 수도 있잖아. 얼뜨기들은 그런 병에 잘 걸리는 거 당신도 알잖아."

"지미 넘버스한테 물으면 보험 통계상 우리가 유리하다고 할 거야." 로즈는 웃으며 애정 어린 손길로 그의 허벅지를 토닥였다. "당신은 걱정이 너무 많아. 계획대로 사이드와인더에 갔다가 2~3개월 뒤에 플로리다로 내려가자. 배리도 그렇고 플릭 할아범도 그렇고, 올해는 허리케인 때문에 난리일 것 같대."

크로는 얼굴을 찡그렸다.

"쓰레기통 뒤지자는 거잖아."

"그럴지도 모르지만 쓰레기통 속에 제법 맛있는 건더기가 들어 있기도 하잖아. 영양가도 있고. 조플린을 강타한 그 토네이도 놓친 거 생각하면 아직도 분해. 물론 그렇게 갑작스러운 폭풍은 전조가 별로 없긴 하지만."

"이 아이 말이야. 우리를 *봤다*고 했지?"

"응."

"우리가 하는 짓도."

"무슨 말을 하고 싶은 건데?"

"그 아이가 우리 정체를 알아낼 수도 있을까?"

"자기야, 그 아이가 열한 살이 넘었으면 내 손에 장을 지진다." 로즈는 강조하는 뜻에서 자기 손을 두드렸다. "엄마, 아빠도 자기 딸이 어떤 아이인지, 어떤 능력을 가지고 있는지 아마 모를 거야. 안다 하더라도 심각하게 고민할 필요가 없도록 죽어라고 아무것도 아닌 척하고 있을 테고."

"아니면 정신과를 찾아가서 약을 처방받겠지." 크로가 말했다. "그러면 기가 눌려서 나중에 찾기가 더 힘들어질 테고."

로즈는 미소를 지었다.

"내 예감이 맞다면, 맞을 거라고 확신하는데, 이 아이한테 팩실(항

우울제 ─ 옮긴이)을 먹여 봐야 서치라이트에 랩을 씌우는 것과 비슷할걸? 때가 되면 찾을 수 있을 거야. 걱정 마."

"당신이 그렇다면야. 대장은 당신이니까."

"그렇지, 자기야." 이번에는 그의 허벅지를 토닥이는 대신 그의 고환을 꽉 쥐었다. "오늘 밤은 오마하던가?"

"라퀸타 인(Inn)이야. 1층 제일 구석을 통째로 예약했어."

"잘했어. 롤러코스터처럼 당신 위에 올라탈 작정이거든."

"누가 누굴 타게 될지는 두고 봐야 알지." 크로가 말했다.

그는 트레버 덕분에 엉덩이가 들썩였다. 로즈도 마찬가지였다. 그들 모두 마찬가지였다. 그가 다시 라디오를 켰다. 크로스 캐나디안 래그위드가 마리화나를 잘못 만 오클라호마 녀석들에 대해 노래했다.

트루는 서쪽으로 달렸다.

3

알코올 중독자 협회의 후견인들 중에는 수월한 부류도 있고 까다로운 부류도 있고, 케이시 킹슬리처럼 피후견인의 어떤 변명도 절대 용납하지 않는 부류도 있었다. 처음 그런 관계를 맺었을 때 케이시는 댄에게 90일 동안 모임에 90번 참석하고, 매일 아침 7시에 전화를 하도록 했다. 댄은 90일 연속으로 모임에 참석했을 때 아침 전화를 생략할 수 있게 됐다. 그 다음부터는 둘이 선스폿 카페에서 일주일에 세 번씩 커피를 마셨다.

댄이 2011년 7월의 어느 오후에 카페로 들어섰을 때 케이시는 칸막이 자리에 앉아 있었는데, 케이시가 아직 은퇴는 하지 않았지만 댄의 눈에는 오랜 알코올 중독자 협회의 후견인(겸 뉴햄프셔에서 처음으로 모신 직장 상사)이 매우 늙어 보였다. 남은 머리칼이 거의 없었고 누가 봐도 다리를 절뚝이며 걸었다. 고관절 치환수술을 받아야 하는데 계속 미루고 있었다.

댄은 인사하고 자리에 앉아 손깍지를 끼고, 케이시가 교리 문답이라고 부르는 절차가 시작되길 기다렸다.

"오늘 술 안 마셨나?"

"네."

"무슨 수로 그렇게 기적적으로 참을 수 있었지?"

그는 죽 읊었다.

"알코올 중독자 협회의 프로그램과 제가 아는 하느님 덕분에요. 후견인께서도 작은 역할을 하셨고요."

"칭찬 고맙지만 내 앞에서 알랑방귀 뀌지 마. 나도 뀌지 않을 테니까."

패티 노이스가 커피주전자를 들고 오더니 달라고 하지도 않았는데 그에게 커피를 따라 주었다.

"안녕, 꽃미남?"

댄은 그녀를 향해 씩 웃어 보였다.

"안녕하세요."

그녀는 그의 머리카락을 헝클어뜨리고는 엉덩이를 조금 과하다 싶게 흔들며 다시 카운터 쪽으로 걸어갔다. 두 남자의 시선이 부드럽게 살랑거리는 그녀의 엉덩이를 따라 본능적으로 움직인 것도 잠시, 케이시가 다시 댄 쪽으로 시선을 돌렸다.

"내가 아는 하느님 어쩌고 하는 건 진전이 있나?"

"별로요." 댄이 대답했다. "평생의 과업이 될 수도 있겠다는 생각이 듭니다."

"그래도 아침마다 술을 멀리할 수 있도록 도와 달라고 기도하고 있지?"

"네."

"무릎을 꿇고?"

"네."

"밤에 감사 기도도 드리고?"

"네, 그것도 무릎을 꿇고서요."

"왜?"

"술 때문에 그 지경이 됐다는 걸 기억해야 하니까요." 댄이 말했다. 명백한 진실이었다.

케이시는 고개를 끄덕였다.

"그게 맨 처음 3단계지. 짧게 줄여서 읊어 봐."

"나는 할 수 없다, 하느님은 할 수 있다, 하느님께 맡기자." 그는 말하고 나서 이렇게 덧붙였다. "내가 아는 하느님께."

"그런데 아직은 모르는 하느님께."

"맞아요."

"이제 자네가 왜 술을 마셨는지 얘기해 봐."

"술꾼이니까 마셨죠."

"엄마의 사랑을 받지 못해서가 아니라?"

"네."

그의 어머니 웬디도 부족한 부분들이 있었지만 그에 대한 사랑은 (그리고 그녀에 대한 그의 사랑은) 한 번도 줄어든 적이 없었다.

"그럼 아빠의 사랑을 받지 못해서 그랬나?"

"아뇨." 아버지가 한 번 내 팔을 부러뜨렸고 막판에는 나를 거의 죽일 뻔하긴 했지만.

"그럼 대물림된 건가?"

"아뇨." 댄은 커피를 한 모금 마셨다. "하지만 대물림된 거기는 해요. 과장님도 아시다시피."

"알다마다. 그리고 나는 그게 아무 상관없다는 것도 알지. 우리가 술을 마셨던 이유는 술꾼이기 때문이야. 우리는 절대 괜찮아질 수 없어. 날마다 정신 상태에 따라 형 집행이 연기되는 것일 뿐이지. 그게 *핵심*이야."

"맞습니다, 과장님. 이 부분은 이제 끝난 건가요?"

"거의 다. 오늘 술 마시고 싶다는 생각을 한 적 있나?"

"아뇨. 과장님은요?"

"없어." 케이시는 씩 웃었다. 그러자 온 얼굴이 환해지면서 다시 젊어졌다. "기적 같은 일이지. 대니, 자네가 보기에도 기적 같은 일 아닌가?"

"네, 맞습니다."

패티가 바닐라 푸딩이 담긴 큼지막한 접시(위에 체리가 한 개가 아니라 두 개가 얹혀 있었다.)를 들고 다시 와서 댄 앞에 내밀었다.

"먹어. 서비스야. 자기, 너무 말랐어."

"내 건 없나?" 케이시가 물었다.

패티는 코를 벌름거렸다.

"당신은 덩치가 산만 하잖아. 원하면 소나무 뗏목은 갖다 줄 수 있어. 그러니까 이쑤시개를 꽂은 냉수 한 잔 말이야."

그녀는 마지막 결정타를 날리고 으스대며 사라졌다.

"둘이 아직도 그렇고 그런 사인가?"

댄이 푸딩을 먹기 시작했을 때 케이시가 물었다.

"멋지시네요." 댄이 말했다. "아주 섬세하고 신식이세요."

"고마워. 둘이 아직도 그렇고 그런 사이냐고."

"한 네 달 정도 만났었고 그마저도 3년 전 일이에요. 패티는 그래프턴 출신의 아주 괜찮은 남자랑 결혼을 약속한 사이고요."

"그래프턴이라고?" 케이시는 무시하는 투로 말했다. "경치는 제법 괜찮지만 뭣 같은 마을이지. 자네가 여기 있으면 패티가 누구랑 결혼을 약속한 사이처럼 굴지 않는데?"

"과장님⋯⋯"

"아니, 오해하지 마. 피후견인더러 잘 만나고 있는 커플 틈새로 발을(아니면 거시기를) 디밀어 보라고 부추길 생각은 절대 없어. 그야말로 술을 부르기에 완벽한 조건이니까. 아무튼⋯⋯ *만나는 사람 있느냐 말이지.*"

"과장님이 신경 쓰실 일이 아닌 것 같은데요."

"어쩌다 보니 내가 신경 써야 할 일이 되었네만."

"아직은 없어요. 리빙턴 하우스에서 일하는 간호사가 있긴 한데…… 예전에 말씀드렸던……"

"새러 뭐시기였지."

"올슨이오. 살림을 합칠까 살짝 의논하던 차에 그쪽에서 매스 종합병원에 아주 괜찮은 일자리가 생겼어요. 가끔 이메일은 주고받습니다."

"처음 1년 동안은 연애 금지, 그게 경험자의 지침이야." 케이시가 말했다. "회복 중인 알코올 중독자들 중에서 그걸 진지하게 받아들이는 인간이 거의 없는데 자네는 그랬단 말이지. 하지만 대니…… 이젠 *누군가*를 꾸준히 만날 때가 됐어."

"맙소사, 후견인이 닥터 필(미국의 유명한 심리학자 — 옮긴이)로 변신하다니." 댄이 말했다.

"사는 게 나아졌나? 충혈된 눈으로 궁둥이를 질질 끌면서 버스에서 내리자마자 나를 찾아왔던 그때에 비해 나아졌나?"

"아시잖아요. 상상도 하지 못했던 수준으로 나아졌다는 거."

"그럼 그걸 누군가와 함께 나눌 생각을 해봐. 내 말은……"

"마음속에 새겨 둘게요. 이제 다른 얘기해도 될까요? 레드 삭스 얘기 어때요?"

"후견인으로서 자네한테 먼저 물어야 할 게 있네. 이 이야기가 끝나면 같이 커피를 마시면서 다시 친구 사이로 돌아갈 수 있어."

"아, 네……" 댄은 경계하는 눈빛으로 그를 쳐다보았다.

"자네가 호스피스에서 어떤 일을 하는지, 지금까지 한 번도 얘기한 적이 없잖아. 자네가 어떤 식으로 사람들을 돕는지 말이야."

"그렇죠." 댄이 말했다. "저는 지금 이대로가 좋습니다. 모임이 끝날 때마다 뭐라고 하는지 아시잖아요. '여기서 본 것, 여기서 들은 것은 떠날 때 여기 두고 가라.'고요. 제 인생의 다른 부분은 그러고 싶습니다."

"인생에서 술의 영향을 받는 부분이 몇 개나 될까?"

댄은 한숨을 쉬었다.

"아시잖아요. 모든 부분이 영향을 받죠."

"그렇다면?" 댄이 아무 말도 하지 않자 그가 다시 입을 열었다. "리빙턴 직원들은 자네를 '닥터 슬립'이라고 부른다며? 소문이 돌고 있어, 대니."

댄은 침묵을 지켰다. 푸딩이 조금 남았고 다 먹지 않으면 패티가 잔소리를 할 테지만 입맛이 뚝 떨어졌다. 그는 언젠가 이런 대화를 하게 될 줄 알았고, 10년 동안 술을 참으면 (그리고 피후견인이 한두 명더 늘면) 케이시가 그가 그어 놓은 선을 존중하리라는 것도 알았지만, 그래도 이런 대화가 싫었다.

"자네, 사람들이 죽는 걸 도와준다며? 얼굴을 베개나 다른 걸로 누르거나 그렇다는 게 아니라, 그럴 거라고 생각하는 사람은 아무도 없는데, 뭐랄까…… 잘 모르겠군. 실상을 아는 사람이 *아무*도 없는 것 같던데."

"곁에 앉아 있는 게 전부입니다. 몇 마디 말도 걸고요. 입소자들이 그래 주길 바라면요."

"자네, 단계들을 실천에 옮기고 있지?"

이게 새로운 대화 수법인 줄 알았더라면 쌍수 들고 환영했겠지만 댄은 그게 아니라는 걸 알고 있었다.

"그러고 있다는 거 아시잖습니까. 과장님이 제 후견인이잖아요."

"그래, 아침에는 도움을 청하는 기도를 드리고 밤에는 감사 기도를 드리고. 무릎을 꿇고 앉아서. 그게 맨 처음 3단계지. 4단계는 도덕적 재고 조사 어쩌고 하는 헛소리고. 5단계는 뭔가?"

알코올 중독을 극복하는 단계는 모두 합해서 열두 개였다. 댄은 모임에 참석할 때마다 12단계 낭독부터 듣고 시작했기에 전부 다 외우고 있었다.

"하느님과 우리 자신과 타인에게 우리가 정확히 어떤 잘못을 저질렀는지 고백하라."

"그렇지." 케이시는 커피 잔을 들어 한 모금 마신 다음 찻잔 테두리 너머로 댄을 바라보았다. "그건 실천하고 있나?"

"대부분요." 댄은 도망치고 싶은 생각이 들었다. 그 자리만 아니면 거의 어디든 좋았다. 뿐만 아니라 (오랜만에 처음으로) 술이 당겼다.

"내가 한번 알아맞혀 볼까? 자네가 저지른 잘못을 *자네 자신*한테는 전부 다 고백하고 있고, 하느님한테는 자네가 저지른 잘못을 전부 다 알지는 못하겠노라고 고백하고 있고, 타인(그러니까 내가 되겠지.)에게는 자네가 저지른 잘못을 *대부분* 고백하고 있다는 거로군. 딩동댕인가?"

댄은 아무 말도 하지 않았다.

"내 생각은 이래." 케이시가 말했다. "내 생각이 틀렸다 싶으면 언제든지 반박해도 좋아. 8단계와 9단계는 우리가 일주일에 7일, 24시간 동안 진탕 술에 절어 지냈을 때 만든 난장판을 치우는 것에 대한 내용이지. 내가 보기에 자네가 호스피스에서 하는 일 가운데 일부분이, 중요한 일부분이 이런 식의 교정 작업이야. 그런데 내가 보기에는 자네가 말하기 쪽팔려서 꼭꼭 감추려는 잘못이 하나 있는 것 같단 말이지. 만약 내 생각이 맞다면 자네만 그런 게 아니야. 내 말 믿어도 좋아."

댄은 생각했다. *엄마.*

댄은 생각했다. *아탕.*

빨간색 지갑과 애처로운 식료품 쿠폰다발이 보였다. 돈도 몇 푼 보였다. 70달러, 4일 동안 술을 마실 수 있는 금액이었다. 세심하게 분배하고 먹는 음식의 양을 최소한으로 줄이면 5일이 될 수도 있었다. 처음에는 그의 손에 쥐어져 있던 돈이 주머니 속으로 들어가는 게 보였다. 브레이브스 티셔츠를 입고 축 늘어진 기저귀를 찬 아이가 보였다.

그는 생각했다. *아이 이름은 토미였어.*

그는 생각했다. *이 이야기는 절대 하지 않을 거야.* 그런 생각을 하는 것이 이번이 처음도 아니고 마지막도 아니었다.

"대니? 나한테 할 말 없나? 있을 텐데. 자네가 그 빌어먹을 고민 때문에 얼마나 오랫동안 끙끙댔는지 모르겠지만 나한테 털어놓으면 50킬로그램 가벼워진 몸으로 여기서 나갈 수 있어. 원래 그런 법이거든."

그는 아이가 어떤 식으로 엄마를 향해 종종걸음을 쳤는지

디니, 그녀의 이름은 디니였지.

술기운에 비몽사몽이었음에도 불구하고 그녀가 어떤 식으로 아이

를 한 팔로 꼭 끌어안았는지 생각했다. 그들은 지저분한 침실 창문 틈새로 비친 아침 햇살을 맞으며 마주보고 있었다.

"없습니다." 그가 말했다.

"털어놔, 대니. 후견인이자 친구로서 하는 말이야."

댄은 상대방을 물끄러미 바라보며 아무 말도 하지 않았다.

케이시는 한숨을 쉬었다.

"자네, 지금까지 모임을 통해서 비밀의 숫자만큼 아픈 법이라는 소리를 몇 번이나 들었나? 백 번? 아마 천 번쯤 되겠지. 그게 알코올 중독자 협회의 케케묵은 가르침 중에서도 가장 오래된 가르침이야."

댄은 아무 말도 하지 않았다.

"인간에게는 누구나 바닥이 있기 마련이지." 케이시가 말했다. "자네도 누군가에게 자네 이야기를 해야만 하는 순간이 찾아올 거야. 그러지 않았다가는 나중에 정신을 차려 보면 술잔을 손에 들고 술집에 앉아 있게 될 테니까."

"알아들었습니다." 댄이 말했다. "이제 레드 삭스 얘기할까요?"

케이시는 손목시계를 확인했다.

"나중에. 이제 그만 퇴근해야 하거든."

그렇죠. 댄은 생각했다. 개와 금붕어가 기다리는 집으로.

"좋아요." 그는 케이시보다 먼저 계산서를 낚아챘다. "나중에 하죠."

4

탑 속의 방으로 돌아간 댄은 칠판을 한참 동안 들여다보다 적혀 있던 글귀를 천천히 지웠다.

그 사람들이 야구하는 아이를 죽이고 있어요!

칠판이 다시 하얗게 되었을 때 그가 물었다.
"무슨 야구하는 아이?"
아무 대답이 없었다.
"아브라? 아직 거기 있니?"
없었다. 하지만 왔다 간 게 분명했다. 커피를 마시며 케이시와 불편한 대화를 나누다 10분만 일찍 돌아왔어도 그녀의 환영을 볼 수 있었을지 모르는데. 하지만 그녀가 그를 찾아왔던 걸까? 댄은 아닐 거라고 생각했다. 분명 정신 나간 소리처럼 들리겠지만 그녀는 토니를 찾아왔을 것이다. 한때 *그의* 상상 속의 친구였던 토니를. 가끔 환영과 더불어 찾아왔던 그를. 가끔 경고를 했던 그를. 알고 보니 훨씬 속이 깊고 현명한, 그의 또 다른 자아였던 그를.
오버룩 호텔을 이겨내려고 발버둥치던 겁에 질린 어린 소년에게 토니는 그를 지켜 주는 형이었다. 그런데 아이러니컬하게도 대니얼 앤터니 토런스는 술을 끊은 뒤 진정한 어른이 되었건만 토니는 아직 어린아이였다. 어쩌면 뉴에이지 계의 대가들이 줄곧 떠들어 대는, 그 유명한 내면의 어린아이가 되었을지도 모르는 일이었다. 댄이 장담컨대 내면의 어린아이 어쩌고가 등장한 이유는 수많은 자기중심적이고 파괴적인 행동(케이시가 지금 당장 내놔 증후군이라고 부르는 그것)에 면죄부를 제공하기 위해서였지만, 성인 남녀의 머릿속 어딘가에 모든 발달 단계가 들어 있는 것도 의심의 여지가 없는 사실이었다. 그러니까 내면의 어린아이뿐 아니라 내면의 젖먹이, 내면의 십대, 내면의 청소년이 들어 있는 것이다. 만일 누군지 모를 아브라가 찾아왔다면 당연히 그의 성인 자아는 그대로 통과하고 자기 또래를 찾지 않았을까?

같이 놀 수 있는 친구를.

어쩌면 자기를 보호해 줄 수 있는 사람을.

그렇다면 그건 토니가 전에도 맡은 적 있는 역할이었다. 하지만 그녀를 보호할 필요가 있었을까? 그녀가 남긴 메시지를 보면 괴로워하는 기색이 역력했지만

그 사람들이 야구하는 아이를 죽이고 있어요.

댄이 오래 전에 파악했다시피 샤이닝이 있으면 괴로움은 당연히 따라오기 마련이었다. 어린아이가 그렇게 많은 걸 알고 보면 안 되는 거였다. 그는 아이를 찾아내 더 많은 걸 캐물을 수도 있었지만 아이 부모에게 뭐라고 하면 좋을지 그게 문제였다. 안녕하세요, 두 분은 저를 모르시겠지만 저는 따님을 압니다, 따님이 가끔 제 방을 찾아와서 제법 친한 친구 사이가 됐거든요?

아이 부모가 보안관을 부를 것 같지는 않았지만 설령 부르더라도 나무랄 일은 아니었고, 그는 파란만장한 자신의 과거를 감안했을 때 부를지, 안 부를지 확인하고 싶지 않았다. 아이가 토니를 멀리 사는

친구처럼 여기고 있는 거라면 그런 채로 내버려 두는 편이 나았다. 토니가 상상 속의 인간일지는 몰라도 최소한 서로 연령대는 맞았다.

칠판에 적어 두었던 이름과 방 번호는 나중에 복구해도 될 일이었다. 그는 선반에 놓인 몽당 분필을 집어서 이렇게 적었다.

행복한 여름날 보내길 토니와 함께 빌게, 아브라! 너의 또 다른 친구, 댄.

그는 이 문구를 잠시 쳐다보다 고개를 끄덕이고 창가로 걸어갔다. 화창한 여름날 늦은 오후였고 쉬는 날이 아직 저물지 않았다. 그는 좀 걸으면서 케이시와 나누었던 심란한 대화를 잊기로 했다. 월밍턴에 있었던 디니의 아파트가 그의 바닥인 듯했지만, 거기에서 무슨 일이 있었는지 혼자만의 비밀로 간직한 덕분에 10년 동안 술을 끊을 수 있었던 건 아닐지 몰라도 그걸 원동력 삼아서 그 기간을 10년 더 연장하지 말라는 법도 없었다. 아니면 20년 더 연장하지 말라는 법도 없었다. 게다가 한 번에 하루씩만 생각하자는 게 알코올 중독자 협회의 신조인데, 뭐 하러 몇 년 뒤를 생각하겠는가.

월밍턴은 오래전 이야기였다. 그의 인생에서 그 부분은 끝났다.

그는 나가면서 늘 그렇듯 문을 잠갔지만 정체를 알 수 없는 아브라가 들어가기로 마음먹으면 문을 잠근들 소용없을 것이었다. 돌아왔을 때 칠판 위에 그녀가 또 다른 메시지를 남겨 놓았을 수도 있었다.

어쩌면 우리 둘이 펜팔이 될 수 있을지 몰라.

지당하신 말씀. 그리고 어쩌면 빅토리아 시크릿 속옷 모델들이 수소융합반응의 비밀을 풀 수 있을지 몰랐다.

댄은 웃으며 밖으로 나갔다.

5

애니스턴 공립도서관에서 연중행사인 하계 도서 할인전이 열리고 있었다. 아브라가 구경하고 싶다고 하길래 루시는 기쁜 마음으로 오후에 해야 할 일거리를 미루고 딸과 함께 메인 가를 걸어갔다. 잔디밭에 설치된 카드 테이블 위로 각종 기증 도서들이 쌓여 있었고, 루시가 아직 읽지 못한 조디 피콜트 작품이 있는지 페이퍼백 테이블을 뒤지는 동안(한 권에 1달러, 여섯 권에 5달러, 마음대로 골라 보세요.) 아브라는 '청소년'이라고 적힌 테이블을 살폈다. 그녀는 성인의 문턱에 진입하려면 아직 갈 길이 먼 나이였지만 판타지와 SF를 특히 사랑하는 열렬한 (그리고 조숙한) 책벌레였다. 앞면에 복잡하고 큼지막한 기계가 있고 그 위에 '스팀펑크(역사적 배경에 SF나 판타지 요소를 가미한 일종의 대체역사소설. 증기기관이 등장한다는 데서 스팀펑크라는 명칭이 유래됐다 ─ 옮긴이) 만세'라고 적힌 티셔츠를 가장 좋아했다.

루시가 오래된 딘 쿤츠와 그보다는 조금 덜 오래된 리사 가드너에 만족하기로 결정했을 때 아브라가 달려왔다. 웃는 얼굴이었다.

"엄마! 엄마! 그 분 이름이 댄이래요!"

"누구 이름이 댄이라는 거야?"

"토니의 아버지요! 그분이 나더러 행복한 여름날 보내라고 했어요."

루시는 아브라와 비슷한 또래의 남자아이를 뒤에 달고 있는 낯선 남자가 있나 싶어 주변을 둘러보았다. 낯선 사람들은 많았지만(이러니 저러니 해도 여름이었으니까.) 그런 조합은 없었다.

아브라는 그녀가 하는 짓을 보고 키득거렸다.

"아, 여기 계신 게 아니에요."

"그럼 어디 있는데."

"정확하게는 몰라요. 하지만 가까운 데 있어요."

"그렇구나…… 잘됐네?"

루시가 딸의 머리를 헝클어뜨리자마자 아브라는 로켓 연구가, 시간 여행자, 마법사 사냥을 다시 시작하러 달려갔다. 루시는 골라서 손에 쥐고 있던 책들을 잊은 채 가만히 서서 아이를 지켜보았다. 데이비드가 보스턴에서 전화하면 이 이야기를 할까, 말까? 그녀는 하지 않기로 했다.

희한한 라디오, 그게 달려 있을 따름이었다.

모르는 척하는 게 상책이었다.

6

댄은 자바 익스프레스에서 커피를 두 잔 사서 티니타운에 있는 빌리 프리먼에게 한 잔 들고 가기로 마음먹었다. 댄이 프레이저 시의회에 소속되어 있던 기간은 아주 짧았지만, 두 사람은 지난 10년 동안 계속 친하게 지냈다. 케이시라는 공통분모 때문이기도 했지만(빌리에게는 상사, 댄에게는 후견인) 단순히 서로 잘 맞아서 그런 게 더 컸다. 댄은 군더더기 없는 빌리의 태도가 좋았다.

헬렌 리빙턴을 운전하는 것도 좋았다. 어쩌면 그 내면의 어린아이

어쩌고가 여기도 적용되는 것 아닐까? 정신과 의사라면 그렇다고 했을 것이다. 빌리는 으레 두말없이 조종석을 내주었고, 여름 시즌 기간에는 한시름 놓았다는 듯이 내줄 때가 많았다. 7월 4일부터 노동절 사이 기간에 리빙턴은 클라우드 갭까지 왕복 1.6킬로미터 구간을 하루 10회 운행했는데, 빌리는 하루하루 나이를 먹어 갔다.

댄이 크랜모어 가로 잔디밭을 가로지르며 슬쩍 둘러보니 리빙턴 하우스 본관과 2관 사이 통로에 놓인 그늘진 벤치에 프레드 칼링이 앉아 있었다. 예전에 가엾은 찰리 헤이스의 몸에 손자국을 남겼던 그 잡역부는 게으르고 성질 더럽기가 예나 지금이나 마찬가지였고 여전히 야간 근무를 하고 있었지만, 그나마 소득이 있다면 닥터 슬립은 건드리지 않는 게 상책이라는 사실을 터득한 것이었다. 그래서 댄은 좋았다.

조만간 근무를 시작할 칼링은 기름 자국이 묻은 맥도널드 봉투를 무릎 위에 올려놓고 빅맥을 우적우적 먹고 있었다. 두 사람의 시선이 잠깐 부딪쳤다. 양쪽 다 인사를 하지 않았다. 댄은 프레드 칼링을 게으르고 사디스트 성향이 있는 나쁜 놈이라고 생각했고 칼링은 댄을 성인군자인 척하는 참견대장이라고 생각했으니 *이로써 피장파장*이었다. 서로 건드리지만 않으면 모든 게 아무 문제없을 테고 뭐가 됐건 아무 문제없을 것이었다.

댄은 커피를 사서(빌리의 커피에는 설탕을 네 개 넣었다.) 초저녁 황금 햇살로 물든 공원을 향해 길을 건넜다. 프리스비들이 날아다녔다. 엄마와 아빠들이 아이를 그네에 태워서 밀어 주거나 미끄럼틀을 타고 내려오면 붙잡았다. 소프트볼 경기장에서는 프레이저 YMCA가

'애니스턴 레크리에이션 분과'라고 적힌 주황색 티셔츠를 입은 팀을 상대로 시합을 치르고 있었다. 기차역 의자 위에 서서 리빙턴의 크롬 차체를 닦고 있는 빌리가 그의 시야에 포착됐다. 모든 게 좋아보였다. 고향처럼 느껴졌다.

고향은 아닐지라도 내가 누릴 수 있는 최고치에 가까워. 댄은 생각했다. *이제 필요한 건 샐리라는 아내와 피트라는 아이와 로버라는 개뿐이야.*

그는 티니타운 내 크랜모어 가를 터벅터벅 걸어서 티니타운 역이 드리운 그늘 속으로 들어갔다.

"빌리, 좋아하는 커피 맛 설탕물 가져 왔어요."

그의 목소리가 들리자, 프레이저라는 마을에서 처음으로 그에게 다정하게 말을 건넸던 사람이 고개를 돌렸다.

"이게 누구야, 친절한 이웃 아닌가. 안 그래도…… 이런 젠장, 또 시작이로군."

대니의 손에 들려 있던 종이 캐리어가 바닥으로 떨어졌다. 뜨거운 커피가 테니스 신발 위로 튀면서 뜨끈한 기운이 느껴졌지만, 먼 곳에서 벌어지는 대수롭지 않은 일로 느껴졌다.

파리들이 빌리 프리먼의 얼굴 위를 기어 다니고 있었다.

7

빌리 프리먼은 다음 날 아침에 케이시 킹슬리를 만나러 가지 않을 것이고, 하루 월차를 내지도 않을 것이며, 두말하면 잔소리지만 병원에도 가지 않겠다고 했다. 계속 댄에게 컨디션 좋다고, 건강하다고, 이보다 좋을 수 없다고 했다. 심지어 올해는 해마다 6월 아니면 7월에 걸리던 여름 감기마저 그냥 지나갔다고 했다.

하지만 전날 밤에 거의 잠을 이루지 못한 댄은 싫다는 대답을 들은 척도 하지 않았다. 너무 늦었다는 판단이 들었으면 달랐을지 모르겠지만 그렇지 않은 것 같았다. 그는 예전에도 파리들을 본 적 있었고 그 의미를 해석하는 법을 터득했다. 파리가 떼를 이루고 있으면(그 끔찍한 몸뚱이로 서로 밀쳐 가며 이목구비를 덮을 정도면) 가망이 없었다. 열 몇 마리 정도면 뭔가 조치를 취할 수 있을지 모른다는 뜻이었다. 몇 마리밖에 안 되면 시간이 있었다. 빌리의 얼굴에는 서너 마리밖에 없었다.

호스피스에 입소한 말기 환자의 얼굴에서 파리가 보인 적은 한 번도 없었다.

댄은 돌아가시기 9개월 전에 어머니를 찾아갔을 때도 어머니가 컨디션 좋다고, 건강하다고, 최고라고 했던 것을 떠올렸다. *뭘 보는 거니, 대니?* 웬디 토런스는 이렇게 물었다. *내 얼굴에 뭐라도 묻었어?* 그녀가 장난스럽게 코끝을 문지르자 손가락이 턱에서 헤어라인까지 대망막처럼 그녀의 얼굴을 뒤덮고 있던 수백 마리의 파리 떼를 관통했다.

8

케이시는 중재에 능했다. 그는 반어법을 좋아하는 사람답게 그래서 여섯 자리에 달하는 어마어마한 연봉을 받을 수 있는 거라고 사람들 앞에서 너스레를 떨곤 했다.

그는 먼저 댄의 이야기를 들었다. 그런 다음, 리빙턴을 타려고 오전 8시부터 사람들이 줄을 서는 최고 성수기에 무슨 수로 자리를 비울 수 있겠느냐는 빌리의 항변을 들었다. 빌리는 그뿐 아니라 당장 어느 병원에서 진찰을 받을 수 있겠느냐고 했다. 병원도 그 무렵이 최고 성수기였다.

"마지막으로 정기 검진을 받은 게 언제였죠?"

마침내 빌리의 이야기가 끝나자 케이시가 물었다. 댄과 빌리는 그의 책상 앞에 서 있었다. 케이시는 평소처럼 의자 머리를 벽에 걸린 십자가 바로 아래에 대고 뒤로 기우뚱하게 앉아서 배 위에 깍지 낀 손을 올려놓았다.

빌리는 방어적인 태도를 보였다.

"아마 2006년쯤일 거예요. 하지만 그때 괜찮다고 했어요. 의사 말로는 혈압도 자기보다 10이나 낮다고."

케이시의 시선이 댄에게로 옮겨졌다. 곰곰이 생각하는 호기심 어린 눈빛이라면 모를까, 못미더워하는 눈빛은 아니었다. 알코올 중독자 협회 회원들은 더 넓은 세상과 다양하게 교류할 때는 대개 입을 다물고 있지만 자기들끼리는 제법 자유롭게 대화를 나누었고 가끔 남 얘기를 수군거릴 때도 있었다. 때문에 케이시는 말기 환자들이 편안하게 눈을 감을 수 있도록 돕는 것이 댄 토런스의 유일한 능력이 아니라는 것을 알고 있었다. 소문에 따르면 댄 T는 가끔 유용한 통찰력을 보일 때가 있었다. 말로 잘 설명이 안 되는 그런 능력이었다.

"자네, 조니 돌턴하고 친하지?" 그는 댄에게 물었다. "그 소아과 의사 말이야."

"네. 거의 매주 목요일 저녁마다 노스콘웨이에서 만나죠."

"연락처도 아나?"

"네, 실은 압니다."

댄은 케이시가 준 조그만 수첩 뒷면에 알코올 중독자 회원들 연락처를 모두 적어서 항상 들고 다녔다.

"전화해. 전화해서 여기 당장 진찰을 받아야할 골치 아픈 인간이 하나 있다고 말해. 무슨 과 진찰을 받아야 하는지, 그건 모르나? 그 나이에 소아과는 분명 아니겠지만."

"케이시……" 빌리가 운을 뗐다.

"쉿." 케이시는 말하고 다시 댄 쪽으로 관심을 돌렸다. "하늘에 맹세하건대 내가 보기에 자네는 아는 눈치야. 폐가 문제인가? 그렇게 담배를 피워 대니 가능성이 제일 높긴 하지."

댄은 이제 와서 되돌리기에는 너무 멀리 갔다고 판단을 내렸다. 그는 한숨을 쉬고 말했다.

"아뇨. 제가 보기에는 위장 쪽 문제인 것 같아요."

"소화가 조금 안 되는 것만 빼면 내 위장은……"

"쉿이라고 그랬잖아요." 케이시는 다시 댄 쪽으로 시선을 돌렸다.

"그럼 위장 담당 의사한테 진찰을 받아야겠군. 조니 D한테 중요한 일이라고 해." 그는 잠깐 하던 말을 멈추었다. "그자가 자네 말을 믿을까?"

댄은 그런 질문을 들어서 기뻤다. 그는 뉴햄프셔에서 지내는 동안 알코올 중독자 협회 회원들을 몇 명 도와준 적이 있었는데, 입단속을 당부했음에도 불구하고 그중 일부는 말을 흘렸고 지금도 흘리고 다닌다는 것을 뻔히 알고 있었다. 존 돌턴은 그렇지 않았다니 기뻤다.

"믿어 줄 것 같습니다."

"좋아." 케이시는 손가락으로 빌리를 가리켰다. "오늘 휴가예요. 유급 병가."

"리빙……"

"리빙턴 운전할 수 있는 사람이 이 마을에 열 명도 넘어요. 여기저기 전화 돌리고 처음 두 번은 내가 직접 운전하리다."

"허리가 안 좋아서……"

"내 허리 안 좋은 건 신경 꺼도 됩니다. 이제 그만 나가보세요."

"하지만 케이시, 내 컨디션은……"

"위니퍼소키 호수까지 달리기 시합을 할 수 있을 만큼 컨디션이 좋건 안 좋건 상관없어요. 병원에 가는 거예요. 더 이상 왈가왈부하지 맙시다."

빌리는 화가 난 얼굴로 댄을 쳐다보았다.

"자네가 어떤 분란을 일으켰는지 알겠나? 나는 아직 모닝커피도 못 마셨단 말일세."

오늘 아침에는 파리들이 보이지 않았다. 하지만 없어진 건 아니었

다. 댄도 알다시피 마음만 먹으면 정신을 집중해서 다시 볼 수 있었
다. 하지만 그 광경을 보고 싶어 할 사람이 세상에 어디 있겠는가?

"알아요." 댄이 말했다. "황당하시겠죠. 인생이 원래 개떡 같은 거
예요. 전화 좀 써도 될까요, 과장님?"

"얼마든지." 케이시는 자리에서 일어섰다. "기차역까지 슬슬 걸어
가서 검표를 해야겠군. 나한테 맞는 기관사 모자 있겠죠, 빌리?"

"없어."

"제 모자면 맞을 거예요." 댄이 말했다.

9

알코올 중독자 협회는 광고를 하지 않고 아무 상품도 판매하지 않
으며 농구모자나 야구모자를 돌려서 기부 받은 꾸깃꾸깃한 지폐로
유지되는 단체치고, 모임이 열리는 각종 대관실이나 교회 지하실 훨
씬 너머까지 조용하지만 강한 영향력을 행사했다. *이야말로 학연이
아니라 주연이지.* 댄은 이런 생각을 했다.

그가 존 돌턴에게 연락하자 존은 그레그 펠레턴이라는 내과 전문
의에게 연락했다. 펠레턴은 협회 회원은 아니지만 존 돌턴에게 신세
를 진 적이 있었다. 댄은 어쩌다 그에게 신세를 졌는지 알지 못했고
관심도 없었다. 중요한 것은 잠시 후 빌리 프리먼이 루이스턴에 있
는 펠레턴의 병원 진찰대에 눕게 되었다는 사실 하나였다. 병원까지
는 프레이저에서 차로 110킬로미터 거리였고 빌리는 가는 내내 구

시렁거렸다.

"소화가 좀 안 되는 것 말고는 아무 문제없는 거 확실해요?"

댄은 파인 가에 있는 병원의 조그만 주차장에 차를 세우며 물었다.

"그렇다니까." 빌리는 대답했다. 그러고 나서 마지못한 듯 덧붙였다. "요즘 들어 조금 더 심해지기는 했지만 밤에 잠을 설칠 정도는 아니야."

거짓말. 댄은 생각했지만 그냥 넘어갔다. 말을 안 듣고 자꾸 어깃장을 놓는 노인네를 상대하려니 골치 아팠다.

댄이 대기실에서 윌리엄 왕자와 예쁘긴 하지만 비쩍 마른 신부 사진이 표지를 장식한 《오케이!》를 뒤적이고 있었을 때 복도 저편에서 고통에 겨운 우렁찬 울음소리가 들렸다. 10분 뒤, 펠레턴이 나와서 댄의 옆자리에 앉았다. 그는 《오케이!》 표지를 보며 이렇게 말했다.

"그 사람, 영국 왕위 계승자일지는 몰라도 마흔이면 머리가 당구공처럼 벗어지게 생겼어요."

"아마 그렇겠죠?"

"그럼요. 인간사에 관한 한 진정한 제왕은 유전자 하나뿐이에요. 친구 분을 센트럴메인 종합병원으로 보내서 CT를 찍을 거예요. 어떤 결과가 나올지는 거의 확실합니다. 내 짐작이 맞다면 내일 아침 일찍 프리먼 씨의 혈관을 살짝 잘라서 다시 잇는 수술 스케줄을 잡을 겁니다."

"어디가 잘못됐는데요?"

빌리가 허리띠를 채우며 복도를 걸어오고 있었다. 햇볕에 그을은 얼굴이 지금은 하얗게 질렸고 땀으로 번들거렸다.

"내 대동맥에 혹이 있대. 자동차 타이어에 생긴 기포처럼. 한 가지 차이점이 있다면 자동차 타이어들은 기포를 찔러도 소리를 지르지 않는다는 거지."

"동맥류예요." 펠레턴이 말했다. "아, 종양일 가능성도 있지만 제가 보기에 그건 아닌 것 같아요. 아무튼 시간이 관건이에요. 그 망할 녀석 크기가 탁구공만 하거든요. 친구 분 모시고 와서 검진받길 잘 하셨어요. 가까운 병원도 없는데 터졌다면……"

펠레턴은 고개를 저었다.

10

CT 촬영 결과 동맥류라는 펠레턴의 진단이 맞는 것으로 밝혀졌고, 그날 저녁 6시에 빌리는 상당히 풀이 죽은 모습으로 병원에 입원했다. 댄이 그의 곁을 지켰다.

"담배 피우고 싶어서 죽겠네." 빌리가 아쉬워하는 투로 말했다.

"그 부분에 대해서는 도움을 못 드리겠네요."

빌리는 한숨을 쉬었다.

"끊을 때도 되긴 했지. 자네, 리빙턴 하우스 비워도 되나?"

"휴가예요."

"휴가를 이런 식으로 망치다니. 그나저나 내일 아침에 의사들이 휘두르는 나이프와 포크에 살해당하지 않는 한 자네가 내 생명의 은인이 되겠군. 자네가 무슨 수로 알아차렸는지 모르겠지만 내가 자네를 위해서 해 줄 수 있는 일이 있다면(뭐가 됐건) 말만 해."

댄은 10년 전에 그가 어떤 식으로 시외버스에서 내려 웨딩드레스의 레이스처럼 고운 눈보라 속으로 걸어 들어갔는지 떠올렸다. 헬렌 리빙턴을 끄는 새빨간 기관차를 보았을 때 얼마나 기뻤는지 떠올렸다. 그리고 이 남자가 괜히 건드리지 말고 꺼지라고 하지 않고, 어떤 식으로 그에게 모형 기차를 좋아하느냐고 물었는지 떠올렸다. 작은 친절에 불과했지만 그것을 계기로 지금 그가 가진 모든 게 시작됐다. "빌리, 신세를 진 사람은 저예요. 그것도 갚을 수 없을 만큼 크게."

11

그는 술을 끊은 기간 동안 희한한 사실 하나를 알아차렸다. 일이 잘 풀리지 않을 때는(예컨대 2008년 어느 날 아침에 일어나 보니 누군가가 돌멩이로 그의 차 뒤 유리창을 깨어 놓았을 때처럼.) 술 생각이 거의 나지 않았다. 그런데 일이 잘 풀리면 그 옛날의 타는 듯한 갈증이 되살아났다. 빌리에게 작별 인사를 했던 그날 밤에도 만사가 순조로운 상태에서 루이스턴으로 돌아가는데, 카우보이 부츠라는 길가 술집이 보이자 들어가고 싶은 욕망이 거의 불같이 일었다. 맥주 피처를 한 잔 사놓고, 최소 한 시간 동안 주크박스를 돌릴 수 있을 만큼 25센트짜리 동전을 바꾸고 싶었다. 거기 앉아서 아무에게도 말을 걸지 않고 아무 말썽도 일으키지 않고 제닝스와 잭슨의 음악에 취하고 싶었다. 금주의 부담(어떨 때는 납 신발을 신은 것처럼 느껴지던)이 사라지는 기분을 느끼고 싶었다. 동전이 딱 다섯 개 남으면「위스키 벤트 앤드 헬 바운드」를 여섯 번 연속으로 들으리라.

그는 술집을 그냥 지나치고 바로 옆에 있는 거대한 월마트 주차장으로 들어가서 전화기를 열었다. 케이시의 번호 위에 손가락을 올려놓고 망설이는데, 카페에서 나누었던 힘겨웠던 대화가 생각났다. 케이시가 그날의 대화를, 특히 댄이 감추고 있는 부분에 대한 이야기를 다시 반복할 수도 있었다. 그건 안 될 일이었다.

그는 유체 이탈을 경험한 듯한 심정으로 술집으로 돌아가서 뒤편의 흙투성이 주차장에 차를 세웠다. 그러자 기분이 좋아졌다. 장전된 권총을 집어서 관자놀이에 갖다댄 듯한 기분도 들었다. 차창이 열려 있어서 라이브 밴드가 디레일러스의 흘러간 옛 노래,「러버스 라이」를 연주하는 소리가 들렸다. 제법 들을 만했는데 술이 몇 잔 들어가면 훌륭하게 들릴 터였다. 저 안에는 춤을 추고 싶어 하는 여자들이 있을 것이다. 머리가 곱슬곱슬한 여자, 진주 목걸이를 한 여자, 치마를 입은 여자, 카우보이 셔츠를 입은 여자. 어딜 가든 그런 여자들이 있었다. 그는 어떤 종류의 위스키가 있을지 궁금했고 미치도록, 미치도록, 정말 미치도록 목이 말랐다. 그는 차문을 열고 한쪽 발로 땅을 딛었다가 고개를 숙인 채 그 자리에 가만히 앉아 있었다.

10년. 무려 10년의 세월을 앞으로 10분 만에 쓰레기통에 처박을 수 있었다. 아주 간단한 일이었다. *식은 죽 먹기처럼.*

인간에게는 누구나 바닥이 있기 마련이지. 자네도 누군가에게 자네 이야기를 해야만 하는 순간이 찾아올 거야. 그러지 않았다가는 나중에 정신을 차려보면 술잔을 손에 들고 술집에 앉아 있게 될 테

니까.

그러면 나는 당신을 탓하면 되겠지. 그는 싸늘하게 생각했다. *선스 팟에서 커피를 마셨을 때 당신이 내 머릿속에 그런 발상을 집어넣었 다고 말하면 되겠지.*

문 위에 반짝이는 빨간색 화살이 달려 있었고 간판에는 이렇게 적혀 있었다. '9시까지 피처 한 잔당 2달러 밀러 라이트 어서 들어 오세요'.

댄은 차문을 닫고 다시 전화기를 열어 존 돌턴에게 연락했다.

"친구 분 괜찮으세요?" 존이 물었다.

"입원했고 내일 오전 7시에 수술 예정이에요. 존, 나 술 마시고 싶 어요."

"으, *안 돼요!*" 존은 떨리는 가성으로 비명을 질렀다. "술은 안 돼 *요오오오!*"

그러자 갑자기 욕구가 사라졌다. 댄은 웃음을 터뜨렸다.

"오케이, 그게 필요했어요. 하지만 다시 한 번 마이클 잭슨 목소리 흉내 내면 그때는 술 *마실* 거예요."

"내가 부르는 「빌리 진」을 들어야 하는 건데. 내가 노래방의 괴물 이거든요. 뭐 하나 물어봐도 돼요?"

"그럼요."

카우보이 부츠에 드나드는 손님들이 앞 유리창 너머로 보였다.

그들이 미켈란젤로 얘기를 하고 있지는 않을 것이었다.

"당신의 그 능력 말이에요. 술을 마시면…… 뭐라고 해야 할 까…… 없어지나요?"

"잠잠해져요. 그 녀석 얼굴을 베개로 눌러서 숨을 못 쉬게 만드는 것처럼."

"그런데 지금은요?"

"슈퍼맨처럼 진실과 정의와 미국의 방식을 널리 전파하는 데 내 능력을 동원할 수 있어요."

"그 부분에 대해서 이야기하고 싶지 않다는 뜻이네요?"

"맞아요." 댄이 말했다. "이야기하고 싶지 않아요. 하지만 지금은 괜찮아졌어요. 내가 생각했던 것보다 훨씬. 청소년 시절에는……"

그는 말끝을 흐렸다. 청소년 시절에는 하루하루가 미치지 않기 위한 투쟁의 연속이었다. 머릿속에서 들리는 목소리들이 고약했다면 떠오르는 장면들은 종종 그보다 더했다. 그는 절대 아버지처럼 술을 마시지 않겠다고 어머니와 자기 자신에게 약속했지만, 결국 고등학교 1학년 무렵부터 술을 입에 대기 시작했을 때 어찌나 엄청난 위안이 되었던지 (처음에는) 진작 마실 걸 그랬다는 생각이 들 정도였다. 숙취가 밤새도록 계속되는 악몽보다 천 배 나았다. 이 모든 게 한 가지 궁금증으로 귀결됐다. 그는 아버지를 얼마나 닮았을까? 얼마나 많은 부분에서 닮았을까?

"청소년 시절에는 뭐요?" 존이 물었다.

"아무것도 아니에요. 신경 꺼요. 나 이제 출발하는 게 좋겠어요. 술집 주차장에 차를 세워 놓고 있거든요."

"진짜요?" 존은 호기심이 동한 목소리였다. "어느 술집인데요?"

"카우보이 부츠라는 곳이에요. 9시까지 피처를 한 잔당 2달러에 판대요."

"댄."

"말해요, 존."

"나도 옛날에 거기 가봐서 알아요. 인생을 변기 속에 처박을 작정이더라도 거기서 시작하지는 마요. 여자들은 마약으로 이가 다 썩어서 징글징글하고, 남자화장실에서는 곰팡이 핀 거시기 보호대 냄새가 나거든요. 부츠는 바닥을 찍었을 때 가는 곳이에요."

또 그 단어가 나왔다.

"인간에게는 누구나 바닥이 있잖아요." 댄이 말했다. "안 그래요?"

"거기서 나와요, 댄." 존은 이제 엄청 심각한 목소리였다. "지금 당장. 괜히 어슬렁거리지 말고. 그리고 지붕에 달린 큼지막한 카우보이 부츠 네온사인이 룸미러에서 사라질 때까지 나랑 계속 통화해요."

댄은 자동차 시동을 걸고 주차장에서 빠져나와 다시 11번 도로에 진입했다.

"점점 작아지고 있어요." 그가 말했다. "더 작아지고…… 더 작아지고…… 이젠 안 보이네요."

그는 말로 표현할 수 없는 안도감을 느꼈다. 그런가 하면 씁쓸한 아쉬움도 느껴졌다. 9시 전까지 2달러짜리 피처를 몇 잔 해치울 수 있었을까?

"프레이저로 돌아가기 전에 맥주나 와인을 사거나 그러는 건 아니겠죠?"

"아니에요. 이제 괜찮아요."

"그럼 목요일 저녁에 봅시다. 일찍 와요, 내가 커피 끓여 줄 테니까. 특별히 쟁여 놓은 폴저스로."

"그래요." 댄이 말했다.

12

탑 속의 방으로 돌아가서 불을 켜자 칠판에 새로운 메시지가 적혀 있었다.

행복한 하루 보냈어요!
아저씨의 친구,
아브라

"잘됐구나, 아가." 댄이 말했다. "다행이다."

부르르. 인터폰 소리였다. 그는 걸어가서 통화 버튼을 눌렀다.

"안녕하세요, 닥터 슬립." 로레타 에임스가 말했다. "당신이 들어오는 걸 본 것 같아서요. 엄밀히 말하면 아직 휴가가 안 끝났지만 왕진 좀 부탁해도 될까요?"

"누구요? 캐머런 씨요 아니면 머리 씨요?"

"캐머런 씨요. 아지가 저녁 식사시간 직후부터 그 방에 들어가 있어요."

벤 캐머런이 있는 곳은 리빙턴 1관이었다. 2층이었다. 그는 83세의 은퇴한 회계사로 울혈성 심부전을 앓고 있었다. 아주 훌륭한 사람이었다. 스크래블(철자가 적힌 플라스틱 조각들로 단어를 만드는 게

298

임—옮긴이) 선수였고, 파치시(십자형 놀이판과 말을 가지고 하는 인도의 국민게임—옮긴이)를 할 때는 상대방을 꽁꽁 틀어막아서 미치게 만드는 눈엣가시였다.

"당장 갈게요." 댄은 말했다. 그는 나가는 길에 잠깐 걸음을 멈추고 칠판을 흘끗 돌아보았다. "잘 자라, 아가."

그는 그 뒤로 2년 동안 아브라 스톤에게서 아무 소식도 듣지 못했다.

그 2년 동안 트루 낫의 혈관 안에서 무언가가 잠들어 있었다. 브래들리 트레버, 즉 야구하는 아이가 세상을 떠나면서 남긴 조그만 선물이었다.

2부

배고픈 악마들

7장

"저를 보신 적 있나요?"

1

2013년 8월의 어느 날 아침, 콘체타 레이놀즈는 보스턴의 콘도형 아파트에서 일찌감치 눈을 떴다. 늘 그렇듯 방 한쪽 구석, 서랍장 옆에 웅크리고 있던 개가 이제는 보이지 않는다는 사실이 제일 먼저 실감났다. 베티가 떠난 뒤로 몇 년이 흘렀지만 그래도 콘체타는 여전히 녀석이 그리웠다. 그녀는 가운을 걸친 뒤 모닝커피를 끓이러 부엌으로 향했다. 지금까지 수천 번 갔던 길이니 오늘은 뭔가가 다를 거라고 생각할 이유가 없었다. 두말하면 잔소리지만 그녀는 그 길이 줄줄이 이어진 불길한 사건의 시발점으로 밝혀질 거라는 생각을 절대 하지 못했다. 몇 시간 뒤에 손녀딸 루시에게도 이야기했다시피 그녀는 발을 헛딛지도 않았고 어디 부딪치지도 않았다. 몸 오른편 중간쯤에서 조그맣게 딱 소리가 났을 뿐인데, 잠시 후 그녀는 다리를 타고 오르내리는 뜨거운 통증과 함께 바닥에 쓰러졌다.

그녀는 광을 낸 마룻바닥에 희미하게 비치는 자신의 모습을 멍하니 바라보며 3~4분 정도 그렇게 누워서 통증이 가라앉길 바랐다. 그러는 동안 속으로 혼잣말을 중얼거렸다. *시중드는 사람 하나 들이지 않다니 멍청한 할망구 같으니라고. 데이비드가 5년 전부터 나더러 혼자 살기에는 너무 나이가 많다 그랬는데 이제 그 앞에서 찍 소리도 못하게 생겼네.*

하지만 시중드는 사람을 들이면 루시와 아브라를 위해 비워 둔 방을 내주어야 했는데, 콘체타는 둘이 놀러 오는 날만을 손꼽아 기다리는 사람이었다. 베티마저 떠나고 모든 시들이 그녀를 외면하는 것처럼 느껴지는 요즘은 더욱 그랬다. 게다가 그녀는 아흔일곱 살이거나 말거나 잘 돌아다녔고 컨디션도 좋았다. 외가 쪽으로 좋은 유전자를 물려받아서 그런 거였다. 그녀의 모모만 해도 네 명의 남편과 일곱 명의 아이를 앞세우고 백두 살까지 살지 않았던가.

하지만 (그녀 자신에게만) 솔직히 고백하자면 올 여름부터 컨디션이 그다지 좋지 못했다. 여름이…… 힘들었다.

마침내 통증이 (조금) 잦아들자 그녀는 새벽 햇살로 가득 채워지고 있는 부엌까지 짧은 복도를 기기 시작했다. 이제 보니 바닥에서는 그 사랑스러운 장밋빛을 감상하기가 더 힘들었다. 그녀는 통증이 너무 심해질 때마다 뼈만 앙상한 한쪽 팔에 머리를 대고 숨을 헐떡였다. 이런 식으로 멈추어서 쉴 때마다 인생의 일곱 단계(셰익스피어의 작품 「뜻대로 하세요」에서 자크라는 등장인물이 세상을 무대에, 인생을 각본에 비유하며 인생을 일곱 단계로 나누었다 ― 옮긴이)에 대해, 그 완벽한(그 완벽하게 어처구니없는) 사이클을 어떤 식으로 묘사했는지에 대해 생각했다. 아주 오래전 (어이없게도) 모든 전쟁을 종식하는 전쟁이라고도 불렸던 제1차 세계대전이 4년째로 접어들던 해에 그녀의 이동 수단이 이런 식이지 않았던가. 그 당시에 그녀는 그녀를 금세 따돌리는 닭들을 잡겠답시고 부모님의 다볼리 농장 앞마당을 기어 다니던 콘체타 아브루치였다. 시작은 그렇게 먼지 풀풀 날렸지만 그 뒤로 그녀는 윤택하고 흥미진진한 삶을 살았다. 스무 권의 시집을 출간했고, 그레이엄 그린과 차도 마셨고, 두 명의 대통령과 저녁 식사도 했고, 무엇보다 사랑스럽고 영리하며 묘한 재능이 있는 증손녀를 선물로 받았다. 그런데 이 모든 것들이 어디로 연결되었던가?

기어가기였다. 출발점으로의 회귀였다. *디오 미 베네디카*('주여, 저를 축복하소서'라는 뜻의 이탈리아어 ― 옮긴이).

부엌에 도착한 그녀는 길쭉한 햇살을 뚫고, 대부분의 끼니를 해결하는 조그만 식탁을 향해 꿈틀꿈틀 다가갔다. 전화기가 거기 있었다. 그녀는 한쪽 식탁 다리를 붙잡고 전화기가 미끄러져서 떨어질 때까지 흔들었다. 하느님이 보우하사 전화기가 깨지지 않았다. 그녀는 이런 뭣 같은 일이 생겼을 때 호출하라는 전화번호를 누르고, 통화 내용이 녹음된다는, 한마디로 21세기의 부조리를 요약하는 기계음이 끝날 때까지 기다렸다.

하느님 만세, 마침내 실제 인간의 목소리가 들렸다.

"911입니다. 어떤 응급 상황인가요?"

한때 남이탈리아에서 마당을 기어 다니며 닭을 쫓았던 여자는 바닥에 엎드린 채 통증을 참으며 명확하고 논리적으로 상황을 설명했다.

"제 이름은 콘체타 레이놀즈, 말버러 가 219번지에 있는 아파트 3층에 살아요. 고관절이 부러진 것 같은데 구급차 좀 보내 주실래요?"

"옆에 아무도 안 계신가요, 레이놀즈 부인?"

"무슨 업보인지 아무도 없네요. 내가 혼자 살아도 괜찮다고 고집을 부린 멍청한 할망구예요. 그나저나 요즘은 여사님이라고 불러 주는 게 더 좋습디다만."

2

루시는 콘체타가 수술실로 들어가기 직전에 할머니의 전화를 받았다.

"고관절이 부러졌는데 병원에서 고칠 수 있대." 그녀는 루시에게 말했다. "핀을 박고 뭐 그럴 건가 봐."

"모모, 넘어지셨어요?"

루시가 맨 처음 떠올린 사람은 앞으로 일주일 뒤에나 여름 캠프를 마치고 돌아올 아브라였다.

"넘어졌다마다. 하지만 고관절이 난데없이 부러지는 *바람에* 넘어진 거야. 듣자 하니 내 연령대에서는 상당히 흔한 현상이고, 내 연령대 인구가 예전보다 워낙 늘어서 의사들도 이런 경우를 종종 접한대. 당장 달려올 필요는 없다만 그래도 가능한 한 빨리 와보고 싶은 게 네 심정이겠지? 우리 둘이서 여러 가지 절차에 대해서 의논도 해야 하고 하니 말이다."

루시는 뱃속 저 깊은 곳에서 한기를 느꼈다.

"무슨 절차라니요?"

콘체타는 바륨인지 모르핀인지 병원에서 주는 뭔가를 맞아서 심리적으로 매우 안정된 느낌이 들었다.

"고관절이 부러진 건 내가 안고 있는 여러 문제들 중에서 제일 사소한 부분인 것 같거든." 설명을 시작한 그녀는 질질 끌지 않고 이런 말로 마무리 지었다. "아가, 아브라한테는 알리지 마라. 아브라한테 이메일도 열 몇 통 받았고 심지어 *편지까지* 받았는데 여름 캠프가 정말 재미있는 모양이더라. 할머니가 오늘내일 한다는 건 나중에 알려 줘도 돼."

루시는 생각했다. *제가 알려 주지 않는 한 아브라가 모를 거라고 생각하신다면……*

"내 비록 무당은 아니지만 그래도 네가 무슨 생각하는지 알아. 하지만 이번에는 나쁜 소식이 그 아이를 비껴갈 수도 있을지 모르잖니."

"어쩌면요." 루시는 말했다.

그녀가 수화기를 내려놓자마자 전화벨이 울렸다.

"엄마? 엄마?" 아브라였고 울고 있었다. "저 집에 가고 싶어요. 모모가 암에 걸려서 집에 가고 싶어요."

3

메인 주에서 열린 태퍼웡고 여름 캠프를 일찌감치 접고 집으로 돌아온 아브라는 이혼한 부모 사이를 왔다 갔다 한다는 게 어떤 건지 감을 잡을 수 있었다. 그녀와 그녀의 어머니는 8월의 마지막 두 주와 9월의 첫 주 동안 콘체타가 사는 말버러 가 아파트에서 지냈다. 고관절 수술을 잘 마친 할머니는 입원은 물론이고 의사들이 발견한 췌장암에 대한 그 어떤 치료도 거부했다.

"약도 싫고 화학 요법도 싫다. 97년을 살았으면 충분하지. 루시야, 너는 앞으로 6개월 동안 내 끼니와 약과 요강 챙기느라 시간 낭비할 것 없다. 너도 네 가족이 있고 나로 말할 것 같으면 24시간 간병인의 도움을 받을 여력이 되잖니."

"모르는 사람들 틈에서 여생을 보내시게 할 수는 없어요."

루시가 독불장군 같은 목소리로 말했다. 그녀가 이런 말투를 쓸 때는 아브라도 그렇고 그녀의 아버지도 그렇고 왈가왈부하지 않았다. 심지어 콘체타도 마찬가지였다.

아브라도 같이 머물지 여부에 대해서는 논의의 여지가 없었다. 9월 9일부터 그녀의 애니스턴 중학교 2학년 생활이 시작될 예정이었다. 마침 데이비드 스톤이 안식년을 맞아 광란의 20년대와 풍요의 60년대를 비교하는 책을 집필 중이었기에 아브라는 (태퍼웡고 캠프에서 함께 지냈던 수많은 여자 친구들처럼) 엄마와 아빠 곁을 왔다 갔다 하게 됐다. 주중에는 아빠와 함께 지냈다. 그러다 주말이 되면 보스턴으로 건너가서 엄마와 모모와 함께 지냈다. 그녀는 상황이 이보다 더 나빠질 수는 없다고 생각했지만 세상사란 언제든지 더 나빠질 수 있고 종종 그렇기 마련이다.

4

데이비드 스톤은 이제 집에서 일을 하긴 했지만 집 앞까지 걸어가서 우편물을 수거한 적이 없었다. 그의 주장에 따르면 미국의 우편제도는 21세기로의 진입과 더불어 당위성을 잃은, 자기영속적인 요식 체계였다. 그가 참고 도서를 주문하거나 그보다 더 빈번하게 루시가 카탈로그를 보고 뭔가를 주문하면 가끔 소포가 배달되기도 했지만 나머지는 전부 다 자원 낭비였다.

루시가 집에 있었을 때는 그녀가 대문 옆 우편함에 배달된 우편물을 가져다가 오전에 커피를 마시며 훑어보곤 했다. 정말로 대부분 쓰레기라 데이브가 '재활용 상자'라고 부르는 곳으로 직행했다. 하지만 그해 9월 초에는 그녀가 집에 없었기에 스쿨버스에서 내린 아브라(명목상 그 집의 안주인이 된 그녀)가 우편함을 확인했다. 그녀는 설거지도 했고, 일주일에 두 번씩 그녀와 아빠가 입고 내놓은 산더미 같은 빨래를 돌렸고, 잊어버리지 않는 한 룸바 로봇청소기도 맞춰 놓았다. 어머니는 모모의 수발을 들고 있고 아버지가 아주 중요한 책을 쓰고 있다는 걸 알았기에 군소리 없이 이런 집안일을 했다. 아버지는 이번 저서가 '학구적'이라기보다 '대중적'이라고 했다. 잘 팔리면 적어도 당분간 강의를 접고 전업 작가로 나설 수 있을지 모른다고 했다.

9월 7일이었던 그날 우편함에는 월마트 전단, 시내에 새로운 치과가 개업했음을 알리는 엽서("영원한 미소를 약속합니다!"), 선더 산 스키 리조트의 공동 소유 주택을 판매하는 그 지역 부동산업자들이 보낸 반들반들한 광고지가 두 장 들어 있었다.

요즘 별납으로 발송하는 그 지역의 삼류 신문 《애니스턴 쇼퍼》도 있었다. 1면과 2면에는 통신사에서 받은 기사를 몇 개 싣고, 중간에는 그 지역의 기사를 몇 개(대부분 스포츠 관련 소식이었다.) 싣는 신문이었다. 뒷부분은 광고와 쿠폰이었다. 만약 루시가 집에 있었다면 쿠폰만 몇 개 챙기고 나머지는 재활용 상자에 넣었을 것이다. 그래서 그녀의 딸이 그 신문을 읽을 일이 없었을 것이다. 하지만 그 날에는 루시가 보스턴에 있었기에 아브라가 신문을 읽었다.

그녀는 현관까지 천천히 걸어가며 신문을 뒤적이다 거꾸로 뒤집었다. 제일 뒷면에 우표만 한 크기의 사진들이 일부분은 흑백으로, 대부분은 컬러로 40~50장 게재되어 있었다. 그 위에 이런 제목이 달렸다.

저를 보신 적 있나요?
《애니스턴 쇼퍼》에서 준비한 금주의 캠페인

처음에 아브라는 보물찾기 같은 대회 광고인 줄 알았다. 그러다 실종 아동임을 알아차리고는 누군가가 부드러운 위벽 안쪽을 잡고 수건처럼 비틀어 짜는 듯한 기분을 느꼈다. 그녀는 점심시간 때 매점에서 오레오 세 봉지를 사놓고 아껴 두었다가 하교하는 버스 안에서 먹었다. 그 오레오가 위벽을 잡고 비트는 손 때문에 덩어리째 목젖까지 치밀어 오르는 듯했다.

심란하면 보지 마. 그녀는 속으로 중얼거렸다. 속이 상하거나 당황스러울 때 종종 동원하는 딱딱한 설교 투의 목소리였다(그녀는 절대 알아차리지 못했지만 모모의 목소리였다.). *다른 쓰레기들이랑 같이 휴지통에 버리면 되잖아.* 그런데 쳐다보지 않을 수 없다는 게 문제였다.

DOB 2005년 6월 9일이라고 적힌 신시아가 보였다. 아브라는 잠시 궁리한 끝에 DOB가 생년월일이라는 것을 알아차렸다. 그러니까 신시아는 지금 여덟 살이라는 뜻이었다. 살아 있다면. 그녀는 2009년부터 실종 상태였다. *어떻게 네 살 난 아이를 잃어버릴 수가 있지?* 아브라는 놀라워했다. *엄마, 아빠가 한심한 인간들이었나 봐.* 하지만 엄마, 아빠가 잃어버린 게 아닐 수도 있었다. 요주의 인물이 그 동네를 어슬렁거리다 기회가 보이자 납치해 간 것일 수도 있었다.

DOB 1998년 9월 4일인 머턴 어스큐도 보였다. 그는 2010년에 실종됐다.

중간쯤에 소개된 에인절 바버라라는 예쁘장한 남아메리카계 여자아이는 캔자스시티의 집에서 일곱 살 때 사라진 뒤 9년째 실종 상태였다. 아브라는 궁금해졌다. *그녀의 부모님은 이렇게 조그만 사진으로 딸을 찾을 수 있다고 생각하는 걸까? 찾더라도 딸을 알아볼 수 있을까? 아니, 딸이 부모님을 알아볼 수 있을까?*

그거 치워. 모모의 목소리가 말했다. *실종된 아이들 쳐다보지 않아도 걱정할 거리 많……*

그녀의 시선이 제일 아랫줄에 실린 사진을 발견한 순간, 그녀의 몸에서 조그만 소리가 새어 나왔다. 어쩌면 신음 소리일 수도 있었다. 처음에 그녀는 왜 그랬는지 이유를 알 듯 모를 듯했다. 가끔 영작문을 하다 보면 쓰고 싶은 단어가 있는데 그 망할 녀석이 혀끝에서 맴돌기만 할 뿐, 정확하게 생각이 나지 않을 때처럼 그랬다.

짧은 머리에 바보처럼 활짝 웃고 있는 백인 남자아이의 사진이었다. 양쪽 뺨에 주근깨가 있는 것 같았다. 사진이 너무 작아서 확실하지는 않았지만

주근깨 맞아. 주근깨 맞다는 거 알잖아.

아브라는 왠지 몰라도 맞다고 장담할 수 있었다. 그렇다, 그건 주근깨였고, 이 아이의 형이 그걸 가지고 놀렸고, 어머니는 때가 되면 없어질 거라고 했다.

"주근깨가 행운의 상징이라고." 아브라는 속삭였다.

브래들리 트레버, DOB 2000년 3월 2일. 2011년 7월 12일에 실종. 인종: 백인. 주소지: 아이오와 주 뱅커턴. 현재 나이: 13세. 그리고 그 아래…… 대부분 웃고 있는 그 모든 아이들의 사진 아래: *브래들리 트레버를 보신 분은 전국 실종·학대 아동 센터로 연락 바랍니다.*

브래들리 건으로 연락하는 사람은 없을 것이다. 아무도 그를 보지 못할 테니까. 그의 현재 나이도 13세가 아니었다. 브래들리 트레버는 11세에서 성장을 멈추었다. 24시간 내내 같은 시간을 보여 주는 고장 난 시계처럼. 문득 정신을 차리고 보니 아브라는 땅속에 묻히면 주근깨도 희미해질까, 그런 생각을 하고 있었다.

"야구하는 아이." 그녀는 속삭였다.

집 앞 진입로 길가에 화단이 있었다. 등에 짊어진 짐이 갑자기 무거워진 아브라는 두 손으로 무릎을 짚고 그 위로 고개를 숙여서 어머니의 과꽃 위로 오레오 쿠키와 소화가 덜 된 점심을 게워 냈다. 토악질이 이제 멎었다는 게 분명해졌을 때 차고로 들어가서 우편물을 휴지통에 넣었다. *전부 다 넣었다.*

아빠 말이 맞았다. 우편물은 쓰레기였다.

5

아빠가 서재로 쓰는 방문이 열려 있었고, 아브라가 게워 낸 오레오 쿠키의 시큼한 초콜릿 맛을 물로 헹구어 내려고 부엌 싱크대 앞에서 걸음을 멈추었을 때 꾸준히 탁탁거리는 컴퓨터 자판 소리가 들렸다. 좋은 징조였다. 그 소리가 느려지거나 완전히 멈추면 아빠는 짜증을 부리는 성향이 있었다. 게다가 그녀에게 관심을 보일 가능성도 커졌다. 오늘은 관심을 사양하고 싶었다.

"아바-두, 왔니?" 아버지가 노래하듯 물었다.

평소 같으면 아기 때 별명은 *제발* 자제해 달라고 부탁했겠지만 오늘은 달랐다.

"네, 왔어요."

"학교에서는 별일 없었고?"

꾸준히 이어지던 탁-탁-탁 소리가 멈추었다. *제발 나오지 마세요.* 아브라는 기도했다. *나와서 저를 보고 얼굴이 왜 이렇게 새하얗게*

질렸냐 어쩌고저쩌고 묻지 말아 주세요.

"네. 작업은 어때요?"

"잘되고 있다." 그가 말했다. "찰스턴과 블랙 바텀(1920년대에 흑인들 사이에서 유행했던 엉덩이 춤 — 옮긴이)에 대해서 쓰는 중이야. 보-도-디-오-도."

그게 뭔지는 알 바 아니었다. 중요한 건 탁-탁-탁 소리가 다시 시작됐다는 사실이었다. 하느님 감사합니다.

"잘됐네요." 그녀는 말하면서 컵을 헹궈 건조대에 넣었다. "저는 2층에 올라가서 숙제 시작할게요."

"역시 내 딸일세. 2018년 하버드를 상상해라."

"알았어요, 아빠."

어쩌면 그녀는 정말로 그럴 수도 있었다. 2011년 아이오와 주 뱅커턴을 잊을 수만 있다면 뭐든 상관없었다.

6

그런데 잊을 수가 없었다.

왜냐하면.

왜냐하면 뭘까? 왜냐하면 왤까? 왜냐하면…… 음…….

왜냐하면 내가 취할 수 있는 조치가 있기 때문이지.

그녀는 잠깐 동안 제시카와 채팅을 했지만, 얼마 안 있어 제시카가 부모님과 함께 판다 가든에서 저녁을 먹으러 노스콘웨이에 있는 쇼핑몰로 출발했기 때문에 사회 교과서를 펼쳤다. 원래는 '우리 정부는 어떤 식으로 운영되는가' 하는 제목 아래 20쪽에 걸쳐 어마어마하게 지겨운 내용이 이어지는 4장을 공부할 작정이었는데 책이 바닥으로 떨어지면서 5장이 펼쳐졌다. '시민으로서 지켜야 할 의무'.

맙소사, 그날 오후에 그녀가 피하고 싶은 단어가 있다면 바로 '의무'였다. 그녀는 계속 텁텁한 입안을 헹구러 화장실에 들어갔다가 정신을 차리고 보니 거울에 비친 자신의 주근깨를 멍하니 쳐다보고 있었다. 주근깨는 정확히 세 개였다. 왼쪽 뺨에 한 개, 코에 두 개. 그 정도면 괜찮았다. 그녀는 주근깨에 관한 한 운이 좋았다. 게다가 그녀는 베서니 스티븐스처럼 모반이 있지도 않았고, 노먼 맥긴리처럼 한쪽 눈이 사시도 아니었고, 지니 휘트로처럼 말을 더듬지도 않았고, 자주 괴롭힘을 당하는 불쌍한 펜스 에퍼섬처럼 이름이 끔찍하지도 않았다. 물론 남들과 조금 다르기는 했지만 그래도 아무 문제없었고, 사람들은 그런 점을 남학생들 사이에서 (여학생들도 늘 어찌어찌 알아내기 마련이었지만) 거시기 펜스라고 불리는 펜스처럼 해괴하다기보다 재미있게 받아들였다.

그리고 가장 중요한 건 뭔가 하면 내가 비명을 지르면서 그만하라고 애원해도 아랑곳하지 않는 미친 인간들에게 칼로 찔리지도 않았다는 거지. 미친 인간들이 자기 손에 묻은 내 피를 핥는 광경을 보면서 죽지도 않았다는 거지. 아바-두는 운 좋은 아가씨야.

하지만 결국에는 운 좋은 아가씨가 아닐 수도 있었다. 운 좋은 아가씨들은 알 필요가 없는 일들을 알고 지내지 않으니까.

그녀는 변기 뚜껑을 내리고 그 위에 앉아서 두 손으로 얼굴을 가린 채 조용히 울었다. 브래들리 트레버와 그 아이가 어떤 식으로 처참하게 죽었는지 다시 떠올리게 된 것만 해도 마음이 안 좋은데, 그 아이뿐만이 아니었다. 다른 아이들을 생각하면, 지옥에서 열린 아침 조회 시간처럼《애니스턴 쇼퍼》맨 마지막 장에 빽빽하게 실린 수많은 사진들을 생각하면……. 빠진 이를 드러내며 지은 미소, 세상을 접한 기간이 심지어 아브라보다 짧았던 눈들. 그녀는 아는 것도 없는데. 심지어 '우리 정부는 어떤 식으로 운영'되는지도 모르는데.

실종된 아이들의 부모는 어떤 생각을 했을까? 무슨 수로 버텼을까? 아침에 눈을 뜨자마자, 밤에 눈을 감기 직전에 떠올린 얼굴이 신시아 아니면 머턴 아니면 에인절이었을까? 아이들을 찾을 경우에 대비해서 방을 청소해 놓았을까 아니면 옷과 장난감을 모두 자선 단체에 기부해 버렸을까? 나무에서 떨어진 레니 오미어러가 돌에 머리를 부딪쳐 죽었을 때 그의 부모는 그랬다고 들었다. 물론 레니의 부모님은 아들이 죽었다는 걸 알았고, 꽃을 들고 찾아갈 무덤이 있었으니까 상황이 다를 수 있었다. 아닐 수도 있지만 아브라가 생각하기에는 다를 것 같았다. 그렇지 않으면 계속 궁금하지 않겠는가. 아침을 먹을 때면 실종된 아이

신시아 머턴 에인절.

도 어딘가에서 아침을 먹고 있을지 아니면 연을 날리고 있을지 아니면 대규모 이민자들과 함께 오렌지를 따고 있을지 궁금하지 않겠는가. 실종된 아이들은 대개 그런 운명이니(6시 액션 뉴스만 봐도 알 수 있었다.) 내심으로는 죽었을 거라고 생각할 수밖에 없지만, 그래도 아무도 모를 일이었다.

그녀는 신시아 에이브라드나 머턴 어스큐나 에인절 바버라의 부모의 궁금증은 해결해 줄 수 없었지만, 그들은 어떻게 됐는지 전혀 알 수 없었지만, 브래들리 트레버는 그렇지가 않았다.

그 아이를 거의 잊고 있었는데 그 바보 같은 *신문* 때문에…… 그 *사진*들 때문에…… 그 사진들이 놀라서 그녀의 무의식 밖으로 뛰쳐나오기라도 한 것처럼 알고 있는지도 몰랐던 사실들이 떠올라서…….

그리고 그녀에게 주어진 능력들. 어느 날 방과 후에 바비 플래너건과 서로 만진 적이 있는데(얼굴을 빨거나 그런 구역질나는 짓은 하지 않고 아주 살짝만) 걱정하실까 봐 부모님한테는 비밀로 했던 것처럼, 걱정하실까 봐 부모님한테는 비밀로 했던 것들. 부모님은 그런 부분에 대해 알고 싶어 하지 않을 것이었다. 아브라가 짐작하기로 부모님은 그녀가 여덟 살 무렵에 멈추어져 있다고 생각했고(텔레파시로 파악한 게 아니라도 어느 정도 맞는 짐작이었다.) 젖가슴이 나오지 않는 한 계속 그렇게 생각할 텐데, 젖가슴이 아직은 겉에서 티가 날 정도로 나오지 않았다.

심지어 부모님은 지금까지 그녀와 '그 이야기'조차 나누지 않았다. 줄리 밴도버가 말하길 진실을 알려 주는 쪽은 대부분 엄마라고 하던데 아브라가 최근에 들은 진실이라고는 목요일 아침마다 버스가 오기 전에 쓰레기를 버리는 게 얼마나 중요한가, 그것뿐이었다.

"이 정도면 너한테 집안일을 많이 부탁하는 것도 아니잖니." 엄마는 이렇게 말했다. "그리고 올가을은 특히 서로 도와야 하고."

모모는 적어도 '그 이야기'를 건드리려고는 했다. 지난봄 어느 날,

아브라를 한쪽으로 데리고 가더니 이렇게 물었다.

"네 나이 정도 되면 남자애들이 여자애들한테 뭘 바라는지 아니?"

"같이 자는 거겠죠."

아브라는 대답했다. 종종걸음치고 다니는 그 얌전한 펜스 에퍼섬이 원하는 것은 그녀의 쿠키 한 쪽이나 자동판매기에 넣을 25센트짜리 동전이나 「어벤저스」를 몇 번이나 봤는지 그녀에게 알리는 것뿐인 듯했지만 말이다.

모모는 고개를 끄덕였다.

"인간의 본능을 나무랄 수는 없는 법이지. 본능은 본능이니까. 하지만 해달라는 대로 해 주면 안 돼. 절대. 무슨 한이 있더라도. 열아홉 살이 되면 그때 가서 다시 고민해 볼 수는 있지만."

조금 당황스럽기는 했지만 그래도 군더더기 없고 명료했다. 그녀의 머릿속에 있는 그것은 명료한 구석이 전혀 없었다. 그녀에게는 그것이 보이지는 않지만 실존하는 모반과 같았다. 부모님은 그녀가 어렸을 때 벌어졌던 희한한 일들에 대해 더 이상 언급하지 않았다. 그런 일들을 유발한 그것이 거의 없어졌다고 생각해서 그런 것일 수도 있었다. 모모가 병에 걸렸다는 사실을 그녀가 알아차리기는 했지만, 그래도 말도 안 되는 피아노 소리가 들리거나 화장실에서 물이 틀어지거나 생일 파티 때 부엌 천장에 숟가락이 매달리거나(그녀는 거의 기억도 안 나지만) 하는 것과는 달랐다. 그녀는 조절하는 방법을 배웠을 따름이었다. 완벽하게는 아니지만 그래도 거의 조절할 수 있었다.

그랬더니 달라졌다. 이제 그녀는 어떤 일이 벌어지기 전에 미리 알아차리는 경우가 거의 없었다. 물건을 움직이지도 못했다. 여섯 살, 일곱 살 때는 집중하면 쌓아 놓은 교과서 더미를 천장까지 들어 올릴 수 있었다. 그 정도는 아무것도 아니었다. 모모가 즐겨 말하듯 고양이 반바지 떠주는 것만큼이나 쉬웠다. 이제는 뇌가 귀 밖으로 쏟아지겠다 싶을 만큼 집중해야 책상 위에 놓인 책 한 권을 겨우 몇 센티미터 움직일 수 있었다. 그 정도면 양호한 거였다. 책장조차 넘기지 못하는 날도 많았다.

하지만 그녀에게는 다른 능력들도 있었고 대부분 어렸을 때에 비해 많이 발전했다. 예컨대 남의 생각을 읽는 것만 해도 그랬다. 모든 이에게 적용이 되는 것은 아니었지만(완전히 막힌 사람도 있고 간간이 반짝거리기만 하는 사람도 있었다.) 많은 사람들의 머릿속이 커튼이 젖혀진 창문 같았다. 내키면 아무 때나 들여다볼 수 있었다. 그렇게 알아낸 것들이 슬플 때도 있고 충격적일 때가 많았기 때문에 그녀는 잘 들여다보려고 하지 않았다. 6학년 때 담임이었던 사랑하는 모런 선생님이 바람을 피우고 있다는 사실을 알게 된 것이야말로 긍정적이라고 할 수 없는 쪽으로 가장 엄청난 충격이었다.

요즘은 그 들여다보기 기능을 거의 차단하고 지냈다. 처음에는 뒤로 스케이트를 타거나 왼손으로 글씨를 쓰는 것처럼 차단하는 방법을 터득하기가 어려웠지만 *어찌어찌* 터득할 수 있었다. 연습한다고 완벽해지지는 않았지만 (최소한 아직까지는) 그래도 도움이 됐다. 그녀는 지금도 가끔 들여다보기는 하지만, 항상 섬뜩하거나 역겨운 게 드러날 조짐이 보이면 얼른 철수할 준비를 하고 조심스럽게 접근했다. 그리고 부모님이나 모모의 머릿속은 절대 들여다보지 않았다.

그건 옳지 않은 짓이었다. 어쩌면 남들의 경우에도 옳지 않은 짓일수 있었지만 모모도 그러지 않았던가. 인간의 본능을 나무랄 수는없는 법이라고. 호기심보다 더 인간적인 본능은 없었다.

가끔 그녀가 남을 조종할 때도 있었다. 전부 다 그런 건 아니었고심지어 *과반수*도 안 됐지만 귀가 *아주* 얇은 사람들이 많았다. (아마홈쇼핑에서 파는 걸 바르면 정말 주름이 없어지고 머리칼이 다시 자랄지 모른다고 생각하는 그런 부류일 것이다.) 아브라는 연습하면 이런 능력도근육처럼 키울 수 있다는 걸 알았지만 그러지 않았다. 무서웠다.

그 밖의 다른 능력들 중에는 이름이 없는 것도 있었지만 그녀가지금 떠올린 능력에는 이름이 있었다. 바로 '천리안'이었다. 그녀에게 주어진 다른 특별한 능력들처럼 그것 역시 나타났다 사라졌다 했지만 정말로 간절히 바라면 (그리고 집중할 대상이 있으면) 소환할 수있었다.

지금 소환해 봐.

"입 다물어, 아바-두." 그녀는 긴장한 목소리로 나지막이 중얼거렸다. "입 다물어, 아바-두-두."

그녀는 보이드, 스티브, 캠, 피트의 이름을 못해도 스무 번씩 적은종이로 오늘 저녁에 숙제할 부분을 표시해 놓은 『초급 대수』 교과서를 펼쳤다. 그녀가 가장 좋아하는 라운드 히어라는 보이 밴드의 멤버들 이름이었다. 다들 *진짜* 끝내주는데 그중에서도 캠이 최고였다.그녀의 단짝인 에마 딘도 그렇게 생각했다. 그 파란 눈, 무심한 듯쏟아지는 금발.

어쩌면 내가 도울 수 있을지 몰라. 그 아이 부모님들이 슬퍼하겠

지만 그래도 최소한 아들의 생사를 알 수 있을 거 아냐.

"입 다물어, 아바-두. 입 다물어, 아바-두-두."

5x - 4 = 26이라면 x에 들어갈 수는?

"6000억!" 그녀는 말했다. "알 게 뭐야?"

그녀와 에마가 애용하는 통통하고 동글동글한 글씨체(에마가 딱 잘라 말하길 "그렇게 써야 훨씬 낭만적으로 보이잖아."라고 했다.)로 적힌 라운드 히어의 귀여운 남자아이들 이름에 시선이 다다르자 문득 그 이름들이 한심하고 유치하고 잘못된 것처럼 느껴졌다. *그 사람들은 그를 칼로 찌르고 그의 피를 핥은 다음 그보다 더 나쁜 짓을 했어.* 그런 일이 벌어질 수도 있는 세상에서 보이 밴드 생각에 넋을 잃다니 그게 더 나쁜 짓인 것 같았다.

아브라는 탁 소리 나게 책을 덮고 1층으로 내려가서(아빠의 서재에서 들리는 탁-탁-탁 소리는 조금도 누그러들지 않았다.) 차고로 나갔다. 휴지통에 던졌던 《애니스턴 쇼퍼》를 다시 꺼내서 방으로 들고 올라가 책상 위에 반듯하게 펼쳤다.

수많은 얼굴들이 있었지만 바로 지금 그녀의 관심사는 딱 한 얼굴뿐이었다.

7

심장이 쿵쾅-쿵쾅-쿵쾅거렸다. 의식적으로 천리안을 동원하거나 사람들의 생각을 읽으면 전에도 겁이 났지만 지금처럼 겁이 난 적은 없었다. 이 비슷한 수준인 적도 없었다.

알아내면 뭘 어쩌려고?

그건 나중에 고민할 문제였다. 알아내지 못할 수도 있지 않는가. 비열하고 비겁한 그녀의 일면은 알아내지 못하길 바랐다.

아브라는 왼손 첫 번째와 두 번째 손가락을 브래들리 트레버의 사진에 갖다 댔다. 왼손이 더 잘 보였다. 다섯 손가락을 모두 갖다 댈 수 있으면 좋았겠지만 (그게 어떤 물건이면 잡았겠지만) 사진이 너무 작았다. 손가락을 올려놓자 이제는 사진이 아예 보이지도 않았다. 하지만 그녀는 보였다. 아주 잘 보였다.

라운드 히어의 캠 놀스처럼 파란 눈. 사진에서는 안 보였지만 똑같이 짙은 파란색이었다. 그녀는 알 수 있었다.

나처럼 오른손잡이로구나. 그런데 나처럼 왼손잡이기도 하네. 다음에 어떤 공이 올지, 빠른 공일지 커브일지 왼손으로 알아……

그녀는 헉 하고 숨을 내뱉었다. 야구하는 아이는 아는 게 많았다.

야구하는 아이는 정말 그녀와 비슷했다.

그래, 맞아. 그래서 그들이 이 아이를 데려간 거야.

눈을 감자 그의 얼굴이 보였다. 브래들리 트레버. 친구들 사이에서는 브래드라고 불리던 아이. 야구하는 아이. 그는 가끔 모자를 뒤집어썼다. 그러면 행운의 모자가 되기 때문이었다. 그의 아버지는 농사를 지었다. 그의 어머니는 파이를 만들어 동네 식당에서 팔았고 아버지가 지은 농작물과 함께 가판대에서도 팔았다. 형이 대학교에 진학하자 브래드는 AC/DC 시디를 모두 물려받았다. 그와 단짝 친구인 앨은 「빅 볼스」라는 곡을 특히 좋아했다. 두 친구는 브래드의 침대에 앉아서 그 노래를 함께 부르며 웃고 또 웃었다.

옥수수밭을 지났더니 한 남자가 기다리고 있었어. 브래드는 그 남자가 좋은 사람, 착한 사람인 줄 알았어. 왜냐하면……

"배리." 아브라는 나지막이 중얼거렸다. 잠을 자다 생생한 꿈을 꾸는 사람처럼 그녀의 눈동자가 눈꺼풀 뒤에서 빠르게 좌우로 움직였다. "남자의 이름은 중국놈 배리였어. 그자가 브래드, 너를 속였지. 그렇지?"

그런데 배리뿐만이 아니었다. 배리 한 명이었다면 브래드는 알아차렸을 것이다. 손전등을 비춘 사람들이 다 같이 똑같은 메시지를 전송했을 것이다. *중국놈 배리의 트럭인지 캠핑용 밴인지 뭔지 모를 차에 타도 돼. 배리는 좋은 사람이니까. 착한 사람이니까. 친구니까.*

그래 놓고는 끌고 가서…….

아브라는 더욱 깊숙이 파고들었다. 브래드가 본 것이라고는 회색 깔개뿐이었으니 그 부분에 대해서는 건너뛰었다. 그는 테이프로 묶인 채 중국놈 배리가 모는 뭔지 모를 자동차 바닥에 엎드려 있었다. 하지만 그래도 상관없었다. 주파수가 맞추어졌기 때문에 그의 주변이 보였다. 뭐가 보였는가 하면……

장갑. 윌슨 야구장갑. 그리고 중국놈 배리……

순간, 그 장면이 휙 하고 지나갔다. 나중에 다시 퍼뜩 찾아올 수도 있고 아닐 수도 있었다.

밤이었다. 거름 냄새가 났다. 공장이었다. 일종의

무너진

공장이었다. 자동차들이 일렬로 그곳을 향해 달려가는데, 작은 차도 있지만 대부분 대형이었고 그중 몇 대는 거대했다. 누가 볼 경우에 대비해 전조등을 껐지만 반달에서 보름달로 넘어가는 달이 하늘에 떠 있었다. 그래서 충분히 밝았다. 그들은 파여서 울퉁불퉁한 콜타르 길을 달리고, 급수탑을 지나고, 지붕이 무너진 창고를 지나고, 열려 있던 녹이 슨 철문을 통과하고, 표지판을 지났다. 하도 순식간에 지나가서 표지판을 읽을 수가 없었다. 그러자 공장이 나왔다. 굴뚝도 무너지고 창문도 무너진, 무너진 공장이었다. 또다시 표지판이 보였고 이번에는 달빛 덕분에 *읽을* 수 있었다. 캔턴 군 보안관의 명령 하에 무단 침입 금지.

그들은 뒤로 돌아갈 작정이었고, 그쪽으로 건너가서 야구하는 브래드를 해칠 작정이었다. 죽을 때까지 계속 해칠 작정이었다. 아브라는 그 부분을 보고 싶지 않았기에 테이프를 거꾸로 돌렸다. 정말 꽉 잠긴 뚜껑을 여는 것처럼 조금 힘들었지만 그래도 해냈다. 원하는 지점으로 돌아갔을 때 그녀는 손을 뗐다.

중국놈 배리는 그 장갑이 마음에 들었어. 어렸을 때 생각이 났거든. 그래서 그걸 껴봤지. 장갑을 끼고는 기름 냄새를 맡아 보았지. 브래드는 뻣뻣해지지 말라고 장갑에 기름을 칠한 다음 포켓을 주먹으로 몇 번 때렸는데⋯⋯

하지만 테이프가 앞으로 돌아가는 바람에 그녀는 브래드의 야구 장갑에 대해 다시 잊어버렸다.

급수탑. 지붕이 무너진 창고. 녹이 슨 철문. 그리고 첫 번째 표지판. 뭐라고 쓰여 있었더라?

알 수 없었다. 달빛이 있어도 너무 순식간에 지나갔다. 그녀는 테이프를 다시 거꾸로 감고 (이제 이마에 구슬땀이 맺히기 시작했다.) 손을 뗐다. 급수탑. 지붕이 무너진 창고. *준비해, 온다.* 녹이 슨 철문. 그리고 첫 번째 표지판. 이번에는 읽었지만 그래도 무슨 뜻인지 알 수 없었다.

아브라는 공책을 뜯어서 한심한 보이 밴드 멤버들 이름을 동글동글하게 적어 놓은 종이를 뒤집었다. 그런 다음 그 표지판에서 본 단어들을 잊어버리기 전에 잽싸게 적었다. *유기 산업. 그리고 에탄올 공장 제4호 그리고 아이오와 주 프리먼 그리고 추후 공지가 있을 때까지 폐쇄.*

됐다. 그들이 어디에서 그 아이를 죽였고 야구 장갑, 기타 등등과 함께 어디에 묻었는지 (분명히) 알아냈다. 이제 어쩐다? 실종·학대아동 센터로 연락하면 그쪽에서는 어린애 전화라고 무시할 테고…… 그녀의 연락처를 경찰서에 넘겨서 안 그래도 슬프고 불행한 사람들에게 장난친 죄로 잡아가게 할 것이었다. 그녀는 그다음 차례로 어머니를 떠올렸지만 모모가 아파서 살날이 얼마 안 남은 마당에 안 될 말씀이었다. 엄마는 이것 말고도 걱정거리가 넘쳐났다.

자리에서 일어난 아브라는 창가로 다가가 길거리를 내다보았다. 길모퉁이의 리키티 스플리트 편의점(휴지통이 있는 그 뒤편이 마약을 피우는 곳이라서 고학년들은 리키티 스플리프('리키티 스플리트'는 '잽싸게, 즉시'라는 뜻인데 스플리트를 마리화나를 의미하는 스플리프로 바꾼 것이다—옮긴이)라고 불렀다.), 맑고 파란 늦여름 하늘 위로 고개를 내민 화이트 산맥. 그녀는 입술을 문지르기 시작했다. 불안하면 나타나는 이 습관을 부모님은 고치려고 애를 썼지만 안 계시니까 무시해도 됐다. 뭐든 무시해도 됐다.

아빠가 바로 1층에 계시잖아.

아빠한테도 알리고 싶지 않았다. 책을 끝내야 하니까 그렇다기보다 아빠는 그녀의 말을 믿더라도 이런 일에는 휘말리고 싶어 하지 않는 성격이기 때문이었다. 그건 아브라가 아빠의 머릿속을 들여다보지 않아도 알 수 있는 부분이었다.

그럼 누구?

마땅한 해결책을 찾지도 못했는데 창문 너머 세상이 거대한 레코드판 위에 올려진 것처럼 돌아가기 시작했다. 그녀는 나지막이 비명을 터뜨리며 창문 양옆을 붙들고 커튼을 주먹으로 움켜쥐었다. 전에도 이런 적이 있었는데 항상 예고가 없고 꼭 무슨 발작 같아서 그녀는 번번이 겁에 질렸다. 그녀는 육체를 이탈해 멀리 볼 수 있는 자가 아니라 멀리 *떨어진* 자가 되었다. 만약 돌아가지 못하면 어떻게 해야 할까.

턴테이블이 돌아가는 속도가 느려지다 멎었다. 이제 그녀는 자기 방이 아니라 어느 슈퍼마켓에 있었다. 앞에 있는 정육 코너를 보고 슈퍼마켓이라는 것을 알 수 있었다. 그 위로 약속이 적혀 있었다(밝은 형광등 덕분에 쉽게 읽을 수 있었다.). 샘스 정육점에서는 모든 고기가 최고급 카우보이 컷입니다! 턴테이블이 그녀를 걸어가는 어떤 사람의 몸속으로 밀어 넣었기에 정육 코너가 점점 가까이 다가왔다. 걸으면서 장을 보는 어떤 사람이었다. 중국놈 배리인가? 아니, 그렇지는 않았다. 하지만 배리가 가까이 있긴 했다. 그녀를 이곳으로 *데려온* 장본인이 배리였다. 그런데 그보다 훨씬 막강한 누군가가 그녀를 그에게서 떼어 냈다. 식료품으로 가득한 카트가 아래로 보였다. 그러다 움직임이 멈추었고, 어떤 느낌, 그러니까 누군가가

(뒤적뒤적 비집고)

'그녀의 안'으로 들어오는 말도 안 되는 느낌이 들자 아브라는 퍼뜩 알아차렸다. 이번만큼은 그녀 혼자 턴테이블 위에 있는 게 아니었다. 그녀는 슈퍼마켓 통로 끝에서 정육 코너 쪽을 쳐다보고 있었고, 제2의 인물은 창밖으로 리치랜드 코트와 그 너머의 화이트 산맥을 보고 있었다.

그녀의 안에서 공포가 폭발했다. 불난 데 기름을 부은 격이었다. 바늘 한 땀 길이로 꽉 오므린 그녀의 입술에서는 아무 소리도 새어 나오지 않았지만, 그녀는 가능할 거라고 상상하지도 못했을 만큼 엄청난 비명을 머릿속에서 만들어 냈다.

(싫어! 내 머릿속에서 나가!)

8

집이 울리고 서재 천장에 달린 전등이 체인째 흔들렸을 때 데이비드가 맨 처음 한 생각은

아브라.

몇 년 동안 염력 어쩌고 현상이 잠잠했고 그런 경우는 처음이었지만 딸의 초능력이 또 분출됐구나, 하는 것이었다. 모든 게 정상으로 돌아왔을 때 두 번째로 든 생각은(그가 보기에는 이쪽이 훨씬 그럴 듯했

다.) 뉴햄프셔로 건너온 이래 처음으로 지진을 겪었다는 것이었다. 가끔 지진이 난다는 것을 알고는 있었지만…… 와우!

그는 자리에서 일어나 (그 전에 '저장'을 누르는 것을 잊지 않았다.) 복도로 달려 나갔다. 그러고는 계단 발치에서 외쳤다.

"아브라! 너도 느꼈니?"

그녀는 조금 겁에 질려서 하얗게 질린 얼굴로 방에서 나왔다.

"네. 제…… 제가 생각하기에는……"

"지진이었어!" 데이비드는 얼굴을 환히 빛내며 말했다. "네 생애 최초의 지진! 끝내주지?"

"네." 아브라는 대답했지만 별로 흥분한 목소리가 아니었다. "끝내줘요."

그가 거실 창밖을 내다보니 사람들이 자기 집 현관과 잔디밭에 서 있었다. 친하게 지내는 매트 렌프루의 얼굴도 보였다.

"길 건너가서 매트하고 이야기 좀 해봐야겠다. 같이 갈래?"

"저는 수학 숙제 마저 할래요."

데이비드는 현관문을 향해 걸어가다 고개를 돌리고 그녀를 올려 다보았다.

"무서워하는 건 아니지? 그럴 필요 없어. 이제 끝났으니까."

아브라는 정말 그런 거라면 얼마나 좋을까 싶었다.

9

로즈는 플릭 할아범의 건강 상태가 또 안 좋아지는 바람에 2인분의 장을 보러 나섰다. 샘스 슈퍼마켓을 배회하는 다른 트루 멤버들이 보이면 까딱 고개 인사를 했다. 통조림 코너에서는 한 손에 부인이 쥐여 준 목록을 들고 있는 중국놈 배리와 대화를 나누었다. 배리는 플릭을 걱정했다.

"다시 괜찮아질 거야." 로즈가 말했다. "할아범이 어떤 사람인지 알잖아."

배리는 씩 웃었다.

"쇠심줄보다 질긴 사람이지."

로즈는 고개를 끄덕이고 다시 카트를 밀었다.

"두말하면 잔소리."

슈퍼마켓을 찾은 평범한 주중 오후였고 그녀는 배리 곁을 떠났을 때 겪은 현상이 세속적인 현상, 그러니까 저혈당 같은 것인 줄 알았다. 그녀는 갑자기 당이 떨어질 때가 있어서 핸드백에 초코바를 하나씩 넣고 다녔다. 그러다 잠시 후 누군가가 그녀의 머릿속에 들어왔음을 알아차렸다. 누군가가 *보고* 있었다.

로즈는 우유부단한 성격으로 트루 낫의 리더가 된 게 아니었다. 그녀는 (다음번 목적지인) 정육 코너를 향해 카트를 세우고 곧바로 오지랖 넓은 어느 요주의 인물이 만들어 놓은 연결관 속으로 뛰어들었다. 트루 멤버는 아니었다. 트루 멤버였다면 당장 누군지 알아차렸을 것이다. 하지만 평범한 얼뜨기도 아니었다.

절대 평범한 얼뜨기가 아니었다.

슈퍼마켓이 휙 하니 사라졌고 문득 그녀는 어떤 산맥을 쳐다보고 있었다. 로키산맥은 아니었다. 로키산맥이라면 한눈에 알았을 것이다. 그보다 작았다. 캐츠킬인가? 애디론댁인가? 둘 중 하나이거나 아니면 다른 산맥이었다. 쳐다보는 사람은…… 어린아이였다. 여자아이, 그리고 전에 만난 적 있는 아이였다.

어떻게 생긴 아이인지 확인해야 아무 때고 찾아낼 수 있을 텐데. 거울을 쳐다보게 해서……

그런데 그때 어떤 생각 하나가 밀폐된 방 안에서 엽총이 발사되듯 큰 소리를 내며

(싫어! 내 머릿속에서 나가!)

그녀의 머릿속을 깨끗이 지우자 그녀는 비틀거리다 통조림 수프와 채소에 부딪쳤다. 통조림들이 폭포처럼 쏟아져 사방으로 데굴데굴 굴렀다. 한순간 로즈는 이슬을 머금은 로맨스 소설의 여주인공처럼 정신을 잃으면서 통조림들과 함께 나뒹굴 것 같다는 생각이 들었다. 하지만 정신이 다시 돌아왔다. 아이가 다소 극적인 방식으로 연결을 끊은 것이었다.

코피가 났을까? 그녀는 손으로 인중을 닦았다. 나지 않았다. 다행이었다.

창고 직원 하나가 달려왔다.

"손님, 괜찮으세요?"

"괜찮아요. 잠깐 눈앞이 캄캄했어요. 어제 이를 빼서 그런가 봐요. 이제는 가라앉았어요. 나 때문에 난장판이 됐네. 미안해요. 병이 아

니라 통조림이었기 망정이지."

"괜찮습니다. 정말 괜찮습니다. 정문으로 나가서 택시 기다리는 벤치에 좀 앉으실래요?"

"그렇게까지 하지는 않아도 될 것 같아요." 로즈는 말했다.

정말 그랬지만 그날의 장보기는 물 건너간 얘기였다. 그녀는 카트를 옆의 옆 통로로 끌고 가서 두고 나왔다.

10

그녀는 사이드와인더 서쪽의 고지대 캠핑장에서 (오래됐지만 믿음직한) 타코마를 몰고나왔다. 그녀는 운전석에 타자마자 핸드백에서 전화기를 꺼내 단축 번호를 눌렀다. 상대방은 신호가 떨어지기가 무섭게 전화를 받았다.

"무슨 일이야, 로지 아가씨?" 크로 대디였다.

"문제가 생겼어."

물론 어떻게 보면 기회이기도 했다. 그 정도로 폭발할 수 있는 보일러를 갖춘(로즈를 감지한 정도가 아니라 비틀거리게 만들지 않았던가.) 아이는 스팀헤드 수준이 아니라 세기의 발견이었다. 그녀는 커다랗고 하얀 고래를 처음 발견한 아하브 선장(소설 『모비딕』의 주인공 — 옮긴이)이 된 듯한 심정이었다.

"얘기해 봐." 이제는 철두철미하게 사무적인 말투였다.

"2년 조금 더 전에. 아이오와 아이. 기억하지?"

"물론."

"내가 구경꾼이 있다고 했던 것도 기억하지?"

"응. 동부라고. 여자아이 같다고 했잖아."

"여자아이 맞아. 걔가 좀 전에 나를 다시 찾아왔어. 샘스 슈퍼마켓에서 장을 보는데 갑자기 걔가 나타났지 뭐야."

"왜 이제 와서?"

"모르겠고 상관없어. 하지만 걔를 찾아야 해, 크로. 꼭 찾아야 해."

"걔는 당신이 누군지 알아? *우리가* 어디 있는지 알아?"

로즈는 트럭으로 걸어가는 동안 그 부분에 대해 고민해 보았다. 침입자는 그녀를 보지 못했다. 그것만큼은 분명했다. 그 아이는 안에서 밖을 내다보았다. 무엇을 보았느냐고? 슈퍼마켓 통로. 미국에 그런 슈퍼마켓 통로가 몇 군데나 있을까? 아마 백만 군데는 될 것이었다.

"모를 거야. 하지만 그게 중요한 게 아니야."

"그럼 뭔데?"

"걔 스팀이 크다고 했던 거 기억하지? 엄청나다고. 지금은 그때보다 더 커졌어. 내가 그걸 역이용하려고 하니까 무슨 민들레 홀씨라도 되는 것처럼 나를 불어서 머리 밖으로 날려 버리더라고. 그런 경험은 난생처음이었어. 예전 같으면 말도 안 된다고 했을 거야."

"트루 후보야 아니면 먹잇감 후보야?"

"모르겠어."

하지만 그녀는 알았다. 그들은 따끈따끈한 신입보다 스팀이(저장할 스팀이) 훨씬 더 필요했다. 게다가 로즈는 그 정도로 막강한 인물이 트루에 있는 것을 원치 않았다.

"좋아. 그럼 무슨 수로 그 아이를 찾지? 좋은 방법 있어?"

로즈는 사이드와인더의 샘스 슈퍼마켓으로 인정사정없이 쫓겨나기 전에 그 아이의 눈으로 보았던 풍경을 떠올렸다. 별 건 없고 가게가 있었는데…….

그녀가 말했다.

"리키티 스플리프라고 부르던데."

"응?"

"아냐. 신경 쓰지 마. 생각해 봐야겠다. 하지만 찾고 말거야, 크로. 찾아야 하니까."

잠시 정적이 흘렀다. 다시 입을 열었을 때 크로는 조심스러운 말투였다.

"듣자 하니 깡통을 열댓 개는 채울 수 있을 모양인데. 만약 그렇다면 그 아이를 터닝하고 싶지 않겠군."

로즈는 딴생각을 하며 요란하게 웃음을 터뜨렸다.

"내 짐작이 맞다면 이 아이한테서 나오는 스팀을 담아 놓을 깡통이 모자랄 거야. 이 아이가 산이라면 에베레스트거든." 그는 아무 대꾸가 없었다. 로즈는 그의 표정을 보거나 머릿속을 들여다보지 않아도 깜짝 놀랐다는 것을 알 수 있었다. "어쩌면 제3의 길이 있을지 몰라."

"무슨 소리인지 못 알아듣겠네."

당연히 그럴 것이었다. 심사숙고는 크로의 장기가 아니었다.

"그 아이를 터닝하거나 죽이지 않아도 될지 몰라. 소를 생각해 봐."

"소?"

"소 한 마리를 잡으면 두세 달 동안 스테이크와 햄버거를 먹을 수 있지. 하지만 살려 두고 잘 보살피면 6년 동안 우유를 먹을 수 있잖아. 어쩌면 8년 동안."

정적이 흘렀다. 긴 정적이었다. 그녀는 흐르는 대로 내버려 두었다. 다시 입을 열었을 때 크로는 그 어느 때보다 조심스러운 말투였다.

"그런 경우는 들어 본 적이 없는데. 스팀이나 우리한테 필요한 무언가를 얻을 수 있으면 죽이고 터닝을 이길 수 있을 만큼 강하면 터닝하는 거 아닌가? 80년대에 앤디를 터닝했던 것처럼. 헨리 8세가 부인들을 죽이던 시절까지 기억한다는 플릭 할아범은 뭐라고 말할지 모르겠지만 트루가 스팀헤드를 그냥 붙잡아 놓은 적이 있을까? 그 아이가 당신이 말하는 것처럼 막강하다면 위험할 수도 있잖아."

그건 나도 알아. 만약 당신도 내가 느낀 걸 느꼈다면 나더러 그런 생각을 하다니 제정신이 아니라고 할지 몰라. 어쩌면 내가 정말 제정신이 아닐 수도 있지. 하지만……

하지만 그녀는 영양분을 찾아다니느라 그 많은 시간을 (그녀뿐 아니라 온 가족의 시간을) 쏟아 붓는 생활이 이제 지긋지긋했다. 만물의 왕 아니면 여왕처럼 살아야 할 판국에 10세기 집시처럼 사는 것도 이제 지긋지긋했다. 그들은 만물의 왕이 아니었던가.

"할아범 컨디션 좀 괜찮아지면 할아범한테 물어봐. 그리고 묵직한 메리한테도. 거의 플릭만큼 오래 살았으니까. 방울뱀 앤디한테도. 신입이긴 하지만 똑똑하잖아. 유익한 의견 들을 수 있겠다 싶은 사람마다 모조리 붙잡고 물어봐."

"맙소사, 로지. 잘 모르겠지만……"

"나도 마찬가지야. 아직은. 지금도 계속 어지럽거든. 내가 지금 부탁하려는 건 사전 준비 작업일 뿐이야. 이러니저러니 해도 당신이 선발대원이잖아."

"알았어……."

"아, 월넛한테도 꼭 물어봐. 어떤 약을 동원하면 얼뜨기 어린아이를 오랫동안 고분고분 말 잘 듣게 만들 수 있을지."

"내 느낌에 그 아이는 별로 얼뜨기 같지 않은데?"

"얼뜨기 맞아. 크고 늙고 뚱뚱한 얼뜨기 젖소야."

그건 아니긴 해. 사실은 아주 커다랗고 하얀 고래지.

로즈는 크로 대디가 더 할말이 있는지 확인하지도 않은 채 전화를 끊었다. 대장은 그녀였고 그녀의 관점에서 의논은 그것으로 끝이었다.

그 아이는 하얀 고래고 나는 그 아이를 잡고 싶어.

하지만 아하브 선장이 몇 톤에 달하는 비계와 거의 끝도 없이 통에 담을 수 있는 기름이 탐이 나서 고래를 잡고 싶어 했던 게 아니었듯 로즈도 (알맞게 조합한 약물을 먹이고 강력한 최면술로 달래면) 거의 끝도 없이 스팀을 공급받을 수 있을지 모른다는 생각에 그 아이를 잡고 싶어 하는 게 아니었다. 그보다 훨씬 개인적인 차원의 욕망이었다. 그 아이를 터닝하고 싶어서? 트루 낫의 일원으로 만들고 싶어서? 절대 아니었다. 그 아이는 찾아다니면서 세상의 종말 운운하는 책자를 나누어 주는 짜증나는 사이비 교인이라도 되는 것처럼 모자 쓴 로즈를 뻥 차서 자기 머리 밖으로 내쫓았다. 지금까지 그녀를 그런 식으로 쫓아낸 사람은 없었다. 얼마나 막강할지 몰라도 그런 아이는 혼쭐을 내주어야 했다.

그리고 나야말로 그런 역할에 제격이지.

모자 쓴 로즈는 트럭 시동을 걸고 슈퍼마켓 주차장에서 빠져나와 일가족이 운영하는 블루벨 캠핑장으로 출발했다. 그 캠핑장은 경치가 정말 훌륭했다. 그도 그럴 것이, 한때 전 세계를 통틀어 가장 훌륭한 리조트 호텔이 거기 있었다.

물론 오버룩은 오래 전에 불에 타서 잿더미로 변했지만 말이다.

11

매트와 캐시 렌프루는 그 동네에서 가장 놀기 좋아하는 부부답게 이 참에 지진 기념 바비큐 파티를 벌이기로 했다. 그들은 리치랜드 코트의 모든 이웃을 초대했고 거의 대부분 파티에 참석했다. 매트가 길 저쪽 리키티 스플리트에서 탄산음료 한 상자, 저렴한 와인 몇 병, 대용량 맥주 한 통을 사왔다. 아주 재미있었고 데이비드 스톤도 마음껏 즐겼다. 그가 보기에는 아브라도 그랬다. 아브라는 자기 친구 줄리, 에마와 어울려 놀았고 그가 확인하기로는 햄버거와 샐러드도 조금 먹었다. 루시가 말하길 딸아이가 체중과 외모에 극도로 신경 쓰는 나이가 됐으니 아이의 식습관을 예의 주시해야 된다고 했다. 뼈만 남을 지경으로 비쩍 마른 얼굴을 통해 거식증이나 식욕 이상 항진증이 드러날 나이가 됐다는 것이었다.

그는 눈치 채지 못했지만 (만약 그 자리에 루시가 있었다면 눈치 챘을지 모른다.) 아브라는 친구들과 달리 끝도 없이 웃어대지 않았다. 게다가 아이스크림을 한 그릇 먹더니 (그것도 작은 그릇이었다.) 집에 가서 숙제를 마저 끝내도 되느냐고 물었다.

"그래." 데이비드가 말했다. "하지만 렌프루 아저씨와 아주머니께 감사 인사는 드리고."

아브라는 아빠가 말하지 않아도 인사를 했겠지만 그래도 군소리 없이 알았다고 대답했다.

"천만에, 아비." 렌프루 부인이 말했다. 그녀는 화이트와인을 세 잔 마셔서 눈이 거의 기이할 정도로 반짝였다. "끝내주지 않니? 지진이 좀 더 자주 나야겠어. 그런데 내가 그때 비키 펜턴이랑 통화 중이었는데 (폰드 가에 사는 펜턴 부부, 너도 알지?) 한 블록 거리인데도 아무 느낌도 없었다지 뭐니. *희한하지?*"

"그러게요."

아브라는 맞장구를 치면서, 정말로 희한한 게 어떤 건지 렌프루 부인은 반도 모를 거라는 생각을 했다.

12

그녀가 숙제를 마치고 1층에서 아빠와 함께 텔레비전을 보고 있었을 때 엄마한테서 전화가 왔다. 아브라는 엄마와 잠깐 통화를 한 다음 아버지에게 수화기를 건넸다. 루시가 뭐라고 했고 아브라는 아빠가 자기 쪽을 흘끗거리며 이렇게 대답하기 전부터 엄마가 뭐라고 했는지 알아차렸다.

"응, 별일 없어. 숙제 때문에 진이 빠졌나 봐. 요즘은 학교 숙제가 너무 많다니까? 지진 있었다는 얘기 안 해?"

"저 올라가요, 아빠." 아브라의 말에 그는 멍하니 손을 흔들었다.

그녀는 책상에 앉아서 컴퓨터를 켰다가 다시 껐다. 프루트 닌자 게임을 하고 싶지 않았고 채팅도 하고 싶지 않았다. *뭔가* 조치를 취해야 했으니 어쩔 건지 고민해야 했다.

교과서를 책가방에 넣고 고개를 들어보니 슈퍼마켓에 있었던 그 여자가 창밖에서 그녀를 쳐다보고 있었다. 방이 2층이라 있을 수 없는 일이었는데도 그 여자가 거기 있었다. 피부가 잡티 하나 없이 새하얬고, 광대뼈가 우뚝했고, 까만 눈은 미간이 멀고 끝이 살짝 들렸다. 아브라는 지금까지 만난 사람들 중에서 이렇게 예쁜 여자는 처음이라는 생각이 들었다. 그와 동시에 의심의 여지없이 당장 알아차린 사실이 한 가지 있다면 그 여자가 제정신이 아니라는 것이었다. 새까만 머리칼이 완벽하고 조금 도도해 보이는 얼굴을 지나 어깨 밑으로 쏟아졌다. 이 풍성한 머리칼 위에 너덜너덜한 벨벳 소재의 우뚝한 실크해트가 말도 안 되는 각도로 삐딱하게 얹혀 있었다.

진짜로 저기 있는 것도 아니고 내 머릿속으로 들어온 것도 아니야. 어떻게 내 눈에 저 여자가 보이는지 모르겠지만 저 여자는 내가 자길 보고 있다는 걸 모르……

어두워져 가는 창밖에서 미친 여자가 씩 하고 웃는 바람에 입술이 벌어지자 위쪽에 딱 하나 달린 누렇고 무시무시한 송곳니가 아브라의 시야에 들어왔다. 브래들리 트레버가 마지막으로 본 게 그것이었음을 알아차린 그녀는 있는 힘껏 비명을 질렀지만…… 목구멍이 막히고 성대가 얼어붙었기 때문에 소리가 나지 않았다.

아브라는 눈을 감았다. 감았던 눈을 다시 뜨자 새하얀 얼굴로 씩 웃던 여자는 사라지고 없었다.

없네. 하지만 언제든 올 수 있어. 나에 대해 알고 있으니까 언제든 올 수 있어.

순간, 그녀는 버려진 공장을 보자마자 알았어야 했을 것을 그제야 깨달았다. 그녀가 부탁할 수 있는 사람은 딱 한 명뿐이었다. 그녀를 도울 수 있는 사람은 딱 한 명뿐이었다. 그녀는 다시 눈을 감았다. 이번에는 창밖에서 누군가가 그녀를 쳐다보는 끔찍한 환영을 없애기 위해서가 아니라 도움을 청하기 위해서였다.

(*토니, 너희 아빠가 필요해! 부탁이야, 토니, 부탁이야!*)

그녀는 계속 눈을 감은 채(하지만 이제는 속눈썹과 뺨으로 따뜻한 눈물이 느껴졌다.) 속삭였다.

"도와줘, 토니. 무서워."

8장

아브라의 상대성 이론

1

헬렌 리빙턴 호의 마지막 운행은 선셋 크루즈라고 불렸는데, 댄은 호스피스의 근무시간과 겹치지 않는 날이면 숱하게 조종을 맡았다. 이 도시에서 근무하는 동안 대략 2만 5000번쯤 그 열차를 운행한 빌리 프리먼은 기꺼이 운전석을 내주었다.

"아무리 해도 질리지 않는 모양이로군 그래?" 한번은 그가 댄에게 물은 적이 있었다.

"불우했던 어린시절 때문이라고 해두죠."

정말 그런 건 아니었지만 합의금이 바닥났을 때 그와 어머니는 툭하면 이사를 다녔고 어머니는 여러 직장을 전전했다. 대학을 나오지 않았으니 대부분 보수가 얼마 안 됐다. 어머니 덕분에 비를 가리고 끼니를 연명하긴 했지만 늘 살림살이가 빠듯했다.

한번은(탬파에서 그리 멀지 않은 브레이든턴에서 고등학교에 다닐 때였다.) 그가 어머니에게 왜 남자를 만나지 않느냐고 물은 적이 있었다. 그 당시 그는 어머니의 미모가 여전하다는 걸 알 만한 나이였다. 웬디 토런스는 그를 보고 삐딱하게 웃더니 이렇게 대답했다.

"내 인생에 남자는 한 명이면 충분하다, 대니. 게다가 네가 있잖니."

"어머니는 자네가 술을 마시는 것에 대해 어디까지 알고 있었나?" 어느 날 선스팟에서 만난 자리에서 케이시 K는 이렇게 물었다. "자네, 아주 어렸을 때부터 마셨지, 그렇지?"

댄은 잠깐 생각을 한 다음에서야 대답할 수 있었다.

"그 당시 제가 짐작했던 수준보다 훨씬 많이 알고 계셨을 것 같지만 둘이서 그걸 가지고 대화한 적은 한 번도 없었어요. 어머니는 겁이 나서 얘기를 꺼내지 못하셨던 것 같아요. 게다가 제가 법적으로 문제를 일으킨 적도 없었고(적어도 그 당시에는요.) 고등학교도 우수한 성적으로 졸업했으니까요." 그는 커피 잔 너머로 케이시를 바라보며 섬뜩한 미소를 지었다. "그리고 두말하면 잔소리지만 어머니를 때린 적도 없었거든요. 아마 그게 중요한 부분을 차지했을 거예요."

그는 기차 세트도 받은 적 없었는데, 알코올 중독자 협회원들의 기본적인 교리가 술을 끊으면 모든 게 나아진다는 것이었다. 실제로 그랬다. 그에게는 이제 세상에서 가장 훌륭한 미니 칙칙폭폭이 생겼고 빌리의 말마따나 절대 질리는 법이 없었다. 10년이나 20년 더 운전하면 질릴지 모르지만 그래도 댄은 마지막 운행 시간이 되면 운전을 자청하고 나서 해 질 녘, 리빙턴 호를 몰고 클라우드 갭의 회차

지점까지 다녀올 것이다. 경치가 눈이 부셨고 소코 강이 잔잔하면 (봄 발작이 멎으면 대개 잔잔해졌다.) 총천연색을 가는 길에 한 번, 오는 길에 한 번, 이렇게 두 번씩 볼 수 있었다. 리빙턴 호의 운행이 막바지에 이르면 온 사방이 잠잠했다. 마치 하느님이 숨을 참고 있기라도 한 것처럼 그랬다.

리빙턴 호는 콜럼버스 기념일(10월 둘째 월요일 — 옮긴이)이 되면 겨울을 맞아 운행이 중단되는데 노동절에서 그때까지 기간이 최고였다. 관광객들은 자취를 감추었고 몇 안 되는 승객은 대부분 댄과 서로 통성명하고 지내는 동네 주민들이었다. 오늘 같은 주중 저녁에는 유임 승객이 열 몇 명도 안 됐다. 그로서는 상관없었지만.

그가 리빙턴 호를 몰고 티니타운 역의 하차장에 진입했을 무렵에는 사방이 완전히 어두컴컴했다. 그는 모자(챙 위에 빨간색 실로 기관사 댄이라고 적혀 있었다.)를 쓴 채 맨 첫 번째 객차 옆면에 기대고 서서 몇 명 안 되는 승객들에게 작별 인사를 했다. 빌리가 벤치에 앉아 있었고 벌건 담배 불빛이 간헐적으로 그의 얼굴을 비추었다. 거의 일흔이 다 되었을 텐데 2년 전에 받은 복부 수술에서 완전히 회복돼서 얼굴이 좋아 보였고 은퇴할 생각도 없다고 했다.

"은퇴해서 뭐하라고?" 댄이 딱 한 번 그 이야기를 꺼냈을 때 그는 이렇게 되물었다. "자네가 일하는 그 시체 농장에 들어가라고? 가서 자네 애완 고양이가 찾아와 주길 기다리라고? 고맙지만 사양일세."

마지막 두세 명의 승객이 아마도 저녁 먹을 곳을 찾아서 어슬렁어슬렁 멀어지자 빌리가 담배를 끄고 그의 곁으로 다가왔다.

"내가 차고에 넣도록 하지. 그것까지 자네가 하겠다면 말리지는 않겠지만."

"아니에요, 얼른 타세요. 엉덩이에 못이 박히도록 앉아 계셨을 텐데. 그나저나 담배 언제 끊을 거예요? 병원에서 그것도 내장에 문제가 생긴 원인이라고 했잖아요."

"거의 끊은 거나 다름없어." 빌리가 말했지만 누가 봐도 뻔하게 시선을 떨어뜨렸다. 댄은 빌리가 담배를 얼마나 줄였는지 알아낼 수 있었지만 (그 정도 정보는 그를 건드리지 않아도 알 수 있을 터였다.) 그러지 않았다. 지난여름에 그는 팔각형 도로 표지판이 찍힌 티셔츠를 입은 아이를 본 적이 있었다. 도로 표지판에는 '멈춤' 대신 '거기까지'라고 적혀 있었다. 대니가 무슨 뜻이냐고 묻자 아이는 철저하게 사십 대 남성들만을 겨냥한 동정의 미소를 지었다. "너무 많은 걸 알고 싶지 않을 때 하는 말이에요." 댄은 고맙다고 인사하며 생각했다. *아가, 그게 내가 하고 싶은 말이다.*

인간은 누구나 비밀이 있다. 그는 아주 어렸을 때부터 그렇다는 걸 알았다. 괜찮은 사람들은 비밀을 간직할 자격이 있었고 빌리 프리먼은 괜찮은 사람 축에 들었다.

"커피 한 잔 하겠나, 댄? 시간 돼? 10분이면 이년을 침대에 눕힐 수 있는데."

댄은 사랑이 담긴 손길로 기관차 옆면을 어루만졌다.

"그럼요. 하지만 말조심하세요. 이년이 아니라 아가씨……"

바로 그때 그의 머리가 폭발했다.

2

정신을 차리고 보니 그는 빌리가 담배를 피웠던 벤치에 대자로 누워 있었다. 빌리가 걱정스러워하는 얼굴로 그의 옆에 앉아 있었다. 아니, 겁이 나서 반쯤 죽은 사람 얼굴을 하고 앉아 있었다. 그런 채로 한 손에 휴대전화를 쥐고 다이얼 위에 손가락을 올려놓고 있었다.

"그거 집어넣으세요." 댄이 말했다. 먼지를 먹어서 쉰 목소리가 나왔다. 그는 헛기침을 하고 다시 시도했다. "저 괜찮으니까."

"정말? 맙소사, 나는 자네가 뇌졸중을 일으킨 줄 알았어. 확실하다고 생각했어."

느낌상으로는 뇌졸중 비슷했어요.

오랜만에 댄은 그 옛날 오버룩 호텔의 탁월한 주방장이었던 딕 할로런을 떠올렸다. 딕은 잭 토런스의 아들에게 그와 비슷한 능력이 있다는 것을 거의 한눈에 알아차렸다. 댄은 딕이 아직 살아 있을지 궁금했다. 그럴 가능성은 거의 없었다. 그 당시에 예순에 가까웠으니까.

"토니가 누군가?" 빌리가 물었다.

"네?"

"자네가 그러던데. '부탁이야, 토니, 부탁이야.' 토니가 누군가?"

"술 마시던 시절에 알고 지냈던 사람이에요." 즉석에서 만들어 낸 대답치고 썩 만족스럽지 못했지만 아직도 멍한 머릿속에 제일 먼저 떠오른 답안이 그거였다. "친하게 지냈던 친구요."

빌리는 불이 들어온 직사각형 휴대전화를 몇 초 더 들여다보다 천

344

천히 접어서 넣었다.

"그 말 털끝만큼도 안 믿네. 번쩍 하고 뭔가가 떠오른 거겠지. 자네가 이걸 알아냈던 그날처럼."

그는 이렇게 말하면서 자기 배를 손끝으로 두드렸다.

"그게……."

빌리는 한 손을 들었다.

"그만. 자네만 괜찮으면 됐어. 나에 대해 안 좋은 일이라면 모를까. 만약 그런 거라면 알고 싶거든. 안 그런 사람도 있겠지만 나는 알고 싶어."

"아저씨하고는 상관없는 일이에요." 댄은 벤치에서 일어났다. 다행히 두 다리가 튼튼히 버텨 주었다. "그런데 괜찮으시면 커피 마시는 건 나중으로 미뤄야겠어요."

"괜찮고말고. 집에 가서 좀 누워. 아직도 얼굴이 백짓장 같아. 뭔지 몰라도 타격이 심했던 모양이야." 빌리는 리빙턴 호를 흘끗 쳐다보았다. "자네가 저 자리에 앉아서 시속 60킬로미터로 달리고 있었을 때 그랬더라면 어쩔 뻔했나."

"그러게 말입니다."

3

그는 리빙턴 하우스 쪽으로 크랜모어 가를 건넜을 때만 해도 빌리의 말대로 들어가서 좀 누워 있을 생각이었는데, 널찍하고 오래된 빅토리아식 꽃길과 연결된 대문으로 들어서는 순간 조금 걷기로 했다. 이제 기운을 차렸고(정신을 차렸다고 할까.) 밤공기가 달콤했다. 게다가 좀 전에 있었던 일을 아주 꼼꼼하게 따져볼 필요도 있었다.

뭔지 몰라도 타격이 심했던 모양이야.

그 말에 딕 할로런이 다시 생각났고 지금까지 케이시 킹슬리에게 절대 이야기하지 않았던 모든 일들이 생각났다. 그 이야기들은 앞으로도 절대 할 생각이 없었다. 그가 대니에게 저지른 짓(그리고 아무 조치도 취하지 않음으로써 그녀의 아들에게 저지른 짓)은 매복 사랑니처럼 그의 내면 깊숙한 곳에 박혀서 앞으로 계속 그 자리에 머물 것이었다. 하지만 다섯 살 때는 대니 토런스가 피해자였고(물론 어머니와 함께) 그의 아버지 말고도 공범이 있었다. 그 부분에 대해서 조치를 취해 준 사람이 딕이었다. 딕이 없었더라면 그와 어머니는 오버룩에서 죽었을 것이다. 그 해묵은 기억은 떠올리면 지금도 아팠고 공포와 경악이 빚어낸 유치하고 원색적인 빛깔 때문에 눈이 부셨다. 그때 기억은 두 번 다시 떠올리고 싶지 않았지만 이제 떠올려야 했다. 왜냐하면…… 음…….

왜냐하면 모든 게 돌고 돌기 때문이지. 그걸 운명이라고 해야 할지, 숙명이라고 해야 할지 모르겠지만 아무튼 돌아오거든. 나한테 자물쇠 상자를 주면서 딕이 그랬잖아. 학생이 준비되어 있으면 선생님이 등장한다는 법이라고. 내가 아무한테라도 뭘 가르칠 깜냥이 되는 건 아니야. 술을 안 마시면 취할 일도 없다는, 그런 거라면 모를까.

그 길의 끝에 다다랐다. 이제 그는 방향을 돌려서 왔던 길을 되짚어 갔다. 인도가 그의 독차지가 되었다. 여름이 끝나면 프레이저가

346

얼마나 순식간에 비어 버리는지 섬뜩할 정도였고 여기에 생각이 미치자 오버룩도 어떤 식으로 비어 버렸는지 기억이 났다. 몇 명 안 되는 토런스 가족이 얼마나 순식간에 그 호텔을 독차지하게 되었는지.

물론 유령들은 예외였다. 그들은 떠나는 법이 없었다.

4

할로런은 대니에게 덴버로 가서 거기서 비행기를 타고 남쪽으로 플로리다에 갈 거라고 했다. 그러면서 오버룩 주차장까지 가방을 들어다 줄 수 있겠느냐고 하기에 대니는 가방 한 개를 주방장의 렌터카로 옮겨 주었다. 크지도 않고 기껏해야 서류가방 크기였지만 그래도 양손으로 들고 가야 했다. 가방들을 트렁크에 안전하게 집어넣고 둘이서 차에 앉았을 때 할로런이 대니 토런스의 머릿속의 그것, 그의 부모님은 반신반의하는 그것의 이름을 알려 주었다.

너는 재주가 하나 있지. 나는 그걸 예전부터 샤이닝이라고 불렀다. 우리 할머니도 그렇게 불렀고. 너 혼자 그런 줄 알고 외로웠지?

그렇다, 그는 외로웠고 그렇다, 그는 자기 혼자만 그런 줄 알았다. 할로런이 착각을 바로잡아 주었다. 그 뒤로 댄은, 주방장의 표현을 빌자면 '반짝임이 살짝 있는' 사람들을 숱하게 만났다. 빌리도 그 중 한 명이었다.

하지만 오늘 저녁에 그의 머리에 대고 비명을 질렀던 그 여자아이 같은 경우는 없었다. 그 소리에 그가 찢길 수도 있겠다 싶을 정도였다.

그도 예전에는 그렇게 강력했던가? 그가 판단하기에는 그랬다. 아니면 거의 비슷한 수준이었다. 오버룩이 문을 닫던 날, 할로런은 불안해하는 꼬맹이를 옆에 앉히고…… 뭐라고 했던가.

빵 터뜨리라고 했었지.

어느덧 댄은 리빙턴 하우스로 돌아가서 정문 앞에 서 있었다. 떨어지기 시작한 첫 낙엽들이 저녁 산들바람에 날려 그의 발 주변에서 나부꼈다.

내가 뭘 생각하면 되느냐고 물었을 때 그는 아무거나 생각하면 된다고 했지. "그냥 아무거나 열심히 생각하면 돼."라고. 그래서 들은 대로 하다 막판에 힘을 뺐어, 아주 살짝. 그러지 않았다면 내가 그를 죽였을지도 몰라. 그랬는데도 뒤로 홱 넘어가서 (아니, 쿵 하고 넘어갔지.) 입술을 깨물었으니까. 그때 봤던 피가 생각나. 그는 나더러 권총 같다고 했지. 그러고는 조금 있다가 토니에 대해서 물었어. 내 상상 속의 친구에 대해서. 그래서 내가 들려주었지.

보아하니 토니가 돌아온 듯한데 이제는 댄의 친구가 아니었다. 이제는 아브라라는 여자아이의 친구였다. 그 아이도 예전의 댄처럼 난처한 상황인데, 다 큰 남자가 여자아이를 찾아 나서면 사람들의 이목과 의혹이 집중되기 마련이었다. 그는 여기 이 프레이저에서 잘 살고 있었고 날려 버린 세월을 감안했을 때 그럴 자격이 있었다.

하지만…….

하지만 그가 딕을 필요로 했을 때(오버룩에서, 나중에는 플로리다에서 메이시 부인이 다시 찾아왔을 때) 딕은 와주었다. 알코올 중독자 모임에서는 그런 걸 '12단계 방문'이라고 불렀다. 학생이 준비되어 있으면 선생님이 등장하는 법이다.

댄은 케이시 킹슬리나 다른 회원들과 함께 약물이나 알코올에 빠져 정신을 못 차리는 사람들을 몇 번 찾아간 적이 있었다. 방문을 요청한 쪽이 친구나 상사인 때도 있었다. 하지만 온갖 다른 수단에 실패해 막다른 골목에 몰린 피붙이들이 대부분이었다. 몇 년 동안 성공한 적도 몇 번 있었지만 대부분은 케이시와 그의 친구들 면전에 대고 쾅 하고 문을 닫아버리거나 독실한 신도인 척 늘어놓는 헛소리는 댁들 똥구멍에나 대고 하라는 폭언으로 끝이 났다. 조지 부시의 눈부신 이라크 작전에 동참했던 퇴역 군인이 메테드린으로 이성을 잃고 그들을 향해 실제로 권총을 흔든 적도 있었다. 노병이 겁에 질린 아내와 함께 사는 초코루아의 허름한 판잣집에서 돌아오는 길에 댄은 이렇게 말했다.

"이번에는 시간 낭비만 했네요."

"우리가 그들을 위해서 나선 거였으면 시간 낭비였겠지." 케이시가 말했다. "하지만 아니잖아. 우리를 위해 나선 거였지. 자네는 지금 생활이 마음에 들지, 대니 보이?"

그가 이렇게 물은 게 처음은 아니었고 마지막도 아닐 터였다.

"네."

그 부분에 관한 한 일말의 망설임도 없었다. 제너럴모터스 사장이거나 케이트 윈슬렛과 알몸으로 정사 장면을 찍지는 않을지언정 댄이 생각하기에 그는 모든 걸 다 가진 사람이었다.

"자네 능력으로 이렇게 된 거라고 생각하나?"

"아뇨." 댄은 웃으면서 말했다. "설마요. 제 능력으로는 불가능하죠."

"그럼 자네가 어쩌다 아침에 눈을 뜨면 기분이 좋아지는 그런 곳에서 살게 됐을까? 운이 좋아서일까 아니면 신의 은총일까?"

케이시는 그가 신의 은총이라고 대답해 주길 바랐겠지만 그는 금주의 세월을 거치면서 가끔 분위기가 거북해지더라도 솔직하게 말하는 습관이 생겼다.

"잘 모르겠는데요."

"몰라도 돼. 막다른 골목에 몰리면 별 차이 없으니까."

5

"아브라, 아브라, 아브라." 그는 리빙턴 하우스로 향하는 길을 걸으며 중얼거렸다. "아가씨, 지금 어떤 상황이니? 그리고 어떤 상황으로 *나를* 끌어들이려고 하는 거니?"

그는 백 퍼센트 신뢰할 수는 없지만 그래도 샤이닝을 동원해서 그 아이와 연락을 취해 보아야겠다고 생각하던 중이었다. 그런데 탑 방 안으로 들어선 순간, 그럴 필요가 없음을 깨달았다. 칠판에 깔끔하게 이렇게 적혀 있었던 것이다.

cadabra@nhmlx.com

그는 아이의 대화명 놓고 잠깐 고민하다 뜻을 알아차리고 웃음을 터뜨렸다.

"잘 만들었네. 잘 만들었어."

그는 노트북을 켰다. 잠시 후 백지 상태의 이메일 양식이 그의 앞에 펼쳐졌다. 그는 아이의 이메일 주소를 입력하고 앉아서 깜빡이는 커서를 바라보았다. 몇 살일까? 그 전에 몇 번 주고받은 대화로 추측컨대 영악한 열두 살에서 조금 순진한 열여섯 살 사이인 것 같았다. 둘 중에서 전자에 가까울 듯했다. 그는 면도를 건너뛰면 희끗희끗한 수염이 날 만한 나이였다. 그런 그가 그녀와 컴퓨터 채팅을 할 준비를 하고 있었다. *프레데터 잡을 건데 동참할 사람?*

어쩌면 아무것도 아닐지 몰라. 그럴 수 있지. 이러니저러니 해도 어린애니까.

맞는 말이었지만 우라지게 겁에 질린 어린애였다. 게다가 그는 그녀의 정체가 궁금했다. 예전부터 그랬다. 어쩌면 할로런이 그에 대해 궁금해 했던 것과 같은 맥락에서.

지금은 신의 은총을 조금 빌어야겠다. 그리고 엄청난 행운도.

댄은 이메일 맨 위 '제목' 칸에 "안녕, 아브라"라고 적었다. 그런 다음 커서를 아래로 움직이고 심호흡을 한 번 한 뒤 네 단어를 적었다.

무슨 일인지 얘기해 봐.

6

다음 날인 토요일 오후, 댄은 화창한 햇살을 맞으며 담쟁이덩굴로 뒤덮인 애니스턴 공립도서관 건물 앞 벤치에 앉아 있었다. 앞에 펼쳐놓은 《유니언 리더》 신문 위에 뭐라고 적혀 있었지만 전혀 눈에 들어오지 않았다. 그 정도로 초조했다.

정확히 2시에 청바지를 입은 여자아이가 자전거를 타고 와서 잔디밭 입구 보관대에 세웠다. 아이가 그를 향해 손을 흔들며 활짝 웃어보였다.

그래. 아브라구나. 카다브라의 아브라(우리말로 '수리수리마수리'에 해당되는 주문이 영어로 '아브라카다브라'이다 ― 옮긴이).

그녀는 나이에 비에 키가 컸고 그 키의 대부분이 다리였다. 숱 많고 곱슬곱슬한 금발을 굵직하게 하나로 묶었는데 당장이라도 반항을 일으켜 온 사방으로 흩날릴 것처럼 보였다. 날씨가 조금 쌀쌀해서 뒷면에 '애니스턴 사이클론스'라고 날염한 가벼운 재킷을 입고 있었다. 그녀는 자전거 뒷범퍼에 고무 끈으로 동여맨 책 몇 권을 집더니 여전히 그 환한 미소를 지으며 그에게로 달려왔다. 귀엽지만 예쁘지는 않았다. 미간이 넓은 파란 눈만 예외였다. 그 눈은 예뻤다.

"댄 아저씨! 우와, 만나서 반가워요!"

그러더니 그녀는 그의 뺨에 대고 쪽 소리 나게 입을 맞추었다. 각본에 없는 행동이었다. 그가 기본적으로 괜찮은 사람이라고 어찌나 철석같이 믿고 있는지 겁이 날 정도였다.

"나도 만나서 반갑다, 아브라. 앉아."

그가 둘 다 조심해야 한다고 하자 아브라는 (그런 수련을 쌓은 아이답게) 당장 알아들었다. 두 사람은 공개된 장소에서 만나는 것이 가장 좋은 방법이라는 데 의견의 일치를 보았고, 애니스턴을 통틀어서 손바닥만 한 시내 거의 중심에 위치한 도서관 앞 잔디밭보다 더 공개된 장소는 없었다.

그녀는 어쩌면 갈구일 수도 있는 노골적인 관심을 드러내며 그를 쳐다보았다. 그는 조그만 손가락 비슷한 것들이 그의 머릿속을 가볍게 두드리는 것을 느낄 수 있었다.

(토니는요?)

댄은 한 손가락으로 그의 관자놀이를 건드렸다.

아브라가 미소를 짓자 미모가 완성되면서 4~5년만 있으면 남자깨나 울릴 여자아이로 돌변했다.

(안녕, 토니!)

그는 움찔하며 놀랄 만큼 우렁찬 목소리를 듣자 딕 할로런이 렌터카 운전대 앞에서 어떤 식으로 몸을 움츠렸고 그의 두 눈이 어떤 식으로 잠깐 백지 상태가 되었는지 생각이 났다.

(이제 남들 들리도록 대화를 나누어야겠어요.)

(그래 알았다.)

"나는 네 아버지의 사촌이야, 알았지? 진짜 삼촌은 아니지만 그렇게 부르는 사이고."

"알았어요, 알았어요. 아저씨는 댄 삼촌이에요. 엄마의 가장 친한 친구가 등장하지 않는 한 아무 문제없어요. 그 아줌마 이름은 그레첸 실버레이크예요. 우리 집안 족보를 속속들이 아는 눈치인데 우리 친척들이 많지도 않아요."

이런. 댄은 생각했다. 오지랖 넓은 절친이라니.

"괜찮아요. 아줌마 큰아들이 미식축구 선수라서 사이클론스 경기는 꼬박꼬박 챙겨 보거든요. 거의 모든 사람들이 그 경기를 놓치지 않으니까 아저씨를 오해하는 사람이 있지 않을까 걱정할 필요가……"

그녀는 머릿속에 떠올린 그림으로 말을 대신했다. 사실 그림이라기보다 만화에 가까웠고, 조잡하지만 선명하게 한순간 활짝 펼쳐졌다. 어린 여자아이가 어두컴컴한 골목길에서 트렌치코트를 입은 덩치 큰 남자에게 협박을 당하는 장면이었다. 아이는 무릎을 덜덜 떨고 있었고 댄은 그림이 사라지기 전에 아이의 머리 위에 달린 말 풍선의 대사를 읽을 수 있었다. *으악, 변태다!*

"사실 별로 안 웃기다."

그는 자기가 그린 그림으로 화답했다. 죄수복을 입은 댄 토런스가 덩치 좋은 경찰 두 명에게 끌려가는 그림이었다. 그는 한 번도 그런 그림을 그려 본 적이 없었는데 그녀만큼 솜씨가 훌륭하지는 않았지만 할 수 있다는 데 뿌듯해했다. 그때 그가 무슨 영문인지 파악하기도 전에 그녀가 그의 그림을 빼앗아 가더니 제멋대로 바꾸었다. 댄이 허리춤에서 권총을 꺼내 한 경찰관을 겨누고 방아쇠를 당겼다. "탕!"이라고 적힌 손수건이 총신에서 튀어나왔다.

댄은 입을 떡 벌리고 그녀를 쳐다보았다.

아브라는 주먹 쥔 손을 입에 대고 키득키득 웃었다.

"죄송해요. 막을 수가 없었어요. 우리, 오후 내내 이럴 수도 있겠어요, 그죠? 재미있을 텐데."

그리고 위안도 되겠지, 하고 그는 짐작했다. 그녀는 엄청나게 멋진 공을 몇 년째 가지고 있었지만 같이 게임할 사람이 없었다. 두말하

면 잔소리지만 그도 마찬가지였다. 어렸을 때 이후 (할로런 이후) 난
생 처음으로 송신과 수신을 같이 하고 있었다.

"맞아, 그럴 테지. 하지만 지금은 그럴 때가 아니다. 어떻게 된 건
지 처음부터 끝까지 다시 한 번 들려주겠니? 이메일에서는 요점만
얘기했잖아."

"어디에서부터 시작할까요?"

"네 성부터 알려 주는 게 어떨까? 내가 명색이 삼촌뻘인데, 네 성
이 뭔지는 알아야 하지 않겠어?"

그 말에 그녀는 웃음을 터뜨렸다. 댄은 정색하려고 했지만 그럴
수가 없었다. 맙소사, 벌써부터 그녀가 좋아지고 있었다.

"저는 아브라 라파엘라 스톤이에요." 그녀가 말했다. 갑자기 웃음
기가 사라졌다. "모자 쓴 여자가 제 이름을 끝까지 알아내지 못해야
할 텐데."

7

두 사람은 얼굴 위에 내리쬐는 따스한 가을 햇살을 맞으며 도서관
앞 벤치에 45분 동안 나란히 앉아 있었다. 아브라는 언제나 그녀 자
신을 당혹스럽게 만들었고 가끔은 겁에 질리게 했던 그 능력에 대
해 태어나서 처음으로 아무 조건 없는 즐거움(심지어 환희마저)을 느
꼈다. 이 남자 덕분에 이름도 알게 됐다. 샤이닝이라고. 그 능력을 늘
암울하게 여겼기에 그 이름이 마음에 들었고 위로가 됐다.

이야깃거리가 한도 끝도 없었는데(서로 비교해야 하는 필기 노트가 한두 권이 아니었다.) 막 시작하자마자 트위드 스커트 차림의 튼실한 오십 대 여자가 다가와서 인사를 건넸다. 그녀는 호기심 어린 눈빛으로 댄을 쳐다보았지만 부적절한 호기심은 아니었다.

"안녕하세요, 제러드 부인. 이쪽은 댄 삼촌이에요. 작년에 제가 부인께 어학 수업을 받았어요."

"만나서 반갑습니다, 부인. 댄 토런스입니다."

제러드 부인은 그가 내민 손을 잡고 한 번 가볍게 흔들었다. 아브라는 댄이(댄 삼촌이) 긴장을 푸는 것을 느낄 수 있었다. 다행이었다.

"이 근처에 사세요, 토런스 씨?"

"조금만 가면 나오는 프레이저에서 삽니다. 거기 호스피스에서 일을 하고요. 헬렌 리빙턴 하우스라고 들어 보셨어요?"

"아. 좋은 일하시네요. 아브라, 『수선공』 읽었니? 내가 추천한 맬러머드 소설 말이다."

아브라는 침울한 표정을 지었다.

"e북으로 사놓았는데(생일선물로 기프트 카드를 받았거든요.) 아직 시작 못했어요. 어려워 보여서."

"너는 이제 어려운 책들 읽어도 돼." 제러드 부인이 말했다. "읽어도 되는 정도가 아니지. 눈 깜빡할 새 고등학생이 될 테고 그다음엔 대학이다. 오늘부터 시작하도록 해라. 만나서 반가웠어요, 토런스 씨. 조카 따님이 얼마나 똑똑한지 몰라요. 하지만 아브라…… 똑똑한 머리에는 책임이 따르는 법이야."

그녀는 이 점을 강조하기 위해 아브라의 관자놀이를 톡톡 두드리고는 도서관 계단을 지나 안으로 들어갔다.

그녀는 댄을 돌아보았다.

"괜찮았죠, 그렇죠?"

"아직까지는." 댄도 동의했다. "물론 부인이 너희 부모님에게 이야기하면……"

"그럴 일 없을 거예요. 엄마는 보스턴에서 모모를 돌보고 계세요. 암에 걸리셨거든요."

"그것 참 안타까운 소식이로구나. 모모라면 네……"

(할머니?)

(증조할머니요.)

"게다가……" 아브라가 덧붙였다. "아저씨가 제 삼촌이라는 게 백 퍼센트 거짓말도 아니잖아요. 작년에 들은 과학 수업에서 스탤리 선생님이 말씀하시길 모든 인간은 유전자 지도가 같다고 했어요. 아주 사소한 몇 가지 부분만 다르다고. 인간의 유전자 구조가 *개랑* 99퍼센트쯤 일치하는 거 아세요?"

"아니." 댄이 말했다. "듣고 보니 내 눈에 앨포(애완견 사료 — 옮긴이)가 왜 그렇게 맛있어 보였는지 이제 알 것 같다."

그녀는 웃음을 터뜨렸다.

"그러니까 아저씨가 제 삼촌이거나 사촌이거나 뭐 그럴 수도 있다는 거예요. 제 말은요."

"아브라의 상대성 이론이라 이거지?"

"아마도요. 그리고 친척이면 꼭 눈동자 색깔이나 이마 모양이 같아야 하나요? 우리 둘은 거의 아무한테도 없는 공통점이 있잖아요.

그러니까 특별한 친척인 거예요. 아저씨는 파란 눈이나 빨간 머리를 결정하는, 그런 유전자가 원인이라고 생각하세요? 그나저나 스코틀랜드가 빨간 머리 비율이 제일 높은 거 아세요?"

"몰랐는데." 댄이 말했다. "너는 정보의 샘이로구나."

그녀의 미소가 살짝 희미해졌다.

"지금 저 놀리시는 거예요?"

"천만에. 샤이닝이 유전되는 것일 수도 있지만 나는 아니라고 본다. 계량화할 수 없는 거거든."

"그러니까 알 수 없는 거라는 말이에요? 하느님이나 천국이나 그런 것처럼?"

"응." 그는 찰리 헤이스와, 찰리 이전과 이후에 닥터 슬립 자격으로 임종을 지켜보았던 환자들을 떠올렸다. 어떤 사람들은 숨을 거두는 순간에 *떠난다*는 단어를 썼다. 댄은 딱 알맞은 것 같아서 그 표현을 좋아했다. 저승으로 떠나는 (사람들이 이승이라고 부르는 티니타운을 등지고 저승의 클라우드 갭으로 향하는) 사람들을 지켜보고 나면 사고방식이 달라졌다. 임종하는 사람들 입장에서는 떠나는 쪽이 그들이 아니라 이 세상이었다. 댄은 이런 관문에 해당되는 순간을 접할 때마다 보이지 않는 거대한 세상의 존재를 느꼈다. 그들은 잠이 들었다 깨서 *어디론가* 향했다. 그는 어렸을 때부터 그렇다고 믿을 만한 이유가 있었다.

"무슨 생각하세요?" 아브라가 물었다. "보이기는 하는데 이해가 안 돼요. 뭔지 이해하고 싶은데."

"어떤 식으로 설명하면 좋을지 모르겠다." 그가 말했다.

"유령하고도 연관이 있는 거죠? 프레이저에서 미니 기차 타고 있는 유령들 한 번 본 적 있어요. 꿈이었는데 저는 진짜인 줄 알았죠."

그는 눈을 휘둥그레 떴다.

"정말?"

"네. 유령들이 저를 해칠 생각은 없어 보였는데 (그냥 저를 쳐다보기만 했거든요.) 무서웠어요. 예전에 그 기차를 탔던 사람들 아니었을까 싶어요. 아저씨도 유령 본 적 있어요? 본 적 있죠, 그렇죠?"

"응. 하지만 오래 전 얘기야." 그리고 그중 일부는 단순한 유령이 아니었다. 유령들은 변좌나 샤워커튼에 흔적을 남기지 않는다. "아브라, 부모님은 네 샤이닝에 대해 얼마나 알고 계시니?"

"아빠는 몇 가지만 빼면 (모모가 편찮으시다는 걸 알고 캠핑장에서 전화하거나 그런 거요.) 다 없어진 줄 알고 좋아해요. 엄마는 아직 없어지지 않았다는 걸 알아요. 가끔 잃어버린 물건을 (지난달에는 자동차 열쇠를 차고에 있는 아빠 작업대에 두고 깜빡했지 뭐예요.) 찾아 달라고 하거든요. 하지만 *얼마나* 남았는지는 몰라요. 두 분 다 더 이상 거기에 대해서 이야기를 하지 않아요." 그녀는 하던 말을 잠깐 멈추었다. "모모는 알아요. 모모는 엄마나 아빠처럼 무서워하지 않지만 나더러 조심해야 된다고 했어요. 사람들이 알면……" 그녀는 눈동자를 굴리고 혀를 한쪽 입가로 내밀며 우스꽝스러운 표정을 지었다. "으웩, 괴물이다. 알죠?"

(알지.)

그녀는 고맙다는 듯이 웃었다.

"당연히 그러시겠죠."

"또 없어?"

"음…… 모모는 존 박사님한테 얘기해야 된다고 하셨어요. 그런 분야에 대해 이미 알고 계시다고. 그게, 제가 어렸을 때 숟가락을 가지고 장난친 적이 있는데 그걸 보셨대요. 제가 숟가락들을 천장에 매달았거든요."

"혹시 존 돌턴은 아니겠지?"

그녀는 얼굴을 환히 빛냈다.

"아는 분이세요?"

"사실 아는 사람이야. 내가 예전에 뭘 찾아 준 적이 있거든. 잃어버렸던 물건을."

(시계!)

(맞아.)

"박사님한테 모든 걸 털어놓지는 않아요." 아브라는 말했다. 불안해하는 표정이었다. "야구하는 아이에 대해서는 말한 적 없고, 모자 쓴 여자에 대해서도 절대 말하지 않을 거예요. 그러면 박사님이 우리 부모님한테 알릴 텐데, 두 분은 이미 머릿속이 복잡하거든요. 게다가 부모님이 어쩔 도리도 없고요."

"그 부분에 대해서는 나중에 얘기하기로 하고. 야구하는 아이가 누구니?"

"브래들리 트레버. 브래드요. 가끔 모자를 거꾸로 쓰고 행운의 모자라고 했어요. 행운의 모자가 뭔지 아세요?"

댄은 고개를 끄덕였다.

"죽었어요. 그 사람들이 죽였어요. 그런데 먼저 괴롭혔어요. 아주

심하게 괴롭혔어요."

그녀의 아랫입술이 떨리기 시작했고 갑자기 열세 살이 아니라 아홉 살에 가까운 아이가 됐다.

(*울지 마, 아브라. 사람들이 쳐다보면 안 되잖아.*)

(*알아요, 알아요.*)

그녀는 고개를 숙이더니 심호흡을 몇 번 하고 다시 그를 올려다보았다. 눈이 부자연스럽게 반짝였지만 입술은 떨림을 멈추었다.

"이제 괜찮아요." 그녀가 말했다. "진짜로요. 머릿속에 이런 걸 담고 혼자 끙끙대지 않아서 다행이에요."

8

그녀가 2년 전에 브래들리 트레버와 처음 만난 순간에 대해 기억하는 부분들을 설명하는 동안 그는 열심히 귀담아 들었다. 많지는 않았다. 가장 선명한 기억은 얼기설기 얽힌 수많은 손전등 불빛이 바닥에 누워 있는 그를 비추는 광경이었다. 그리고 그의 비명 소리. 그녀가 기억하는 부분은 거기까지였다.

"수술 비슷한 걸 하고 있었기 때문에 손전등으로 비추어야 했어요." 아브라가 말했다. "그 사람들은 그걸 수술이라고 불렀지만 사실은 고문이었어요."

그녀는《애니스턴 쇼퍼》맨 뒷면에 실린 실종된 어린이들 틈바구니에서 브래들리와 다시 만났다고 이야기했다. 그에 대해서 알아낼 수 있을까 싶어서 그의 사진에 손을 갖다 댔다고.

"아저씨도 그럴 수 있어요?" 그녀가 물었다. "뭘 건드리면 머릿속으로 그림들이 떠올라요? 몰랐던 걸 알게 되고?"

"가끔. 항상은 아니고. 어렸을 때는 더 자주 (그리고 더 확실하게) 할 수 있었는데."

"저도 어른이 되면 달라질까요? 그래도 상관없는데." 그녀는 하던 말을 멈추고 생각에 잠겼다. "좀 서운할 것 같기도 하지만. 뭐라고 설명하면 좋을지 모르겠어요."

"무슨 뜻인지 알겠다. 우리 재산이잖아. 그런 능력 말이야."

아브라는 미소를 지었다.

"그 사람들이 어디에서 이 아이를 죽였는지 확실히 알겠니?"

"네. 그리고 거기다 아이를 묻었어요. 야구 장갑까지."

아브라는 그에게 공책 낱장을 건넸다. 원본이 아니라 복사본이었다. 라운드 히어의 멤버들 이름을 한 번도 아니고 몇 번씩이나 써놓은 종이는 창피해서 아무한테도 보여 줄 수 없었다. 심지어 사랑하는 마음이 아니라 살앙하는 마음을 표현한답시고 이름들을 큼지막하고 동글동글하게 쓴 것마저 이제는 부적절하게 느껴졌다.

"그런 것 가지고 괴로워할 필요 없다." 댄은 그녀가 공책 위에 또 박또박 적어놓은 단어들을 살피면서 멍하니 중얼거렸다. "나도 네 나이 때는 스티비 닉스라면 사족을 못 썼어. 하트의 앤 윌슨도 그렇고. 워낙 예전 가수라 너는 들어본 적도 없는 이름이겠지만, 글렌우드 고등학교에서 열리는 금요일 저녁 댄스파티에 그녀를 초대하는 상상을 하곤 했지. 정말 한심하지?"

그녀는 입을 떡 벌리고 그를 쳐다보았다.

"한심하지만 정상적인 반응이지. 이 세상에서 가장 정상적인 반응이니까 너도 너를 너무 몰아세울 것 없어. 그리고 나, 훔쳐본 거 아니다. 여기 떡하니 적혀 있었어. 내 얼굴을 향해서 거의 달려들던걸?"

"맙소사." 아브라의 두 뺨이 빨갛게 물들었다. "좀 지나야 적응이 되겠다, 그렇죠?"

"우리 둘 다 마찬가지겠지?" 그는 다시 공책을 내려다보았다.

캔턴 군 보안관의 명령 하에 무단 침입 금지.

유기 산업.
에탄올 공장 제 4호.
아이오와 주 프리먼.

추후 공지가 있을 때까지 폐쇄.

"무슨 수로 이걸······? 몇 번씩 확인한 거니? 영화처럼 되감기 해서 본 거야?"

"무단 침입 금지 표지판은 쉬웠는데 유기 산업이랑 에탄올 공장 어쩌고는, 맞아요. 아저씨는 그런 거 못해요?"

"안 해 봤다. 한 번 해봤을지 모르겠지만 그걸로 끝이었어."

"컴퓨터로 아이오와 주 프리먼을 찾아봤어요." 그녀가 말했다. "구글 어스 돌리니까 공장이 보이더라고요. 정말로 있는 곳이었어요."

댄은 다시 존 돌턴을 떠올렸다. 알코올 중독자 프로그램을 듣는 다른 사람들은 물건을 잘 찾는 댄의 희한한 능력에 대해 수군댔지만 존은 한 번도 그런 적이 없었다. 사실 놀랄 만한 일은 아니었다. 의사들은 알코올 중독자 모임에서 하는 것처럼 비밀 서약을 하지 않던가. 그러니까 존의 경우에는 일종의 이중 방어가 되는 셈이었다.

아브라는 계속 종알거렸다.

"아저씨가 브래들리 트레버의 부모님한테 연락하면 되지 않을까요? 아니면 캔턴 군 보안관실로요. 제 말은 안 믿을지 몰라도 어른 말은 믿을 거 아니에요."

"그러면 되겠지."

하지만 시체가 묻힌 곳을 아는 사람은 자동적으로 용의자 명단 제일 꼭대기에 이름이 적힐 테니 연락을 하더라도 아주, 아주 신중하게 방법을 고민해야 했다.

아브라, 네 덕분에 골치가 좀 아프게 생겼구나.

"죄송해요." 그녀가 속삭였다.

그는 그녀의 손을 잡고 살짝 눌렀다.

"미안해할 것 없다. 그건 *너* 들으라고 한 소리 아니었어."

그녀는 허리를 폈다.

"맙소사, 이본 스트라우드예요. 같은 반 친구요."

댄은 얼른 손을 치웠다. 아브라 또래의 통통한 갈색 머리 여자아이가 인도를 걸어오고 있었다. 배낭을 메고 동그랗게 만 공책을 가슴에 품고 있었다. 두 눈은 호기심으로 반짝였다.

"아저씨에 대해서 하나부터 열까지 알고 싶어 할 거예요." 아브라가 말했다. "정말 하나부터 열까지요. 그리고 여기저기 소문을 낼 거예요."

이런.

댄은 다가오는 소녀를 쳐다보았다.

(*우리는 재미있는 사람들이 아니야.*)

"도와줘, 아브라."

그가 말하자 그녀도 동참하는 게 느껴졌다. 둘이 힘을 합하자 생각의 깊이와 강도가 더해졌다.

(**우리는 절대 재미있는 사람들이 아니야.**)

"좋아요." 아브라가 말했다. "좀만 더요. 저랑 맞춰요. 노래를 부르듯이."

(**너는 우리를 본 체 만 체할 거야. 우리는 재미있는 사람들이 아니거든. 게다가 너는 훨씬 더 재미있는 일도 있고.**)

이본 스트라우드는 인도를 따라 종종걸음을 치면서 아브라를 향해 어렴풋이 인사를 하는 것처럼 한 손을 살짝 흔들었지만 걷는 속도를 늦추지는 않았다. 도서관 계단을 달려 올라가서 안으로 사라졌다.

"내가 원숭이 삼촌이라고 해도 믿겠네!" 댄이 말했다.

그녀는 진지한 표정으로 그를 쳐다보았다.

"아브라의 상대성 이론에 따르면 아저씨가 정말 원숭이 삼촌일 수 있어요. 아주 비슷하거든요……"

그녀가 빨랫줄에 매달려 펄럭이는 바지 그림을 전송했다.

(*청바지네.*)

그 소리에 둘 다 웃음을 터뜨렸다.

댄은 제대로 알아들었는지 확인하기 위해서 턴테이블 현상을 세 번 반복 설명하게 했다.

"아저씨는 그것도 한 적 없어요?" 아브라가 물었다. "천리안 말이에요."

"아스트랄 프로젝션 말이냐? 응. 너는 자주 있는 일이니?"

"딱 한 번인가 두 번뿐이었어요." 그녀는 곰곰이 기억을 더듬었다. "세 번이었나? 한번은 강에서 헤엄치는 여자아이 속으로 들어간 적이 있었어요. 우리 집 뒷마당 끝에서 그 아이를 쳐다보다가. 아홉 살인가 열 살 때. 왜 그런 현상이 벌어졌는지는 모르겠어요. 그 아이는 곤경에 빠지거나 그러지도 않고 친구들이랑 헤엄치고 있었을 뿐이었는데. 그때가 제일 오랫동안 지속됐어요. 최소 3분 정도 됐거든요. 그걸 아스트랄 프로젝션이라고 해요? 우주로 나간다는 뜻인가?"

"100년 전에 강신회에서 쓰던 옛날 옛적 표현이고 아마 그리 좋은 표현은 아닐 거다. 유체이탈을 말하는 거지." 그런 현상에 제대로 된 명칭을 붙일 수 있을지 모르겠지만. "그런데 (내가 제대로 이해했는지 모르겠다만) 헤엄치던 아이가 네 몸 속으로 들어오지는 않았지?"

아브라가 힘차게 고개를 끄덕이자 하나로 묶은 머리가 위아래로 휘날렸다.

"제가 자기 몸속으로 들어간 줄도 몰랐어요. 그 여자하고만 양방향으로 진행된 거예요. 모자 쓰고 다니는 그 여자하고만요. 물론 그때는 모자를 보지 못했죠. 제가 그 여자 몸속으로 들어가 있었으니까."

댄은 한 손가락으로 원을 그렸다.

"너는 그 여자 안으로 들어가고, 그 여자는 네 안으로 들어오고."

"네." 아브라는 몸서리쳤다. "브래들리 트레버가 죽을 때까지 칼로 몸을 벤 사람이 그 여자였어요. 웃으면 커다랗고 길쭉한 윗니가 보이고요."

모자 소리에 뭔가가 퍼뜩 떠오르면서 윌밍턴의 디니가 생각났다. 디니가 모자를 썼던가? 아니었다, 그가 기억하기로는 아니었다. 곤드레만드레 취하기는 했지만. 어쩌면 아무것도 아닐 수 있었다. 특히 스트레스에 시달리면 가끔 뇌가 착각을 할 때도 있었다. 사실 (인정하기는 싫었지만) 디니는 그의 뇌리를 떠난 적이 없었다. 쇼윈도에 진열된 코르크 밑창 달린 샌들을 보기만 해도 불쑥 그녀가 생각났다.

"디니가 누구예요?" 아브라가 물었다. 그러더니 댄이 그녀의 앞에 대고 느닷없이 손을 흔들기라도 한 것처럼 눈을 잇달아 깜빡이며 뒤로 살짝 물러났다. "으악, 들여다보면 안 되는 거였던가 보네. 죄송해요."

"괜찮다." 그가 말했다. "모자 쓴 여자 얘기로 다시 돌아가 보자. 나중에 (창 밖에서) 그녀를 보았을 때 그때는 달랐단 말이지?"

"네. 그리고 그게 샤이닝이었는지도 잘 모르겠어요. 그 여자가 그 아이를 해치는 광경을 봤던 데서 *기억해낸* 게 아닌가 싶어요."

"그러니까 그때 그 여자도 너를 보지 못했단 말이지. 너를 한 번도 본 적이 없단 말이지."

그 여자가 아브라의 짐작처럼 위험한 존재라면 그 점이 중요했다.

"네, 분명히 못 봤어요. 그런데 보고 싶어 해요." 그녀가 그를 쳐다보는데, 눈이 접시만 해졌고 다시 입술을 떨었다. "턴테이블 현상이 벌어졌을 때 그 여자가 거울을 생각했어요. 제가 거울 속 제 얼굴을 쳐다보길 바랐어요. 제 눈으로 저를 보려고 했던 거죠."

"그녀가 네 눈을 통해서 어떤 걸 봤을까? 그걸로 널 찾아낼 수 있을까?"

아브라는 곰곰이 기억을 더듬었다. 그러다 마침내 입을 열었다.

"그 현상이 벌어졌을 때 저는 창밖을 내다보고 있었어요. 거기서 보이는 거라고는 길거리밖에 없어요. 물론 산등성이도 보이지만 미국에는 산이 많잖아요, 안 그래요?"

"그렇지."

모자 쓴 여자가 철저한 컴퓨터 검색을 통해, 아브라의 눈으로 본 산등성이와 똑같은 사진을 찾아낼 수 있을까? 이 분야의 많은 부분이 그렇듯 알 길이 없었다.

"아저씨, 그 사람들이 왜 그 아이를 죽였을까요? 야구하는 아이를 왜 죽였을까요?"

그는 이유를 알 것 같았고 할 수만 있다면 모르는 척 숨기고 싶었지만, 이 짧은 만남으로 파악했다시피 아브라 라파엘라 스톤과는 그런 관계가 불가능했다. 회복의 길로 들어선 알코올 중독자들은 '모든 문제에 있어서 100퍼센트 진실'을 추구하지만 목표를 달성하는 경우가 거의 없었다. 그런데 그와 아브라는 진실을 외면할 방법이 없었다.

(먹이인 거지.)

그녀는 아연실색한 얼굴로 그를 빤히 쳐다보았다.

"그 아이의 *샤이닝*을 먹은 거예요?"

(그런 것 같다.)

(그 사람들 흡혈귀예요?)

그러고는 큰 소리로 물었다.

"「트와일라잇」에 나오는 그런?"

"그건 아니고." 댄이 말했다. "그리고 아브라, 제발 진정해라. 나도 추측에 불과하니까." 도서관 문이 열렸다. 댄은 지나치게 호기심이 많은 이본 스트라우드일까 싶어 돌아보았지만 남들은 안중에도 없는 남학생과 여학생 커플이었다. 그는 다시 아브라 쪽으로 고개를 돌렸다. "이쯤에서 마무리를 짓는 게 좋겠다."

"저도 알아요." 그녀는 한쪽 손을 들어 입술을 문지르다 퍼뜩 정신을 차리고는 손을 다시 무릎 위로 내려놓았다. "하지만 궁금한 게 너무 많아요. 알고 싶은 게 너무 많다고요. *몇 시간*으로도 모자라겠어요."

"그럴 만한 시간이 없다는 데 문제지. 샘스였던 거 확실하니?"

"네?"

"샘스 슈퍼마켓이었냐고."

"아. 네."

"나도 아는 체인점이야. 심지어 한 번인가 두 번 거기서 장을 본 적도 있어. 이 근처는 아니지만."

그녀는 씩 웃었다.

"당연히 그렇겠죠, 아저씨. 이 근처에는 없으니까요. 서부에만 있잖아요. 그것도 인터넷으로 검색해 봤어요." 그녀의 얼굴에서 웃음기가 가셨다. "네브래스카에서 캘리포니아까지 수백 개는 되겠던데."

"좀 더 생각을 해봐야겠다. 너도 그래야 할 테고. 중요한 안건이 있으면 이메일을 보내도 되지만 그냥……" 그는 자기 이마를 톡톡 두드렸다. "전보를 보내는 게 좋겠지? 응?"

"네." 그녀는 대답하고 웃었다. "딱 하나, 전보 치는 법을 아는 친구가 생겨서 좋네요. 전보가 어떤 건지 아는 친구가 생겨서."

"칠판도 쓸 수 있지?"

"그럼요. 식은 죽 먹기예요."

"다른 것보다 한 가지를 명심해야 해. 그 모자 쓴 여자가 너를 찾을 수 있는 방법은 모를지 몰라도 네가 어딘가에 있다는 사실은 알고 있다는 거."

아브라의 몸이 딱딱하게 굳었다. 그는 무슨 생각을 하는지 들여다보려고 했지만 그녀가 차단해 버렸다.

"머릿속에 경보기를 설치할 수 있겠니? 그 여자가 정신적으로든 실질적으로든 가까이 있으면 알아차릴 수 있게."

"그 여자가 저를 찾아올 거라고 생각하시는 거죠?"

"아마 그러려고 할 거야. 두 가지 이유에서. 첫째, 네가 그녀의 존재를 안다는 이유만으로도."

"그리고 친구들의 존재도요." 아브라는 속삭였다. "친구들이 많아요."

(손전등을 든 친구들.)

"그리고 또 다른 이유는?" 그녀는 이렇게 묻고, 먼저 선수를 쳤다.

"왜냐하면 내가 훌륭한 먹잇감이니까요. 야구하는 아이가 훌륭한 먹잇감이었던 것처럼. 그렇죠?"

아니라고 해봐야 소용없었다. 아브라에게 그의 이마는 창문이나 다름없었다.

"경보기를 설치할 수 있겠니? 접근 경보기. 그게 뭔가 하면……"

"접근이 무슨 뜻인지 알아요. 모르겠지만 해볼게요."

그는 그녀가 뒤이어 무슨 말을 할지 듣기도 전에 알아차렸다. 생각을 읽은 게 아니라 그녀가 이러니저러니 해도 어린아이에 불과하기에 알아차린 것이었다. 이번에 그녀가 손을 잡았을 때 그는 빼지 않았다.

"그 여자가 저를 잡지 못하게 하겠다고 약속해 주세요, 댄 아저씨. *약속해 주세요.*"

그는 약속했다. 그녀는 어린아이였고 위안이 필요했다. 하지만 그 약속을 지킬 방법은 딱 하나, 위협 요소를 제거하는 것뿐이었다.

그는 다시 생각했다. *아브라, 네 덕분에 골치가 좀 아프게 생겼구나.*

그러자 그녀도 똑같은 소리를, 이번에는 속으로 반복했다.

(죄송해요.)

"네 잘못이 아니야. 네가……" *(자청한 것도 아니잖니.)* "나도 마찬가지고. 가서 책 읽어라. 나는 프레이저로 돌아가야겠다. 오늘 밤에 당직이거든."

"알았어요. 하지만 우리, 친구죠? 그렇죠?"

"백 퍼센트 친구지."

"다행이다."

"그리고 너도 『수선공』 재미있을 거야. 공감할 수 있을 거야. 너도 예전에 몇 개 고쳐본 적 있을 테니까, 안 그래?"

그녀의 양쪽 입가가 쏙 들어가면서 예쁜 보조개가 생겼다.

"아시잖아요."

"아, 내 말 믿어도 좋아." 댄이 말했다.

그가 지켜보는 가운데 그녀는 계단을 올라가다 멈추더니 다시 내려왔다.

"모자 쓴 여자는 누구인지 모르지만 친구 한 명을 알아요. 이름이 중국놈 배리던가, 그 비슷해요. 그 여자가 어디 있든 중국놈 배리가 근처에 있어요. 그리고 야구하는 아이의 야구 장갑만 있으면 그 사람을 찾을 수 있어요." 그녀는 그 아름다운 파란 눈으로 그를 똑바로 쳐다보았다. "찾을 수 있을 거예요. 왜냐하면 잠깐 동안 중국놈 *배리가 그 야구 장갑을 끼고 있었거든요.*"

10

아브라가 말한 모자 쓴 여자에 대해 곰곰이 생각하며 프레이저까지 반쯤 갔을 때 무언가가 퍼뜩 떠오르면서 전기와 같은 충격이 댄의 온몸을 관통했다. 그 바람에 하마터면 이중 황색선을 넘을 뻔했고, 16번 도로를 타고 서쪽으로 달리던 맞은편 차로의 트럭이 신경질적으로 경적을 울렸다.

12년 전이었다. 프레이저가 아직 낯설고 아주 아슬아슬하게 금주의 날들을 이어가던 때였다. 그는 바로 그날, 방 한 칸을 얻은 로버트슨 부인의 집으로 퇴근하고 있었다. 폭풍이 닥칠 전조가 보여서 빌리 프리먼이 그에게 장화를 신겨 보냈다. 별로 볼품은 없지만 그래도 짝은 맞아. 그리고 그가 모어헤드 가에서 엘리엇 가로 향하는 길모퉁이를 돌아 나왔을 때……

바로 앞에 휴게소가 있었다. 댄은 차를 대고 물 흐르는 소리가 들리는 곳으로 걸어갔다. 물론 소코 강이었다. 노스콘웨이에서부터 크로퍼드노치까지 뉴햄프셔 주의 스물 몇 개 조그만 마을을 실에 구슬 꿰듯 관통하는 그 강.

나는 하수구를 따라 날아가는 모자를 봤어. 마술사들이 씀직한 낡고 너덜너덜한 실크해트. 아니면 예전에 코미디 뮤지컬 배우가 썼음직한. 그런데 실제로 있었던 게 아니라 내가 눈을 감고 다섯까지 셌더니 사라졌지.

"그래, 샤이닝이었어." 그는 흐르는 강물에 대고 말했다. "하지만 그렇다고 해서 그게 아브라가 본 모자라고 단정 지을 수는 없지."

하지만 그렇게 믿고 싶어도 그날 밤에 그의 꿈속에 디니가 나왔다. 죽은 사람이라 얼굴이 막대에 씌운 밀가루 반죽처럼 두개골에서 떨어져 내렸다. 댄이 노숙자의 쇼핑카트에서 훔친 담요를 죽은 몸 위에 걸치고 있었다. *자기야, 모자 쓴 여자를 조심해.* 그녀는 그렇게 말했다. 그리고 또…… 뭐라고 했더라?

지옥성의 지랄맞은 여왕이거든.

"너는 기억 못할 거야." 그는 흐르는 강물에 대고 말했다. "12년 전에 꾼 꿈을 기억하는 사람은 없잖아."

하지만 그는 기억했다. 그리고 윌밍턴에 살던 죽은 여자가 또 뭐라고 했는지도 생각났다. *그 여자를 건드리면 산 채로 잡아먹힐 거야.*

11

그는 6시가 조금 지났을 때 식당 음식이 담긴 쟁반을 들고 방 안으로 들어갔다. 먼저 칠판을 확인한 그는 거기 적힌 문장을 보고 미소를 지었다.

저를 믿어 주셔서 감사해요.

아가, 선택의 여지가 있었겠니.

그는 아브라의 메시지를 지운 다음 저녁과 함께 책상 앞에 앉았다. 휴게소를 떠났을 때 그는 다시 딕 할로런을 떠올렸다. 자연스러운 현상이었다. 누군가가 드디어 가르침을 청하면 자기 스승을 찾아가서 방법을 알아내기 마련이었다. 댄은 술을 마시던 시절에 딕과 연락을 끊었지만(거의 수치심 때문이었다.) 그 영감님이 어떻게 됐는지 알아낼 수 있을 것 같았다. 딕이 아직 살아 있다면 다시 연락할 수도 있었다. 건강 관리만 잘하면 구십 대까지 사는 사람들도 많지 않은가. 예컨대 아브라의 증조할머니만 해도 그랬다. 그녀는 분명 구십 대에 가까울 것이다.

딕, 해법을 알아내야 하는데 알 만한 사람이 당신밖에 없어요. 그

러니까 내 부탁을 하나만 들어줘요, 내 친구. 살아 있어 줘요.

그는 컴퓨터를 켜고 파이어폭스 검색 사이트를 띄웠다. 딕이 겨울이면 이런저런 플로리다 리조트 호텔에서 요리사로 일을 했다는 건 알았지만 이름은 물론이고 심지어 어느 쪽 해안이었는지도 기억이 나지 않았다. 아마 양쪽 해안을 섭렵했을 것이다. 한 해는 네이플스에서, 그다음 해에는 팜비치에서, 그다음 해에는 새러소타나 키웨스트에서. 미각, 그 중에서도 특히 돈 많은 사람들의 미각을 자극하는 능력의 소유자라면 어딜 가든 일자리가 있을 텐데, 딕은 미각을 자극하는 능력이 출중한 사람이었다. 댄은 딕의 성이 철자가 특이한게, Halloran이 아니라 Hallorann인 게 무엇보다 다행이라는 생각이 들었다. 그는 검색창에 '리처드 할로런'과 '플로리다'를 입력한 다음 엔터를 쳤다. 수 천 개의 검색 결과가 떴지만, 그가 찾는 것은 위에서 세 번째 결과가 분명했고 나지막한 실망의 한숨이 그의 입에서 새어 나왔다. 링크를 클릭하자《마이애미 헤럴드》기사가 떴다. 의심의 여지가 없었다. 헤드라인에 적힌 이름과 나이를 보면 어떤 내용인지 정확하게 알 수 있었다.

사우스비치의 유명 요리사 리처드 '딕' 할로런, 81세.

사진이 있었다. 자그마했지만 그 유쾌하고 박식해 보이는 얼굴은 어디에서든 알아볼 수 있었다. 혼자 눈을 감았을까? 그럴 가능성은 낮아 보였다. 그러기에는 지나치게 사교적이었고…… 지나치게 여자들을 좋아했다. 여럿이 지켜보는 가운데 임종을 맞았을 텐데, 그

덕분에 그해 겨울 콜로라도에서 목숨을 건졌던 두 사람은 그 자리에 없었다. 웬디 토런스는 타당한 핑계가 있었다. 먼저 세상을 떠났으니까. 하지만 그녀의 아들은…….

그는 딕이 숨을 거두는 순간, 싸구려 술집에서 위스키에 절어서 트럭 운전용 음악을 주크박스로 듣고 있었을까? 아니면 만취해서 난동을 부린 죄로 하룻밤 유치장 신세를 지고 있었을까?

사인은 심장마비였다. 그는 스크롤을 위로 올려서 날짜를 확인했다. 1999년 1월 19일. 댄과 그의 어머니의 생명을 구한 사람이 죽은 지 거의 15년이 지났다. 그에게서 도움을 받을 길은 없었다.

그의 뒤에서 분필이 칠판을 긁는 조그만 소리가 들렸다. 그는 식어 가는 저녁과 노트북을 앞에 둔 채 잠깐 가만히 앉아 있었다. 그러다 천천히 고개를 돌렸다.

분필은 칠판 아래 달린 선반에서 꼼짝하지 않았지만 그림이 점점 형태를 갖추어 가고 있었다. 엉성하지만 알아볼 수는 있었다. 야구 장갑이었다. 그림이 완성되자 그녀의 분필이 (보이지 않지만 계속 조그맣게 끼익끼익 소리를 내며) 포켓 안에 물음표를 그렸다.

"생각 좀 해봐야겠다." 그는 말했지만, 미처 생각을 해보기도 전에 인터컴이 울리면서 닥터 슬립을 호출했다.

9장

죽은 우리 친구들의 음성

1

백두 살인 엘리너 울렛은 2013년 가을 기준으로 리빙턴 하우스에서 가장 나이가 많은 입소자였다. 성을 미국식으로 바꾼 적이 없을 만큼 나이가 많았다. 그녀는 울렛이라고 부르면 대답하지 않고, 프랑스식으로 좀더 우아하게 울레이라고 불러야 대답했다. 댄이 가끔 울랄라 양이라고 부르면 그녀는 항상 웃었다. 호스피스에서 정기적으로 회진을 도는 네 명의 의사 중 한 명인 론 스팀슨이 예전에 댄에게 말하길 엘리너야말로 삶이 죽음보다 강할 때도 있다는 것을 보여주는 산증인이라고 했다.

"간 기능은 빵점이고, 폐는 80년 동안 피운 담배로 구멍이 났고, 대장암(진행 속도가 굼벵이 걸음이지만 그래도 아주 고약한)에 걸렸고, 심장 내벽은 고양이 수염처럼 얇고. 그런데도 계속 살아 나가잖아.”

아즈리엘의 판단이 맞다면(댄의 경험상 녀석은 틀린 적이 없었다.) 엘리너는 인생 장기 임대 계약이 종료되는 시점을 눈앞에 두고 있었는데, 겉보기에는 전혀 문턱을 넘으려는 사람처럼 보이지 않았다. 댄이 들어갔을 때 그녀는 침대에 앉아서 고양이를 쓰다듬고 있었다. 머리는 예쁘장하게 파마를 했고 (미용사가 바로 전날에 다녀갔다.) 늘 그렇듯 티끌 한 점 없는 분홍색 잠옷의 윗도리는 핏기 없는 그녀의 두 뺨에 약간의 혈색을 부여했고, 아랫도리는 꼬챙이 같은 다리를 가운데 두고 드레스처럼 퍼졌다.

댄은 양손을 들어 관자놀이에 대고 손가락을 펴서 꼼지락거렸다.

“울랄라! 윈 벨 팜므! 주 쉬 아무르!(울랄라! 아름다운 여인이여! 나는 사랑에 빠졌어요! ─옮긴이)”

그녀는 눈을 부라리더니 고개를 갸우뚱하며 미소를 지었다.

“모리스 슈발리에는 아니지만 그래도 난 자네가 마음에 들어. 명랑하고, 이거 중요하지, 뻔뻔하고, 이건 더 중요하지, 그리고 *가장* 중요하게는 엉덩이가 예쁘거든. 남자의 엉덩이는 세상을 움직이는 피스톤인데, 자네 엉덩이는 아주 훌륭해. 내 한창때 같았으면 엄지손가락으로 거길 꼭 틀어막고 자네를 산 채로 잡아먹었을 거야. 장소는 몬테카를로에 있는 르메리디앙 수영장 옆이 좋겠지. 관객들이 내 전면 공격, 후면 공격을 보고 감탄하며 환호할 수 있게.”

허스키하지만 노랫가락 같은 그녀의 목소리 덕분에 이 장면이 추잡스럽지 않고 매력적이게 느껴졌다. 댄이 듣기에 담배 때문에 쉬어 버린 엘리너의 목소리는 독일군이 1940년 봄에 샹젤리제를 행군하기 전에 이미 산전수전을 겪은 카바레 가수의 목소리 같았다. 볼 장다 보았을지는 몰라도 전혀 퇴색하지는 않았다. 사실 그녀는 영리하게 고른 잠옷이 얼굴에 은은한 홍조를 비추어도 사신처럼 보이기는 했지만, 리빙턴 1관 15호로 입소한 2009년부터 죽 그래 왔다. 아지의 방문으로 오늘 밤만 상황이 달라졌을 뿐이었다.

"끝내주셨을 텐데." 그가 말했다.

"만나는 여자 있어?"

"지금은 없습니다."

한 명 있기는 했지만 애인이라고 하기에는 너무 어렸다.

"그러면 쓰나. 나이가 들면 *이게*……" 그녀는 앙상한 집게손가락을 위로 들었다가 밑으로 내렸다. "*이렇게* 되거든. 두고 보면 알겠지만."

그는 미소를 지으며 그녀의 침대 위에 앉았다. 지금까지 숱하게 그래 왔던 것처럼 거기 앉았다.

"기분이 어떠세요?"

"나쁘지 않아." 그녀는 오늘 저녁에 할일을 다한 아지가 침대에서 뛰어내려 문 밖으로 슬그머니 빠져나가는 모습을 지켜보았다. "찾아온 손님들이 많았어. 그 때문에 자네 고양이가 불안해했는데, 그래도 자네가 올 때까지 자리를 지켰네."

"제 고양이가 아니에요. 이 시설에서 키우는 고양이죠."

"아니야." 그녀는 더 이상 관심이 없다는 투로 말했다. "자네 고양이야."

댄은 엘리너를 찾은 손님이 (아지 말고) 한 명이라도 있었을까 싶었다. 오늘 저녁은 물론이고 지난주나 지난달에도, 지난해에도 그랬다. 그녀는 천애의 외톨토리였다. 심지어 한참 동안 그녀의 금전적인 부분을 관리해 주던 공룡 같은 회계사도 사브 트렁크만 한 서류가방을 흔들며 4분기마다 한 번씩 어슬렁어슬렁 찾아오더니 지금은 하늘나라로 떠났다. 울랄라 양의 주장에 따르면 몬트리올에 친척들이 살고 있지만 "나한테 남은 돈이 별로 없어서 그만 한 가치가 없으니까 병문안을 오지 않는 거"라고 했다.

"누가 왔다 갔는데요?"

그는 오늘 리빙턴 1관에서 3시부터 11시까지 근무하는 지나 윔스나 앤드리아 보트스타인을 말하겠거니 짐작하며 물었다. 아니면 행동은 느리지만 깍듯하고 프레드 칼링을 질색하는 것처럼 보이는 잡역부 폴 라슨이 수다를 떨러 들렀을 수도 있었다.

"말했잖아, 많았다고. 지금도 지나가고 있어. 행렬이 끝도 없어. 웃고, 고개 숙여 인사하고, 어떤 아이는 혀를 내밀고서 개꼬리처럼 흔드네. 몇 명은 말도 하고. 자네, 게오르기오스 세페리아데스(1963년에 노벨 문학상을 수상한 그리스의 시인 — 옮긴이)라는 시인 아나?"

"아뇨, 여사님. 모릅니다."

다른 사람이 여기 있는 걸까? 그럴지도 모른다고 믿을 만한 이유가 있었지만 그는 아무 느낌이 없었다. 늘 느낄 수 있는 것은 아니었지만.

"세페리아데스 씨는 이렇게 물었지. '이것은 죽은 우리 친구들의 음성인가 아니면 그저 축음기 소리인가?' 아이들이 제일 슬퍼. 우물 속에 떨어진 남자아이도 왔어."

"그래요?"

380

"응. 그리고 침대 스프링으로 자살한 여자도."

그는 어떤 존재감이 조금도 느껴지지 않았다. 아브라 스톤과 만나느라 진이 빠져 버린 걸까? 그럴 수도 있었고 어차피 샤이닝은 그도 짐작할 수 없는 주기에 따라 생겼다 사라졌다. 하지만 그래서 그런 것은 아닌 듯했다. 그가 보기에는 엘리너가 치매에 걸린 듯했다. 아니면 그를 상대로 장난을 치고 있던지. 있을 법한 일이었다. 엘리너 울랄라는 제법 장난꾸러기였다. 임종을 앞두고 이런 농담을 한 사람도 (오스카 와일드였던가?) 있다지 않은가. *저 벽지를 없애든지 내가 사라지든지 해야지.*

"기다려 봐." 엘리너가 말했다. 장난기라고는 전혀 없는 목소리였다. "불이 꺼지면서 등장을 알릴 테니까. 다른 소동이 벌어질지도 몰라. 문이 열릴 거야. 그러면 *자네* 손님이 들어올 거야."

댄은 미심쩍은 눈빛으로 이미 열려 있는 문을 쳐다보았다. 그는 아지가 언제든지 나갈 수 있도록 항상 문을 열어 두었다. 댄이 와서 인계받으면 녀석은 보통 자리를 떴다.

"엘리너, 시원한 주스 좀 드릴까요?"

"주소 말고……"

그녀가 입을 여는가 싶더니 구멍이 뚫린 세숫대야에서 물이 빠지듯 얼굴에서 핏기가 가셨다. 그녀는 그의 머리 위 한 지점에 시선을 고정하며 입을 벌렸다. 뺨이 움푹 꺼지면서 턱이 거의 거죽만 남은 가슴까지 떨어졌다. 덩달아 떨어진 틀니 윗부분이 아랫입술을 타고 넘어서 씩 웃는 심란한 그 모양새 그대로 대롱대롱 매달렸다.

젠장, 빠르기도 하지.

그는 손가락 하나를 조심스럽게 밑으로 넣어서 틀니를 치웠다. 앞으로 잡아당겨졌던 그녀의 입술이 조그맣게 턱 소리를 내며 닫혔다. 댄은 틀니를 그녀의 협탁에 놓고 일어나려다 다시 앉았다. 탬파의 나이 많은 간호사가 숨을 내쉬는 게 아니라 들이쉬기라도 하는 것처럼 헐떡임이라고 불렀던 붉은 안개가 보이길 기다렸다. 그런데 보이지 않았다.

기다려 봐.

좋다, 기다리는 거라면 어느 정도까지는 할 수 있었다. 그동안 아브라의 생각을 읽어 보려고 했지만 잡히는 게 아무것도 없었다. 어쩌면 다행일지 몰랐다. 그녀가 벌써부터 심혈을 기울여서 생각을 방어하고 있다는 뜻일 수도 있었으니까. 어쩌면 그의 능력(그의 *감수성*)이 사라져 버린 것일 수도 있었다. 그렇다 하더라도 상관없었다. 돌아올 테니까. 무슨 일이 있더라도 항상 그랬으니까.

그는 (전에도 그랬던 것처럼) 리빙턴 하우스 입소자들의 얼굴에서는 왜 파리가 보인 적이 없는지 궁금해졌다. 어쩌면 필요성이 없기 때문에 그런 것일 수도 있었다. 아지가 있었으니 말이다. 아지의 그 지혜로운 초록색 눈에는 보이는 게 있는 걸까? 파리가 아닌 다른 무언가가? 분명 그럴 것이다.

이것은 죽은 우리 친구들의 음성인가 아니면 그저 축음기 소리인가?

오늘 저녁에는 2층이 유난히 고요했다. 이렇게 이른 시각인데! 복도 끝에 달린 휴게실에서 대화 소리조차 들리지 않았다. 텔레비전이나 라디오 소리도 들리지 않았다. 끽끽거리는 폴의 운동화 소리도,

지나와 앤드리아가 간호사실에서 소곤대는 소리도 들리지 않았다. 전화벨도 울리지 않았다. 그의 손목시계로 말할 것 같으면……

댄은 손목시계를 들었다. 희미하게 째깍거리는 소리가 들리지 않을 만도 했다. 시계가 멈춘 것이다.

천장에 달린 형광등이 꺼지면서 엘리노어의 탁자 등만 남았다. 형광등이 켜지자 이번에는 탁자 등이 깜빡이며 꺼졌다. 탁자 등이 다시 켜졌다가 천장 형광등과 함께 동시에 꺼졌다. 켜졌다…… 꺼졌다…… 켜졌다.

"누구 있어요?"

협탁에 놓인 물 주전자가 달그락거리다 잠잠해졌다. 그가 치운 틀니가 한 번 철컥 소리를 냈다. 아래에 있던 무언가가 놀라서 퍼뜩 움직이기라도 한 것처럼 엘리노어의 침대 시트를 타고 섬뜩한 물결이 일었다. 따뜻한 공기 한 줌이 댄의 뺨에 슬쩍 닿았다가 사라졌다.

"누구세요?"

심장이 뛰는 속도가 빨라지지는 않았지만 목과 손목을 두드리는 맥박이 느껴졌다. 뒷덜미에 난 털이 굵고 뻣뻣해진 것처럼 느껴졌다. 엘리너가 마지막 순간에 무엇을 봤는지 문득 알 것 같았다. 행렬이었는데,

유령들.

죽은 사람들이 이쪽 벽에서 나와 그녀의 방을 가로질러 저쪽 벽 속으로 사라졌던 것이다. 사라졌다고? 아니, 끝없이 이어졌겠지. 그는 세페리아데스는 몰랐지만 오든은 알았다. *사신은 돈이 넘쳐나는 사람들, 배꼽 빠지게 재미있는 사람들 그리고 물건이 아주 큰 사람*

들을 데려간다. 그녀는 그들을 보았고 그들이 지금 여기⋯⋯

아니었다. 그들은 지금 여기 없었다. 엘리너가 봤던 유령들은 사라졌고 그녀도 그들의 대열에 합류했다. 엘리너는 그에게 기다리라고 했다. 그는 기다리고 있었다.

문이 천천히 닫혔다. 그리고 잠시 후 욕실 문이 열렸다.

죽은 엘리너 울렛의 입에서 한 단어가 흘러나왔다.

"대니."

2

사이드와인더로 들어서면 '미국 최고의 마을에 오신 것을 환영합니다!'라는 표지판이 나온다. 진짜 그렇지는 않지만 거의 비슷하기는 하다. 이스턴 슬로프가 웨스턴 슬로프로 바뀌는 지점에서 32킬로미터, 고속도로 본선에서 갈라져 나와 북쪽으로 구불구불 이어지는 흙먼지길. 이 샛길 위에 달린 나무 간판에는 이런 낙인이 찍혀 있었다. '블루벨 캠핑장에 오신 것을 환영합니다! 잠시 머물다 가세요!'

그 옛날 서부시대처럼 환대하는 분위기지만, 동네 주민들도 알다시피 이 도로와 바깥세상을 연결하는 문이 닫히고 '추후 통지가 있을 때까지 폐쇄함'이라는 좀 쌀쌀맞은 간판이 달리는 경우가 더 많았다. 사이드와인더 주민들이 보기에는 무슨 수로 수지타산을 맞추는지 수수께끼였다. 그들은 내륙으로 이어지는 길에 눈이 쌓여서 오도 가도 못하게 되지 않은 이상 블루벨이 날마다 영업을 했으면 했다. 오버룩을 찾던 손님들이 그리워서, 캠핑장이 일부분이나마 빈 자리를 메워 줄 수 있길 바라기 때문이다(캠핑족은 호텔족처럼 이 일대에 돈을 펑펑 뿌리지 않는다는 걸 알지만.). 그런데 그렇지가 않았다. 이 캠핑장은 어느 돈 많은 기업의 조세 피난처이자 정해 놓은 손실 사업체라는 것이 중론이었다.

피난처인 것은 맞지만 이곳으로 피신하는 기업은 트루 낫이었고 그들이 체류할 때는 대규모 주차장에 그들의 RV밖에 보이지 않는데 그중에서도 모자 쓴 로즈의 어스크루저가 가장 우뚝했다.

9월의 그날 저녁, 아홉 명의 트루 멤버들이 오버룩 산장이라고 알려진, 천장이 높고 유쾌한 시골 분위기를 풍기는 건물에 모였다. 캠핑장이 일반인에게 공개될 때는 산장이 아침과 저녁, 두 끼를 제공하는 식당으로 쓰였다. 음식 담당은 땅딸보 에디와 덩치 모(얼뜨기 시절 이름은 에드 히긴스와 모린 히긴스)였다. 둘 다 딕 할로런의 요리 솜씨에는 못 미쳤지만 (그만 한 사람이 별로 없었다!) 캠핑족이 좋아하는 메뉴를 못 먹을 정도로 망치기란 힘든 일이었다. 미트로프, 마카로니와 치즈, 미트로프, 로그 캐빈 시럽을 흠뻑 적신 팬케이크, 미트로프, 치킨 스튜, 미트로프, 튜나 서프라이즈, 버섯을 넣은 그레이비 소스를 뿌린 미트로프, 이런 식이었으니까. 저녁 식사가 끝나면 테이블을 정리하고 빙고나 카드 게임을 벌였다. 주말에는 댄스 파티도 열렸다. 캠핑장이 일반인에게 공개될 때만 열리는 행사였다. 오늘밤에는 (동쪽으로 세 개의 시간대를 지나면 댄 토런스가 죽은 여인 옆에 앉아서 손님을 기다리고 있는 지금) 오버룩 산장에서 성격이 다른 업무가 치러졌다.

지미 넘버스가 반질반질한 새눈무늬 단풍나무 바닥 한가운데 딱 한 개 설치된 테이블의 상석에 서 있었다. 열어 놓은 파워북 바탕 화면에 그의 고향 사진이 깔려 있는데 카르파디아 산맥(유럽 중동부에 있는 초승달 모양의 산맥 — 옮긴이) 깊숙한 곳이었다. (지미는 자기 할아버지가 예전에 조너선 하커(소설 『드라큘라』의 주인공 — 옮긴이)라는 런던의 젊은 변호사를 접대한 적이 있다며 농담하는 것을 좋아했다.)

로즈, 크로 대디, 중국놈 배리, 방울뱀 앤디, 토큰 찰리, 앞치마 애니, 디젤 더그 그리고 플릭 할아범이 그의 주변에 옹기종기 서서 화면을 내려다보고 있었다. 할아범 옆에 있고 싶은 사람은 아무도 없었다. 바지 속에서 가벼운 사고가 벌어졌는데 깜빡하고 씻지 않은 듯한 냄새를 풍기기 때문이었다(요즘 들어 이런 냄새를 점점 더 자주 풍겼다.). 그래도 중요한 일이었기에 다들 견뎠다.

지미 넘버스는 머리가 점점 벗어져 가고 인상이 좋은 얼굴은 아주 살짝 원숭이를 닮은, 나서지 않는 성격의 소유자였다. 쉰 살 정도로 보였지만 실제 나이는 그 세 배였다.

"인터넷에서 리키티 스플리프를 찾아보았는데 예상했던 것처럼 쓸 만한 검색 결과가 없었어. 혹시 관심이 있을까 싶어서 설명하자면 리키티 스플리프는 십 대들 사이에서 쓰이는 속어인데 어떤 일을 진짜 빨리 해치우지 않고 진짜 느릿느릿 할 때……"

"관심 없어." 디젤 더그가 말했다. "그나저나 할아범, 좀 지독한 냄새가 나는데? 마지막으로 똥구멍을 닦은 게 언제야?"

플릭 할아범은 더그를 향해 이를 드러내며 (낡고 누랬지만 의치는 없었다.) 으르렁거렸다.

"오늘 아침에 네 마누라가 닦아 줬다. 자기 얼굴로. 좀 추잡하긴 하지만 네 마누라는 그런 식의……"

"조용히 해, 둘 다." 로즈가 말했다. 언성을 높이지도 않았고 협박 투도 아니었지만 더그와 할아범, 양쪽 모두 혼이 난 학생처럼 몸을 움츠렸다. "설명 계속해, 지미. 하지만 요점만 간단히. 나는 구체적인 계획이 필요하다고. 그것도 지금 당장."

"아무리 구체적인 계획이라도 다른 멤버들은 선뜻 동의하지 않을 걸?" 크로가 말했다. "올 한 해 동안 스팀 성적이 좋았잖아. 그 영화관 사건하며, 불이 난 리틀록 교회하며, 오스틴에서 있었던 테러리스트 사건하며. 후아레스(멕시코 북부의 국경도시. 1993년부터 2005년까지 수백 건의 연쇄살인사건이 발생했다 — 옮긴이)는 말할 것도 없고. 나도 남쪽 국경을 넘어가는 게 과연 괜찮을까 싶었는데 성적이 좋았지."

사실은 좋은 정도가 아니었다. 후아레스는 한 해 2500건이 넘는 살인사건으로 전 세계 살인의 중심지라는 별명이 생겼다. 대다수가 고문을 당하고 살해됐다. 전반적으로 분위기가 아주 풍요로웠다. 순수한 스팀은 아니라 마시면 배에서 살짝 난리가 났지만 그래도 효과는 마찬가지였다.

"그 우라질 잡것들 때문에 배탈이 난 걸 생각하면." 토큰 찰리가 말했다. "하지만 훌륭한 선택이었다는 거 나도 인정해."

"한 해 동안 성적이 좋았지." 로즈도 동의했다. "하지만 멕시코를 주요 무대로 삼을 수는 없어. 우리가 너무 눈에 띄잖아. 거기 내려가면 우리는 돈 많은 *미국인*이야. 여기서는 묻힐 수 있는데. 그리고 1년 단위로 사는 거 지겹지도 않아? 계속 이동하고 계속 깡통 숫자 세면서 사는 거. 이건 달라. 이건 노다지라고."

아무도 대답이 없었다. 그녀가 리더였으니 결국에는 그녀가 하자는 대로 하겠지만, 그 여자아이에 대해서 제대로 이해하지 못했던 것이다. 그래도 상관없었다. 직접 만나면 알게 될 테니까. 그 아이를 가두고 필요할 때마다 스팀을 생산할 수 있게 되면 그들은 무릎을 꿇고 로즈의 발에 입을 맞추겠다고 할 것이다. 어쩌면 로즈가 나서서 그렇게 하라고 할 수도 있었다.

"설명 계속해, 지미. 하지만 요점만 간단히."

"네가 들은 단어는 십 대들 사이에서 리키티 스플리트를 부를 때 쓰는 별명이었을 거야. 뉴잉글랜드에 있는 체인형 편의점. 프로비던스에서 프레스카일까지 모두 일흔세 개가 있어. 중학생이라도 아이패드만 있으면 그 정도는 2분 만에 알아낼 수 있지. 각 매장의 위치 인쇄했고 휠 360 사이트 들어가서 사진 검색했어. 산이 보이는 곳은 여섯 군데더군. 버몬트에 두 군데, 뉴햄프셔에 두 군데, 메인에 두 군데."

노트북 케이스가 그의 의자 아래 있었다. 그는 케이스를 집더니 앞에 달린 주머니에서 서류철을 꺼내 로즈에게 건넸다.

"편의점 사진이 아니라 편의점들이 있는 동네에서 본 여러 산들의 사진이야. 이번에도 휠 360 제공인데 구글 어스보다 훨씬 나아. 그 시끄럽고 조그만 하트에 신의 축복이 함께 하길. 이거다 싶은 사진이 있는지 한번 살펴봐. 없으면 이건 절대 아니다 싶은 사진이 있는지 살펴보고."

로즈는 서류철을 열고 사진들을 천천히 넘겼다. 버몬트의 그린 산

388

맥을 촬영한 두 장은 당장 한쪽으로 치웠다. 메인에서 찍은 사진 한 장도 아니었다. 산이 하나밖에 없었는데 그녀가 본 것은 산맥이었다. 나머지 세 장은 좀 더 오랫동안 들여다보았다. 이윽고 그녀는 그 세 장을 지미 넘버스에게 돌려주었다.

"이 셋 중 하나야."

그는 사진들을 한 장씩 넘겼다.

"메인 주 프라이버그…… 뉴햄프셔 주 매디슨, 뉴햄프셔 주 애니스턴. 셋 중에서 어디인지 감이 와?"

로즈는 다시 한 번 훑어보더니 프라이버그와 애니스턴에서 본 화이트 산맥 사진을 위로 들었다.

"이 둘 중에서 하나인 것 같은데 확실히 알아내야겠어."

"무슨 수로?" 크로가 물었다.

"그 아이를 찾아갈 거야."

"네가 말한 게 전부 다 사실이라면 위험할 수도 있는데."

"자고 있을 때 찾아갈 거야. 어린 여자애들은 잠귀가 어둡잖아. 내가 온 줄도 모를 거야."

"꼭 그래야겠어? 이 세 군데가 서로 상당히 가깝잖아. 다 같이 가서 확인해도 될 텐데."

"그래!" 로즈가 외쳤다. "다 같이 가서 돌아다니며 이렇게 묻는 거지. '저희가 이 동네 사는 여자애를 찾는데요, 평소 방식으로는 어디 사는지 알아낼 수가 없어서요, 저희 좀 도와주실래요? 혹시 이 근처에서 예지력이나 독심술 있다는 여중생 보신 적 있어요?'"

크로 대디는 한숨을 쉬며 큼지막한 손을 주머니 깊숙이 쑤셔 넣고 그녀를 처다보았다.

"미안." 로즈가 말했다. "지금 신경이 좀 곤두서서 그래. 난 이 일을 원하고 어떻게든 해야겠어. 그리고 내 걱정은 할 것 없어. 내가 알아서 할 테니까."

3

댄은 앉아서 세상을 떠난 엘리너 울렛을 처다보았다. 뜨고 있지만 점점 게슴츠레해지기 시작한 눈. 손바닥이 보이도록 뒤집은 자그마한 두 손. 그중에서도 벌린 입을 가장 열심히 처다보았다. 그 안에서는 밤낮 구분 없는 죽음의 침묵만이 흘렀다.

"누구십니까?" 그는 이렇게 물으면서 속으로 생각했다. 알면서. 그가 해법을 바라지 않았던가.

잘 자라 주었구나. 입술은 움직이지 않았고 아무 감정도 실리지 않은 듯한 말투였다. 죽음이 옛 친구에게서 인간의 감정들을 앗아간 걸까? 그렇다면 얼마나 쓸쓸한 일인가. 아니면 딕 행세를 하는 다른 누군가일 수도 있었다. 다른 무엇일 수도 있었다.

"당신이 딕이라면 증거를 대세요. 딕과 나만 아는 걸 얘기해 보시라고요."

정적이 흘렀다. 하지만 아직 여기 있었다. 그는 느낄 수 있었다. 그리고 잠시 후.

"네가 나더러 브랜트 부인이 왜 주차장 관리인의 바지를 탐내느냐

390

고 물은 적이 있었지."

댄은 처음에는 그게 무슨 소리인지 알아차리지 못했다. 그러다 깨달았다. 오버룩에 얽힌 나쁜 기억들을 보관하는 높다란 선반에 넣어둔 기억이었다. 두말하면 잔소리지만 자물쇠 상자에 넣어서. 대니가 부모님과 함께 도착했던 날 브랜트 부인이 체크아웃을 하고 있었는데, 오버룩의 주차 담당이 차를 가져다주었을 때 그녀가 무심코 한 생각이 그에게 포착되었던 것이다. *저 사람 바지 속에 들어갔으면 좋겠네.*

"*너는 그때 머릿속에 큼지막한 라디오가 든 꼬맹이였지. 나는 그런 네가 가엾었다. 무섭기도 했고. 내가 무서워할 만도 했지, 안 그러냐?*"

그 말투에서 옛 친구의 따뜻한 마음씨와 유머감각이 희미하게 느껴졌다. 딕이었다. 댄은 말문이 막힌 채로 죽은 여자를 쳐다보았다. 방 안의 전등이 깜빡이며 켜졌다 다시 꺼졌다. 물 주전자가 다시 살짝 달그락거렸다.

"*어이, 나 오래 있지 못해. 여기 있으면 아프거든.*"

"딕, 어떤 여자아이가 있는데요……"

"*아브라.*" 한숨소리에 가까웠다. "*너랑 비슷한 아이지. 이렇게 돌고 도는구나.*"

"자길 찾는 여자가 있다고 생각해요. 모자를 쓰고 다닌대요. 구식 실크해트를. 가끔 길쭉한 윗니 한 개만 나 있을 때도 있대요. 배고플 때. 그 아이 말로는 그렇다고 했어요."

"*궁금한 게 뭔지 물어봐라. 내가 오래 있지 못해. 이 세상은 이제 내게 꿈속의 꿈이거든.*"

"다른 사람들도 있다고 했어요. 그 실크해트를 쓴 여자의 친구들. 손전등을 들고 있는 그 사람들을 아브라가 봤대요. 그 사람들 정체가 뭐죠?"

다시 정적이 흘렀다. 하지만 딕은 여전히 그 방 안에 있었다. 달라지기는 했지만 여전히 거기 있었다. 댄은 신경 말단으로, 축축한 안구 위로 전류 비슷한 것이 미끄러지듯 지나가는 느낌으로 그를 느낄 수 있었다.

"속이 빈 악마들이지. 환자인데 자기들은 그런 줄 몰라."

"무슨 소리인지 모르겠어요."

"그래. 좋은 거야. 그들을 만난 적 있다면 (그들이 네 냄새라도 맡은 적 있다면) 이미 오래전에 이용을 당하고 살해돼서 빈 깡통처럼 내팽개쳐졌을 테니까. 아브라가 야구하는 아이라고 부르는 그 아이가 그렇게 됐거든. 수많은 다른 아이들도 그렇고. 샤이닝이 있는 아이들이 그들에게는 먹잇감이야. 하지만 너도 그건 이미 짐작한 부분이겠지? 배고픈 악마들은 암세포가 피부 위에서 자라듯 육지에서 생활하지. 한때는 낙타를 타고 사막을 건넜어. 또 한때는 포장마차를 몰고 동유럽을 지났고. 그들은 비명을 먹고 고통을 마시지. 대니, 너도 오버룩에서 끔찍한 일을 겪었지만 적어도 이들은 피했잖니. 이제 누군지 모를 그 여자가 그 아이를 표적으로 삼았으니 그 아이를 찾을 때까지 포기하지 않을 게다. 그 아이를 죽일 수도 있어. 터닝할 수도 있고. 아니면 그 아이를 붙잡아 놓고 소진될 때까지 착취할 수도 있는데 그게 최악의 경우지."

"무슨 소리인지 모르겠어요."

"그 아이를 마지막 한 방울까지 빨아먹는 거야. 자기들처럼 아무 것도 안 남게 만드는 거지."

죽은 자의 입에서 쓸쓸한 한숨소리가 새어나왔다.

"딕, 제가 도대체 어떻게 하면 될까요?"

"그 아이가 부탁한 대로 해 줘."

"그 속이 빈 악마들이 어디 있는데요?"

"네 어린시절 속에. 모든 악마들이 거기 살잖아. 더 이상은 말 못 해."

"어떻게 하면 그들을 막을 수 있어요?"

"죽이는 수밖에 없어. 자기들 독약을 먹게 해. 그러면 사라져."

"모자 쓴 여자, 누군지 모를 그 여자, 이름이 뭐예요? 아세요?"

복도 저 끝에서 양동이 딸린 대걸레가 덜그럭거렸고 폴 라슨이 휘파람을 불기 시작했다. 방 안의 공기가 달라졌다. 미묘하게 균형을 유지했던 무언가가 균형을 잃고 흔들리기 시작했다.

"네 친구들을 찾아가. 네가 어떤 사람인지 아는 친구들을. 내가 보기에는 네가 잘 자란 것 같다만 그래도 진 빚이 있잖니." 잠깐 정적이 흐른 뒤 딕 할로런이기도 하고 딕 할로런이 아니기도 한 음성이 아무 감정 없는 명령조로 마지막 한 마디를 내뱉었다. "그걸 갚아라."

엘리너의 눈과 코와 벌린 입에서 붉은 안개가 피어올랐다. 안개는 한 5초쯤 그녀의 위에 머물다 사라졌다. 이제는 불빛이 깜빡이지 않았다. 주전자에 든 물도 마찬가지였다. 딕은 떠났다. 댄의 곁에는 시신만 남았다.

속이 빈 악마들.

그보다 더 끔찍한 단어를 들은 적이 있는지 기억이 나지 않았다. 하지만 말이 됐다…… 오버룩의 실체를 본 사람의 입장에서는. 그곳은 악마들로 가득했지만 최소한 죽은 악마들이었다. 실크해트를 쓴 여자와 그 친구들은 그렇지 않을 것이었다.

그래도 진 빚이 있잖니. 그걸 갚아라.

그렇다. 그는 축 늘어진 기저귀를 차고 브레이브스 티셔츠를 입고 있던 아기를 그대로 방치했다. 아브라한테는 그러지 않을 것이다.

4

댄은 지오디 앤드 선스의 영구차가 도착할 때까지 간호사실에서 기다렸다가 시트로 덮인 간이침대가 뒷문으로 리빙턴 1관을 빠져나가는 광경을 지켜보았다. 그런 다음 자기 방으로 들어가서 이제 완벽하게 인적이 끊긴 크랜모어 가를 내려다보았다. 밤바람 불자 일찌감치 색이 변한 오크 나뭇잎들이 떨어져 길거리에서 춤을 추고 발끝으로 빙글빙글 돌았다.

네 친구들을 찾아가. 네가 어떤 사람인지 아는 친구들을.

빌리 프리먼은 댄과 비슷한 능력을 일부 소유하고 있었기에 그를 거의 처음 본 순간부터 알았다. 그리고 댄에게 빚이 있다면 빌리도 마찬가지일 것이었다. 훨씬 크고 훨씬 밝은 댄의 샤이닝 덕분에 목숨을 구했으니까.

그렇다고 그에게 생색을 낼 생각은 없지만.

생색을 낼 필요도 없을 것이다.

그리고 시계를 잃어버린 적 있고 우연의 일치로 아브라의 담당 소
아과 의사인 존 돌턴도 있었다. 딕이 죽은 엘리너 울랄라의 입을 빌
어 뭐라고 했던가? *이렇게 돌고 도는구나.*

아브라가 부탁한 물건은 어디 있는지 훨씬 쉽게 알아낼 수 있었
다. 하지만 그 물건을 꺼내오는 것은…… 조금 복잡할 수 있었다.

5

일요일 아침에 아브라가 일어나 보니 dtor36@nhmlx.com이 보낸
이메일이 있었다.

아브라. 우리와 비슷한 능력을 가진 친구와 이야기를 나누어 보았는데 네
가 분명 위험한 상황이라는 생각이 든다. 그래서 우리 둘 다 아는 또 다른 친
구에게 너의 상황을 의논하고 싶어. 존 돌턴에게. 네가 싫다고 하면 하지 않
을게. 존과 내가 힘을 합하면 네가 칠판에 그린 그 물건을 회수할 수 있을 것
같긴 하다만.

경보기 설치했니? 어떤 사람들이 너를 찾고 있을 테니까 그들에게 들키지
않는 게 아주 중요해. 조심해야 한다. 행운을 빌게. 반드시 무사하길. 이 메일
은 삭제해라.

D 아저씨가.

그녀로서는 이메일의 내용보다 그가 이메일을 보냈다는 사실 자체가 더욱 설득력 있었다. 그는 그런 식으로 연락하는 것을 좋아하지 않았다. 이메일을 훔쳐본 그녀의 부모님이 딸아이가 음흉한 치한과 메일을 주고받는다고 생각할 수도 있기 때문이었다.

정말로 걱정해야 할 치한이 누구인지 부모님한테 알릴 수만 있다면 얼마나 좋을까.

그녀는 겁이 났지만 또 한편으로는 (지금은 백주대낮이고 실크해트를 쓰고 창밖에서 그녀를 들여다보는 미녀 정신병자가 없었기에) 조금 흥분이 되기도 했다. 학교 도서관의 로빈슨 부인이 콧방귀를 뀌며 '틴에이저용 포르노'라고 부르는, 사랑과 공포가 얼버무려진 기담의 주인공이 된 듯한 기분이었다. 그런 작품에서 여주인공은 늑대인간이나 뱀파이어와 어울리지만 (심지어 좀비까지) 그들과 비슷하게 변하지는 않았다.

게다가 그녀의 편이 되어 주는 남자어른이 있다는 것도 좋았고 그가 잘생겼다는 것도 나쁘지 않았다. 에마 딘과 함께 에마의 컴퓨터로 몰래 본 「선즈 오브 아나키」의 잭스 텔러처럼 후줄근하게 잘생긴 스타일이긴 했지만.

그녀는 댄 아저씨의 이메일을 그냥 휴지통이 아니라 에마가 '핵폭탄 급 남자친구용 폴더'라고 부르는(그런 남자친구가 있지도 않으면서. 아브라는 속으로 친구를 비웃었다.) 영구 삭제 휴지통에 버렸다. 그런 다음 노트북을 끄고 뚜껑을 덮었다. 답장은 하지 않았다. 할 필요가 없었다. 그냥 눈만 감으면 됐다.

지잉-지잉.

메시지가 전송됐고 아브라는 샤워를 하러 갔다.

6

댄이 모닝커피를 들고 돌아와 보니 칠판에 새로운 공보가 적혀 있었다.

존 박사님께는 얘기해도 되지만 우리 부모님한테는 안 돼요.

그렇다. 그녀의 부모님한테는 비밀이었다. 아직까지는. 하지만 그들도 *뭔가* 이상한 낌새를, 그것도 조만간 알아차릴 게 분명했다. 그건 닥치면 고민할(아니면 이판사판 해결할) 문제였다. 지금 당장은 전화부터 시작해서 할 일이 많았다.

어떤 아이가 받기에 레베카를 바꿔 달라고 했더니 덜거덕 하고 수화기 내려놓는 소리에 이어 점점 멀어져가며 "*할머니! 할머니 전화예요!*"라고 외치는 소리가 들렸다. 잠시 후 레베카 클로슨이 전화를 받았다.

"안녕하세요. 저 댄 토런스입니다."

"올렛 부인 문제라면 오늘 아침에 이메일을……"

"아뇨. 그게 아니라 며칠 휴가를 신청하고 싶어서요."

"닥터 슬립이 휴가를 신청한다? 믿기지가 않는군. 지난봄에 내가 거의 문밖으로 내쫓다시피 하면서 휴가 좀 가라고 했을 때도 하루에 한두 번씩 들여다보던 사람이. 집안 문제인가?"

댄은 아브라의 상대성 이론을 떠올리며 그렇다고 대답했다.

〈2권에서 계속〉

옮긴이 ┃ 이은선

연세대학교 중문과와 같은 학교 국제학대학원 동아시아학과를 졸업했다. 편집자와 저작권 담당자로
일했으며, 현재는 전문 번역가로 활동 중이다. 옮긴 책으로는 『탐정 아리스토텔레스』, 『헌책방마을 헤
이온와이』, 『화성의 인류학자』, 『통역사』, 『포의 그림자』, 『누들메이커』, 『기적』, 『굿독』, 『몬스터』, 『그
대로 두기』, 『워너비 재키』, 『마흔살 여자가 서른살 여자에게』, 『딸에게 보낸 편지』, 『노 임팩트 맨』,
『셜록 홈즈 실크 하우스의 비밀』, 『11/22/63』 등이 있다.

닥터 슬립 1

1판 1쇄 펴냄 2014년 7월 14일
1판 3쇄 펴냄 2023년 8월 8일

지은이 ┃ 스티븐 킹
옮긴이 ┃ 이은선
발행인 ┃ 박근섭
종이책 편집 ┃ 김준혁, 장은진
전자책 편집 ┃ 장미경
펴낸곳 ┃ 황금가지

출판등록 ┃ 2009. 10. 8 (제2009-000273호)
주소 ┃ 135-887 서울 강남구 신사동 506 강남출판문화센터 5층
전화 ┃ 영업부 515-2000 **편집부** 3446-8774 **팩시밀리** 515-2007
홈페이지 ┃ www.goldenbough.co.kr

한국어판 ⓒ ㈜민음인, 2014. Printed in Seoul, Korea

ISBN 978-89-6017-875-5 04840 (1권)
ISBN 978-89-6017-877-9 04840 (set)

㈜민음인은 민음사 출판 그룹의 자회사입니다.
황금가지는 ㈜민음인의 픽션 전문 출간 브랜드입니다.